बदलाव के तिराहे पर
झारखंड

बदलाव के तिराहे पर
झारखंड

विद्याभूषण

ग्रंथ अकादमी, नई दिल्ली

प्रकाशक : ग्रंथ अकादमी,
भवन संख्या–19, पहली मंजिल, 2, अंसारी रोड, दरियागंज, नई दिल्ली–110002
 / संस्करण : प्रथम, 2024 / मूल्य : तीन सौ रुपए
मुद्रक : आर–टेक ऑफसेट प्रिंटर्स, दिल्ली ISBN 978-93-92013-80-5

BADLAV KE TIRAHE PAR JHARKHAND
by Shri Vidya Bhooshan ₹ 300.00
Published by **GRANTH AKADEMI**
Building No. 19, First Floor, 2, Ansari Road, Daryaganj, New Delhi-110002

माँ

नगीना देवी की स्मृति में

प्रथम पुरुष : नए शब्द

समय और समाज के कालांकित इतिहास में कोई अध्याय अंतिम नहीं होता, क्योंकि दोनों निरंतर गतिशील हुआ करते हैं। जीवन चाहे व्यक्ति का हो या समाज का, वह हर पल नए अनुभव व परिदृश्य से जुड़ता जाता है। इस क्रिया-प्रतिक्रिया में बदलाव के अनगिनत कथासूत्र अलिखित होते हैं। आज की तारीख में दर्ज ये शब्द एक अविच्छिन्न परंपरा का पुनर्पाठ हैं।

शायद आपने कामता प्रसाद सिंह 'काम' की पुस्तक पढ़ी हो—'मैं छोटानागपुर में हूँ'। अपने जमाने में वह खासा चर्चित हुई थी। फिर इसी तरह की एक पुस्तक और आई 'मैं झारखंड में हूँ', जिसके लेखक थे डॉ. बी.पी. केशरी। पहली पुस्तक तब आई थी, जब यह क्षेत्र दक्षिण बिहार के बतौर जाना जाता था और दूसरी पुस्तक झारखंड अलग राज्य आंदोलन के अंतिम दौर में आई। आज की तारीख में झारखंड राज्य को गठित हुए बाईस वर्ष पूरे हो चुके, चूँकि देश के अट्ठाईसवें राज्य के रूप में उसका गठन 15 नवंबर, सन् 2000 को हुआ था। मैंने दोनों पुस्तकें पढ़ी हैं और इतिहास के दोनों चरणों का दर्शक और भोक्ता रहा हूँ। अब यह कह दूँ कि मैं पिछले छियासठ वर्षों से झारखंड में लगातार मौजूद हूँ। इस लंबी सहचर्या का असर मेरे मन पर इतना व्यापक है कि पुराने मध्य बिहार का अपना पैतृक शहर और उसके संस्कारों की छाप सिर्फ बचपन की यादों में सिमट गई है।

आप मुझसे पूछ सकते हैं कि यह मनःकल्प क्यों हुआ और फिर कैसे हुआ ? अपने देश के नक्शे पर जिस अंचल को कभी छोटानागपुर-संताल परगना और आज झारखंड के नाम से जाना जाता है, उसकी खासियत क्या है ? इस जिज्ञासा के कई उत्तर हो सकते हैं। पुस्तकों, पत्र-पत्रिकाओं और सेमिनारों की बहसों में इस प्रश्न के अनेक सटीक उत्तर

दिन-प्रतिदिन खोजे जा रहे हैं। वर्गीय हितों के प्रवक्ता भी अपने-अपने आग्रहों-अपेक्षाओं के मुताबिक इस पेचीदा उलझन की व्याख्या करने में जुटे हैं। इन तमाम अहम विमर्श-विवादों के बावजूद मुझे लगता है कि समाज चिंता से जुड़े लोगों के लिए अभी भी काफी कुछ अनछुआ-अनकहा रह गया है।

राज्य का दर्जा मिलने के बाद कई पुराने सवाल नए अंदाज में पूछे जा रहे हैं। आजादी के बाद औद्योगिक-व्यापारिक गतिविधियों का केंद्र बन जाने के दौर में इस अंचल में जो लाखों बाहरी लोग शहरों और कस्बों में आ बसे और जिनका आना अब भी जारी है, वे इस राज्य को किस नजरिए से देखते हैं, इस बात से ज्यादा अहम चीज यह है कि छोटी-बड़ी कई तरह की परियोजनाओं के कारण विस्थापित, पीड़ित और प्रभावित ग्रामीण जन अपनी दुर्दशा के लिए आर्थिक विकास के छलावे को किस रूप में आँकते हैं? यह जानना भी बेहद जरूरी है कि आधुनिक शिक्षण संस्थाओं से सुशिक्षित और प्रशिक्षित होकर निकली धरती पुत्रों की वह पीढ़ी झारखंड के मौजूदा परिवर्तशील दौर के बारे में क्या सोचती है, जिसने सरकारी-गैर-सरकारी विभागों में सुप्रतिष्ठित होकर इस अंचल में नए मध्य वर्ग की नींव रखी है? इसी तरह आज यह भी महत्त्वपूर्ण सवाल बन गया है कि राष्ट्रीय और क्षेत्रीय राजनीतिक दलों के नेताओं व कार्यकर्ताओं की फौज क्या निदान सुझा रही है और लोकतंत्रीय व्यवस्था के खिलाफ खड़े आक्रामक नक्सली ग्रुप नेपाल के अनुभवों-प्रयोगों से सबक लेते हैं या नहीं?

झारखंड की देशव्यापी पहचान के दो अति प्रचारित प्रतीक हैं—आदिवासी और खदान। सच है कि भारतीय जनजातियों की इतनी बड़ी आबादी किसी अन्य राज्य में केंद्रित नहीं दिखती। इस पठार पर छोटे-बड़े बत्तीस आदिवासी समुदाय निवास करते हैं, जिनकी कुल संख्या सत्तर लाख के आस-पास बतलाई जाती है। संप्रति इस राज्य का भौगोलिक विस्तार 1 लाख, 90 हजार, 50 वर्गकिलोमीटर है। ऊँचाई की दृष्टि से यह पठार समुद्र तल से 300 मीटर से 1200 मीटर तक ऊँचा है। यहाँ की धरती के गर्भ में कोयला, लोहा, तांबा, गंधक, अबरख, मैंगनिज, बेरिल, बॉक्साइट, चूना पत्थर, क्रोमाइट, ऑस्बेस्टस और यूरेनियम का विशाल भंडार है। इस कारण देश की औद्योगिक प्रगति के लिए बुनियादी तौर पर जरूरी कच्चे माल का रसद मार्ग यहीं से शुरू होता है। फिर भी झारखंड के बारे में अनिवार्यतः जानने योग्य कई दूसरी बातें भी हैं। इस राज्य की आबादी का सबसे बड़ा घटक सदानी जातियों का है, जो लगभग चालीस प्रतिशत जगह घेरती हैं। इनमें अनेक कारीगर जातियों के अलावा नाग जाति के वे लोग भी हैं, जो यहाँ कई आदिवासी समूहों से अधिक पुराने अधिवासी बताए जाते हैं। यहीं वे बहुसंख्यक कुड़मी

लोग भी हैं, जो सन् 1930 तक आदिवासी के बतौर मान्य थे। आबादी का तीसरा बड़ा घटक 'गैर-आदिवासी' कहलाता है। आबादी में लगभग तैंतीस प्रतिशत जगह लेने वाली इस जमात को क्षेत्र, धर्म, भाषा या वर्ग के लिहाज से किसी एक समुदाय के तहत नहीं रखा जा सकता है। सदियों से यह क्षेत्र आवागमन की दृष्टि से एक खुला क्षेत्र रहा है और यहाँ मुगलों के जमाने से बाहरी आबादी आकर बसती रही है। इसलिए आदिवासी बहुल क्षेत्र होने के बावजूद यहाँ की जनसांख्यिक संरचना देश के पूर्वोत्तर राज्यों से नितांत भिन्न है।

ब्रिटिश शासन से पहले यह क्षेत्र सामंतों और जमींदारों द्वारा नियंत्रित होता था। मुगल काल के बाद यहाँ के सामंतों-जमींदारों ने बिहार और उत्तर भारत के लोगों को यहाँ आकर बसने के लिए बुलाया, ताकि बाहरी दुश्मनों और अशांत आदिवासियों से उनकी रक्षा हो सके। आजादी के बाद जब देश की अर्थनीति में कृषि की जगह उद्योग को प्रमुखता मिली तो खनिज संपदा से संपन्न जंगलों-पहाड़ों का सन्नाटा भंग हुआ। नतीजतन, पिछली आधी सदी में इस अंचल में बाहरी आबादी के आने-बसने की रफ्तार तेज रही। इस प्रकार पिछले पाँच सौ वर्षों के कालखंड पर अंकित शिलालेख की तरह आबादी के रेशों में नई सलवटें पड़ती गई हैं। जनसंख्या पर आधारित यह समाज-संरचना झारखंड के इतिहास की विरासत है। इस तरह आज की तारीख में झारखंड का अर्थ सिर्फ आदिवासी राज्य नहीं रह गया है। सदानी जातियाँ भी मूलतः पुरानी गैर-आदिवासी जातियाँ हैं, जिन्होंने अपनी पुरानी पहचान भुलाकर आंचलिक संस्कृति और जीवन-शैली में अपने को समंजित कर लिया है; किंतु यह भी उतना ही सच है कि सदियों की सहयात्रा में समान ऐतिहासिक दबावों को झेलते हुए आदिवासियों और सदानों ने अपनी साझेदारी से जो मिली-जुली संस्कृति विकसित कर ली है, वह रातोरात किसी समझौते का नतीजा हरगिज नहीं हो सकती। यही संस्कृति झारखंड की अपनी खास पहचान है।

लेकिन सांस्कृतिक अतीत की इस गौरवगाथा से वर्तमान परिदृश्य की तुलना सुखद नहीं रह गई है। अब तक विकास के नाम पर आबादी को उजाड़कर भूखंड के विकास की उपनिवेशी कार्यनीति जारी है। आज भी जन की जगह धन की महिमा ज्यादा बड़ी होती दिख रही है। झारखंड आंदोलनकारी इसे आंतरिक उपनिवेश जैसा ट्रीटमेंट मानते थे। राज्य गठन के बाद बड़ी पूँजी को न्योता मिलने के कारण झारखंड में बड़े पैमाने पर विस्थापन की आशंका अभी खत्म नहीं हुई है।

अलग राज्य के लिए पाँच दशकों तक चले आंदोलन ने उतार-चढ़ाव के कई नाजुक दौर देखे हैं। शुरू के अनेक वर्षों तक चर्च द्वार पर जमा आदिवासियों ने इस

आंदोलन का रास्ता बनाया था। धीरे-धीरे उनके साथ गैर-इसाई आदिवासी भी जुड़ते गए। कई किस्तों में अपने सामाजिक आधार का विस्तार करते हुए इस आंदोलन ने अपने नारे भी बदले, संकल्प और चरित्र भी। सन् 1955 में राज्य पुनर्गठन आयोग ने झारखंड अलग राज्य की माँग को इस आधार पर खारिज कर दिया था कि इस क्षेत्र को जोड़ने वाली कोई भाषा नहीं है। बाद के वर्षों में विभिन्न वर्गों की सामाजिक-राजनीतिक एकजुटता की कड़ी बनी झारखंड की वह साझा संस्कृति, जिसके सामासिक गुणसूत्र की चर्चा हो चुकी है। सन् 1973 में झारखंड मुक्ति मोर्चा के गठन के बाद इस आंदोलन में गैर-आदिवासी जमातों की भागीदारी बढ़ती गई और सदी के अंतिम दशक तक पहुँचकर अलग राज्य का यह आंदोलन झारखंडी समाज के सभी वर्गों का जन आंदोलन बन गया था।

लेकिन पिछले बाईस वर्षों में कम-से-कम तीन बार बहुमुखी तनाव के ऐसे अप्रिय प्रसंग सामने आए, जो अंतरजातीय सद्भाव के परंपरागत ताने-बाने को छिन्न-भिन्न कर सकते थे। बार-बार लगता रहा कि इस पठार पर विवेक के प्रपात सूखने लगे हैं, लेकिन हर बार कहर की घड़ी टलती गई। सन् 2001 में राज्य की आरक्षण नीति के प्रतिशत के सवाल पर आदिवासी और सदान पहली बार प्रतियोगी बने और सुलगते नजर आए। दूसरी दफा जुलाई 2002 में राज्य सरकार की कथित डोमिसाइल नीति के विरोध और समर्थन में चार बार चार दिन राज्यव्यापी 'बंद' बुलाए गए। चिंता की बात यह रही कि इन हंगामों में झारखंडी आबादी के तीनों घटक एक दूजे के खिलाफ दुश्मनों की तरह मुठभेड़ के तेवर में खड़े हो गए थे। बाद के दिनों में भी कई उलझाव भरे विवाद सामने आते रहे हैं। जैसे कुड़मी जाति को आदिवासी का दर्जा दिए जाने की माँग की रैलियाँ, जाति सम्मेलनों की रस्सकशी, बड़े पैमाने पर सिपाहियों और शिक्षकों की होने वाली नियुक्ति प्रक्रिया को अदालत में चुनौती, राज्य की दूसरी राजभाषा के सवाल पर प्रतियोगी दावेदारों का कोहराम।

तीसरा विवाद जिस तीखे मोड़ पर खड़ा हुआ, वहाँ आदिवासी और सदान अपने-अपने कौमी हक के नाम पर नस्ल और समुदाय की गिरोहबंदी में जुटे थे। एक ओर पंचायत चुनाव से पहले मुखिया के एकल पद पर आदिवासी आरक्षण के संवैधानिक प्रावधान में संशोधन की फौलादी माँग उठ रही थी, तो दूसरी ओर आदिवासी स्वशासन को मान्यता नहीं दिए जाने पर बारूदी अल्टीमेटम दिया जा रहा था। इसी रस्साकशी भरे माहौल में पूरे 32 साल बाद और राज्य गठन के दस साल के बाद पहली बार, नक्सली संगठनों के विरोध और धमकियों के बीच, भारी जन समर्थन के साथ पंचायत चुनाव का शांतिपूर्वक गुजर जाना सामयिक इतिहास की सबसे बड़ी उपलब्धि है। इसके बावजूद,

ग्राम गणराज्य की सत्ता में वर्गीय भागीदारी के अनुपात में कथित अन्याय को लेकर अब भी असंतोष का ताप बाकी है। तो भी आशा बनी है कि संसदीय लोकतंत्र की राजसत्ता के विकेंद्रीकरण की इस ऐतिहासिक परिघटना से इस अंचल में आने वाले कल की एक नई खुशनुमा इबारत लिखी जा सकेगी।

समग्रता में देखें तो फिलहाल हर तरफ युक्ति, तर्क और औचित्य पर विमर्श का संसदीय रास्ता बंद हो गया लगता है। पिछले दिनों खरसावाँ में विधानसभा उपचुनाव में अर्जुन मुंडा की जीत के बावजूद विवादों की आँधी थमी नहीं है। संयुक्त विपक्ष का चुनाव प्रचार दिशाहीन तब हुआ, जब उसने पंचायत चुनाव और टीनेंसी ऐक्ट से जुड़ी भ्रामक सूचनाओं का इस्तेमाल करते हुए वोटरों को अपनी ओर मोड़ने की नाकाम कोशिश की। राज्य गठन के बाद का दशक झारखंड की छवि को भ्रष्टाचार की स्याही से लिखते हुए दागदारी के स्कोर बोर्ड पर कई रिकॉर्ड बना चुका है। सूचना क्रांति और सूचनाधिकार के इस दौर में भी सच का चेहरा पहचान पाना मुश्किल हो गया लगता है। तो भी नए रास्ते खुल रहे हैं और आवाम की उम्मीदों का सफर जारी है।

एक तूफानी विवाद पिछले दिनों गुजरा है, जिसमें उच्च न्यायालय के अतिक्रमण विषयक निर्देश पर प्रशासन ने कई शहरों में कथित अतिक्रमित स्थलों पर बुलडोजर चलाकर समूचे राज्य को अशांत होने दिया और नतीजतन राँची और धनबाद में विस्फोटक स्थिति बन गई। बाबूलाल मरांडी ने अतिकमण के नाम पर हाईकोर्ट के आदेश की ओट में सरकारी दमन व आतंक के खिलाफ पहली मई से आमरण अनशन शुरू किया तो झाविमो को समूचे विपक्ष का पुरजोर साथ तो मिला ही, भाजपा के कुछेक दमदार लोगों का नैतिक समर्थन भी मिल गया। अर्जुन मुंडा की साझा सरकार ने पुनर्वास और अनधिकृत निर्माण नियमितिकरण का अध्यादेश लाने में तनिक देर कर दी और अभी भी यह नहीं कहा जा सकता कि संकट समाप्त हो गया है। वर्तमान का परिदृश्य अराजक विकास की अपूर्व पटकथा लिख रहा है और गृह मंत्रालय के निर्देश पर प्रवर्तन निदेशालय (ई.डी.) अवैध खनन की साजिश का उद्भेदन कर रहा है और चौंकाने वाले नतीजे सामने आ रहे हैं।

मुझे याद आते हैं, छठे दशक की शुरुआत के वे दिन, जब आज राज्य की राजधानी राँची अपने सदाबहार मौसम के कारण अविभाजित बिहार की ग्रीष्मकालीन राजधानी हुआ करती थी। उन दिनों हर शाम बारिश की एक फुहार वातावरण की उमस को धो-पोंछकर साफ कर देती थी। मेन रोड का नाम 'महात्मा गांधी पथ' था और सड़क के दोनों ओर पेड़ों की छाँह हुआ करती थी। वह उद्योग-धंधों का जाल फैलने से पहले का

झारखंड था, जहाँ लोक जीवन की सहजता नष्ट नहीं हुई थी। अब तो विकास के नाम पर चारों तरफ इतना सारा कबाड़ जमा हो चुका है कि अपना ही राज्य पराया जैसा लगने लगा है। संसाधनों पर एकाधिकार की दावेदारी का सवाल हो या शासन पर नियंत्रण के कारोबार का मामला हो, आज लोकतंत्र का रिमोट जिन लोगों के पास बंधक है, वे जोंकतंत्र के पहरेदार दिखते हैं। नए राज्य की मार्फत आत्मनिर्णय का अधिकार तो हमें मिला है, लेकिन असहमतियों के बीच से उबारने वाले संसदीय अंदाज को हम सहेज नहीं पाए हैं। नए झारखंड की फिजाँ अब हर मौसम में औसत से ज्यादा गरम रहा करती है। जी हाँ, फिलहाल मैं इसी झारखंड में हूँ।

रांँची
20 जून, 2023

—विद्याभूषण

अनुक्रम

प्रथम पुरुष : नए शब्द 7

1. झारखंड की समाज-संरचना 15
2. जनजातीय जीवन और समाज 39
3. संस्कृति और परंपरा 58
4. बदलाव के तिराहे पर झारखंड 96
5. विकास की अवधारणाएँ 129
6. निपट वर्तमान और संभावित भविष्य 173

संदर्भ ग्रंथ-सूची 190

पहला अध्याय

झारखंड की समाज-संरचना

पहले झारखंड और उसकी समाज-संरचना की आंशिक चर्चा हो चुकी है। पुनरावृत्ति से बचते हुए कई अन्य प्रासंगिक मुद्दों और तथ्यों पर विचार किया जा सकता है। यह बात स्पष्ट समझ लेनी चाहिए कि झारखंड का भौगोलिक और सांस्कृतिक क्षेत्र इतिहास में निरंतर बदलती सीमाओं के क्षेत्र रहे हैं। राजनीतिक और प्रशासनिक इकाई के रूप में भी झारखंड क्षेत्र सदा एक सा नहीं रहा है। उसकी समाज-संरचना भी समय के साथ गतिशील देखी जा सकती है। प्रशासनिक दृष्टि से अलग-थलग रहने के बावजूद संताल क्षेत्र छोटानागपुर का सांस्कृतिक अंग बना रहा है और स्वायत्तता के आंदोलन में भी इसकी सहवर्ती भूमिका रही है। परंपरागत रूप में यह एक जनजातीय क्षेत्र रहा, किंतु आवागमन के लिहाज से एक खुला क्षेत्र होने के कारण यहाँ बाहरी लोग आकर बसते गए हैं। परिणामस्वरूप आज का झारखंड अपने जनजातीय चरित्र में इकहरा नहीं रह गया है।

यहाँ की जनसांख्यिक संरचना में जनजातीय आबादी एक-तिहाई हो गई है। यह कहना गलत नहीं होगा कि स्वायत्तता का आंदोलन सभी वर्गों की साझेदारी से सफल हो चुका है, तो भी आज आदिवासी झारखंड की परिकल्पना अपना मूल अर्थ और अभिप्राय खो चुकी है। इसमें संदेह नहीं कि इस सामाजिक स्थिति के बावजूद झारखंड का सांस्कृतिक चरित्र और पहचान का एक प्रमुख कारण उसका जनजाति बहुल क्षेत्र होना ही है। ग्रामीण अंचलों में जो साझी संस्कृति सदियों की सहचर्या के परिणामस्वरूप यहाँ के सदानों और आदिवासियों ने विकसित की है, वह जनजातीय प्रभुत्व की एक क्षेत्रीय संस्कृति है और अपने सीमांत प्रदेशों की अन्य संस्कृतियों से बिल्कुल भिन्न है। इसे ही 'झारखंडी संस्कृति' के रूप में माना गया है।

इसी प्रकार झारखंड के शहरी और कस्बाई इलाकों में, औद्योगिक अंचलों में, खनन पट्टियों में गैर-आदिवासियों की आबादी स्पष्टतया बहुसंख्यक है। इस आबादी के भीतर कई राज्यों के बाशिंदे शामिल हैं, मगर सबसे अधिक संख्या उत्तर बिहार और मध्य बिहार के लोगों की है। पुराने गैर-आदिवासी, जिन्होंने अपनी पुरानी पहचान भुलाकर जनजातीय प्रभुत्व की संस्कृति को आत्मसात् कर लिया है, सदान कहे जाते हैं। सदानों में भी कई मूल स्थान के लोग परिगणित किए जाते हैं। वस्तुतः झारखंड की समाज-संरचना के तीनों मान्य घटक आदिवासी, सदान और गैर-आदिवासी समुदाय-समूहों के लिए प्रयुक्त होने वाले नाम हैं। इसलिए आगे के विवेचन से पहले उनकी अर्थ-व्याप्ति का सम्यक् विवेचन आवश्यक है।

आदिवासी

आदिवासी मानव विज्ञान का शब्द नहीं है, लोक प्रचलन में रहने वाला शब्द है। आदिवासी यानी मूलवासी, वनवासी, गिरिजन, आदिमजन, जंगल-पहाड़ में रहने वाला आधुनिक सभ्यता से अलग-थलग रहा मानव समुदाय! ऐसे अनेक समुदायों के लिए प्रयुक्त होने वाला एक शब्द है आदिवासी। इससे जनजातीय समूहों का द्योतन होता है। भारतीय जनजातियों की संवैधानिक मान्यताप्राप्त संख्या 212 है, जबकि उपजातियों समेत उनकी कुल संख्या 450 से ऊपर बताई जाती है। प्रत्येक जनजातीय समुदाय का अलग-अलग जीवन-क्रम, समाज-संगठन और धार्मिक-सांस्कृतिक मान्यताएँ हैं। विकास के मानकों पर सबकी अलग-अलग दशा-दिशा है। इसके बावजूद उनमें कई बुनियादी समानताएँ हैं। उन्हीं समानताओं के आधार पर जो विशिष्ट जीवन-पद्धति और समाज-अवस्था पहचान में आती है, उसके कारण विभिन्न समुदायों के लिए आदिवासी शब्द का व्यवहार होता है।

झारखंड में कुल 32 आदिवासी समुदाय निवास करते हैं। इनमें कई जनजातियाँ पड़ोसी राज्यों मध्य प्रदेश, छत्तीसगढ़, उड़ीसा, बंगाल, बिहार, उत्तर प्रदेश और असम में भी फैली हुई हैं। झारखंड क्षेत्र में रहने वाली जनजातियों में प्रमुख हैं—संताल, उराँव, मुंडा, हो और खड़िया। अन्य जनजातियों के नाम इस प्रकार हैं—असुर, बैगा, बंजारा, बथुड़ी, बेदिया, भूमिज, बिंझिया, बिरहोर, चेरो, चीक बड़ाईक, बिरजिया, गोंड, गोड़ाइत, करमाली, खरवार, खोंड, किसान, कोरा, कोरबा, लोहरा, महली, माल पहाड़िया, परहिया, सौरिया पहाड़िया, सबर। सौरिया पहाड़िया 'मालेर' भी कहलाते हैं और कुमारभाग पहाड़िया उपजाति को जनजाति का दर्जा नहीं दिया

गया है। इसी तरह कई अन्य गौण आदिवासी समुदायों को वर्गीकृत नहीं किया जा सका है।

कई जनजातियाँ ऐसी हैं, जो किसी एक राज्य की भौगोलिक सीमा में सीमित नहीं हैं और कई राज्यों और प्रदेशों में फैली हुई हैं। ऐसे आदिवासी समुदायों में झारखंड क्षेत्र के संताल, मुंडा, उराँव, हो, खोंड, भूमिज, खड़िया और किसान समुदाय भी हैं। भारतीय जनजातियों में संताल, मुंडा, और उराँव समुदायों की आबादी भील और गोंड के बाद सबसे बड़ी है। अध्ययन की सुविधा के लिए इन समुदायों के कई वर्गीकरण मानवशास्त्रियों ने किए हैं। ऐसे वर्गीकरण के आधार भाषा-परिवार, क्षेत्र और नस्ल बनाए गए हैं। इसी प्रकार सामाजिक मानव विज्ञान में आर्थिक और सांस्कृतिक आधार पर भी अध्ययन प्रस्तुत किए गए हैं। डॉ. ललिता प्रसाद विद्यार्थी ने अविभाजित बिहार के आदिवासियों को सांस्कृतिक वातावरण के आधार पर गतिशास्त्रीय (डाइनैमिक्स) अध्ययन की दृष्टि से कई सांस्कृतिक प्रकारों में विभक्त किया है।

यहाँ झारखंड क्षेत्र की कुछेक प्रमुख जनजातियों का परिचयात्मक इतिवृत्त इस अध्ययन की सहायक सामग्री के रूप में उपयोगी हो सकता है—

उराँव

झारखंड में संताल आदिवासियों के बाद उराँवों की संख्या सर्वाधिक है। भारतीय जनगणना 2001 में इस समुदाय की कुल जनसंख्या 13,90,459 बताई गई थी। इनका निवास मुख्यतः छोटानागपुर पठार के गुमला, लोहरदगा, पलामू और राँची जिले में केंद्रित है। मध्य प्रदेश के सरगुजा और रायगढ़ जिलों में भी उराँव जनजाति की एक बड़ी आबादी निवास करती है। यह क्षेत्र वन एवं खनिज संपदा के लिए पूरे एशिया में प्रसिद्ध है।

उराँव, द्रविड़ भाषा-परिवार की एक भाषा कुडुख बोलते हैं और कुदा, धांगर और कुडुख नाम से भी जाने जाते हैं। मुंडाओं की तुलना में ये कृषि और तकनीकी ज्ञान के क्षेत्र में अधिक विकसित माने जाते हैं। परंपरागत उराँव परिवार स्थायी गाँवों में रहते हैं और खेती उनके जीवनयापन का प्रमुख साधन है। उनकी ग्राम-व्यवस्था में कई गाँवों का समूह 'पड़हा' कहलाता है। उनके सामाजिक जीवन में अखरा और घुमकुड़िया का असाधारण महत्त्व रहा है, हालाँकि, अब ये सांस्कृतिक संगठन लगभग टूट गए हैं। वैवाहिक संबंध समान गोत्र में नहीं होते। एक गाँव में होने वाली बहिर्गोत्रीय शादी भी पसंद नहीं की जाती। उराँव समाज पितृसत्तात्मक समाज है। पिता की मृत्यु के बाद

उसकी संपत्ति पुत्रों में बराबर-बराबर बँट जाती है, किंतु बड़े पुत्र को अपने हिस्से में एक प्लॉट अधिक प्राप्त होता है। अविवाहित पुत्री को सिर्फ भरण-पोषण की सुविधा मिलती है। विवाहित पुत्री को पिता की संपत्ति में हिस्सा नहीं दिया जाता है। यदि किसी व्यक्ति को सिर्फ पुत्री हो तो वह अपने किसी एक दामाद को घर-दामाद बनाकर रख सकता है। घर-दामाद को ससुर की भू-अचल संपत्ति में से गैर-भुईंहरी जमीन पाने का अधिकार होता है, जबकि भुईंहरी जमीन सबसे समीपी पुरुष संबंधी को मिल जाती है।

विवाह से पूर्व लड़के और लड़कियाँ आजादी से मिल-जुल सकते हैं। विवाह संबंध प्राय: अभिभावकों द्वारा कन्या-धन देकर तय किए जाते हैं, किंतु विवाह की कई अन्य विधियाँ भी प्रचलित हैं। विधवा पुनर्विवाह समाज-सम्मत है। कुछ विशेष स्थितियों में तलाक की सामाजिक अनुमति है।

उराँव समाज में अखरा और घुमकुड़िया की विशेष भूमिका रहती आई है। 'घुमकुड़िया' उराँव समाज के 'युवा गृह' को कहा जाता है। लड़कियों के लिए अलग युवा गृह होते हैं, जिन्हें 'पेल-एर्पा' कहा जाता है। अब यह सब इतिहास की यादगार जैसी चीजें बनती जा रही हैं, क्योंकि आजादी के बाद उराँव क्षेत्रों में तीव्र औद्योगीकरण, शिक्षा का प्रसार, आवागमन के साधनों का विकास और ग्रामीण क्षेत्रों में प्रखंड कार्यालयों की स्थापना जैसे नए परिवर्तनों ने नया परिवेश निर्मित कर दिया है।

मुंडा

जनसंख्या की दृष्टि से संताल और उराँव आदिवासियों के बाद तीसरा बड़ा जनजातीय समुदाय मुंडाओं का ही है। सन् 2001 में इस समुदाय की जनसंख्या 10,49,767 बताई गई है।

राँची जिला के पूर्व और दक्षिण-पूर्व के इलाकों में इस जनजाति की आबादी फैली हुई है। छोटानागपुरी पठार के प्राचीनतम निवासियों में मुंडा भी हैं। लगभग दो हजार वर्षों से इस क्षेत्र में उनका निवास बताया जाता है। शरतचंद्र राय ने छोटानागपुरी पठार में उनके प्रवेश और रास्तों का निर्देश करते हुए बताया कि इनका मूल स्थान उत्तर-पश्चिम भारत था और आर्यों के दबाव के कारण वे आजमगढ़ के रास्ते छोटानागपुर के दुर्गम क्षेत्र में आ बसे। उनकी पुराण-कथाओं के अनुसार फणि मुकुट राय उनके पहले राजा थे।

मुंडा समाज एस्ट्रो-एशियाटिक भाषा-परिवार की एक भाषा मुंडारी बोलता है। अलग भाषा-परिवार से संबंध होने के बावजूद नस्ल के विचार से उराँव और मुंडा दोनों एक ही मूल के हैं। दोनों समुदायों का आर्थिक जीवन भी समस्तरीय है। स्थायी कृषि

उनकी जीविका का प्रमुख साधन है। उनके कृषि-कर्म में बीज रोपने का कार्य सिर्फ पुरुष करते हैं, किंतु फसल काटने के काम में स्त्री-पुरुष दोनों सहभागी होते हैं। मुंडाओं की ग्राम-व्यवस्था आत्मनिर्भर रहती आई है। प्रारंभ में मुंडा ग्राम में भूमि का स्वामित्व साझा हुआ करता था, जिसे 'खुँटकट्टी' कहा जाता था, बाद में निजी स्वामित्व का प्रचलन हुआ। अंग्रेजों के आगमन के बाद यहाँ संपत्ति संबंधी नई अवधारणा का विकास हुआ। परिणामतः सामुदायिक भावना का ह्रास और व्यक्तिवाद का उत्कर्ष होता गया है।

मुंडाओं का समाज दो सगोत्रीय शाखाओं में विभाजित है। पहली 'मुंडा को' पुरानी शाखा है और दूसरी शाखा 'कोमपत' मुंडा को से हीनतर समझी जाती है। पुनः इन शाखाओं का विभाजन अनेक कुलों या गोत्रों में हुआ है, जिन्हें 'किली' कहा जाता है। एक 'किली' के अंतर्गत वैवाहिक संबंध पूर्णतः वर्जित है। किलियों के नाम पशुओं, पौधों, पक्षियों और प्राकृतिक वस्तुओं के नाम पर आधारित हैं।

अधिसंख्यक मुंडा परिवार छोटे होते हैं, जिनमें माता-पिता और उनके अविवाहित बच्चे भर होते हैं, किंतु संयुक्त या बड़े परिवारों के उदाहरण भी मिलते हैं। प्रायः यह देखा जाता है कि विवाह के बाद पुत्र अपना दूसरा घर बनाता है और उसमें पत्नी के साथ रहने चला जाता है। पुरुषों की तुलना में नारी की हैसियत समतुल्य नहीं होती, तथापि परिवार में वे सम्मानित होती हैं और पारिवारिक या आर्थिक गतिविधियों में उनकी भागीदारी महत्त्वपूर्ण मानी जाती है।

उराँव समाज की तरह ही मुंडा समाज में भी युवा गृह होते हैं, जिन्हें 'गीतिओरा' कहा जाता है, लेकिन ये उराँवों के घुमकुड़िया की तरह सुगठित नहीं होते। इसके लिए अलग कोई भवन नहीं बनाया जाता। यह अविवाहित किशोरों के शयन-स्थान के उपयोग में आता है और इसके लिए कोई कमरा, खाली पड़ा मकान या विद्यालय भवन भी उपयोग हो सकता है। विवाहपूर्ण यौन संबंध भी होते हैं और यह आवश्यक नहीं कि ऐसे संबंध वैवाहिक संबंध की अनिवार्यता बन जाएँ! विवाह अभिभावकों द्वारा कन्या-धन देकर तय किए जाते हैं, किंतु आर्थिक विवशता की स्थिति में विनिमय या सेवा विवाह का चलन भी है।

मुंडाओं के सामाजिक-धार्मिक विधि-विधानों पर हिंदू परंपराओं का गहरा प्रभाव बताया जाता है। मुंडा समाज में शवों को जलाया जाता है। यह जगह 'ससान' कहलाती है। हत्या, आत्महत्या या चेचक से हुई मृत्यु के मामले में शव को ससान में नहीं जलाया जाता, बल्कि अन्य किसी स्थान पर दाह-क्रिया करने के बाद हड्डियों को किसी बड़ी चट्टान से दबा दिया जाता है। ऐसी जगहों को 'हड़गड़ी' भी कहा जाता है। मुंडा समाज

कई देवताओं, आत्माओं, प्रेतों और जादू-टोनों में विश्वास करता है। उसके सबसे बड़े देवता का नाम है सिंगबोंगा। उराँव समाज के सबसे बड़े देवता धर्मेश सूर्य के प्रतीक माने जाते हैं, किंतु मुंडाओं के सिंगबोंगा सूर्य नहीं हैं। कई शुभ अवसरों पर अलग-अलग बोंगाओं की पूजा-अर्चना की जाती है।

समाज संगठन की दृष्टि से मुंडा और उराँव समाज में कई समानताएँ पाई जाती हैं। मुंडा ग्राम में अनुभवी बुजुर्गों की सभा 'पंचायत' कहलाती है। यहाँ 'अंतग्राम पंचायतें' भी होती हैं और लगभग दर्जन भर गाँवों को मिलाकर 'पड़हा पंचायत' का गठन होता है। इन पंचायतों में हत्या या डकैती के मामलों को छोड़कर अन्य सभी प्रकार के झगड़ों पर सुनवाई और फैसले होते हैं। जिन गाँवों में गैर मुंडा आबादी भी निवास करती है, वहाँ गैर-आदिवासी समुदाय के बुजुर्ग भी पंचायत के लिए चुने जाते हैं। पड़हा पंचायत के अधिकारी पड़हा राजा, दीवान, ठाकुर, करता और लाल कहे जाते हैं।

हो

संताल, उराँव और मुंडा जनजाति के बाद हो जनजाति झारखंड की चौथी बड़ी जनजाति है। सन् 2001 की जनगणना के अनुसार झारखंड में हो आदिवासियों की जनसंख्या 7,44,850 बताई गई है। 'हो' जनजाति छोटानागपुर के सिंहभूम जिले में बसी हुई है। इस क्षेत्र के प्रमुख शहर—घाटशिला, जमशेदपुर, चाईबासा और चक्रधरपुर हैं। नोआमुंडी, ईचा गाँव और सरायकेला जैसे कस्बे भी प्रसिद्ध हो चुके हैं। 'हो क्षेत्र में ही एशिया का सबसे घना जंगल सारंडा है। नोआमुंडी और उसके आस-पास लौह अयस्कों की खदान अंतरराष्ट्रीय ख्याति प्राप्त कर चुकी है। उद्योग नगरी जमशेदपुर का विकास यहाँ की खनिज संपदा के साधन स्रोतों के बूते ही हुआ है। 'हो' जनजातियों का 'छऊ नृत्य' झारखंड का सर्वाधिक चर्चित लोकनृत्य है। इसे 'कोल्हान' क्षेत्र भी कहा जाता है।

'हो' भाषा आस्ट्रो-एशियाटिक भाषा-परिवार के अंतर्गत गिनी जाती है। 'हो' समाज के विषय में डॉ. डी.एन. मजूमदार का अध्ययन है कि 'हो' पुरुष के मुकाबले 'हो' स्त्रियाँ अधिक स्वस्थ और आकर्षक होती हैं। उनका निष्कर्ष यह है कि 'हो' महिलाएँ जीवन से भरपूर, सुगढ़ और सुघड़ होती हैं।

झारखंड के आदिवासियों में जनजाति की परंपरागत परिभाषा के सर्वाधिक निकट पड़ने वाली जनजाति 'हो' है। एक निश्चित भू-भाग में निवास, एक सामान्य बोली का उपयोग, अपनी प्रभावी सामाजिक-राजनीतिक व्यवस्था और संगठन से जुड़ाव इस

जनजाति को अपनी परंपराओं से अभी भी दूर तक जोड़े हुए है। समाज संगठन की दूसरी कई विशेषताएँ अन्य जनजातियों के समान ही हैं। 'हो' समाज अनेक सगोत्रीय वंशों में विभाजित है। समाज की सबसे छोटी इकाई 'किली' कहलाती है। 'किली' का नाम निर्धारण पशुओं, पौधों और प्रकृति की अन्य वस्तुओं के आधार पर होता है। एक किली के सदस्य रक्त संबंध से जुड़े हुए माने जाते हैं। विवाहित स्त्री पति की किली की समझी जाती है। किली की गतिविधियों और परिवार के सदस्यों को कबीले के आचार का पालन करना पड़ता है। प्राय: वे अपनी प्रथाओं को तोड़ने का प्रयत्न नहीं करते। यदि ऐसा कोई करता है, तो 'का जोमे ओवा रेंको' का दंड दिया जाता है, अर्थात् दोषी व्यक्ति को जाति बहिष्कृत कर दिया जाता है।

'हो' लोगों में पाँच प्रकार के विवाह मान्यता प्राप्त हैं—(1) अंदी, (2) दिकू अंदी (3) अपोरतिपि (4) राजी-खुशी, और (5) अनादेर। वधू-मूल्य की प्रथा को यहाँ 'गोनोंग का रिवाज' कहते हैं। दस से बीस मवेशियों को कन्या-मूल्य के रूप में लेन-देन के रिवाज के कारण अनेक कन्याओं का विवाह नहीं हो पाता है। अब इस प्रथा के खिलाफ सुधारवादी आंदोलन हुए हैं। इस कारण 'राजी खुशी' और 'अपोरतिपि' प्रकार के विवाह को अधिक समर्थन मिलने लगा है। 'हो' लोगों के वैवाहिक संबंधों की कई विशेषताएँ अपनी हैं। 'हो' जनजाति में ममेरी और फुफेरी बहन से शादी भी प्रचलित है। अपने से बड़ी उम्र की वधू के साथ विवाह आम बात है। विवाह प्रस्ताव वरपक्ष से होता है और कन्यापक्ष की ओर से पहल का रिवाज नहीं है।

गर्भावस्था में महिलाओं के लिए कई तरह के टोटके और निषेध चलन में होते हैं। वह दिन में भी गाँव के तालाब या जंगल में अकेले नहीं जाती है। बच्चे को जन्म देने के बाद प्रदूषण की एक अवधि, जो 'बीसी' कहलाती है, का पालन किया जाता है। प्राय: वह अवधि सात या आठ दिनों की होती है। इसके बाद नवजात शिशु का सिर हिलाया जाता है और स्नान कराया जाता है। उसी दिन या फिर जन्म के इक्कीसवें या तीसवें दिन बच्चे का नामकरण कर दिया जाता है। नामकरण संस्कार के लिए उड़द की दाल के दो दाने और चावल पानी से भरे बरतन में छोड़ दिए जाते हैं। अगर अनाज के दाने पानी में तैरने लगते हैं तो चुना गया नाम मंजूर हो जाता है और अगर डूब जाते हैं तो प्रस्तावित नाम अस्वीकृत हो जाता है।

'हो' समाज में मृतक का शव परिवार के अपने ससान (श्मशान) में जलाया जाता है, जो अकसर घर के पिछवाड़े या बारी में स्थित होता है। एक पत्थर उस स्थान पर गाड़ दिया जाता है। कभी-कभी तात्कालिक रूप में सामूहिक दाह-संस्कार भी किए

जाते हैं, जो 'जनटोपा' कहलाते हैं। फसलों की कटाई हो जाने के बाद वे मृत शरीर को 'खुँटकट्टी गाँव' में ले जाते हैं।

यह जनजाति सिर्फ कृषि उत्पादों पर निर्भर नहीं है, वन उपज के संग्रह से भी आजीविका के साधन जुटाए जाते हैं। उनमें अब काफी लोग खनिज और उद्योग क्षेत्र के रोजगारों से भी आजीविका कमाने लगे हैं। पशु-पालन और कुटीर उद्योग के सामान हाट-बाजार में बेचकर भी कुछ आमदनी होती है। वस्तु-विनिमय प्रणाली अब समाप्त हो चली है और इनकी खरीदारी मुद्रा-विनिमय पर आधारित हो गई है। चावल, दूध, तिलहन, लाह, सब्जी बेचकर ये अपने कपड़े, रेडीमेड वस्त्र, नमक, किरासन तेल, मसाले, काँच की चूड़ियाँ और अन्य सस्ते सौंदर्य प्रसाधन खरीदते हैं।

भात उनका मुख्य भोजन है। चावल से घर में तैयार की गई शराब इली या डियांग उनके भोजन के मुख्य मद हैं। दूसरे आदिवासी समुदायों की तरह उनके बीच भी चावल से बना चूड़ा और मुरही का खूब इस्तेमाल होता है। महुए के पेड़ से भी इन्हें कई तरह के खाद्य पदार्थ मिल जाते हैं। महुआ के फूल से शराब तैयार होती है। साल के फल के साथ महुए के फूल को सिंझाकर, महुआ फल के पाउडर से रोटी बनाकर और महुए के बीज की पेराई से तेल निकालकर भी काम चलाया जाता है। केश-सज्जा के लिए नीम का तेल इनके द्वारा खूब इस्तेमाल होता है।

'हो' समाज की सामाजिक व्यवस्था 'मुंडा-मानकी पद्धति' के नाम से भी जानी जाती है। एक गाँव के प्रधान को 'मुंडा' और दस गाँवों के प्रधान को 'मानकी' कहते हैं।

खड़िया

झारखंड की आदिवासी जमातों में खड़िया आदिवासी निवासस्थान की दृष्टि से कई क्षेत्रों में फैले हैं। सन् 2001 की जनगणना के अनुसार इनकी आबादी 1,64,022 बताई गई है। इसकी तुलना में अगर अन्य राज्यों में इनकी आबादी पर गौर करें तो एक भिन्न स्थिति सामने आती है। झारखंड के छोटानागपुर क्षेत्र के बाहर बड़ी संख्या में खड़िया आबादी उड़ीसा, बंगाल, मध्य प्रदेश, महाराष्ट्र और त्रिपुरा में भी निवास करती है।

खड़िया समुदाय को मानवशास्त्री रिज्ले ने छह शाखाओं में बाँटा है, किंतु शरतचंद्र राय ने सिर्फ तीन शाखाओं का अस्तित्व स्वीकार किया है। राय के अनुसार ये तीन शाखाएँ हैं—हिल खड़िया, ढेलकी खड़िया और दूध खड़िया। बरगा खड़ियाओं को उन्होंने अन्य कबीलों और जातियों का मिश्रण माना है। इसी प्रकार मुंडा खड़िया और उराँव खड़िया मुंडा और उराँव मिश्रण के वर्ग हैं। निवास की दृष्टि से हिल खड़िया

सिंहभूम जिले के दालभूम अनुमंडल में केंद्रित हैं। ढेलकी खड़िया मुख्यतः राँची जिले में पाए जाते हैं। दूध खड़िया लोगों का निवास भी मुख्यतः इसी क्षेत्र में है।

खड़िया भाषा मुंडा परिवार की भाषा है। आर्थिक दृष्टि से हिल खड़ियाओं की स्थिति चिंताजनक है। अभी भी उनका रहन-सहन आदिम ढंग का और गरीबी से दबा-कुचला है। दूध खड़िया और ढेलकी खड़िया लोगों के गाँवों में 'अखरा' मौजूद हैं, जो नृत्य और बैठकों के स्थान हैं। हिल खड़िया गाँवों में 'अखरा' नहीं होते। समाज संगठन की दृष्टि से खड़िया गाँव और खड़िया परिवार भी छोटे होते हैं। छोटानागपुर की अन्य जनजातियों की तरह ही खड़िया परिवार छोटे होते हैं। छोटानागपुर की अन्य जनजातियों की तरह ही खड़िया समाज भी सगोत्रीय इकाइयों में बँटा हुआ है। उनके गोत्र प्रकृति के विविध उपादानों से सरोकार रखते हैं। जैसे—हिल खड़िया लोगों के गोत्र गुलु (साल मछली), भुइया (मछली), जारू (चूहा), हेंब्रम (पानी सुपारी), ढेलकी खड़िया लोगों के गोत्र मुरु (कछुआ), समद (हिरन), हंसदा (बाम), टोपनो (एक चिड़िया) और दूध खड़िया के लोगों में डुंगडुंग (सर्पमीन), कुलु (कछुआ), बिलुंग (नमक), सोरेंग (पत्थर), किरो (बाघ) हैं। एक गोत्र में विवाह पूर्णतया वर्जित है। इस समाज में बहुपत्नी प्रथा मान्य है। विवाह की पद्धतियाँ क्रय, विनिमय और अपहरण भी हैं। गाँव की पंचायत तलाक की अनुमति देती है। तलाक के आधार परस्त्रीगमन, नपुंसकता, बाँझपन, संतानहीनता, क्रूर व्यवहार, पति या पत्नी का काहिल होना या घर के कामकाज में हाथ नहीं बँटाना भी हो सकते हैं।

परंपरागत खड़िया धर्म में देवताओं की विविधता है। हिल खड़िया के प्रमुख धर्माचार्य को 'दिहुरी' और दूध या ढेलकी खड़िया में 'पहान' कहते हैं। यह आनुवंशिक पद होते हैं। ये सूर्य की पूजा करते हैं, जिन्हें 'बेला भगवान्' या 'ठाकुर कहा जाता है। हिल खड़िया लोगों के लिए कई सरकारी योजनाएँ बनीं, क्रियान्वित हुईं, किंतु उनकी स्थिति में कोई विशेष परिवर्तन नहीं हुए। खड़िया समुदाय के अन्य लोगों में शिक्षा का प्रतिशत बढ़ा है और इसाई धर्म में रूपांतरण के बाद उनकी सामाजिक-सांस्कृतिक स्थिति में गुणात्मक परिवर्तन दिखलाई पड़े हैं।

संताल

झारखंड राज्य में आबादी के लिहाज से सबसे बड़ी जनजाति है संताल। झारखंड की अन्य जनजातियाँ उराँव, मुंडा, हो या खड़िया जनसंख्या में संतालों से बहुत पीछे हैं। सन् 2001 की जनगणना के अनुसार झारखंड में संतालों की आबादी 24,10,509 बताई

गई है। यों तो संताल समाज की घनी आबादी संताल परगना के पाँच जिलों—साहेबगंज, देवघर, गोड्डा, दुमका और पाकुड़ में निवास करती है, किंतु बिहार राज्य के पूर्णिया, भागलपुर, सहरसा और मुंगेर के अलावा छोटानागपुर प्रमंडल के हजारीबाग, सिंहभूम और धनबाद में भी उनकी आबादी फैली-बिखरी है। सबसे दिलचस्प बात यह है कि जिस संताल जनजाति के नाम पर अंग्रेजों ने संताल जिला नाम दिया और जो बाद में संताल परगना बन गया, उसके मूल निवासी पहाड़िया जनजाति के लोग हैं, न कि संताल। ब्रिटिश साम्राज्य का शासन जब अत्याचार और शोषण की ओर बढ़ने लगा तो सबसे पहले पहाड़िया जनजाति ने उसके खिलाफ विद्रोह किया। इस विद्रोह को दबाने के लिए अंग्रेजों ने 1770 से 1790 के बीच संतालों को यहाँ लाकर बसाया था।

जनसंख्या बाहुल्य के लिहाज से संताल भारतीय जनजातियों में गोंडों और भीलों के बाद तीसरी बड़ी जनजाति है। झारखंड, बिहार और बंगाल में तो यह सबसे बड़ी आबादी है ही, उसकी एक बड़ी संख्या उड़ीसा, असम और बंगलादेश में भी निवास करती है। नस्ल के विचार से ये प्रोटोएस्ट्रोलॉयड परिवार और भाषा के लिहाज से एस्ट्रोएशियाटिक भाषा-परिवार के मुंडा कुल में पड़ते हैं। यह समाज मुख्यतः खेतिहर समाज है।

संताल बारह बर्हिगोत्रीय वंशों में विभाजित हैं, किंतु अब सिर्फ ग्यारह कुल ही अस्तित्व में हैं। ये हैं—सोरेन, मुरमू, मारली, किस्कू, चोराई, हांसदा, तुरी, बास्की, करवार, हेंब्रम और बेसरा। संताल समाज-व्यवस्था और पद्धति हिंदुओं की वर्णाश्रम पद्धति से आश्चर्यजनक समानता रखती है। संतालों के उपर्युक्त वंशों को 'खूट' के नाम से उपवंशों में विभाजित किया गया है। एक वंश या गोत्र के अंदर वैवाहिक संबंध वर्जित है। संताल गाँवों में अलग-अलग गोत्रों के संताल भी निवास करते हैं, किंतु एक गाँव के भीतर दूसरे गोत्र में भी विवाह संबंध मान्य नहीं हैं।

गाँव का प्रमुख व्यक्ति 'मांझी' कहलाता है और विवाह-वार्त्ता आरंभ करने के लिए भी उसकी अनुमति अनिवार्य है। इस अनुमति प्रदान करने के लिए उसे कुछ रुपए या पोचाई नामक चावल से बनी शराब मिलती है। ग्रामीण क्षेत्रों में प्रायः साप्ताहिक हाटों-मेलों में लड़के-लड़कियाँ अपने जीवनसाथी का चुनाव कर लेते हैं। फिर अपने अभिभावकों को किसी मध्यस्थ सूत्र से अपनी पसंद की सूचना देते हैं। मांझी की अनुमति मिल जाने पर दोनों पक्षों के अभिभावक मिल-बैठकर विवाह-संबंध तय करते हैं। वैसे पत्नी पाने के सात प्रकार रिवाजों में हैं, किंतु सबसे प्रचलित प्रकार वह है, जिसमें विवाह संबंध किसी रायबर या मैचमेकर के जरिए तय किए जाते हैं। कन्या के अभिभावक कन्या-धन या 'पोन' की माँग करते हैं। इस तरह के विवाह को 'किरिंग

बहु' कहा जाता है। 'किरिंग जवाए' नाम की विवाह पद्धति में किसी गर्भवती कन्या से वर इस शर्त पर विवाह करने के लिए राजी हो जाता है कि कन्या का पिता उसे रुपए, हल, बैल और थोड़ा अनाज देंगे। 'इटूट' प्रकार के विवाह में लड़का उस लड़की के ललाट में सिंदूर भर देता है, जिससे उसका पूर्व संबंध रहा होता है। 'निर बोलोक' प्रकार का विवाह तब होता है, जब लड़की लड़के के घर अपनी मरजी और पहल पर चली जाती है और रहना शुरू कर देती है। गरीब संतालों के बीच जो विवाह पद्धति लोकप्रिय है, उसे 'टुंकी-डिपली-बापला' कहते हैं। इस प्रकार के विवाह में दुलहन बिना किसी लोकाचार के दूल्हे के घर लाई जाती है और दूल्हा उसकी माँग में सिर्फ सिंदूर भरने की रस्म निभाता है।

संतालों के उत्तराधिकार संबंधी कानूनों के मुताबिक पुत्रों को पिता की संपत्ति बराबर मिलती है। विवाहित पुत्री को कोई हिस्सा नहीं मिलता है। अविवाहित और आश्रित पुत्रियों को भरण-पोषण का अधिकार मिलता है। विवाह पूर्व यौन संबंधों को गंभीरता से नहीं लिया जाता। यौन शुचिता का पालन सामाजिक मार्यादा से जुड़ा हुआ होता है। लड़के और लड़कियाँ अपनी भाभी से यौन समस्याओं पर खुलकर बातचीत कर सकते हैं।

संताल परिश्रमी और अध्यवसायी समुदाय है। उनकी अर्थव्यवस्था मुख्य तौर पर स्थायी खेती पर निर्भर है। वे स्थायी गाँवों में सुगढ़ बने मकानों और झोपड़ियों में रहते हैं। उनके घर मजबूत बुनियादों पर त्रिकोणात्मक होते हैं, जिसके चारों ओर बरामदे होते हैं। ये घर कई कमरों में विभाजित होते हैं और एक छोटा कमरा मवेशियों, सुअरों और मुरगों के लिए भी होता है। स्थायी कृषि को जीवनयापन का मुख्य जरिया बना लेने के बावजूद वे अपने शिकार और मछली मारने के पुराने परंपरागत पेशे को भूले नहीं हैं।

इन सब खूबियों के बावजूद संताल बेहद गरीब हैं। ऐसा मुख्यतः दो कारणों से बताया जाता है। एक तो शराबखोरी और दूसरे कर्ज लेने की आदत। कहते हैं, बिना भोजन दो-एक दिन रह सकते हैं, लेकिन शराब के बिना वे एक दिन भी नहीं गुजार सकते। सूदखोर और महाजन उनकी इस कमजोरी का बेजा फायदा उठाते हैं और ऊँची दर पर कर्ज देकर उनकी भू-संपत्ति पर कब्जा जमा लेते हैं। चूँकि उनकी बढ़ती आबादी के लिए कृषि उपज पर्याप्त नहीं पड़ती, इसलिए उनके युवा सदस्य अब खदानों, अभ्रख कोलियरियों, चाय बगानों और औद्योगिक क्षेत्रों में मजदूरी के लिए जाने लगे हैं।

'हो' आदिवासियों की तरह संताल धर्म को भी बोंगाओं और प्रेतात्माओं में विश्वास और पूजा का धर्म कहा जा सकता है। संतालों के सबसे प्रमुख देवता सिंगबोंगा हैं। उनके बाद दूसरा स्थान मरांग बुरू का है। संतालों के ग्राम देवता 'जहेर-एरा' कहलाते हैं। व्यक्ति और गृह-देवता के नाम बाहरी व्यक्तियों को नहीं बतलाए जाते। 'नायक' उनके ग्राम पुजारी को कहा जाता है, जो उनके धार्मिक कृत्यों और अनुष्ठानों को संपन्न कराता है।

संतालों का राजनीतिक संगठन छोटानागपुर की अन्य जनजातियों की तुलना में अधिक सुगठित है। संताल समाज में एक ग्राम परिषद् होती है, जिसका प्रधान 'मांझी' और उपप्रमुख 'परानिक' कहलाता है। ग्राम परिषद् का संदेशवाहक 'गोड़ाइत' कहा जाता है। संताल गाँव के झगड़ों को बाहर ले जाना पसंद नहीं करते। उनका 'लो-बिर' या 'शिकार परिषद्' उनका उच्चतम न्यायालय है, जिसके फैसले प्रत्येक संताल को मानने पड़ते हैं। लेकिन अब सरकार द्वारा लागू पंचायत प्रणाली के कारण संतालों की परंपरागत पंचायत द्वारा सामाजिक नियंत्रण कमजोर होता जा रहा है।

झारखंड के आदिवासी समुदायों के इन बड़े जनजातीय समूहों के संक्षिप्त परिचय के बाद भी यह जान लेना नितांत आवश्यक है कि अन्य जनजातियों के समाज संगठन और सांस्कृतिक परंपराओं में अनेक बुनियादी समानताएँ बतलाई जा सकती हैं और साथ ही उनकी कई अपनी खास जीवन-स्थितियों और विशेषताओं का अध्ययन भी कम रोचक या उपयोगी नहीं है, किंतु प्रस्तुत पुस्तक की सीमाओं में प्रत्येक जनजाति का स्वतंत्र अध्ययन प्रस्तुत करना संभव नहीं है, इसलिए झारखंड की समाज-संरचना के केंद्रीय पक्ष की यह प्रासंगिक चर्चा सीमित की जा रही है।

इस समस्या संकुल प्रदेश में जितने छोटे-बड़े सवाल हैं, उतने ही आम-अहम मसले भी हैं। यहाँ ऐतिहासिक विकास के कई पड़ावों पर रुके-चलते समूह हैं और उसी तरह कई सदियों की सम-विषम सीढ़ियों पर खड़े लोग हैं। एक तरफ ग्रामसभा और स्वशासन के उत्साह में जुटती भीड़ है तो दूसरी ओर लोकतंत्र को जोंकतंत्र बताने वाले हथियारबंद क्रांतिकारी दस्ते हैं। कहीं सार्वजनिक धन का अपव्यय करती विकास योजनाओं का फंड लूटते सरकारी नुमाइंदें हैं तो दूसरी ओर धन की इस उगाही में अपना हिस्सा माँगते लाल सिपाही हैं। अब यह छुपी बात भी नहीं रही कि अति वामपंथी कई संगठन विकास राशि में से 'कट मनी' वसूलते और पाते हैं। यह भी हैरत की बात है कि अपने शिकार में से कुत्ते को भी हिस्सा देने वाली उदार समतावादी परंपरा के उत्तराधिकारी आदिवासी अपनी महिलाओं को संपत्ति के उत्तराधिकार में शामिल करने के लिए तैयार नहीं दिखते!

अल्पसंख्यक जनजातीय समुदाय

इस तरह आज के झारखंड के खंड-खंड पर तरह-तरह के पाखंड के तेवर दिख सकते हैं। इस जनप्रवाह में कई विजन द्वीप भी हैं अल्पसंख्यक आदिवासी समुदायों के रूप में। जनगणना के आँकड़े बतलाते हैं कि सन् 2001 में राँची, हजारीबाग और पलामू में बिखरे हुए बिरहोर लोगों की कुल आबादी 7,514 थी। इस समय असुरों की आबादी 10,347, सबर कबीले की आबादी 6,004, बिरजिया जनजाति की आबादी 5,365, गोड़ाइत जनजाति के लोग सिर्फ 3,957, बैगा 2,508 और बथुड़ी आबादी सिर्फ 1,114 बताई गई है। इस अवधि में खोंड समुदाय 196 पर सिमटा है तो बंजारा सिर्फ 374 पर। ये सचमुच चिंताजनक स्थिति है कि इन अल्पसंख्यक व कमजोर कबीलों की समुचित चिंता अब तक शेष समाज में नहीं दिखी। संभव है कि ग्रामसभा जैसी छोटी प्रशासनिक इकाई अब इन सबका पूरा ध्यान रखे।

कुल मिलाकर विकासीय जड़ता की यह स्थिति उस क्षेत्र की है, जो पिछली आधी सदी तक अपनी अस्मिता की पहचान के लिए अलग राज्य का आंदोलन चला रहा था। अलग राज्य गठन के बावजूद विशेष सरकारी संरक्षण-संवर्द्धन की योजनाओं की पहल की विसंगति पर अब क्या टिप्पणी की जाए! उनके लिए इन विनष्ट होते नस्लीय समूहों की दुर्दशा पर पूरा ध्यान देने का समय अब तक नहीं आया है। उपनिवेशकाल में इस क्षेत्र के विकास की जो स्थानमूलक दृष्टि थी, उसे समुदाय केंद्रित नीति में बदलकर ही इस अंधकारग्रस्त स्थिति से बाहर आया जा सकता है। इतिहास की यही शिक्षा अल्पसंख्यक जनजातियों को संपूर्ण विनाश से बचा सकती है।

इस परिक्रमा से हम जिन निष्कर्षों तक पहुँच सकते हैं, वे सामान्य तौर पर सभी आदिवासी समुदायों पर घटित होते हैं। आदिवासी समाज के ग्रामीण क्षेत्रों की दुनिया अभी भी अपनी पुरातन परंपराओं में जीती आ रही है, जबकि शहरों और कस्बों में स्थिति तेजी से बदलती जा रही है। आजादी से पहले और खासतौर पर ब्रिटिश शासन के लगभग दो सौ वर्षों के कार्यकाल में इसाई मिशनरियों ने उन्हें यूरोपीय व्यक्तिवाद से जोड़ा, नए धर्म-दर्शन से बाँधा, शिक्षा और चिकित्सा सुविधा के समानांतर आत्मसम्मान और आधुनिकता की नई अवधारणों से परिचित कराया। इसी तरह जनजातीय अंचलों के चारों ओर हिंदू समाज संगठनों की उपस्थिति ने भी उन्हें हिंदू संस्कारों से प्रभावित और प्रेरित किया। इन दो भिन्न जीवन-पद्धतियों के संपर्कों में आकर आदिवासियों के बीच ऐसे वर्गों का उदय और पोषण हुआ, जो अपने पुरातन जीवन-मूल्यों और सामाजिक-सांस्कृतिक परंपराओं से हटकर आधुनिकीकरण की प्रक्रिया में शामिल होते गए हैं।

दिशांतर

आजादी के बाद औद्योगीकरण को विकास की धुरी के रूप में जब नए अर्थ-चिंतन में मान्यता मिली तो देश के आदिवासी इलाकों में नई गतिविधियाँ शुरू हुईं। खनिज संपदा के दोहन के लिए संपन्न क्षेत्र यहीं थे और कच्चे माल की सुलभता के लिहाज ने नए कल-कारखानों की संभाव्यता भी यहीं देखी गई। परिणामस्वरूप विकास के नाम पर जो आँधी चली, उसने इन अंचलों में नई बढ़ती आबादी के साथ आदिवासियों के हितों का टकराव भी सामने ला दिया। विकास की योजनाओं को मूल निवासियों के विनाश का वाहक बताया जाने लगा और स्वायत्तता के पक्ष में गिरता-उठता आंदोलन एक नई ऊँचाई पर जा पहुँचा। कुछ लोग इसे संस्कृतिकरण और संक्रमण का दौर मानते हैं और इस अवधारणा में यह शामिल है कि हर समाज को विकास की कीमत चुकानी पड़ती है। फिर यह भी पूछा जाता है कि क्या आदिवासी हमेशा आदिम स्थितियों में ही एक अजूबे की तरह पड़े रह सकते हैं? इस प्रकार, इस क्षेत्र में विचारों का एक द्वंद्व भी चलता रहा है कि आदिवासी और विकास के बीच सही सामंजस्य की तलाश की जाए तो कैसे? तो भी इतना तो कहा ही जा सकता है कि आबादी को उजाड़कर भूखंड के विकास की अवधारणा न तो लोकतांत्रिक सकती है, न ही वैज्ञानिक; वह सिर्फ औपनिवेशिक ही हो सकती है।

अनुसूचित जातियों और अनुसूचित जनजातियों के आयुक्त की उनतीसवीं रिपोर्ट में 'भारत में अनुसूचित जनजातियों की वर्तमान स्थिति : कुछ बुनियादी सवाल' शीर्षक वाला डॉ. ब्रह्मदेव शर्मा का आलेख इस संदर्भ में उत्प्रेरक है—

"आज हम देश के आर्थिक-सामाजिक इतिहास के दौर में एक बड़े नाजुक दौर से गुजर रहे हैं, जहाँ पर कुछ बुनियादी बातों की गहराई से, खास तौर पर आदिवासी लोगों के विकास के संदर्भ में, समीक्षा करना निहायत जरूरी है। इसके लिए सबसे पहले हमें खुद आदिवासी समाज की आज की ऐतिहासिक स्थिति को समझना होगा। आजादी के बाद हम लोगों ने अपने देश की कृषिप्रधान व्यवस्था को एक आधुनिक अर्थव्यवस्था के रूप में तब्दील करने का फैसला किया था। इस मामले में आमतौर पर यही धारणा रही है कि आधुनिक अर्थव्यवस्था में औद्योगिक गतिविधियाँ केंद्र में रहेंगी।

इस फैसले का देश के विभिन्न क्षेत्रों में तथा यहाँ के निवासियों के लिए दूरगामी परिणाम होना स्वाभाविक था। पहले की कृषि-व्यवस्था में हमारे देश के वे इलाके केंद्रीय थे, जहाँ अच्छी खेती हो सकती थी, जैसे कि गंगा-सिंधु का मैदान, दक्षिणी पठार में खेतों के लिए उपयुक्त अंचल और समुद्र के तटवर्ती मैदानी इलाके। इस व्यवस्था में पहाड़

और जंगल सीमांत के क्षेत्र थे। इसलिए इस व्यवस्था में इन मैदानी इलाकों में रहने वालों का वर्चस्व था और जंगलों-पहाड़ों में बसने वाले लोग देश की आर्थिक-सामाजिक व्यवस्था के सीमांत पर ही बने रहे। ये इलाके बड़े ही दुर्गम भी थे। इसलिए उन लोगों की जिंदगी मैदानी लोगों की जिंदगी से कुछ थोड़ा-बहुत संपर्क-सूत्र होने के बावजूद अलग-थलग जैसी बनी रही।

परंतु देश में औद्योगीकरण की प्रक्रिया को तेज करने के फैसले के बाद उसके लिए जरूरी संसाधनों की खोज चालू हुई। जहाँ भी संसाधन उपलब्ध थे, उन इलाकों को खोलने के लिए योजनाएँ बनीं। देश के औद्योगीकरण के लिए जितनी चीजें जरूरी थीं, वे सब इन्हीं जंगलों-पहाड़ों के क्षेत्रों से भरी पड़ी हैं—कहीं पर बहुमूल्य खनिज हैं, कहीं उपयोगी जंगल, कहीं पर गहरी घाटियाँ, जिनमें पानी को रोककर बड़े बाँध बनाकर सिंचाई और बिजली के लिए उपयोग किया जा सकता है। यह विपुल संपदा, जिसका अब तक कोई मूल्य नहीं था, नए संदर्भ में एकाएक बेशकीमती हो गई है। उसका दोहन आंचलिक, क्षेत्रीय या राष्ट्रीय आर्थिक विकास के लिए जरूरी मान लिया गया है।"

झारखंड सहित देश के तमाम आदिवासी अंचलों के सामाजिक-सांस्कृतिक जीवन में यहीं से एक विसंगति का जन्म हुआ। प्राकृतिक संसाधन आदिवासियों के भौतिक-आध्यात्मिक जीवन के अनिवार्य पूरक क्षेत्र हैं। वे उनकी जिंदगी के आधार हैं। आधुनिक व्यवस्था के नजरिए में यह उपयोग अनुपयोगी नहीं तो बहुत ही अलाभकारी उपयोग करार दे दिया गया। इसके साथ ही यह भी मान लिया गया कि इन राष्ट्रीय संसाधनों का व्यापक संदर्भ में अधिकाधिक उपयोग ही राष्ट्रीय हित में है और उसके रास्ते में किसी दूसरे हित को न आने देना स्वाभाविक है और जरूरी भी। इस तरह आदिवासी अंचलों में एक अभूतपूर्व विसंगति पैदा हो गई।

आदिवासी समाज आज अपने इतिहास के सबसे बड़े संक्रमणकाल की चुनौतियों के दौर में है। आदिवासी क्षेत्रों के विकास की प्रक्रिया एक ऐसे दौर में पहुँच चुकी है, जहाँ आदिवासी समाज का भविष्य और उसके अस्तित्व पर ही प्रश्नवाचक चिह्न लग गया है। देश, क्षेत्र या अंचल के विकास के लिए कानून के तहत उन लोगों का तेजी से विस्थापन होता रहा है। विस्थापन की यह प्रक्रिया उस कानून के मान से भी, जिसके तहत उनके संसाधन छीने जा रहे हैं, गैरकानूनी है। यही नहीं, स्वयं वह कानून हमारे संविधान की व्यवस्था के खिलाफ है। इसके आगे यदि इससे भी ऊँचे स्तर पर हम उस प्रक्रिया पर विचार करें तो स्पष्ट रूप से वह उनके मानवीय अधिकारों की अवहेलना है। इस विकास की खातिर आदिवासी इलाकों में कितने लोग विस्थापित होंगे और क्यों? कितने

समाज टूटेंगे और क्यों? आज ये अहम सवाल हैं, जिन पर गंभीरता के साथ विचार करने की जरूरत है।

इस प्रकार, झारखंड की समाज-संरचना के अध्ययन के क्रम में क्षेत्रीय समाज के एक मान्य और सर्वाधिक महत्त्वपूर्ण घटक के जीवन के बुनियादी सवालों पर उसकी परंपरा, जीवन-शैली, मूल्य-दृष्टि और सामाजिक संस्थाओं के संदर्भ में विचार किया जा रहा है।

सदान

अलग राज्य के लिए चले आंदोलन के तहत प्रस्तावित वृहत झारखंड प्रदेश के क्षेत्रफल का लगभग तीन-चौथाई भाग, जो अविभाजित बिहार राज्य में प्रशासनिक दृष्टि से छोटानागपुर और संताल परगना क्षेत्र के रूप में जाना जाता था, झारखंड राज्य के रूप में पुनर्गठित हुआ है। इसी क्षेत्र में अलग राज्य की माँग कभी छोटानागपुर, कभी झारखंड और कभी वनांचल नाम से होती थी और आंदोलनात्मक गतिविधियाँ चलती थीं। इस राज्य के क्षेत्र का भौगोलिक विस्तार 1 लाख, 90 हजार, 50 वर्गकिलोमीटर है, जो वर्तमान में तीन प्रमंडलों और 24 जिलों में विभाजित है। सन् 1981 की जनगणना के अनुसार इस क्षेत्र की कुल जनसंख्या एक करोड़ अस्सी लाख थी, जो राज्य गठन के समय सन् 2010 में बढ़कर दो करोड़ सत्तर लाख हो गई। सन् 2011 की जनगणना के अनुसार इस राज्य की कुल आबादी तीन करोड़ उन्नीस लाख है, जो उपर्युक्त तीनों घटकों की मिली-जुली जनसंख्या का जोड़ है—आदिवासी, सदान और गैर-आदिवासी। इन तीनों घटकों का स्थूल अनुपात क्रमशः 27 प्रतिशत, 40 प्रतिशत और 33 प्रतिशत बताया जाता है।

सामाजिक सामंजस्य की दृष्टि से विचार करें तो यह एक वास्तविकता है कि आदिवासी और सदान सामाजिक-आर्थिक-सांस्कृतिक संबंधों की कसौटी पर एक-दूसरे से अधिक निकट हैं और गैर-आदिवासी उनसे भावनात्मक स्तर पर जुड़कर त्रिकोण बनाने में अब तक पूर्णतया सफल नहीं हुए। पिछले कुछ समय में सदानों में अपनी पहचान की एक नई बेचैनी दिखाई पड़ रही है, जो आदिवासी पहचान के आंदोलन के प्रत्युत्तर में उभरी है। यह अभिमत झारखंड विषयक समिति की बहुचर्चित रिपोर्ट के तीसरे अध्याय की कंडिका 22 से भी समर्थित है। चूँकि इस क्षेत्र में भूमिपुत्र की अवधारणा अभी तक सुस्पष्ट नहीं है और संविधान की पाँचवीं अनुसूची के प्रावधानों के तहत सिर्फ जनजातीय समूहों को ही विशेष संरक्षण प्राप्त है, इसलिए सदान समुदाय सरकार और

समाज दोनों ओर से उपेक्षित है। लगभग समान सामाजिक-आर्थिक-सांस्कृतिक स्थिति में जिस बाहरी हस्तक्षेप और दबाव के प्रभाव में जनजातीय समूह रहते आए हैं, उन्हीं के सहभोक्ता सदानी समुदायों के लोग भी हुए। उन्नीसवीं शताब्दी में अंग्रेजों के खिलाफ हुए जनसंघर्षों में सदानों ने भी बड़ी संख्या में भाग लिया था। बीसवीं शताब्दी में भी, आजादी के पहले और बाद के वर्षों में सांस्कृतिक दमन, आर्थिक शोषण, सामाजिक उपेक्षा और प्रशासनिक अनदेखी को जिस शिद्दत से आदिवासी समुदायों ने महसूस किया, उसी तल्खी के साथ सदानों ने भी झेला। इसके बावजूद राजनीतिक और जातीय पहचान के अभाव में सदान उस थोड़ी सी रियायत से भी वंचित रहे, जो संविधानिक संरक्षण के अंतर्गत आदिवासी समाज को मिलती रही। इसी कारण हाल के वर्षों में अपनी पहचान की बेचैनी और अधिकार-चेतना के लिए संगठित होने की जुझारू प्रवृत्ति का द्रुत विकास सदानों में हुआ है।

यह एक इतिहाससंसम्मत वास्तविकता है कि बीसवीं सदी में झारखंड की स्वायत्तता के आंदोलन के शुरुआती दौर में अवाम को नेतृत्व जनजातीय लोगों ने प्रदान किया था। यह भी सही है कि अंग्रेजों के औपनिवेशिक दमन के खिलाफ खुले विद्रोह का नेतृत्व भी आदिवासी योद्धाओं ने ही किया था। इसी का परिणाम था कि अंग्रेजों ने सन् 1834 में साउथ-वेस्ट फ्रंटियर एजेंसी के रूप में नामित झारखंड क्षेत्र को अलग-अलग प्रशासनिक खंडों-इकाइयों में विभक्त किया और कृषि और राजस्व से संबंधित कई सुधारवादी कानून बनाए। उन्हीं दिनों मिशनरियों और अंग्रेज अधिकारियों ने जनजातियों और सदानी जातियों को दो अलग वर्गों के रूप में विभक्त कर मान्यता दी। इस विभाजक नीति के फलस्वरूप आदिवासियों का जंगल और जमीन पर पैतृक अधिकार सुरक्षित नहीं रह सका, क्योंकि उपनिवेशवादी शासन के उद्देश्यों के लिए वह उपयोगी नहीं था। इसका एक दुष्परिणाम यह सामने आया कि लंबे समय तक आदिवासी और सदानों के बीच खाई बनी रही। यही कारण है कि 'आदिवासी महासभा' के पूरे कार्यकाल में और झारखंड आंदोलन के प्रारंभिक चरण में, चंद अपवादों को छोड़कर, सदान इन गतिविधियों से अलग-थलग रहे। कहना तो यह चाहिए कि सामाजिक-सांस्कृतिक-आर्थिक जीवन में तो आदिवासी और सदान वर्गों की साझेदारी बनी रही, किंतु राजनीतिक गतिविधियों में अलगाव भी चलता रहा।

सन् 1960 के बाद औद्योगीकरण की रफ्तार तेज होने पर अपनी क्षेत्रीय समस्याओं के प्रति इन दोनों वर्गों की अलग-अलग अवधारणओं में निकटता आई। इस प्रकार, साझेदारी की वह जमीन तैयार हुई, जिस पर झारखंड आंदोलन का सामाजिक आधार

धीरे-धीरे फैलता गया और उसमें कुड़मी, तेली, महतो, अंसारियों और अन्य अनेक कामगार जातियों की संबद्धता पुष्ट होती गई। इसके बावजूद सदानी जातियाँ झारखंड के यत्किंचित् विकास का लाभ उठा नहीं सकीं। यहाँ तक कि सन् 1955 में अलग राज्य की माँग को अस्वीकार करते हुए भी राज्य पुनर्गठन आयोग की सिफारिशों में जनजातीय समूहों के लिए संविधानिक गारंटियों के तहत मंत्रिमंडल सहित प्रशासन के सभी स्तरों पर पर्याप्त भागीदारी की आवश्यकता बताई गई, किंतु बहुसंख्यक सदानी समुदायों के संरक्षण की ओर केंद्र या राज्य किसी का ध्यान नहीं गया। वस्तुतः इस प्रकार, सदान समुदाय झारखंड के मूल वासियों की सूची से भी गायब रहा और उस गैर-आदिवासी आबादी से भी समरसता नहीं बना सका, जो आजादी के बाद उद्योग-व्यापार, प्रशासन और नगरीकरण के दौर में यहाँ प्रभावी होती गई। आज भी सदान जहाँ कहीं संगठित हुए हैं, उसके पीछे जातीय एकरूपता ही प्रभावी है, सिर्फ सामाजिक-आर्थिक आधार पर उनकी एकजुटता पाएदार नहीं है।

यह ध्यान देने की बात है कि झारखंड विषयक समिति की रिपोर्ट (सन् 1993) में 'सदान विकास परिषद्' के प्रतिनिधियों ने झारखंड जनरल काउंसिल के प्रस्तावित शासकीय ढाँचे पर जोरदार विरोध दर्ज किया था। इस विरोध के दो पहलू थे—एक तो यह कि इन प्रतिनिधियों ने बिहार से अलग संघ शासित क्षेत्र या अलग राज्य के रूप में एकल प्रशासनिक इकाई के पक्ष में अपनी राय दी और दूसरे यह कि इनकी राय में प्रस्तावित ढाँचे में सदानों की समस्या का निदान संभव नहीं था। 'सदान विकास परिषद्' के प्रतिनिधियों ने अपने ज्ञापन (अनुपूरक नोट, अनुलग्नक-7) में स्पष्ट कहा कि विशेषज्ञों द्वारा प्रस्तावित रिपोर्ट का मसौदा जनजातियों के पक्ष में झुका हुआ है और सदानों के लिए इसमें उपयुक्त संरक्षण नहीं दिए गए हैं, जिनकी संख्या क्षेत्र की कुल जनसंख्या का 70 प्रतिशत है। ऐसा लगता है कि यह कहते हुए उन्होंने इस ज्ञापन में संपूर्ण गैरजनजातीय आबादी को शामिल कर लिया था।

स्मरणीय है कि 'सदान विकास परिषद्' को 'झारखंड महापरिषद्' का मॉडल इसलिए भी स्वीकार्य नहीं हुआ कि उसके उपबंध संविधान की छठी अनुसूची से लिये गए थे, जो मूलतः आदिवासी बाहुल्य के पूर्वोत्तर क्षेत्रों के लिए बनाए गए हैं। ये उपबंध वास्तव में पूर्वोत्तर राज्यों के जनजाति बहुल क्षेत्रों के लिए विशेष उपयोगी हैं, जबकि परिषद् का मानना था कि छोटानागपुर-संताल परगना क्षेत्र गैरजनजाति बहुल क्षेत्र है।

सदानों में पहचान की बेचैनी विभिन्न सामाजिक संगठनों के प्रस्तावों, संकल्पों, बैठकों और रैलियों की मार्फत जिस ढंग से सामने आई, वह इस चिंता से उद्भूत रही

कि अलग राज्य की स्थापना के बाद शक्ति के नए समीकरणों में उनकी भूमिका घटती जाएगी। झारखंड राजनीति में आदिवासी उत्साह का आक्रामक अतिरेक कभी-कभी झलक उठता है। उसे संतुलित करने की कुंजी निर्विवाद रूप से सदानों के पास ही है। ग्रामीण झारखंड का वर्तमान और भविष्य इन दो बड़ी आबादियों के पारस्परिक हितों से जुड़ा हुआ है। उनकी समस्याएँ और हित तथा सपने और सवाल बहुत दूर तक एक और समान हैं। न केवल इतिहास और संस्कृति, बल्कि खान-पान, वेश-भूषा, भाषा-बोली और आचार-विचार की परंपरा के लिहाज से भी दोनों सहयात्री रहे हैं; किंतु आज यह कहना बहुत मुश्किल है कि सत्ता की राजनीतिक यात्रा में ये सहयात्री कब तक साथ निभाएँगे!

झारखंड की समाज-संरचना के प्रसंग में सामाजिक-राजनीतिक भागीदार के रूप में सदानी जातियों और आदिवासी समुदायों की तुलनात्मक विवेचना के बाद अब सदानों की पहचान को समाजशास्त्रीय दृष्टिकोण से परिभाषित कर लेना उपयुक्त होगा।

"छोटानागपुर के आदिवासी गैर-आदिवासियों को 'सदान' या 'सद' (संक्षिप्त रूप) कहते हैं और इनके द्वारा बोली जाने वाली भाषा को ये 'सदानी' कहते हैं। 'सदान' या 'सदानी' ऐसे शब्द हैं, जो किसी भी हिंदी कोश में पाए नहीं जाते और इन शब्दों का प्रयोग नागपुरीभाषी क्षेत्र तक ही सीमित है।" यह अभिमत फादर पीटर शांति नवरंगी का है, जिन्होंने सदानी व्याकरण, भाषा और साहित्य पर कई मानक पुस्तकें लिखी हैं। उन्होंने 'नागपुरिया सदानी बोली का व्याकरण' नामक पुस्तक में छोटानागपुर की सदान जाति पर शोधपूर्ण सामग्री प्रस्तुत की है। उसके अनुसार—"छोटानागपुर के प्रायः सभी आदिवासी गाँवों के एक किनारे एक अल्पसंख्यक गैर-आदिवासी जाति भी निवास करती है। इस गैर-आदिवासी जनजाति के अंतर्गत घासी, लोहार, तुरी (टोकरियाँ बनाने वाले) भोक्ता, अहीर, बिनकार (कपड़ा बुनने वाले), झोरा, केवटा, तेली, कुम्हार, मल्लाह, रौतिया इत्यादि जातियों के लोग आ जाते हैं। ये अधिकतर हिंदू धर्म और संस्कृति का अनुसरण करते, हिंदू त्योहारों को मानते और एक आर्य बोली बोलते हैं। ये अपने को आदिवासी जातियों से भिन्न समझते, उनसे खान-पान, शादी-ब्याह आदि बातों में बिल्कुल अलग रहते, अपने को सदान कहते और अपनी बोली को सदानी नाम देते हैं। पीछे से आने वाले राजपूत, सूंढ़ी, ब्राह्मण इत्यादि भी, जो आदिवासी गाँवों में बस गए हैं, सदान कहलाते हैं।"

अब प्रश्न यह है कि ये हिंदू जातियाँ अपने को सदान क्यों कहती हैं? इस प्रश्न पर आगे विचार करते हुए फादर नवरंगी ने लिखा है कि, "छोटानागपुर के बाहर सदान

कहलाने वाले लोग क्यों नहीं मिलते? आखिर सदान शब्द का क्या वास्तविक अर्थ है? क्या व्युत्पत्ति है?''स्वयं सदान लोग सदान शब्द का कोई संतोषजनक अर्थ नहीं दे सकते हैं। कोई-कोई कहते हैं, सदान सभ्यन का अपभ्रंश है, और ऐसे लोगों को सूचित करता है, जो आदिवासियों से अधिक सभ्य थे। दूसरे कहते हैं कि सदान सद्यन शब्द का विकृत रूप है, और नवागंतुक का अर्थ देता है, क्योंकि सदान लोग आदिवासियों के पश्चात् आए। इसके प्रतिकूल, अन्य लोगों का मत है कि सदान शब्द का उद्गम सदा शब्द से हुआ है, और ऐसे लोगों को सूचित करता है, जो आधुनिक आदिवासी जातियों से पूर्व से ही, अर्थात् सदा से छोटानागपुर में रहते आए हैं। फिर भी अन्य लोग सदान शब्द की व्युत्पत्ति सदा (श्वेत, गोरा) शब्द से बताते हैं, क्योंकि सदान लोग आदिवासियों से अधिक गोरे हैं।"

सदानों का इतिहास अंधकारग्रस्त है। एक धारणा यह है कि वे आदिवासी जातियों से अधिक पुराने बाशिंदे हैं। पीटर शांति नवरंगी ने सदान शब्द का संबंध निषाद शब्द से जोड़ा है, जो महाभारत और रामायण में वर्णित जाति थी। चुटिया नागपुर में प्रथम पैठने वाले मुंडा सदानों को 'केरो' नाम देते हैं। तो क्या यह किरात शब्द के विकृत रूप 'चीरो' का मुंडारीकृत रूप है? स्मरणीय है कि किरात भी एक अरण्यवासी जाति थी। अंग्रेज जब इस क्षेत्र में प्रवेश बना रहे थे तो पलामू में चेरो राजाओं का राज था। ये लोग खुखरा राज्य में लूटमार करने आते थे। एक संभावना यह भी व्यक्त की जाती है कि इसी किरात या चीरों लोगों के कारण मुंडा सभी गैर-आदिवासियों को केरो, यानी लुटेरे कहने लगे हों।

सदान या सदानी शब्दों की व्युत्पत्ति चाहे जो हो, सदान शब्द कई जातियों का एक सामूहिक नाम है, जिस तरह आदिवासी शब्द अनेक समुदायों के लिए प्रयुक्त एक सामूहिक नाम है। इस प्रकार सदानी जातियाँ वे हैं, जो नागपुरी भाषा-भाषी हैं। अनेक साक्ष्यों के आधार पर अब यह कहा जा सकता है कि इस क्षेत्र में सदान और उनकी भाषा नागपुरी का इतिहास बहुत पुराना है। डॉ. वीरभारत तलवार की मान्यता है कि, "दो तरह की जातियों के लोग झारखंड प्रदेश के मूल निवासी हैं—आदिवासी जातियों के लोग और नाग जातियों के लोग।''सदान, कुर्मी, चेरो आदि जातियों के लोग नाग जातियों के हैं। नाग लोग द्रविड़ मूल के लोग हैं। नाग जाति भारत की बहुत ही प्राचीन जाति है। प्राचीन काल में नाग जाति के लोगों के बड़े-बड़े राज्य थे और बाद में भी रहे। हालाँकि, नाग जाति के इतिहास की खोज अभी तक बहुत कम हुई है। डॉ. आंबेडकर, कुमार सुरेश सिंह तथा दूसरे विद्वानों ने इस जाति के बारे में जो भी थोड़े-बहुत प्रमाण जुटाए हैं, वे प्रमाण नाग जाति के अस्तित्व और इतिहास को साबित करने के लिए काफी हैं।''छोटानागपुर

का राज नाग जाति के सदान लोगों ने ही मुंडाओं के साथ मिलकर कायम किया था। झारखंड प्रदेश में बोली जाने वाली सादरी, कुरमाली, सिखरिया, गोलवारी, पंचपरगनिया, सरगुजिया और देववाली या खोरठा आदि बोलियों में जो अद्भुत समानता मिलती है··· इसका कारण यही है कि ये सभी बोलियाँ और भाषाएँ नाग जाति के लोगों की हैं।" डॉ. बी.पी. केशरी ने 'छोटानागपुर का इतिहास : कुछ सूत्र : कुछ संदर्भ' के परिशिष्ट-1 में इस संबंध में प्राप्त साक्ष्य-सामग्री का निर्देश किया है। इनकी दूसरी पुस्तक 'झारखंड के सदान' में इस विषय पर व्यापक प्रकाश डाला गया है।

इस प्रकार झारखंड की समाज-संरचना में सदानों का योगदान इतिहास, परंपरा और समकालीनता के मानकों पर अत्यंत महत्त्वपूर्ण है और जनसंख्या की दृष्टि से वे आदिवासी आबादी से अधिक जगह बनाते हैं। वर्तमान का सत्य यह भी है कि सदानों की ठोस भागीदारी के कारण न केवल अलग राज्य के आंदोलन का जनाधार व्यापक हुआ, बल्कि आदिवासी झारखंड की एकपक्षीय धारणा 'झारखंड झारखंडियों के लिए' परिकल्पना में बदल गई।

गैर-आदिवासी

यह पहले कहा जा चुका है कि समय-समय पर दिकू की परिभाषा और अर्थ बदलते गए हैं और इतिहास में दिकू के वर्ग संदर्भ भी बदलते गए हैं। दिकू कही जाने वाली कई जातियाँ आदिवासियों से अधिक पुराने अधिवासी के रूप में पहचानी जाती हैं। कई बाद में आकर बस जाने वाली जातियाँ छोटानागपुरी समाज की मुख्य धारा में अपनी पुरानी पहचान खोकर समरस बन चुकी हैं। सदानों और आदिवासियों के बीच समानताओं के जितने आयाम हैं, अंतर्विरोधों और असमानताओं के भी उतने ही बड़े बृहत्तर क्षेत्र बतलाए जा सकते हैं। इसके बावजूद उनमें नजदीकी समाज-संबंध सुस्थापित हैं। झारखंडी समाज के तीसरे घटक का वजूद प्रशासन और विकास की नई व्यवस्था के अनुषगी वाहक के बतौर यहाँ मौजूद है। वस्तुतः, गैर-आदिवासी जैसा वर्गीकरण एक निषेधात्मक अभिव्यक्ति है। इस वर्ग में वे तमाम लोग शामिल हैं, जो उत्तर बिहार, मध्य बिहार, बंगाल, उड़ीसा, उत्तर प्रदेश, राजस्थान, पंजाब, गुजरात, महाराष्ट्र समेत कई दक्षिणी राज्यों से आकर यहाँ बस गए हैं। एक अर्थ में औद्योगीकरण के विस्तार और विभिन्न परियोजनाओं के क्रियाकलापों के चलते पूरा देश यहाँ इकट्ठा दिखने लगा है। वैसे गैर-आदिवासियों में सबसे बड़ी आबादी राजनीतिक-प्रशासनिक इतिहास के अनिवार्य परिणामस्वरूप बिहार के उत्तर-मध्य अंचलों के लोगों की है।

लेकिन भाषा, धर्म, संस्कृति, सामाजिक आचार-विचार और पर्व-त्योहारों के कैलेंडर की दृष्टि से यह कोई एक समुदाय नहीं है, बल्कि कई समुदायों का परस्पर असंबद्ध समूह है। वस्तुतः, औद्योगिक झारखंड में यह एक ऐसा वर्ग है, जो तथाकथित विकास का वाहक बनकर आया और भौतिक संसाधनों पर वर्चस्व स्थापित कर अधिष्ठित हो गया है। यह स्थिति आजादी के छह दशकों के बाद की है कि झारखंड की जनसांख्यिक संरचना में गैर-आदिवासी आबादी अब आदिवासियों के बराबर पहुँच चुकी है। इस नवगठित राज्य की कुल आबादी में इसी अनुपात में आदिवासियों का प्रतिशत कम होता गया है। जनगणना की रिपोर्टों का तुलनात्मक अध्ययन इस बढ़ती-घटती आबादी का लेखा-जोखा स्पष्ट प्रस्तुत करता है। गैर-आदिवासी मुख्य रूप से झारखंड के शहरों और औद्योगिक कस्बों में निवास करते हैं और ग्रामीण क्षेत्रों में सरकार और प्रशासन के पुरजे के रूप में उपस्थित हैं।

सन् 1993 में बहुचर्चित झारखंड विषयक समिति की रिपोर्ट में यह एक दिलचस्प स्थिति सामने आई थी कि उसमें झारखंड के सदानों और जनजातियों पर तो सभ्यक् रूप में विचार किया गया था, किंतु 30 प्रतिशत गैर-आदिवासियों को बिल्कुल दरकिनार रखा गया था। इसके कारण चाहे जो भी रहे हों, यह इतिहास का एक अविभाज्य प्रसंग बन चुका है कि गैर-आदिवासियों को काटकर इस क्षेत्र की कोई व्यवस्था चलने वाली नहीं है। इतनी बड़ी आबादी को न तो निकाल बाहर किया जा सकता है, न उसके जायज वर्गीय हितों की एक सीमा से अधिक अनदेखी ही की जा सकती है। यह एक तथ्य है कि औद्योगिक झारखंड के निमार्ण में गैर-आदिवासियों के योगदान को एक सिरे से अस्वीकार भी नहीं किया जा सकता। अगर विकास योजनाओं के क्रियान्वयन में कोई नीतिगत असंगति है या रहती आई है तो इसकी सारी जिम्मेदारी नीति-निर्धारकों की है और प्रशासन और श्रम-संस्कृति से जुड़े गैर-आदिवासियों पर जवाबदेही नहीं थोपी जा सकती।

झारखंड के मूल निवासियों में गैर-आदिवासी आबादी के प्रति जो असंतोष और विरोध भाव है, उसके पीछे विकास योजनाओं के लाभ का उन तक नहीं पहुँचना ही है। इस तथ्य को गैर-आदिवासियों का एक बड़ा भाग भी महसूस करता है। कुछ स्थानीय नेताओं द्वारा कथित बाहरी लोगों को सदानों या आदिवासियों से अलग करने के लिए विभाजक वर्ष-रेखा खींचने के प्रयास हुए हैं। यह भी आरोप लगता रहा है कि सरकारी और सार्वजनिक उपक्रमों के अधिकारी-कर्मचारी झारखंड क्षेत्र से बाहर के लोगों को इस क्षेत्र में प्रवेश के लिए प्रोत्साहित करते हैं। इसके लिए औद्योगिक, खनन और जल-विद्युत् परियोजनाओं को एक बड़ा कारण बताया जाता है।

वस्तुतः प्रशासनिक अक्षमता या व्यापक भ्रष्टाचार सिर्फ झारखंड क्षेत्र की समस्या नहीं है, बल्कि पूरे देश की समस्या है। इन्हीं दो कारणों से योजनाओं का कार्यान्वयन कमजोर पड़ता है। पुनः यह भी रेखांकित करने योग्य है कि विकास और कल्याण के लिए निर्धारित और आबंटित राशि की बंदरबाँट एक राष्ट्रीय समस्या बन चुकी है। इन सबसे यह तसवीर उभरती है कि विकास का लाभ पहुँचाने में राज्य सरकारों और उसके प्रशासन की विफलता के कारण ही इस क्षेत्र के लोगों में विश्वास का संकट पैदा हुआ। चूँकि प्रशासन में गैर-आदिवासियों का वर्चस्व स्थापित रहा, इसलिए उनकी भूमिका को कई बार झारखंड के औपनिवेशिक शोषण के रखवाले की भूमिका समझा गया। इसके लिए भी तत्कालीन राज्य सरकारों की कार्मिक नीति भी कम जवाबदेह नहीं है। प्राप्त सूचनाओं और तथ्यों के आधार पर यह कहा जा सकता है कि छोटानागपुर-संताल परगना से बाहर पूर्वप्रस्तावित वृहत झारखंड के सीमा-क्षेत्र के जो नौ जिले तीन राज्यों में—पश्चिम बंगाल में पुरुलिया, मेदनीपुर और बाँकुड़ा जिले, उड़ीसा के क्योंझर, मयूरभंज, सुंदरगढ़ और संबलपुर तथा छत्तीसगढ़ के रायगढ़ और सरगुजा जिलों के इलाके पड़ते हैं, वहाँ शासकीय स्थिति भिन्न बताई गई है। वहाँ अलग राज्य के पक्ष में आंदोलन का वैसा माहौल नहीं बन सका, जैसाकि छोटानागपुर-संताल परगना क्षेत्र में दिखाई पड़ा था। संभवतः इसका एक कारण यह था कि उन राज्यों के जनजातीय क्षेत्रों में कथित प्रशासनिक लूट-खसोट की स्थिति बहुत चिंताजनक नहीं रही थी।

झारखंड क्षेत्र की समाज-संरचना में बाहरी आबादी के बहाव का एक अध्ययन निर्मल सेनगुप्ता ने क्षेत्रीय शोषण का आर्थिक विश्लेषण शीर्षक अपने एक सर्वेक्षण में (1977) प्रस्तुत किया था। हालाँकि, ये आँकड़े पुराने पड़ चुके हैं तथापि वह यह बतलाने में सक्षम हैं कि आजादी के बाद के दशक में यह रफ्तार क्या थी! 'अनुग्रह नारायण सिंह समाज अध्ययन संस्थान' (पटना) के रिसर्च फेलो रहे सेनगुप्ता ने सन् 51 से 61 के बीच की अवधि में जनगणना रिपोर्टों के आधार पर यह निष्कर्ष निकाला था कि उन दस वर्षों में इस क्षेत्र में पंजाबियों की संख्या 30 हजार से 56 हजार हो गई (87 प्रतिशत बढ़ोत्तरी), मारवाड़ी, गुजराती और राजस्थानी मातृभाषा बोलने वाले लोगों की संख्या 15 हजार से 45 हजार (207 प्रतिशत बढ़ोत्तरी), तमिल, तेलुगु, मलयालम बोलने वाले लोगों की आबादी 21 हजार से 57 हजार पहुँच गई (171 प्रतिशत बढ़ोत्तरी) और नेपाली भाषियों की संख्या 8 हजार से 17 हजार पहुँच गई, यानी 113 प्रतिशत की बढ़ोत्तरी हुई। झारखंड के लोग भी हिंदी, उर्दू, बंगला और उड़िया को मातृभाषा के रूप में इस्तेमाल करते हैं, इसलिए इन भाषाई समूहों के बारे में जो आँकड़े उन्हें उपलब्ध हुए,

उनसे यह पता लगाना मुश्किल था कि इन भाषाई समूहों में कितने लोग बाहरी हैं और कितने झारखंडी। फिर भी इतना तो पता चलता ही है कि सन् 51 से सन् 61 के बीच यहाँ बंगलाभाषियों की संख्या ढाई लाख बढ़ गई।

इस प्रकार, झारखंड क्षेत्र की जनसंख्या निरंतर बढ़ती गई है और नतीजन यहाँ की समाज-संरचना भी बदलती रही है। इस क्षेत्र के जनजातीय समुदायों की जनसंख्या भी लगातार बढ़ती गई है। अपवाद की तरह कुछेक समुदायों की आबादी घटी भी है। अगर जनगणना के आँकड़ों पर भरोसा करें तो वर्ष 1941 से 1951 की अवधि में यह वृद्धि लगातार होती रही है। उल्लेख्य है कि सन् 1951 में जनगणना नहीं हुई थी। यह भी उल्लेख्य है कि जहाँ 1941 में झारखंड क्षेत्र की 32 जनजातियों की कुल आबादी लगभग 36 लाख थी, वहीं वर्ष 1991 में वह बढ़कर 60 लाख से ज्यादा हो गई। और वर्ष 2001 की जनगणना में इसे 70 लाख से अधिक बताया गया है। इस तरह सिर्फ प्रतिशत अनुपात में ही आदिवासी और सदानी जातियाँ अल्पसंख्यक होती दिखती हैं।

जाहिर है कि गैर-आदिवासियों की आबादी में यह बढ़ोतरी किसी साजिश के तहत नहीं बढ़ी, क्योंकि आजादी के बाद रोजगार की तलाश में गाँवों और छोटे कस्बों-शहरों से महानगरों और औद्योगिक स्थानों में भागते लोगों की भीड़ देश के सभी राज्यों की राजधानियों और औद्योगिक क्षेत्रों में पहुँचती रही है। इसे सिर्फ प्रतिबंधात्मक कानूनों के जरिए नहीं रोका जा सकता, बल्कि इसके लिए विकास और नियोजन की नीतियों को इन चुनौतियों के संदर्भ में संशोधित करके ही नियंत्रित किया जा सकता है। इस दृष्टि से नए झारखंड के निर्माण में 33 प्रतिशत गैर-आदिवासियों की बौद्धिक संपदा और आर्थिक संसाधनों का नियोजित उपयोग नवनिर्माण का उत्प्रेरक सिद्ध हो सकता है। आर्थिक उदारीकरण और निजीकरण के जिस दौर में इस देश का अर्थ-चक्र पहुँच चुका है, उसके परिप्रेक्ष्य में यह एक बहुत उर्वर संभावना है।

□

दूसरा अध्याय

जनजातीय जीवन और समाज

कभी-न-कभी हर जाति का जीवन कबीलाई रहा होगा और इस अर्थ में हर जाति के इतिहास का आदिम चरण विकास-क्रम के उसी प्रस्थान बिंदु पर खड़ा होगा, जहाँ आज आदिवासी कही जाने वाली जातियाँ दिखलाई पड़ रही हैं। अंग्रेजी के ट्राइब शब्द का हिंदी पर्याय है आदिम जाति या जनजाति। सामान्य व्यवहार में आदिवासी या गिरिजन शब्द भी व्यापक स्तर पर प्रचलन में है। भारतीय संविधान ने जिन आदिम जातियों को परिगणित या सूचीबद्ध किया है, उन्हें 'अनुसूचित जनजाति' कहा जाता है। यह रेखांकित करने योग्य है कि यह शब्द किसी एक जाति को बोधित नहीं करता, अपितु अनेक जातीय समूहों के लिए प्रयुक्त होने लगा है। स्मरणीय है कि अंग्रेज उपनिवेशवादियों ने साम्राज्य-विस्तार के क्रम में भारतीय समाज की जातियों के लिए नेटिव और ट्राइब के रूप में नए विभाजन का आधार खड़ा किया। पहले इन जातियों को उनके अपने नामों से ही जाना जाता था। प्राचीन भारतीय ग्रंथों में आज की आदिम जातियों का उनके मूल नामों से उल्लेख किया गया है, यथा—भील, कोल, किरात, निषाद प्रभृति।

मानवशास्त्रियों ने जनजाति या जनजातीय समाज को विविध प्रकार से परिभाषित किया है। वन प्रदेशों तथा पर्वतीय क्षेत्रों में निवास करने वाले अनेक मानव समुदाय मानव सभ्यता के विकास के क्रम में विभिन्न कारणों से पृथक् रह गए, फलतः विकास का प्रकाश वहाँ नहीं पहुँच पाया। इन दुर्गम और पृथक् क्षेत्रों में निवास करने वाले समुदाय सभ्यता के विकास की दृष्टि से अभी तक प्रारंभिक सोपानों पर ही हैं। इनमें से प्रत्येक समुदाय का अपना नाम है, जिससे इन्हें अभिहित किया जा सकता है, लेकिन इतिहास की विडंबना ने इन समुदायों को आदिवासी या जनजाति की संज्ञा दे दी। लेसी, वेरियर एलविन तथा रिजले जैसे समाजविज्ञानियों ने इन्हें एबोरिजनल या आदिवासी कहा और

इन दिनों इन समुदायों को इनडिजिनेस पीपुल या देशी मूल के लोग या देशज कहने का चलन बढ़ रहा है।

विभिन्न जनजातियों की जीवन-विधि और भौतिक परिवेश के अध्ययन के आधार पर मानवशास्त्रियों ने अनेक परिभाषाएँ दी हैं। गिलिन, रिवर्स, रेमंड पर्थ, फ्रेंजबोआस, एल.पी. विद्यार्थी, ए.आर. देसाई, डी.एन. मजूमदार आदि विशेषज्ञों की परिभाषाओं के आधार पर यदि जनजातीय जीवन और समाज की कोई धारणा बनाई जाए तो कहना होगा कि प्रत्येक जनजाति का एक निश्चित भू-भाग होता है, प्रत्येक जनजाति की एक बोली होती है, अपनी संस्कृति होती है, प्रत्येक जनजाति का एक निश्चित नाम होता है। जनजाति के लोग अपने समूह में ही शादी-विवाह करते हैं, प्रत्येक जनजाति में पारस्परिक आदान-प्रदान के अपने नियम और निषेध होते हैं। हर जनजाति में एक निश्चित समाज-व्यवस्था और स्वायत्त शासन प्रणाली होती है तथा इनकी शासन-व्यवस्था का एक जातीय मुखिया होता है, जिसका पद आनुवंशिकता पर आधारित होता है।

भारतीय संविधान की धारा 342(1) के अंतर्गत कुल 212 आदिम जातियों को अनुसूचित जनजातियों में शुमार किया गया है। सन् 2001 की जनगणना के अनुसार देश में अनुसूचित जनजातियों की कुल संख्या देश की कुल आबादी का 8 प्रतिशत थी। इस जनगणना के समय झारखंड में जनजातियों की कुल आबादी 70 लाख, 87 हजार थी और राज्य की कुल जनसंख्या का 26.4 प्रतिशत आँकी गई।

गिलिन के अनुसार स्थानीय आदिम समूहों के किसी भी संग्रह को, जो एक समान क्षेत्र में रहता हो, एक समान भाषा बोलता हो और एक समान संस्कृति का अनुसरण करता हो, जनजाति कहेंगे। डॉ. रिवर्स की परिभाषा गिलिन की क्षेत्रविषयक अनिवार्यता को अस्वीकार करती है। उनके मतानुसार जनजातियाँ सरल सामाजिक समूह हैं, जिसके सदस्य एक समान भाषा का उपयोग करते हैं तथा युद्ध आदि सामान्य उद्देश्यों के लिए सम्मिलित रूप से कार्य करते हैं। डॉ. मजूमदार के अनुसार एक जनजाति परिवारों या परिवार समूहों का एक संकलन होती है, जिसका एक नाम होता है, जिसके सदस्य एक निश्चित भू-भाग पर रहते हैं, एक समान भाषा बोलते हैं, विवाह, व्यवसाय, उद्योग के विषय में कुछ नियमों का पालन करते हैं और एक निश्चित और उपयोगी परस्पर आदान-प्रदान की व्यवस्था का विकास करते हैं।

वस्तुतः, समाज विज्ञानों के क्षेत्र में परिभाषाएँ किसी-न-किसी अपूर्णता से जुड़ जाती हैं। वे किसी अधीत विषय का सामान्य निर्देश करने के लिए ही उपयोगी मानी जा सकती हैं और विषय-क्षेत्र की जटिलता और अपवादों को पूरी तरह समेट नहीं पातीं।

दुनिया भर में फैली जनजातीय आबादी के लिए किसी एक परिभाषा के अंतर्गत सर्वग्राही अर्थ दे पाना असंभवप्राय है। इन अभाव को वस्तु-विवेचन के विस्तार में ही पूर्णता दी जा सकती है।

भारत के जनजातीय समूहों के बारे में विचार करते समय यह बात भुलाई नहीं जा सकती कि पिछली आधी सदी में आदिम जातियों के बीच आधुनिकीकरण की रफ्तार बड़ी तेज रही है। निस्संदेह, इसी दौर में कथित विकास की बड़ी कीमत उन्हें विस्थापन और नए शोषण-चक्र के रूप में चुकानी पड़ी है। आदिवासी अंचलों में अकूत खनिज संपदा की प्रचुरता के कारण अनेक औद्योगिक परियोजनाओं और खदानों की स्थापना हुई और नतीजतन नई बढ़ती आबादी के बीच अपनी पहचान के डूब जाने का खतरा उनके सामने दिखने लगा है। कुछ इन्हीं अभूतपूर्व सामाजिक, सांस्कृतिक और आर्थिक परिस्थितियों ने आधुनिक भारत में स्वायत्तशासी राज्यों के लिए अनेक आंदोलनों को नई हवा और गति दी है। अभिप्राय यह कि जनजातीय क्षेत्रों का पूरा परिदृश्य इतनी तेजी से बदला है और उसी रफ्तार से बदलता जा रहा है कि सिर्फ कुछ दशक पहले विश्वविद्यालय के पाठ्य ग्रंथों में शामिल जनजातीय समाज और जीवन संबंधी तमाम ब्योरे बासी और पौराणिक जैसे लगने लगे हैं।

वस्तुस्थिति यह है कि आज कोई भी मानवविज्ञानी शोध-सर्वेक्षण नव्यतम समाजशास्त्रीय पहलुओं की अनेदखी करके उपयोगी नहीं हो सकता। जनजातीय क्षेत्रों में विकास की दिशा और दशा, उसके बहुमुखी प्रभाव, उसके लक्ष्य और प्राप्त परिणाम, उसकी क्रिया-प्रतिक्रिया और उसकी असंगतियों का मूल्यांकन किए बिना कोई वास्तविक निष्कर्ष हासिल नहीं हो सकता। खासतौर एक ऐसी स्थिति में, जबकि संविधान प्रदत्त जनजातीय कल्याण के प्रावधानों के उपयुक्त क्रियान्वयन में विफलता और सरकारी योजनाओं के मकड़जाल के कारण विकास के आजमाए जा रहे मॉडल और प्रशासन की कार्यकुशलता को लेकर सवाल उठाए जा रहे हैं। इतना ही नहीं, विकास की सरकारी अवधारणा की निरर्थकता को उजागर करती कई बड़ी परियोजनाओं का लगातार विरोध बढ़ता जा रहा है। वास्तव में यह समूची स्थिति पुनर्विचार की माँग करती है। चाहे-अनचाहे जो व्यापक परिवर्तन जनजातीय समाज और जीवन में अपनी अमिट छाप छोड़ चुके हैं, उनके कारण वर्गविहीन और मोटेतौर पर समताशील जनजातीय समाज के परंपरागत ढाँचे में विकसित, अर्द्धविकसित और अविकसित परिवारों के वर्ग-उपवर्ग बन गए हैं।

आज जनजातीय जीवन और समाज का कोई अध्येता मानव विज्ञान की पुरानी पुस्तकों और शोध-निष्कर्षों के आलोक में किसी निष्कर्ष तक पहुँचना चाहे तो निस्संदेह

पुरानी परिभाषाओं के दायरे उसे अपर्याप्त लगेंगे। कई बड़े जनजातीय समूह उनसे बाहर आ रहे हैं। नई राजनीतिक गतिविधियों, सामाजिक चुनौतियों और सांस्कृतिक दबावों ने उनकी परंपराओं का कायाकल्प कर दिया है और परिणामस्वरूप उनकी प्राथमिकताएँ दूर तक बदली हुई दिखलाई पड़ रही हैं। शायद यह कहकर ऐसी आलोचनाओं से पीछा छुड़ाया जा सकता हो कि सभ्यता के विकासक्रम में आदिम जातियाँ निरंतर बदल रही हैं, अतः इसमें कोई नई बात नहीं। इस दृष्टि से विचार करें तो लग सकता है कि जनजातीय जीवन की पुरानी विशेषताएँ आज भी अर्थपूर्ण और प्रासंगिक बनी हुई हैं, सिर्फ उनके सामाजिक आधार में तनिक परिवर्तन घटित हुआ है। जो आदिवासी समुदाय अभी भी कथित विकास की छतरी के नीचे नहीं आए हैं, उनकी मौलिकता अभी भी कायम है।

पूरे देश में फैली जनजातियों की समानताओं के आलोक में जनजाति-विषयक अवधारणा का जो सामान्य रूप सामने आता है, उसकी कई विशेषताओं का संकलन इस प्रकार है—

1. जनजाति अनेक परिवारों का समूह या एक समूह का संकलन होती है।
2. प्रत्येक जनजाति की अपनी एक सामान्य भाषा होती है, जिससे विचारों का आदान-प्रदान और पारस्परिक एकता व सामाजिक संगठन का विकास सरलता से हो सके।
3. इनका एक सामान्य नाम होता है।
4. जनजाति एक निश्चित भू-भाग पर रहती है। सामान्य भू-भाग के आधार पर सामुदायिक भावना भी दृढ़ हो जाती है।
5. एक जनजाति प्रायः अंतःविवाही समूह होती है। प्रारंभ में सब जन-जातियाँ अपनी ही जनजाति में विवाह करती थीं। आधुनिक युग में अपनी पड़ोसी जनजाति में भी वैवाहिक संबंध होने लगे हैं।
6. एक जनजाति के सदस्यों में पारस्परिक आदान-प्रदान के कुछ नियम और निषेध होते हैं, जिन्हें प्रत्येक सदस्य को मानना पड़ता है और जिनके आधार पर इनके व्यवहार नियंत्रित होते हैं।
7. एक जनजाति की सामान्य संस्कृति होती है और बाहरी समूहों के विरुद्ध इसके सदस्यों में एकता की भावना होती है।
8. प्रत्येक जनजाति का एक राजनीतिक संगठन होता है।

निष्कर्षतः, यह कहा जा सकता है कि प्रत्येक जनजाति के अपने धार्मिक कर्मकांड, सामाजिक आचार-विचार, विधि-विधान, परिवार-गोत्र, जन्म-मृत्यु संस्कार और

उत्सव-त्योहार होते हैं, जो अन्य जनजातियों से उनकी अलग पहचान तय करते हैं। इसी तरह उनके अपने नृत्य-गीत-संगीत और सांस्कृतिक संगठन भी होते हैं। खान-पान, वेश-भूषा, रहन-सहन और कद-काठी से भी उनकी अलग पहचान बनती है।

एक सर्वेक्षण के अनुसार, भारत में लगभग 450 जनजातियाँ निवास करती हैं, जिनमें से भारतीय संविधान की धारा 342 (1) के तहत सिर्फ 212 जनजातियों को ही अनुसूचित जनजाति का दर्जा दिया गया है। भारतीय संविधान के अनुच्छेद 366 (25) में अनुसूचित जनजातियों की परिभाषा इस प्रकार दी गई है : ये ऐसी आदिम जातियों या ऐसे आदिम समाजों के अंग या दल हैं, जिन्हें संविधान के अनुच्छेद 342 के अंतर्गत इस संविधान की दृष्टि से अनुसूचित आदिम जनजातियाँ माना गया है। भारतीय संविधान के अनुच्छेद 342 की धारा (1) के द्वारा प्राप्त अधिकारों का पालन करते हुए राष्ट्रपति द्वारा जारी किए गए संविधान (अनुसूचित जनजातियाँ) आदेश, 1950 के अनुसार 14 राज्यों में 212 आदिम जनजातियों को अनुसूचित जनजातियाँ घोषित किया गया है।

ये जनजातियाँ देश के जिन राज्यों में निवास करती हैं, वे हैं—उड़ीसा, मध्य प्रदेश, गुजरात, राजस्थान, बिहार, महाराष्ट्र, बंगाल, हिमाचल प्रदेश, गोआ, असम, अरुणाचल, मेघालय, मिजोरम और नगालैंड। इनमें कुछ बड़ी आबादी वाली जनजातियाँ हैं, और कुछ की गिनती उपजातियों के रूप में होती है। हिंदी क्षेत्र के राज्यों में निवास करने वाली कुछ जनजातियाँ इस प्रकार हैं—

बिहार-झारखंड : उराँव, मुंडा, संताल, हो और खड़िया जनजातियों की जनसंख्या अधिक है, जबकि बिरहोर, असुर, भूमिज, खरवार कबीलों की आबादी कम है। इस अंचल में छोटी-बड़ी कुल 32 जनजातियाँ निवास करती हैं।

मध्य प्रदेश-छत्तीसगढ़ : कोरबा, भुइंया, खड़िया, गोंड, मूरिया, कोल, बैगा, कमार, मारिया। इस अंचल में निवास करने वाली जनजातियों की संख्या 59 बताई जाती है।

राजस्थान : भील, मीणा, दमोर, गरासिया, थारु, बंजारा जातियाँ आदि।

हिमाचल प्रदेश : गद्दी, गुज्जर, मोह, किन्नउरा आदि।

उत्तर प्रदेश : कोरबा, थारु, कोल, भोटिया आदि।

दक्षिणी राज्यों की जनजातियों को इस देश का सबसे पुराना बाशिंदा माना जाता है। इनमें कुरुंबा, आरदन, पलियर, चेंचू, कनिकर, इरुला, कादर, बदगा, कोटा, होड़ा, सौरा, गदबा, खोंड, कोया, ढोड़ा, रेडी आदि प्रमुख हैं।

हिंदी क्षेत्र की जनजातियाँ देश की जनजातीय आबादी का बड़ा भाग हैं। यहीं अधिकतम आबादी वाली अधिकांश जनजातियाँ निवास करती हैं। देश की कुल

जनसंख्या में, सन् 1991 की जनगणना के अनुसार, अनुसूचित जनजातियों की आबादी 9.55 प्रतिशत है। देश की मुख्य जनजातियों की जनसांख्यिक स्थिति इस प्रकार बताई जा सकती है—

1. चालीस लाख और उससे अधिक जनसंख्या—भील और गोंड (छत्तीसगढ़-मध्य प्रदेश, राजस्थान)।
2. तीस से चालीस लाख के बीच—संताल (झारखंड, पश्चिम बंगाल)।
3. दस से तीस लाख के बीच—मुंडा, उराँव, मीणा (झारखंड, राजस्थान)।
4. पाँच से दस लाख के बीच—हो, कोल, कोंड (झारखंड, मध्य प्रदेश, उत्तर प्रदेश)।
5. एक से पाँच लाख के बीच की जनसंख्या—गारो, खासी, खड़िया, भूमिज आदि (मेघालय, झारखंड)।

इस प्रकार, बहुसंख्यक भारतीय जनजातियों का भौगोलिक निवास मुख्यत: हिंदी क्षेत्रों में ही दिखलाई देता है। सांस्कृतिक समानता के आधार पर उड़ीसा, छत्तीसगढ़, मध्य प्रदेश और पश्चिम बंगाल राज्यों के जनजातीय क्षेत्र झारखंड के जनजातीय क्षेत्रों से ही जुड़ते हैं। इसी तरह राजस्थान और उत्तर प्रदेश में भी समान जनजातियों का निवास है। ऐसी भी जनजातियाँ हैं, जिन्हें एक राज्य में जनजाति का दर्जा मिला हुआ है, किंतु दूसरे राज्य में वे उससे वंचित हैं। 1967 तक थारुओं को जनजाति का दर्जा नहीं मिला था। कोल जनजाति को मध्य प्रदेश में अनुसूचित जनजाति का दर्जा मिला हुआ है, लेकिन उत्तर प्रदेश में उन्हें यह मान्यता प्राप्त नहीं है और संसद् में इस हेतु एक संशोधन विधेयक वर्षों से विचारार्थ पड़ा है।

ऊपर जनजातियों की जिन सामान्य विशेषताओं और पहचान के तत्त्वों का उल्लेख किया गया है, वे एक ऐतिहासिक मोड़ पर हैं। आधुनिक शिक्षा और परिवेश के संपर्क के कारण जनजातीय जीवन अनेक स्तरों पर परिवर्तित हुआ है। सन् 46 में संविधान सभा द्वारा गठित मौलिक अधिकारों और अल्पसंख्यकों से संबंधित सलाहकार समिति ने इस परिवर्तन को रेखांकित करते हुए कहा था कि मैदानी जनजातीय आबादी ने मैदानी समाज जीवन को पर्याप्त रूप से आत्मसात् कर लिया है और बहुत से स्थानों में जनजातीय संगठन खंडित हो गए हैं। वैसे, यह टिप्पणी आज के संदर्भ में अर्द्धसत्य से ज्यादा कुछ नहीं है।

स्वतंत्रता-प्राप्ति के बाद उपनिवेशवादी शासन का दर्शन स्वयमेव समाप्त हुआ और कई अन्य क्षेत्रों की तरह जनजातीय क्षेत्रों के विकास के नए प्रतिरूपों और प्राथमिकताओं की खोज शुरू हुई। यह कहा जा सकता है कि लगभग दो सौ वर्षों के अपने राज में

अंग्रेजों ने जनजातीय क्षेत्रों के विकास के नाम पर पिछड़ा क्षेत्र, अनुसूचित क्षेत्र, वर्जित क्षेत्र और आंशिक रूप से वर्जित क्षेत्र की धारणा के साथ प्रशासनिक खिलवाड़ किया। मौलिक अधिकारों और अल्पसंख्यकों से संबंधित संविधान की सलाहकार समिति ने इन जनजातीय क्षेत्रों के लिए नए सिद्धांत निर्धारित किए। संविधान सभा की इस उपसमिति का मत था कि जनजातीय क्षेत्रों का भविष्य इनके विकास में है, न कि अलग-थलग प्रतिबंधित क्षेत्र बनाकर रखने में। सलाहकार समिति की एक महत्त्वपूर्ण अनुशंसा यह थी कि जनजातियों को अल्पसंख्यक नहीं माना जाए, बल्कि उन्हें विशेष दर्जा देकर संरक्षण प्रदान किया जाए। इसके साथ ही यह भी निर्दिष्ट किया गया कि वर्जित क्षेत्रों और आंशिक रूप से वर्जित क्षेत्रों के लिए अलग-अलग व्यवस्था की जाए। इन्हीं सुझावों के आलोक में संविधान में जनजातीय क्षेत्रों के विकास की नई अवधारणा स्वीकृत हुई और पाँचवीं और छठी अनुसूची में विशेष प्रावधान रखे गए। तद्नुसार, पठारी क्षेत्र की जनजातियों को संविधान की पाँचवीं अनुसूची में और इनर लाइन रेगुलेशन प्राप्त पूर्वात्तर राज्यों की जनजातियों को छठी अनुसूची में रखा गया।

झारखंड के जनजातीय जीवन में विजातीय प्रभाव

पिछले सात दशकों का इतिहास जनजातीय जीवन में बाहरी दबावों का अभूतपूर्व समय रहा है। किसी भी समाज की पहचान उसके सांस्कृतिक वैशिष्ट्य से होती है। सामाजिक-धार्मिक-राजनीतिक संस्थाएँ उस संस्कृति को आकार देती हैं, उसके वजूद को परिभाषित करती हैं। जनजातीय जीवन में पहला सुनियोजित हस्तक्षेप ब्रिटिश शासनकाल में इसाई मिशनरियों की ओर से किया गया। यह सच है कि जनजातीय समाज को नई दुनिया से परिचित कराने और मानवाधिकारों की नई चेतना से जोड़ने की पहल इन्हीं मिशनरियों ने की, किंतु वहीं, उन्हें उनकी मूल जीवन-शैली, परंपराओं और संस्कृति से अलग भी किया गया। सदियों से सुदूर जंगलों-पहाड़ों में इतिहास में निरंतर हो रहे परिवर्तनों से लगभग बेखबर जनजातीय समुदायों को आधुनिक सभ्यता के संपर्क में ला खड़ा करने का अक्षरांभ मिशनरियों की बड़ी देन है। इस महाअभियान में ज्ञान-विज्ञान के कई नए अध्याय खुले। जनजातीय समाज, संस्कृति, भाषा, धार्मिक, राजनीतिक तथा सामाजिक संगठन पहली बार व्यापक अध्ययन-सर्वेक्षण के अंतर्गत लाए गए। उनमें शिक्षा के प्रसार के साथ राजनीतिक चेतना का आधुनिकतावादी विकास हुआ। इस नए आलोक में ही भारत में आदिम जातियों में आधुनिकता की वह प्रक्रिया शुरू हुई, जिसे मानवशास्त्री संस्कृतिकरण या कल्चराइजेशन का दौर कहते हैं। कहना न होगा कि मानव

इतिहास के विकास-क्रम में आज की हर विकसित जाति अन्य समुन्नत जातियों के संपर्क में आकर और स्वयं अपने अनुभवों से समृद्ध होती गई है। इस प्रयास में पीछे छूट गई जातियों के लिए यह समय नजदीक आता दिख रहा है।

इस प्रकार जनजातीय जीवन पर पड़ने वाले बाहरी प्रभावों का दूसरा बृहत्तर चरण आजादी के बाद शुरू होता है। कई जनजातीय क्षेत्रों में आजादी से पहले ही औद्योगिक विकास शुरू हो गया था। उद्योगों के साथ देश के दूसरे अंचलों से नई आबादी भी आ बसी। परिणामस्वरूप जनजातीय जीवन पर विजातीय प्रभावों के अवसर आन जुटे, किंतु आजादी के बाद इस प्रक्रिया में बहुत तेजी आई। प्रशासन, उद्योग, व्यापार, शिक्षा, चिकित्सा, रोजगार, संचार-माध्यम और विकास योजनाओं के क्रियान्वयन ने जनजातीय जीवन को नए सपनों, नए प्रश्नों, नई चुनौतियों, नई आकांक्षाओं से ओत-प्रोत कर दिया। परिणामतः परंपरागत जनजातीय जीवन में अनेक आधारभूत परिवर्तन परिलक्षित होने लगे हैं।

इस विकास के प्रेरक तत्त्वों और कारकों का अध्ययन जनजातीय जीवन के वर्तमान को समझने के लिए महत्त्वपूर्ण है। मुख्यतः ऐसे क्षेत्र तीन हैं, जहाँ परंपरागत जनजातीय समाज-जीवन नए साँचों में ढल रहा है—(क) धर्मांतरण, (ख) सांस्कृतिक आदान-प्रदान और (ग) औद्योगीकरण और विकास।

लेकिन इन उपशीर्षकों के अंतर्गत विवेचन से पूर्व परंपरागत जनजातीय जीवन के विविध रंगों-छवियों, मूल्यों-मान्यताओं, पर्वों-त्योहारों, धार्मिक-सामाजिक अनुष्ठानों का यथोचित अध्ययन उपयोगी और आवश्यक है। बहुमुखी परिवर्तनों और विकास-उपक्रमों के बावजूद जनजातीय जीवन अपनी मूल प्रकृति से बहुलांश में जुड़ा हुआ है। दूसरे शब्दों में कहें तो औद्योगीकरण और नगरीकरण के प्रभावों के बावजूद सुदूर अंतःप्रदेशों में निवास करने वाला जनजातीय समाज आज भी अपनी परंपराओं को जीवन का अभिन्न अंग बनाए हुए है। इसी का पूरक पक्ष यह भी है कि जिन कुछ क्षेत्रों में नई हवा बही भी है, वहाँ भी अपनी पुरानी पहचान को बनाए-बचाए रखने का पुनरुत्थानवादी आग्रह जोर पकड़ता दिख रहा है।

जनजातीय जीवन की आधारशिला

जनजातीय जीवन की आधारशिला उनकी परंपराएँ हैं। समाज-संस्कृति का नियमन भी वहीं से होता है। अनुशासन और मानवीय संबंध उसी की छत्रच्छाया में पुष्पित-पल्लवित होते हैं। झारखंड क्षेत्र की जनजातियों के विशेष संदर्भ में अध्ययन की सुविधा के लिए, इन्हें निम्नांकित शीर्षकों में विभाजित किया जा सकता है—

पर्व-त्योहार

आदिवासी प्रकृतिपूजक होते हैं। प्रकृति उनका परिवेश भी है, आलंबन भी, उद्दीपन भी। प्रकृति से वे अन्न और औषधि तो ग्रहण करते ही हैं, श्रृंगार के उपकरण और त्योहार भी लेते हैं। प्रकृति सभी अर्थों में आदिम जातियों की सहचरी बनी हुई है। उनके नृत्य-संगीत, गृह-सज्जा, मनोरंजन और कलाभिरुचि को सँवारने का काम भी प्रकृति ही करती है। स्वाभाविक है कि उनके त्योहर भी प्रकृति से जुड़े हों!

पूजा और त्योहार सहधर्मी अनुष्ठान हैं। छोटानागपुरी पठार की जनजातियों के दो बड़े त्योहार करमा और सरहुल हैं। इनमें प्रकृति की उपासना होती है। अन्य त्योहारों में भी प्रकृति को सर्वोपरि स्थान दिया जाता है। उराँवों के बीच बारह वर्षों में एक बार मनाया जाने वाला 'जनी शिकार' मूलतः प्रकृति और मनुष्य की अंतरंगता को ही उद्घाटित करता है। करमा भाईचारे के पर्व के रूप में भी जाना जाता है। यह भादों महीने के शुक्लपक्ष की एकादशी को उल्लासपूर्वक मनाया जाता है। करमा पर्व पर सामूहिक पूजा-अर्चना का विधान है, जो मुख्यतया महिलाओं के बीच संपन्न होता है, जो करम डाली की पूजा करती हैं। यह पर्व आदिवासी और सदान दोनों समुदायों के लिए समान रूप से महत्त्वपूर्ण है। सरहुल जनजातीय वसंतोत्सव के रूप में जाना जाता है, जिसे झारखंड की विभिन्न जनजातियाँ ज्येष्ठ मास में मनाती हैं। मुंडा, हो, असुर और बिरहोर इसे 'सरजोम बा' या 'बा परोब' कहते हैं। संताल इसे 'बाहा परब' और खड़िया 'जोंकोर' की संज्ञा देते हैं। विभिन्न जनजातियों में इस त्योहार की पूजा-विधि और नृत्य-संगीत में अंतर पाया जाता है, किंतु उत्सव की मूल भावना समान होती है।

सोहराई लक्ष्मी-पूजन का त्योहार है। विभिन्न जनजातियाँ अपने-अपने परंपरागत विधान से इसे मनाती हैं। संतालों का सोहराई पर्व पाँच दिनों तक चलता है, जिसे 'बाँधा पर्व' भी कहते हैं। इन मुख्य पर्वों के अतिरिक्त कई त्योहार ऐसे भी हैं, जो अलग-अलग जनजातियों में अलग-अलग महत्त्व रखते हैं। जैसे मुंडा समाज में बुरु, माघे, फागु, उराँव समाज में माघे, चैड़ी, फागु, जतरा, माल पहाड़िया में आड़या, घघरा पूजा और संतालों में ऐरोक, जापाड़, सकरात, भागसिम तथा हो समाज में डभुरी, कोलोम, छठ। इस प्रकार, जनजातीय समुदायों में पर्वों-त्योहारों की विविध भंगिमाएँ और छवियाँ विद्यमान हैं। नामकरण, शादी-ब्याह, गोत्र-बंधन जैसे उत्सव भी प्रकृति से प्रेरित होते हैं। वृक्ष, लता-कुंज, पशु-पक्षी, दिन-नक्षत्र, चाँद-तारे और सूर्य के सान्निध्य के बिना आदिवासी मन की कल्पना भी नहीं की जा सकती। नामकरण के बाद गोत्र के महत्त्व के पीछे भी प्रकृति की प्रेरणा होती है।

गोत्र

गोत्र का शाब्दिक अर्थ होता है 'चिह्न'। एक गोत्र के सदस्यों का जो समान चिह्न या प्रतीक होता है, उसे 'टोटेम' कहा जाता है। समान गोत्र में यौन संबंध या विवाह वर्जित माना जाता है। एक गोत्र के सदस्यों के वैवाहिक संबंध सदैव दूसरे गोत्र में ही हुआ करते हैं। इस प्रकार, जनजातियों में गोत्र का अपना एक चिह्न होता है, जिसे 'टोटेम' कहते हैं। ये चिह्न पशु-पक्षी और पेड़-पौधे होते हैं, जिन्हें खाना उस गोत्र में वर्जित माना जाता है। संतान अपने माता-पिता के गोत्र को धारण करती है। विवाह के बाद लड़की पति के गोत्र की मानी जाती है। गोत्र परिवार-समाज की सबसे छोटी इकाई है। गोत्रों को वंशों का सामाजिक संगठन भी कहा जा सकता है। झारखंड क्षेत्र में सिर्फ सौरिया पहाड़िया जनजाति में गोत्र-व्यवस्था नहीं है। यहाँ की कुछ प्रमुख जनजातियों के गोत्र इस प्रकार हैं—

संताल : हंसदाक, मुर्मु, किस्कू, हेंब्रम, मरांडी, सोरेन, बासक, बेसरा, पौड़िया, बेदिया, टुडु।

उराँव : लकड़ा, रुंडा, गाड़ी, किसपोड़ा, तिर्की, टोप्पो, एक्का, खलखो, लिंडा, मिंज, कुजूर, बेक तथा केरकेट्टा।

खड़िया : तीन प्रकार के उपवर्गों के गोत्र अलग-अलग होते हैं। प्रमुख इस प्रकार हैं—डुंगडुंग, कुल्लू, टोप्पो, किंडो, सारेंगे, बअः, केरकेट्टा (दूध खड़िया), मुरु, समद, हांसदा, टोपनो, भाइल, बरलिहा, डोनसोना (ढेलकी खड़िया), रईसिया, द्वारबंधा, शंख, कुसली, कलछी, गुलगू, भुइयाँ, अगरिया (पहाड़ी खड़िया)।

अंधविश्वास

प्रायः सभी जनजातियों में अंधविश्वास की जड़ें गहरी हैं। ओझा-गुनी, झाड़-फूँक, जादू-टोना, भूत-प्रेत, डाइन-बिसाहा-बिसाही जैसी मान्यताएँ जनजातियों में संस्कार की तरह स्थापित दिखलाई पड़ती हैं। ग्रामीण क्षेत्रों में इसके बुरे नतीजों के उदाहरण अकसर मिलते हैं। कुछ जनजातियों में भूत-पूजा की प्रथा का पालन अब तक चला आ रहा है। इसी तरह कहीं-कहीं खेती की पैदावार बढ़ाने के लिए बलि का रिवाज भी घोर अंधविश्वास के नमूने के रूप में चलन में बताया जाता है।

पत्र-पत्रिकाओं के रहस्य-रोमांच विशेषांकों में और कभी-कभी सामान्य रपटों में भी ऐसे घटना-प्रसंगों के विवरण मिल जाते हैं, जिनसे यह लक्षित होता है कि इक्कीसवीं सदी के प्रवेश द्वार तक पहुँची हुई सभ्यता पर आदिम संस्कारों की गहरी छाया बची रह गई है। ग्रामांचलों में रहने वाले आदिवासी आज भी झाड़-फूँक, टोना-टोटका में भरोसा

करते हैं और इलाज के लिए अस्पताल के बदले गाँव में बैगा-गुनिया की शरण में जाना पसंद करते हैं।

पूजा-पद्धति

छोटानागपुर की प्रत्येक जनजाति की पूजा-पद्धति अपने-अपने परंपरागत विधि-विधान के अनुसार निर्धारित है। मुख्यतः मातृ देवी और पितर देवता की पूजा होती है। प्रकृति पूजन के कई पर्व मनाए जाते हैं। साल वृक्ष, करम वृक्ष, पीपल वृक्ष और पहाड़ की भी पूजा होती है। धर्मांतरण के कारण जनजातियों का एक वर्ग भिन्न पूजा-पद्धतियों में विश्वास करने लगा है। अब हिंदू और इसाई आदिवासी अपने-अपने विश्वासों के अनुरूप मंदिर और चर्च भी जाते हैं, किंतु अभी भी छोटानागपुर क्षेत्र की जनजातियों की सबसे बड़ी संख्या 'सरना धर्म' की प्रथाओं के अनुसार पूजा-अर्चना करती है।

मृत्य-संस्कार

अलग-अलग जनजातियाँ अलग-अलग तरीके से मृतक संस्कार करती हैं। मुख्यतः इस क्रिया में कई तरीके विशेष प्रचलित हैं। कहीं मृतक को जलाया जाता है और कहीं मिट्टी में गाड़ दिया जाता है। झारखंड की मुख्य और बड़ी जनसंख्या वाली जनजातियों के परिचयात्मक अध्ययन-क्रम में इस विषय पर विचार किया जा रहा है।

विवाह संबंध

विभिन्न जनजातियों में विवाह के रस्मो-रिवाज भी अलग-अलग हैं। वैवाहिक संबंध प्रायः अंतरजातीय नहीं होते। एक ही गोत्र के सदस्यों के बीच विवाह संबंध का पूर्ण निषेध प्रचलित है। विवाह में धन की भी भूमिका होती है। छोटानागपुर में वरपक्ष द्वारा कन्यापक्ष को कन्या-धन देने का रिवाज परंपरा से समर्थित है। हो समाज में इस प्रथा को 'गोनोंग' कहते हैं। यह एक प्रकार से दहेज की प्रथा ही है।

छोटानागपुर क्षेत्र में विवाह : संस्था की कुछ अपनी रीतियाँ हैं। यथा, देवर और साली से विवाह को सामाजिक मान्यता प्राप्त है। विधवा विवाह काफी प्रचलित है। वधू मूल्य का चलन है, किंतु कहीं-कहीं लेन-देन प्रायः नहीं होता। हो जनजाति में ममेरी और फुफेरी बहन से विवाह मान्य है। कहीं-कहीं विधवा मौसी से विवाह के उदाहरण भी मिलते हैं। खड़िया जनजाति में फुफेरे-चचेरे भाई से विवाह संबंध नहीं होते। देवर-भाभी का विवाह हो सकता है।

उत्तर-पूर्वी राज्यों में भी विवाह : संस्था की अपनी स्थानीय परंपराएँ और रीति-रिवाज हैं। मणिपुर में पुरुम, चीरु तथा चोटे जनजातियों में सगोत्र तथा उपसगोत्र जैसे—बर्हिविवाही समूह होते हैं। विवाह का निर्धारण और नियंत्रण इन्हीं समूहों के आधार पर होता है। भाई तथा बहन को अपनी-अपनी जोड़ी दो अलग सगोत्रों में चुननी पड़ती है। असम के कछार क्षेत्र में रहने वाली दिमासा कछार जनजाति में वंश का निर्धारण पिता के पिता से या माता की माता से नहीं, बल्कि पिता की माता और माता के पिता से लिया जाता है। यह मातृसत्तात्मक और पितृसत्तात्मक व्यवस्था का मिला-जुला रूप है।

जनजातीय समुदायों में परिवार और विवाह की विभिन्न धारणाएँ और प्रथाएँ हैं। छोटानागपुर में 1. क्रय विवाह, 2. सेवा विवाह, 3. हरण विवाह, 4. हठ विवाह, और 5. सह पलायन विवाह की पद्धतियाँ हैं। उनका विस्तृत अध्ययन इस अध्ययन का उद्‌देश्य नहीं है, इसलिए अलग-अलग समुदायों की विवाह-विषयक मान्यताओं और रीति-रस्मों का विवेचन अभीष्ट नहीं है। केवल समानताओं के आधार पर सामान्य विशेषताओं का निर्देश ही किया जा सकता है। जनजातियों में विवाह की प्रथाएँ रोचक और वैविध्यपूर्ण हैं। प्राय: एक विवाह का चलन है, लेकिन बहुविवाह का संपूर्ण निषेध नहीं है। कुछ इलाकों में बहुपति प्रथा भी प्रचलित है। बाँझपन तथा परपुरुष संबंध के आधार पर आसानी से तलाक दिया जा सकता है।

अखरा, मेला, जतरा

जनजातीय संस्कृति में 'अखरा' का एक खास महत्त्व है। निश्चय ही उसका अर्थ हिंदी का अखाड़ा कतई नहीं है। वह एक ऐसी जगह है, जो एक साथ गाँव के मनोरंजन केंद्र के रूप में भी पहचानी जाती है और पंचायत-स्थल भी बन जाती है। जनजातीय समाज ग्रामीण परिवेश का समाज है। उसका परिचय नागर सभ्यता से बहुत बाद में हुआ है। आज भी आदिवासी क्षेत्रों में ऐसे अनेक गाँव हैं, जहाँ नई रोशनी नहीं पहुँची है। संचार माध्यमों की अभूतपूर्व क्रांति के मौजूदा दौर में भी ऐसे गाँव बने और बचे हुए हैं, जहाँ पहुँचना तो दूर, त्वरित संदेश पहुँचाना भी कठिन है।

सदियों से 'मेला' या 'जतरा' जनजातियों के लिए सामुदायिक संगम के केंद्र की तरह बने हुए हैं। उनका उपयोग सामाजिक व्यवस्था, आर्थिक विनिमय और सांस्कृतिक मनोरंजन के लिए भी होता आया है। यह ध्यान देने की बात है कि जतरा या मेला किसी एक जनजाति के सदस्यों के लिए सीमित नहीं होता, बल्कि वहाँ कई कबीलों और समुदायों के लोग सम्मिलित हो सकते हैं। ऐसे सामुदायिक मिलन का अवसर शिकार

में भी सुलभ हुआ करता है, जब फागुन के महीने में प्रत्येक जनजाति के लोग शिकार के लिए जंगल जाते हैं। इस अवसर को विभिन्न जनजातियों में अलग-अलग नाम से पुकारते हैं। यह उस प्राचीन परंपरा का अवशेष है, जब दुर्गम क्षेत्रों में निवास करने वाली जनजातियों को खतरनाक वन्य जन्तुओं से आत्मरक्षा के लिए सामूहिक प्रयत्न करना पड़ता था। कुछ इलाकों में 'जनी शिकार' की प्रथा है, जिसका अवसर बारह वर्षों में एक बार आता है और जिसमें जनजातीय महिलाएँ पुरुष वेश में शिकार के लिए निकलती हैं।

युवा गृह

यह एक ऐसा सामाजिक संगठन है, जो जनजातीय क्षेत्र से बाहर की दुनिया में जिज्ञासा, उत्सुकता, कौतूहल और विस्मय के भाव से चर्चित रहा है। विभिन्न समुदायों में इसे अलग-अलग नामों से पुकारा जाता है। यह एक प्रकार के प्रशिक्षण केंद्र की तरह काम करता है, गुरुकुल की तरह, जहाँ जनजातियों के किशोरों और किशोरियों को सहशिक्षा के लिए किसी अनुभवी ग्रामवासी की देख-रेख में रखा जाता है। मध्य प्रदेश के बस्तर क्षेत्र में इस तरह के युवा गृहों को 'घोटुल' कहते हैं। उराँव क्षेत्रों में 'घुमकुड़िया', उत्तर प्रदेश की जनजातियों में इसे 'रंगबंग' कहा जाता है और मुंडा-हो जनजाति क्षेत्रों में 'गीतिओरा' तथा नगा क्षेत्र में 'इखुइंची' कहते हैं।

इस सामाजिक-सांस्कृतिक संगठन की लोकप्रियता और उपादेयता सदियों की यात्रा में अपने प्रयोजन की कसौटियों पर खरी उतरी है। जब से तथाकथित सभ्य समाज ने जनजातियों के जीवन में अपनी कुंठाओं के साथ ताक-झाँक शुरू की तो घोटुल-प्रथा प्रवादों के घेरे में आई। यों भी मानव-सभ्यता का इतिहास बतलाता है कि विभिन्न ऐतिहासिक दबावों में सामाजिक संगठन अस्तित्व में आते हैं और कालांतर में अपनी प्रासंगिकता खोकर नष्ट हो जाते हैं। घुमकुड़िया या घोटुल-प्रथा का आज के सामाजिक और सांस्कृतिक माहौल में कारगर होना संभव ही नहीं है। आज जिंदगी की चुनौतियों से लड़ने के लिए जिस तरह का प्रशिक्षण उपयोगी हो सकता है, उसकी बराबरी में यह आदिम संस्था समर्थ नहीं हो सकती। कुछ इसी तरह का हाल युवा गृहों की परिकल्पना का भी है। परिणामत: यह परंपरा जनजातीय जीवन की कई अन्य परंपराओं की तरह समाप्तप्राय हो चुकी है।

जनजातियों का तात्कालिक वर्तमान

इस प्रकार का अध्ययन भारत की जनजातियों के तात्कालिक वर्तमान का उतना नहीं, जितना कि उनके सांस्कृतिक अवशेष का अध्ययन है। इस पद्धति से हम उनके

आसन्न भूत की जानकारी प्राप्त कर सकते हैं, निरंतर बदल रहे वास्तविक देश-काल की नहीं। यह अकाट्य तथ्य है कि भारतीय जनजातियों में कुछ अपवादों को छोड़कर, अधिसंख्य समुदायों में परिवर्तन की हवा बह रही है और वे जाने-अनजाने, चाहे-अनचाहे आधुनिकीकरण की प्रक्रिया में शामिल हो चुके हैं। देर-सवेर उनकी पुरानी पहचान और आदिम वैशिष्ट्य धुँधले पड़ते जाएँगे और जितनी झलक बची रह जाएगी, वह उन्हें एक प्रतीकात्मक पहचान भर दे सकेगी। आज की तमाम विकसित जातियों की आदिम पहचान इसी तरह धीरे-धीरे लुप्त होती हुई विकास-यात्रा के मौजूदा पड़ाव तक पहुँची है।

उपर्युक्त स्थापना का वस्तु-संदर्भ क्या है और वे कौन-सी विशेष परिस्थितियाँ हैं, जो भारतीय जनजातीय जीवन को गतिशीलता से जोड़ रही हैं, आधुनिकीकरण की वह कैसी प्रक्रिया है, जो उनके रूपांतरण की भूमिका तैयार कर रही है, यह आगे के अध्ययन में देखा जा सकेगा। यह न कोई योजनाबद्ध षड्यंत्र है और न कोई अप्रत्याशित संयोग, कि जनजातीय जीवन को बाहरी शक्तियाँ हस्तक्षेपपूर्वक तोड़ रही हैं। यह समय के साथ चलने का उनका अपना चुनाव भी नहीं है, किंतु वे भौतिक उपलब्धियों के चुंबकीय आकर्षण को धकियाकर अब आदिमानव की अँधेरी दुनिया में लौट भी नहीं सकते। सभ्यता के इतिहास में अतीत की वापसी नहीं होती। अतीत के अतीत हो जाने का दर्द जितना भी हो, अतीत के शोक में वर्तमान का सुख छोड़ा नहीं जा पाता। रुपहली रात से सुनहरा दिन ज्यादा संभावनापूर्ण लगता है। यह व्यष्टि जीवन का अनुभव तो है ही, समष्टि जीवन का युग सत्य भी है।

इतिहास के मध्यकाल तक भारतीय जनजातियों को सिर्फ प्रकृति के विरुद्ध युद्धरत होना पड़ता था। कभी-कभी वर्चस्व के लिए आपसी लड़ाई भी होती थी। सामंती सत्ता के अधीन रहकर भी अपने जंगल, जमीन और आजादी का उपभोग वे कर सकते थे। मुगल काल तक राजसत्ता से अपने दैनंदिन जीवन में कोई बड़ा खतरा उन्हें नहीं था। उनका जीवन-संघर्ष जितना भी कठिन और कठोर रहा हो, उन्हें प्रकृति को अपने अनुकूल बनाने के लिए ही विशेष श्रम करना पड़ता था, किंतु अंग्रेजों के भारत आगमन के बाद नई परिस्थितियाँ सामने आईं।

ब्रिटिश राज के संक्रमण काल में रूपांतरण

सन् 1765 में ईस्ट इंडिया कंपनी को बंगाल, बिहार और उड़ीसा की दीवानी मिल गई, जिससे पूर्वोत्तर जनजातीय क्षेत्रों में ब्रिटिश प्रशासन का अध्याय शुरू हुआ था। सन् 1776 में 'स्थायी बंदोबस्ती' लागू करने के साथ औपनिवेशिक शोषण भी शुरू हुआ।

1788 में कंपनी की तमाम शक्तियाँ सम्राट् को अंतरित की गईं, जो देश को आजादी मिलने तक प्रभावी रहीं।

ब्रिटिश शासन से पहले बृहत्तर झारखंड का क्षेत्र अनेक सामंतों और जमींदारों द्वारा नियंत्रित होता था। संताल परगना के पहाड़ी क्षेत्रों पर पहाड़िया जनजाति का पूर्ण नियंत्रण था और समतल तथा घाटियाँ घटवालों के कब्जे में थीं। ईस्ट इंडिया कंपनी को बंगाल, बिहार व उड़ीसा में भू-राजस्व वसूलने की दीवानी प्राप्त होने के बाद नए सिरे से सामंती शोषण का सिलसिला शुरू हुआ, जो स्थायी बंदोबस्ती मिलने के बाद आर्थिक-सामाजिक दमन-चक्र में बदल गया। मुगल काल के बाद इस क्षेत्र के सामंतों और जमींदारों ने बिहार और उत्तरी भारत के लोगों को यहाँ आकर बसने के लिए बुलाया और अपनी सेवाओं में बहाल किया, ताकि बाहरी शत्रुओं और अशांत जनजातियों से उनकी रक्षा हो सके। इसी अवधि में मूल स्वामियों को भू-स्वामित्व से हटाकर रैयती अधिकार दिए गए।

अंग्रेजों ने पूर्वोत्तर राज्यों की जनजातियों को दो श्रेणियों में विभक्त कर उनके लिए अलग-अलग प्रशासन प्रबंध किए। इसी नीति के तहत सुदूर पूर्वोत्तर क्षेत्र—नॉर्थ ईस्ट फ्रंटियर एजेंसी—की जनजातियों को विशेष संरक्षण देते हुए उन्हें पूर्ण वर्जित क्षेत्र बनाकर इनर लाइन रेगुलेशन की छतरी प्रदान की। दूसरी ओर पूर्वी क्षेत्र के पठारी भाग में निवास करने वाली जनजातियों को दक्षिण-पश्चिम फ्रंटियर एजेंसी के अंतर्गत लाकर हजारीबाग में उसका मुख्यालय स्थापित किया। सन् 1831-32 में हुए कोल विद्रोह के बाद विलकिंसन इस एजेंसी के प्रथम एजेंट और प्रमुख प्रशासक बनाकर भेजे गए। अंग्रेजों के लगभग दो सौ वर्षों के शासनकाल में इस क्षेत्र में बाहरी आबादी का आवागमन जारी रहा। यह अविस्मरणीय है कि ब्रिटिश प्रशासन के पहले सौ वर्षों में इसी क्षेत्र में जनजातियों के दस बड़े विद्रोह हुए, जिसमें सभी बड़ी जनजातियों ने हिस्सा लिया। इन जन संघर्षों में मांझी, कोल, हो, मुंडा और उराँव जनजातियों का असंतोष हिंसक होकर फूटा, जिसे सैनिक हस्तक्षेप से दबा दिया गया।

हर विद्रोह के बाद अंग्रेजों ने प्रशासनिक सुधार और जनजातियों के संरक्षण के कुछ उपाय किए। इन विद्रोहों के मूल में जमींदारों, ठेकेदारों, कारिंदों और महाजनों के प्रति गहरा आक्रोश था, जो जंगल, जमीन और आजादी पर हमलों से उपजा था। बिरसा आंदोलन में मिशनरियों के प्रति भी आक्रोश एक अहम मुद्दा था। इस ऐतिहासिक पृष्ठभूमि से यह उजागर होता है कि जनजातियों में 'दिकू' या बाहरी लोगों के प्रति विरोध का भाव पुराना है, और इसके पीछे शोषक तत्त्वों को वर्ग शत्रु मानने की सहज प्रवृत्ति ही है, लेकिन यह स्थिति धीरे-धीरे बदलती गई है और समय-समय पर 'दिकू विरोध' के

समाज-संदर्भ भी बदलते रहे हैं।

इस प्रकार, ब्रिटिश शासनकाल में पूर्वोत्तर राज्यों की इनर लाइन रेगुलेशन प्राप्त जनजातियों को बाहरी लोगों के साहचर्य का अवसर नहीं मिला, जबकि आंशिक रूप से वर्जित क्षेत्र की जनजातियों को निरंतर 'दिकू विरोध' की जरूरत पड़ती रही है। इसके बावजूद, इन विपरीत भौगोलिक परिवेश में रहने वाली प्रायः सभी जनजातियों की संस्कृति पर इसाई मिशनरियों के हस्तक्षेप का प्रभाव पड़ा। अपने आदिम संस्कारों से, पुरानी जीवन-शैली से और पुरातन परंपरा से हटने-टूटने का यह पहला अनुभव था। दक्षिण-पश्चिम फ्रंटियर एजेंसी, जिसे उन दिनों रामगढ़ के पहाड़ी क्षेत्र के रूप में भी जाना जाता था, के अंतर्गत निवास करने वाली जनजातियों का सामाजिक-सांस्कृतिक संपर्क बाहरी लोगों से दीर्ध अवधि से होता रहा, इसलिए उनकी जीवन-पद्धति पर बहुसंख्यक हिंदू समाज का प्रभाव भी पड़ा। मुंडा व संताल जाति के सामाजिक और धार्मिक विधि-विधान का अध्ययन इस तथ्य को भली-भाँति प्रमाणित करता है।

जहाँ तक हिंदी क्षेत्र में निवास करने वाली जनजातियों के समाज-जीवन का प्रश्न है तो यह उल्लेख प्रासंगिक है कि उनकी एक बड़ी संख्या झारखंड के छोटानागपुर और संताल परगना के पठारी भू-भाग में निवास करती है। इस क्षेत्र के सीमांत से सटे-जुड़े कई इलाके, जो राजनीतिक रूप से उड़ीसा और पश्चिम बंगाल राज्यों में पड़ते हैं, सांस्कृतिक एकरूपता की दृष्टि से समान हैं। इसी तर्क के आधार पर झारखंड आंदोलनकारी बृहत्तर झारखंड राज्य की माँग करते रहे हैं। केंद्रीय सरकार द्वारा गठित झारखंड विषयक समिति के विशेषज्ञ सदस्य भी इस बात से सहमति रखते थे कि चार राज्यों में विभाजित यह पठारी क्षेत्र सांस्कृतिक दृष्टि से जनजातीय प्रभुत्व की एक सामासिक संस्कृति का निर्माण कर चुका है। समान भौतिक परिवेश, ऐतिहासिक विरासत और सदियों की सहयात्रा से यह क्षेत्रीय संस्कृति विकसित हुई है, जो झारखंड क्षेत्र की भौगोलिक सीमाओं के बाहर की मैदानी संस्कृति से अलग है। प्रथमतः यह जनजातीय मूल की संस्कृति है, जिसे सदानी जातियों ने भी प्रभावित और स्वीकृत किया है।

इस सांस्कृतिक चेतना की अंतर्धाराओं के भेद के आधार पर जो लोग इस क्षेत्र के सामाजिक जीवन में आदिवासी और सदान जातियों में अलगाव स्थापित करना चाहते हैं, उन्हें इस वास्तविकता की ओर भी देखना चाहिए कि क्यों झारखंड के कुड़मी-महतो शेष बिहार की पिछड़ा वर्ग-संस्कृति से अलग पहचान रखते हैं? इसी तरह, कमोबेश यही स्थिति इस क्षेत्र के इसाइयों और मुसलमानों की भी है। उनके वर्गीय हित अलग हो सकते हैं, मगर संस्कृति उन्हें परस्पर जोड़ती है।

यह संस्कृति रातोरात किसी समझौते के तहत नहीं बन गई। इसका शनैः-शनैः विकास हुआ है और इसी कारण इस बात के जीवंत प्रमाण हैं कि जनजातीय संस्कृति की मूल संरचना धीरे-धीरे बदल रही है। शिक्षा, प्रशासन, उद्योग-व्यापार, कल-कारखाने या खेल के मैदान में जनजातियों के जो सदस्य अपना योगदान दे रहे हैं, वे आधुनिकीकरण की प्रक्रिया के अंग बन चुके हैं।

'ब्रिटिश काल में सरकार ने छोटानागपुर के आदिवासियों के लिए एक संरक्षण प्रणाली का विकास किया था। जिलाधिकारियों की व्यक्तिगत और संरक्षणवादी देख-रेख में उनके सामाजिक स्वरूप को अक्षुण्ण बनाए रखने की चेष्टा की गई थी, किंतु संरक्षण प्रणाली एक अल्पकालिक व्यवस्था थी। इसका अंतिम लक्ष्य था, ब्रिटिश भारत की मुख्य सामाजिक धारा में आदिवासियों का विलयन। अतः एक सामाजिक अवधारणा के रूप में वह संरक्षण विफल रहा और छोटानागपुर की जनजातियाँ बाह्य प्रभावों से अनुप्राणित होती रहीं और शनैः-शनैः ब्रिटिश भारत के सामाजिक संगठन में इनका विभिन्न स्तरों पर विलयन होता रहा। संरक्षण व्यवस्था की विफलता का प्रमुख कारण था, इसका जातिगत न होकर क्षेत्रीय होना तथा अविकसित एवं अर्द्धविकसित जनजातियों पर इसका समान रूप से लागू किया जाना।'

जनजातीय क्षेत्र में नगरीकरण का प्रभाव शुरू हुआ। आदिवासी बहुत बड़ी संख्या में आजीविका की तलाश में गाँवों से हटकर विद्यमान तथा नवनिर्मित नगरों में बस रहे थे। वन संपदा तथा खनिजों के व्यावसायिक उपयोग के साथ-साथ धनबाद, झरिया तथा जमशेदपुर जैसे औद्योगिक केंद्रों की स्थापना हुई। इस तरह आर्थिक भार-केंद्र बिहार-बंगाल के मैदानी इलाकों से हटकर छोटानागपुर के पर्वतीय क्षेत्र में आ गया। परिणामस्वरूप आदिवासी अपनी भूमि से वंचित होकर औद्योगिक एवं कृषि मजदूरों के रूप में असम के चाय बागानों तथा बिहार एवं पश्चिम बंगाल के कृषि-प्रधान क्षेत्रों में शरण लेने लगे।

इसाई धर्म प्रचारकों की गतिविधियों के कारण पारंपरिक जनजातीय लक्षणों का तीव्र ह्रास हुआ। आदिवासी समाज में प्रचलित बहुविवाह और यौन स्वच्छंदता पर ईसाई मिशनरियों ने नैष्ठिक आचरण थोपने का प्रयत्न किया। इसी तरह सामूहिक उत्पादन की जगह उन्होंने निजी संपत्ति के सिद्धांत पर जोर दिया। इससे स्थानीय समाज में तनाव बढ़ा। फिर भी इतना तो मानना ही पड़ेगा कि उन्होंने आदिवासियों में आत्मसम्मान की भावना को विकसित किया और उन्हें पहचान दी।

आदिवासी पुनर्जागरण में खरवार आंदोलन, बिरसा आंदोलन और टाना भगत

आंदोलन (1914-22) ने अहम भूमिका निभाई। लिपियों की खोज तथा जनजातीय कलाओं एवं साहित्य की अभिवृद्धि आदिवासी पहचान को प्रतिष्ठित करने में सहायक हुई। मिशनरियों के शैक्षणिक क्रिया-कलापों से भी आदिवासियों के आर्थिक-सामाजिक रूपांतरण में सहायता मिली। प्राय: शून्य से आरंभ कर ब्रिटिश काल के अंत तक स्कूलों-महाविद्यालयों में पढ़ने वाले आदिवासियों की संख्या लगभग साढ़े तीन लाख हो गई।

छोटानागपुर में अंग्रेजों के आगमन से पहले यहाँ के आदिवासी समृद्ध और स्वावलंबी किसान थे। इस क्षेत्र में आदिवासी समूहों के विकास की जगह संपूर्ण क्षेत्र के विकास पर जोर देने की ब्रिटिश नीति के कारण सामाजिक-आर्थिक स्तर पर वे कमजोर पड़ते गए। यातायात, परिवहन एवं उद्योगों का विकास जितना हुआ, उसके अनुपात में आदिवासियों की आर्थिक दशा नहीं सुधरी। जनजातीय अर्थव्यवस्था में बाजार का प्रवेश इस युग की आर्थिक प्रक्रिया का एक महत्त्वपूर्ण पक्ष था। जंगलों के व्यावसायिक उपयोग के लिए छोटानागपुर के कई भागों में खेती पर प्रतिबंध लगा दिया गया। मिश्रित गाँवों की स्थापना होने लगी और उत्पादन में कृषकों एवं शिल्पियों के साथ कारीगर हिंदू जातियों का सहयोग बढ़ा।

वस्तु-विनिमय की पुरानी प्रणाली के स्थान पर मुद्रा-विनिमय का प्रचलन बढ़ा। भू-राजस्व की आदायगी और अन्य दैनिक आवश्यकताओं की प्रतिपूर्ति के लिए मुद्रा की उपयोगिता बढ़ गई। इसी दौर में कपास, गन्ना और लाह जैसी नकदी फसलों की उपज छोटानागपुर में बढ़ने लगी। इन फसलों को उगाने लायक भूमि से बहुधा आदिवासियों को वंचित किया जाने लगा। डॉ. बालमुकुंद वीरोत्तम ने ब्रिटिश शासन के भूमि संबंधी दस्तावेजों और रिपोर्टों का अध्ययन विस्तारपूर्वक प्रस्तुत किया है। इस अध्ययन का निष्कर्ष यह है कि, "इस युग में छोटानागपुर की जनजातियों का आर्थिक जीवन शोषण, भूमिहरण, ऋण एवं दासता का प्रतीक बन गया।"

झारखंड सांस्कृतिक क्षेत्र के जनजातीय जीवन में परिवर्तन का दूसरा चरण भारतीय स्वाधीनता की प्राप्ति के बाद शुरू होता है। इसे केवल औद्योगीकरण और विकास कार्यक्रमों के तहत नहीं आँका जा सकता, क्योंकि इस दूसरे चरण में आदिवासी जीवन के रूपांतरण के सांस्कृतिक और राजनीतिक पहलुओं का विकास और विस्तार हुआ। इसी अवधि में जनजातीय जीवन में अनेकविध जटिलताओं का समावेश हुआ और आदिवासी समाज में एक नए मध्य वर्ग को पूर्ण प्रतिष्ठा भी मिली।

भारतीय जनजातीय समुदायों में विकास और परिवर्तन-चक्र का इतिहास लगभग समान प्रक्रिया और रुझान को इंगित करता है। इस इतिहास में व्यक्तियों, सामज संगठनों,

राजसत्ताओं और तिथिक्रमों के थोड़े से उलट-फेर के बावजूद एक ही कहानी देश-काल के अलग-अलग संदर्भों में दुहराई जाती दिखलाई पड़ती है। कहानी की पृष्ठभूमि, चरित्र, घटनाक्रम और संदेश लगभग समान निष्कर्षों की ओर हमें ले जाते हैं। इस दृष्टि से विचार करें तो जनजातीय समाज की जो कहानी त्रिपुरा की है, वही झारखंड की बन जाती है। मध्य प्रदेश, उड़ीसा, गुजरात या महाराष्ट्र की जनजातियों की जीवन-शैली में भी शोषण, विस्थापन, धर्मांतरण, औद्योगिक विकास का समान चक्र चलता आ रहा है।

भारतीय जनजातियाँ विजातीय प्रभावों और बाहरी हस्तक्षेप और दबाव के फलस्वरूप जिन ऐतिहासिक परिवर्तनों के दौर से गुजरकर अपनी मूल संरचना में परिवर्तन के लिए विवश अथवा तैयार दिखलाई पड़ती हैं, उनमें आजादी के बाद एक नए रुझान के स्पष्ट संकेत मिलते रहे हैं। उनमें राजनीतिक स्तर पर अपनी स्वायत्तता को लेकर जो आंदोलनात्मक बेचैनी सामने आई, सामाजिक और सांस्कृतिक स्तर पर अपनी अस्मिता की पहचान और उसकी सुरक्षा को लेकर भी वैसी ही चिंता व्याप्त हुई। लगभग तमाम विकसित जनजातीय समुदायों में अपने सांस्कृतिक मूल्यों और परंपराओं के प्रति पुनरुत्थानवादी नवोन्मेष उभार पर है। यहाँ तक कि मेघालय और मणिपुर जैसे राज्यों में, जहाँ जनजातीय आबादी का बहुलांश धर्मांतरण के दौर से गुजरकर एक इसाई समाज में बदल चुका है, ऐसे सामाजिक-सांस्कृतिक संगठन उठ खड़े हुए हैं, जिनका लक्ष्य अपनी खोई हुई अस्मिता का पुनरुद्धार करना है।

इस पूरे इतिहास चक्र को अलग रुझानों के आधार पर सूत्रबद्ध करना हो तो कहना होगा कि प्राचीन काल में विकसित और संगठित जातियों के आक्रमण और परिणामस्वरूप घोरतर दुरुह जंगलों-पहाड़ों में स्थानांतरण-पलायन, मध्यकाल में सामंती दमन और शोषण और उत्तर मुगलकाल और ब्रिटिशकाल में बाहरी लोगों के व्यापक संपर्क की क्रिया-प्रतिक्रिया में विद्रोह, दमन और रूपांतरण इनकी नियति रही है। ऐसे विद्रोह औरंगजेब के समय भी हुए और भारतीय प्रदेशों में अंग्रेजों के बढ़ते हस्तक्षेप के विरोध में भी हुए। अपने आर्थिक शोषण और सामाजिक-राजनीतिक दमन के खिलाफ भारतीय जनजातियों ने सामंती और महाजनी व्यवस्था के खिलाफ भी अपने विद्रोह की लंबी श्रृंखला इतिहास में दर्ज की है।

□

तीसरा अध्याय

संस्कृति और परंपरा

"आदिवासी समाज और संस्कृति के प्रति हमारे तथाकथित सुसंस्कृत समाज का रवैया क्या है? वो चाहे सैलानी-पत्रकार लेखक हों या समाजशास्त्री, आमतौर पर सबकी एक ही मिली-जुली कोशिश इस बात को खोज निकालने की रही है कि आदिवासियों में अद्‌भुत और विलक्षण क्या है? उनके जीवन और व्यवहार में आश्चर्य और तमाशे के लायक चीजों की तलाश और हमसे बेमेल और पराए पहलुओं को इकहरे तरीके से रोशन करके लोगों का ध्यान आकर्षित करने और मनोरंजन के लिए ही लोग आदिवासी समाज और संस्कृति की ओर जाते रहे हैं। नतीजा हमारे सामने हैं : उनके यौन जीवन और रीति-रिवाजों के बारे में गुदगुदाने वाले सनसनीखेज ब्योरे तो खूब मिलते हैं, उनके पारिवारिक जीवन की मानवीय व्यथा नहीं। उनके अलौकिक विश्वास, जादू-टोने और विलक्षण अनुष्ठानों का आँखों देखा हाल तो मिलता है, उनकी जिंदगी के हर सिम्त हाड़तोड़ संघर्ष की बहुरूपी और प्रामाणिक तसवीर नहीं। वे आज भी आदमी की अलग नस्ल के रूप में अजूबा की तरह पेश किए जाते हैं : विचित्र वेशभूषा में आदिम और जंगली आदमी की मानिंद!"

जनजातियों की सांस्कृतिक परंपरा और समाज-संस्कृति पर विचार की एक दिशा यहाँ से भी विचारणीय मानी जा सकती है। मानव विज्ञानियों और समाजशास्त्र के अध्येताओं ने विभिन्न जनजातीय समुदायों का सर्वेक्षणमूलक व्यापक अध्ययन प्रस्तुत किया है और उसके आधार पर भारतीय जनजातियों के विषय में सूचनाओं का विशद कोश हमें सुलभ है। पुनः इस अकूत शोध-सामग्री के आधार पर विभिन्न जनजातीय समूहों और समाजों के बारे में निष्कर्षमूलक समानताओं का निर्देश भी किया जा सकता है, लेकिन ऐसे अध्ययन का संकट तब खड़ा हो जाता है, जब हम ज्ञान को ज्ञान के लिए

नहीं मानकर उसकी सामाजिक संगति की तलाश खोजना शुरू करते हैं। ये सारी सूचनाएँ एक अनचीन्हीं-अनजानी दुनिया से हमारा साक्षात्कार कराती हैं, किंतु इस ज्ञान का संयोजन भारतीय समाज में उनके सामंजस्यपूर्ण समायोजन के लिए किस प्रकार किया जाए, यह प्रश्न अन्य दूसरे सवालों से अधिक महत्त्वपूर्ण हो जाता है। यहाँ समाज-चिंतन की हमारी दृष्टि और उसके कोण की वास्तविक परीक्षा भी शुरू हो जाती है। ठीक यहीं से सूचनाओं का विश्लेषण-विवेचन चुनौती बनकर खड़े हो जाते हैं।

किसी भी समाज का अतीत बहुत महत्त्वपूर्ण होता है। तो भी शुद्ध अतीतजीवी होने की भी कोई तार्किकता नहीं हो सकती। जनजातियों के सदंर्भ में विचार करें तो यह सवाल और नुकीला हो जाता है कि क्या उन्हें आदिम मानव-सभ्यता के पुरातात्त्विक अवशेष के रूप में पुरातन जीवन-स्थिति में ही अलग-थलग छोड़ दिया जाए या विज्ञान और तकनीकी प्रगति की आधुनिक व्यवस्था में समायोजित होने का अवसर भी दिया जाए? सवाल तो यह भी उतना ही महत्त्वपूर्ण है कि क्या उनके विकास के नाम पर उन्हें आधुनिक जटिल राज्यतंत्र और समाज-व्यवस्था के सामने टूटकर बिखरने के लिए छोड़ दिया जाए या उन्हें नए परिवेश में सहज गतिशील होने के लिए पर्याप्त अवसर भी दिए जाएँ?

आज जब औद्योगिक विकास के लिए खनिज संपदा और जंगल-पहाड़ के इलाके राष्ट्रीय अर्थव्यवस्था के लिए अनिवार्यतः उपयोगी माने जा रहे हैं और ये सारी सहूलियतें इन्हीं आदिवासी अंचलों में सुलभ हैं, तो क्या क्षेत्रीय या राष्ट्रीय हितों के लिए दस प्रतिशत आदिवासियों को विस्थापित कर उनकी अपनी जीवन-शैली, समाज-संरचना, सांस्कृतिक मूल्यों से बलात् वंचित कर दिया जाए? यानी आज यह सर्वोपरि आवश्यकता दिख रही है कि विकास की मौजूदा अवधारणा की एक बार फिर से समीक्षा की जाए और नई आधुनिक व्यवस्था में जनजातीय समूहों के मानवीय अधिकारों की समुचित अभिरक्षा की जाए। तभी जनजातीय संस्कृति या उसकी परंपरा के विषय में हमारी चिंता को एक वास्तविक आधार सुलभ होगा।

"आदिवासियों के आख्यान, उनके मिथक, उनकी परंपराएँ आज इसलिए महत्त्वपूर्ण नहीं हैं कि वे बीते युगों की कहानी कहती हैं, बल्कि उनकी अपनी संस्था और संस्कृति के ऐतिहासिक तर्क और बौद्धिक प्रासंगिकता के लिहाज से भी महत्त्वपूर्ण हैं। उनकी कलात्मक अभिव्यक्तियाँ, सौंदर्यात्मक चेष्टाएँ और अनुष्ठानिक क्रियाएँ हमारी-आपकी कला-संस्कृति की तरह आराम के क्षणों को भरने वाली चीजें नहीं हैं, उनकी पूरी जिंदगी से उनका एक क्रियाशील, प्रयोजनशील और पारस्परिक रिश्ता है। इसलिए उनकी

संस्कृति एक ऐसी अन्विति के रूप में आकार ग्रहण करती है, जिनमें उनके जीवन और यथार्थ की पुनर्रचना होती है।"

संस्कृति

सांस्कृतिक परंपरा पर विचार करने से पहले यह परिभाषित कर लेना उचित है कि संस्कृति क्या है ? संस्कृति और लोकसंस्कृति में क्या अंतर है ? जनजातीय संस्कृति और लोकसंस्कृति में भी कोई अंतर है या नहीं ? विविध प्रकार की जीवन-शैलियों और सामाजिक परंपराओं में संस्कृति के जो स्थानिक और देशिक रूप दिखलाई पड़ते हैं, उनके वर्गीकरण और एकीकरण के क्या आधार हो सकते हैं ? संस्कृति की जो व्याख्या मानवशास्त्री या समाजशास्त्री देते हैं, वह स्वयं संस्कृतिकर्मियों के लिए कितनी अर्थपूर्ण है ?

संस्कृति का सीधा-सादा अर्थ है, परिष्कार या संस्कार। वस्तुतः परिमार्जित संस्कार ही संस्कृति है। इसके स्वरूप को स्पष्ट करते हुए डॉ. रामखेलावन पांडेय ने लिखा है कि, "संस्कृति शब्द का प्रयोग अपेक्षाकृत अर्वाचीन है और अंग्रेजी कल्चर का समानार्थसूचक। इसके संबंध की मान्यताओं में पर्याप्त मतभेद और विरोध है। इसकी सीमाएँ एक ओर धर्म का स्पर्श करती हैं तो दूसरी ओर साहित्य को अपने बाहुपाश में आबद्ध करती हैं। संस्कृति भौतिक साधनों के संचयन के साथ ही आध्यात्मिकता की गरिमा से मंडित होती है। वेश-भूषा, परंपरा, पूजा-विधान और सामाजिक रीति-नीति की विवेचना भी संस्कृति के अंतर्गत होती है।...प्रकृति की सीमाओं पर मनुष्य ने जो विजय चाही, उसका भौतिक स्वरूप सभ्यता, और आत्मिक, आध्यात्मिक अथवा मानसिक स्वरूप संस्कृति है। सभ्यता बाह्य-प्रकृति पर हमारी विजय का गर्वध्वज है और संस्कृति अंत:प्रकृति पर विजय-प्राप्ति की सिद्धि।"

संस्कृति की ऐसी परिभाषाएँ अनेक विद्वानों ने उपलब्ध कराई हैं, जिनमें उसके इस व उस पक्ष या कई पक्षों का समन्वय स्थापित करने की चेष्टाएँ झलकती हैं, किंतु ऐसी परिभाषाएँ संस्कृति का खंडित अध्ययन करती हैं, जबकि पिछली दो शताब्दियों में ज्ञान के विविध क्षेत्रों में कई नई परिभाषाएँ विकसित हुई हैं, जिनमें एक यह भी है कि मनुष्य संस्कृति निर्माता प्राणी है। संस्कृति की व्याख्या न तो केवल आनुवंशिक जैविकता के आधार पर की जा सकती है, न सिर्फ सामाजिकता के आधार पर। इसी तरह उसे सभ्यता या संस्कृति के अलग-अलग खानों में बाँटकर भी नहीं समझा जा सकता।

टायलर ने संस्कृति की जो व्यापक संकल्पना प्रस्तावित की है, उसमें कई मतभेदों का समाहार देखा जा सकता है। टायलर के अनुसार, संस्कृति "वह जटिल इकाई है, जिसके अंतर्गत ज्ञान, विश्वास, कला, आचार, विधि, रीति और अन्य वे क्षमताएँ और अभ्यास सम्मिलित हैं, जिन्हें मनुष्य समाज के सदस्य के रूप में अर्जित करता है।" इस तरह टायलर ने यह प्रतिपादित किया है कि संस्कृति सामाजिक परंपरा से अर्जित चिंतन, अनुभव और व्यवहार—मानसिक और क्रियात्मक व्यवहार—की समस्त रीतियों की समष्टि है। यही संकल्पना परवर्ती मानव वैज्ञानिकों की कार्यप्रणाली का आधार बनी है। मैलिनोव्सकी की परिभाषा भी इससे मिलती-जुलती हुई है कि, "संस्कृति के अंतर्गत वंशागत शिल्प-तथ्यों, वस्तुओं, तकनीकी प्रक्रियाओं, धारणाओं, अभ्यासों तथा मूल्यों का समावेश हो जाता है।" यही बात लिंटन, क्लकहॉन, क्रोबर आदि की परिभाषाओं में भी व्यक्त होती है।

वस्तुतः संस्कृति विषयक चिंतन का क्षेत्र विभिन्न मतवादों से भरा-पूरा क्षेत्र है। मतांतरों की परीक्षा का स्वतंत्र अध्ययन इस पुस्तक की सीमाओं में अभीष्ट नहीं है। इस संबंध में डॉ. दिनेश्वर प्रसाद की पुस्तक 'लोक साहित्य और संस्कृति' में इस विषय के विस्तार में जाकर विवेचन सुलभ और द्रष्टव्य है।

निष्पत्ति के रूप में यह कहा जा सकता है कि, "विभिन्न संस्कृतियों की तुलनात्मक सांख्यिकी यह बतलाती है कि मानव जातियाँ एक ही वास्तविकता का मूल्यांकन अलग-अलग रूपों में करती हैं। सुंदर और कुरूप, शिव, अशिव, सार्थक और निरर्थक आदि धारणाओं और मूल्यों के संबंध में उनमें पर्याप्त मतभेद हैं। भारतीय दस दिशाओं की कल्पना करते हैं, जबकि यूरोपीय चार की और अमेरिका के प्यूब्लो इंडियन छह की। यूरोप में काला रंग शोक का प्रतीक है, किंतु प्लेंस इंडियनों में विजय और उल्लास का। चीन में श्वेत रंग शोक का प्रतीक है, जबकि चेरोकी जाति में दक्षिण दिशा का। भिन्नता की यह स्थिति कला संबंधी धारणाओं से लेकर सामाजिक रीतियों और प्रथाओं तक विद्यमान है। हमारे संगीत में राग और लय दोनों महत्त्वपूर्ण हैं, लेकिन बहुत सी अफ्रीकी जातियों के संगीत में केवल लय महत्त्वपूर्ण है। यूरोपीय संस्कृति एकपत्नीत्व को आदर्श मानती है और इसलामी संस्कृति बहुपत्नीत्व को, जबकि भारत की कुछ जातियों में बहुपत्नीत्व आदर्श भी है और व्यवहार्य भी। इस तरह प्रतिमानों की सार्थकता स्थानीय या क्षेत्रीय होती है और उसके संबंध में हर संस्कृति के अपने तर्क होते हैं, जिन्हें वह अकाट्य मानती है।"

संस्कृति के अध्येताओं के लिए सांस्कृतिक सापेक्षतावाद के अनेक अभिप्राय हो जाते हैं। इसी तर्क के आधार पर यह माना जाता है कि न तो किसी संस्कृति को श्रेष्ठ

कहा जा सकता है और न हीन, न तो महत्त्वपूर्ण और न महत्त्वरहित। जब हम कुछ जातियों को आदिम कहते हैं तो संभवतः हमारा अभिप्राय यही होता है कि वे हमारे समकालीन जीवन की पूर्ववर्ती स्थिति के उदाहरण हैं। लेकिन यह धारणा भी तथ्याधारित नहीं ठहरती। वस्तुतः विश्व के मानचित्र पर अलग-अलग भौगोलिक परिवेश में इतनी किस्म की संस्कृतियाँ विद्यमान हैं, रही हैं कि कहना पड़ता है कि हर समाज की संस्कृति उसका साँचा है और सामान्य संस्कृति के लक्षणों के निर्धारण में किसी भी एक संस्कृति का साँचा संपूर्ण नहीं हो पाता।

झारखंड सांस्कृतिक क्षेत्र

झारखंड क्षेत्र सांस्कृतिक दृष्टि से एक समृद्ध अतीत और वर्तमान का क्षेत्र है। अगर आपकी दृष्टि सिर्फ एक पर्यटक की दृष्टि नहीं है और उस पर औद्योगिक विकास के आँकड़े पढ़ने वाला चश्मा नहीं चढ़ा हो, तब आप झारखंडी संस्कृति की विशिष्ट पहचान से साक्षात्कार कर सकते हैं। यह क्षेत्र और यहाँ की मूलवासी जातियाँ, जिनमें जनजातियों और सदानी जातियों की साझेदारी है, सदियों से एक समरस और समतावादी समाज बनाकर रहती आई हैं।

यह इतिहास लगभग दो हजार साल पुराना है, जब सदानी जातियों की मूल जाति नागवंशियों ने छोटानागपुर में अपना राज्य बनाया था। खुखरा राज्य के पहले राजा नागवंशी फणिमुकुट राय थे, जिन्होंने मुंडाओं के सहयोग से राज्य की स्थापना की थी। नाग जाति के बारे में अभी तक पर्याप्त शोध नहीं हुए हैं, किंतु डॉ. आंबेडकर, डॉ. कुमार सुरेश सिंह, डॉ. बी.पी. केशरी तथा कई अन्य विद्वानों ने जो प्रमाण और साक्ष्य जुटाए हैं, वे नाग जाति के इतिहास के अस्तित्व को स्पष्ट स्थापित करते हैं। नाग जाति बहुत सुसंस्कृत, बहादुर और शांतिप्रिय जाति रही है। इस जाति ने गौतम बुद्ध के नेतृत्व में सैकड़ों वर्षों तक ब्राह्मण धर्म के जातिभेद और छुआछूत के खिलाफ संघर्ष किया था। हिंदुओं ने अपने बहुत से पर्व-त्योहार इस जाति की संस्कृति से लिये हैं। प्रसिद्ध राजा शशांक इसी नाग जाति के थे।

सदानी जातियों के समानांतर इस क्षेत्र में जनजातीय समाज और इसकी संस्कृति भी बहुत पुरानी है। मुंडा जनजाति के भूमिज लोगों ने सिंहभूम-वराहभूम के इलाके में भूमिज राज कायम किया था। "छोटानागपुर में पाए जाने वाले अनेक असुर स्थलों पर प्राप्त पुरातात्त्विक वस्तुओं के आधार पर यह कहा जाता है कि सांस्कृतिक दृष्टि से छोटानागपुर उतना ही प्राचीन है, जितनी सिंधु घाटी की सभ्यता। फिर भी छोटानागपुर का प्रारंभिक

सांस्कृतिक इतिहास रहस्य के आवरण में ढका हुआ है। इसलिए इस क्षेत्र का इतिहास मुख्यतः वैदिक, पौराणिक, जैन तथा बौद्ध साहित्य के छिट-पुट अवलोकन, पुरातात्त्विक वस्तुओं के अध्ययन एवं क्षेत्रीय लोकसाहित्य और दंतकथाओं के विश्लेषण के आधार पर ही तैयार किया जा सकता है।...ऐसा अनुमान किया जाता है कि मुंडा लोग इस क्षेत्र में ईस्वी सन् शुरू होने से पहले ही आकर बसने लगे होंगे। असुर संस्कृति के बारे में यह कहा जा सकता है कि यह संस्कृति कम-से-कम कुषाण काल तक (लगभग 70 से 150 ई. सन्) तो थी ही, जैसा कि दो असुर स्थलों पर पाए जाने वाले कुषाण सिक्कों से पता चलता है। ऐसा माना जाता है कि असुर लोग भगवान् शिव के बड़े भक्त थे तथा शिवलिंग की पूजा करते थे।"

"मानव वैज्ञानिकों का एक समुदाय भारत की जनजातीय और गैरजनजातीय संस्कृतियों के विलगाव और असंबद्धता पर इतना अधिक बल देता रहा है कि आज हम उनको एकदम भिन्न मानने लगे हैं। लेकिन ऐतिहासिक संदर्भ में विचार करने पर यह स्पष्ट हो जाता है कि ये उतनी भिन्न और असंबद्ध नहीं हैं, जितनी समझी और समझाई जाती हैं। बहुत सी जनजातियाँ हिंदू समाज की जातियों में बदल गई हैं और उनकी बहुत सारी सांस्कृतिक विशेषताएँ उसकी सामान्य संस्कृति की अभिलक्षण बन गई हैं। जहाँ उनका स्थानांतरण जातियों में नहीं हुआ है, वहाँ भी गैरजनजातीय समुदायों से उनका संपर्क बना रहा है। यह जरूरी नहीं कि जो जनजातियाँ आज गैरजनजातियों के साथ या समीप न रहकर उनसे दूर और अलग रही हैं, वे अतीत में भी उनके साथ या निकट नहीं रहती थीं। उपलब्ध साक्ष्यों के अनुसार वे बहुत से भारतीय प्रदेशों में शताब्दियों से लगभग एक परिमित भौगोलिक क्षेत्र में निवास करती रही हैं तो दूसरी ओर भारत के एक सीमांत से दूसरे सीमांत तक उनका आव्रजन भी हुआ है। प्रत्येक स्थिति में सामाजिक, राजनीतिक और आर्थिक बाध्यताओं के कारण वे गैरजनजातीय समुदायों के संपर्क में आती रही हैं। यही नहीं, उनका एक उल्लेख्य भाग गैरजनजातीय लोगों के साथ गाँवों में निवास करता रहा है। इतिहास के विभिन्न कालों में आपसी संपर्कों से लेकर सन्निकटता और रक्तमिश्रण जैसी स्थितियों के कारण उन्होंने भारतीय संस्कृति के नाम से जानी जाने वाली संस्कृति का निर्माण और विकास किया है।"

इस प्रकार यह कहा जा सकता है कि झारखंड की जनजातीय संस्कृति और गैरजनजातीय सदानी संस्कृति के बीच परस्पर आदान-प्रदान का सिलसिला पुराना है। इसकी जाँच के आधार के रूप में भाषा का उपयोग जिन विद्वानों ने किया है, उनमें डॉ. कायपर, प्रोपिजुलिस्की, डॉ. प्रबोधचंद्र बागची, प्रो. सिलवां लेवी और डॉ. दिनेश्वर

प्रसाद के अध्ययन से यह तथ्य प्रमाणित होता है कि सांस्कृतिक संबद्धता का इतिहास उतना ही पुराना है, जितना इस दुर्गम क्षेत्र में मानव-निवास।

इस सांस्कृतिक संबद्धता की सदियों पुरानी परंपरा को डॉ. वीरभारत तलवार झारखंडी बनाम ब्राह्मणवादी संस्कृति की संघर्ष-यात्रा के रूप में विवेचित करते हैं। उन्होंने यह बताने की कोशिश की है कि झारखंड की समतावादी संस्कृति और भेदवादी ब्राह्मणवादी संस्कृति एक-दूसरे की विरोधी हैं। कालांतर में जो सांस्कृतिक प्रदूषण इस क्षेत्र की अनार्य संस्कृति में फैला है, वह ब्राह्मणवादी संस्कृति के हस्तक्षेप के कारण ही। उनका मानना है कि झारखंडी जातियों के ब्राह्मणीकरण की शुरुआत असल में झारखंड में सामंती राजसत्ताओं के उदय के बाद से हुई। अपने कथन के लिए साक्ष्य जुटाते हुए डॉ. तलवार, डॉ. कुमार सुरेश सिंह के चेरो लोगों पर किए गए शोध अध्ययन का हवाला देते हैं, जिसमें दिखलाया गया है कि जब झारखंड में विभिन्न सामंती राज्य कायम हुए तो उनके राजपरिवार ही, जो बाकी जनता पर अपनी श्रेष्ठता को साबित करना चाहते थे, ब्राह्मणवादी संस्कृति को लाने के माध्यम बने। एक ही कबीले के लोगों के बीच से जब कुछ लोग राजसत्ता में पहुँच गए तो अपने ही लोगों से खुद को ऊँचा घोषित करने के लिए अपना संबंध ब्राह्मणवाद से जोड़ा। इस काम के लिए ब्राह्मणवाद ही सबसे उपयोगी व्यवस्था थी, क्योंकि यह सिर्फ ब्राह्मणवाद ही है, जो समान लोगों के बीच ऊँच-नीच की धारणा को पैदा करता है और उस भेद को कायम करने के लिए धर्म का पवित्र आधार पेश करता है। डॉ. कुमार सुरेश सिंह इस प्रक्रिया को 'संस्कृतिकरण' कहते हैं।

डॉ. तलवार पूछते हैं—"और इस संस्कृतिकरण का नतीजा क्या निकला? सदान कबीला दो भागों में बँट गया। राजपरिवार से जुड़े सदान, जो ब्राह्मणवादी संस्कृति के एजेंट बने और अपने को बाकी सदानों से श्रेष्ठ समझने लगे तथा राजपरिवार द्वारा शासित होने वाले अशिक्षित, निर्धन और गरीब सदान, जो आदिवासियों से भी अधिक खराब अवस्था में रहते थे। सदान जब झारखंड में आए थे, तब वे एक कबीला थे, उनमें जाति-प्रथा नहीं थी। ब्राह्मणवाद ने उनके अंदर जाति-प्रथा पैदा की और कुछ को ब्राह्मण, कुछ को क्षत्रिय, कायस्थ, वैश्य और बाकी को शूद्र घोषित कर दिया। यथा, वराहभूम में सामंती राज खड़ा करने वाले भूमिज दो भागों में बँट गए—राजपरिवार से जुड़े सरदार भूमिज और बाकी मामूली भूमिज।"

अब तक यह स्पष्ट हो जाता है कि छोटानागपुर की संस्कृति, जिसे झारखंडी संस्कृति की पहचान और नाम भी दिया जाता है, एक पुरानी संस्कृति है। उसे इस भौगोलिक क्षेत्र में आर्य मूल के नागवंशी सदानों और मुंडा कुल के जनजातीय समुदायों

ने मिल-जुलकर श्रमप्रधान समतावादी जातिचेतना से रहित संस्कृति के रूप में विकसित किया था। यों तो इस क्षेत्र की विशिष्टि संस्कृति शेष भारतीय संस्कृति के जीवित संपर्कों में आती रही और दोनों पक्षों ने एक-दूसरे के संस्कारों को आदान-प्रदान के स्तर पर प्रभावित भी किया, किंतु मध्य काल में मुसलिम शासन की अवधि में सामंती राजसत्ताओं के स्थापित होने के बाद इस क्षेत्र के सांस्कृतिक जीवन में बाहरी आबादी का आवागमन बढ़ने के साथ संस्कृतिकरण का एक नया दौर शुरू हुआ।

सांस्कृतिक परंपरा

झारखंड के सांस्कृतिक परिवर्तनों के पिछले पाँच सौ वर्षों का इतिहास व्यापक उलट-फेर का काल रहा है और उसने आंचलिक संस्कृति की बुनियादी पहचान को कई स्तरों पर तोड़ा और मोड़ा है। इसी दौर में पुराने समाज-संगठन ढीले पड़े और मुसलिम और इसाई जीवन-दृष्टियों से उसका परिचय हुआ। इसलिए यह कहना इतिहास सम्मत होगा कि अपने प्रारंभिक उद्भवकाल में इस क्षेत्रीय संस्कृति में हिंदू समाज-संस्कृति की कई विकृतियाँ और संस्कार जुड़े, किंतु इससे ज्यादा बड़े पैमाने पर संस्कृति-संकरता के आक्रमण मुसलिम और अंग्रेज शासनकाल में दिखलाई पड़ते हैं।

यहाँ इस बात का उल्लेख अत्यंत महत्त्व का है कि आज के क्षेत्र की दो प्रमुख जनजातियों का प्रवेश इस क्षेत्र में इसी अवधि में हुआ है। ये जनजातीय समुदाय संताल और उराँव कबीलों के हैं, जो मुंडाओं और सदानों के बाद उत्तर मध्यकाल और पूर्व आधुनिक काल के बीच सबसे बड़े जनसांख्यिक समीकरण बनाने में सफल हुए। उराँवों और संतालों के आगमन से पूर्व झारखंड के ये क्षेत्र असुरों और पहाड़िया जनजातियों के प्रभुत्व में थे।

भारत के इतिहास में सन् 647 से 1200 ई. तक के काल को राजपूत काल भी कहा जाता है। छोटानागपुर राज पहली सदी में स्थापित हुआ माना गया है। गुप्त साम्राज्य के पतन के बाद फणिमुकुट राय छोटानागपुर के प्रथम राजा हुए। सन् 83 में 19 वर्ष की अवस्था में इन्हें शासन में बिठाया गया था। पश्चिम भारत में तब कनिष्क (सन् 78-102) का शासन था।

उराँवों के संबंध में यह कहा जाता है कि शेरशाह के रोहतास पर आक्रमण के बाद वहाँ से चलकर वे छोटानागपुर में आए। उनके रोहतास छोड़ने की तिथि 6 अप्रैल, 1538 बताई जाती है। इसे अगर आधार माना जाए तो उराँवों को छोटानागपुर में बसे लगभग पौने पाँच सौ वर्ष ही हुए हैं। इसी तरह छोटानागपुर में संतालों का आगमन अंग्रेजों के

शासनकाल में ही संपन्न हुआ। आज जिसे संताल परगना के नाम से जाना जाता है, उस क्षेत्र में संतालों का आगमन सिर्फ सवा दो सौ वर्ष पहले की बात है। इस क्षेत्र के मूल निवासी पहाड़िया जनजाति के लोग हैं। ब्रिटिश साम्राज्य का शोषण एवं दमन जब बढ़ने लगा, तब पहड़िया लोगों ने विद्रोह किया था। उस विद्रोह की कूटनीतिक काट के बतौर अंग्रेजों ने सन् 1770 से 1790 के बीच संतालों को यहाँ लाकर बसाया था। इस प्रकार आज के झारखंड क्षेत्र के दो बड़े जनजातीय समुदायों का इतिहास इस क्षेत्र के लिए अधिक पुराना नहीं है।

झारखंड की जनजातीय संस्कृति में परिवर्तन की यह अवधि पुरानी पहचान के कारकों के नष्ट होने की दृष्टि से विशेष रूप से विचारणीय हो जाती है। रोहतास से राँची पहुँचकर भी उराँव संस्कृति किसी सुरक्षित परकोटे में नहीं पहुँची, बल्कि ब्रिटिश काल में वह कई सांस्कृतिक-धार्मिक आस्थाओं-दबावों में विभक्त होती दिखलाई पड़ी। इससे पूर्व की असुर और मुंडा संस्कृतियाँ भी नए दबावों में आकर कायाकल्प करने को विवश हुईं। इसी अवधि में ब्रिटिश कानूनों के तहत जनजातियों की संपत्ति विषयक परंपरागत अवधारणा का संपूर्ण क्षरण हुआ। उनकी सामुदायिकता की भावना में पतनोन्मुख प्रवृत्तियाँ विकसित हुईं और उनके खुँटकट्टी गाँवों की भूमि-व्यवस्था भंग हो गई तथा उसकी जगह निजी स्वामित्व की संपत्ति विषयक अवधारणा का विकास हुआ। धर्मांतरण ने भी इन समुदायों के बीच धीरे-धीरे फैलते-बढ़ते-संगठित होते एक प्रभावशाली वर्ग को अपनी संस्कृति की जड़ों से काटकर आधुनिकीकरण और अलगाव के खाते में दर्ज कर दिया। इन नई स्थितियों के कारण जनजातियों के समाज-संगठन कमजोर हुए, सामाजिकता की भावना में ह्रास आया, और अखरा-घुमकुड़िया की व्यवस्था गतिरुद्ध हुई।

परिणामस्वरूप जनजातियों में इस सांस्कृतिक आक्रमण की प्रतिक्रिया हुई। मूल धर्म और संस्कृति की अभिरक्षा के प्रयत्न शुरू हुए। इस क्षेत्र की जनजातीय संस्कृति जिन मूल विश्वासों पर टिकी हुई थी, उनका एक धार्मिक पहलू सरना की उपासना भी है। मुंडा कुल की जनजातियाँ विभिन्न बोंगाओं के अस्तित्व में विश्वास करती हैं, जो उनके धार्मिक-सामाजिक-सांस्कृतिक जीवन में सर्वोपरि स्थान रखते हैं। सिंगबोंगा सबसे बड़े देवता माने जाते हैं। उराँवों में इन्हें 'धर्मेश' कहा जाता है। अन्य बोंगाओं की परिकल्पना का आधार उनके जीवन के अनेक सामाजिक-आर्थिक संदर्भों से जुड़ता है। इसी कड़ी में ग्राम, घर, मेड़, रोग-अनिष्ट से त्राण देने वाले बोंगाओं-देवताओं की प्रतिष्ठा जुड़ती है। बोंगाओं के बिना परंपरागत जनजातीय जीवन की कल्पना नहीं की जा सकती।

जनजातीय संस्कृति पर इनके प्रभाव को जीवन के हर प्रमुख घटनाक्रम में देखा जा सकता है। झारखंडी समाज के तमाम पर्वों, त्योहारों, उत्सवों, सामाजिक विधि-विधानों में सरना-स्थल का महत्त्व सर्वोपरि रहा है। 'सरना' उस प्राचीन स्थान को कहते हैं, जो गाँव बसाते समय देवताओं के लिए जंगल के निश्चित अवशेष की तरह संचित रखे गए हों। उल्लेख्य है कि इस क्षेत्र में गाँव बसाते समय जंगल को काटते हुए थोड़ा सा हिस्सा छोड़ दिया जाता था और वृक्षों से भरा वह भूखंड देवताओं के वास-स्थान के रूप में पूरे समुदाय द्वारा समादृत होता था। इसी स्थान को 'सरना' कहा जाता है।

उन्नीसवीं शताब्दी में अंग्रेजों के इस क्षेत्र में शासनारुढ़ होने के बाद जो नई स्थितियाँ जनजातियों के सामने आईं, उनके पीछे जंगल, जमीन और आजादी की लड़ाई के अनुभवों के साथ-साथ इसाई मिशनरियों की दखलंदाजी और बाहरी आबादी के सामंजस्य में दिकू विरोध की पुरानी प्रतिक्रिया के समायोजन की चुनौती भी शामिल हुई। अपने पुराने ढहते सांस्कृतिक मानकों की दुर्दशा पर वे कितने चिंतित और संवेदनशील थे, यह तथ्य इस बात से भली-भाँति उजागर हो जाता है कि सन् 1932 में पहली बार एक धार्मिक अधिवेशन की आवश्यकता उन्हें अनुभव हुई। सदियों से सरना संस्कृति बिना किसी संघबद्ध संगठन की मदद के अपना अस्तित्व बचाती चली आ रही थी; किंतु बीसवीं सदी के प्रारंभ में उन्हें एक नई किस्म की सुरक्षा-व्यवस्था की जरूरत महसूस होने लगी। सन् 1932 के उस सम्मेलन में सरना धर्म का पहला औपचारिक प्रस्ताव हुआ, जिसे देखते-देखते अपार लोकप्रियता मिलती गई। आज जो जनजाति-सदस्य धर्मांतरण से बचे रहकर अपने को मूल धर्म और संस्कृति पर टिका हुआ मानते हैं, वे अपनी सामाजिक पहचान को सरना धर्म से जोड़कर देखते हैं।

सामाजिक आचार-विचार, रहन-सहन, रीति-रिवाज, वेश-भूषा, मनोरंजन के साधन, नृत्यु-संगीत, सार्वजनिक जीवन आदि की दृष्टि से अगर सांस्कृतिक परिदृश्य के रूपांतरण को आँका जाए तो कहना चाहिए कि ब्रिटिशकाल में रूपांतरण की प्रक्रिया बहुत तेज रही और इस अवधि में जनजातीय संस्कृति के वैचारिक और क्रियात्मक दोनों पहलू प्रभावित हुए। यों तो सन् 1765 की बक्सर लड़ाई के बाद से ही अंग्रेज इस क्षेत्र में दखल बना चुके थे, किंतु सन् 1845 से इसाई मिशनरियों का कार्यकाल शुरू माना जाता है। स्मरणीय है कि इसी वर्ष जर्मन मिशनरियों ने इस क्षेत्र में अनेक शैक्षिक संस्थाओं की स्थापना की थी और इन्हीं के साथ ईसाई शिक्षक भी आए थे। उस समय बाहर से सिर्फ चार ईसाई छोटानागपुर में आए थे और सन् 81 की जनगणना के अनुसार इस क्षेत्र में 702708 लोग इंसाई धर्म विश्वासी बन चुके थे। निश्चय ही धर्मांतरण की प्रक्रिया सहज

विकसनशील सामाजिक प्रवृत्ति के रूप में नहीं चली, बल्कि उसके पीछे ब्रिटिश राजसत्ता की छत्रच्छाया में विभिन्न देशों के धार्मिक मिशनों की योजनाबद्ध सक्रियता रही। इस प्रक्रिया से जुड़कर प्राय: सभी जनजातियों में सांस्कृतिक रूपांतरण को संबल मिला।

बिरसा आंदोलन के असंतोष का एक अहम मुद्दा मुंडा जीवन में इसाई मिशनरियों का हस्तक्षेप भी बना था। धर्मांतरण के फलस्वरूप जनजातियों के रहन-सहन, खान-पान, वैवाहिक रीति-रिवाज, जन्म-मृत्यु संस्कार, पर्व-त्योहार, मेला-अखरा में भागीदारी, और यहाँ तक कि गीतों की लय और वाद्ययंत्र भी बदल गए। उराँवों की भाषा कुडुख के लिए देवनागरी की जगह रोमन लिपि का इस्तेमाल शुरू हुआ। इसी तरह संतालों की लिपि ओलचिकी के लिए भी रोमन को प्रोत्साहित किया गया। इसी वास्तविकता को ध्यान में रखकर झारखंड आंदोलन के प्रतिष्ठित नेता और कानूनविद् विनोद बिहारी महतो ने लिखा है कि "मुसलमान शासनकाल में भी झारखंड पर मुसलमानों का सीधा नियंत्रण कभी नहीं हुआ था तथा इस भूमि पर ब्राह्मणवाद का असर बहुत कम हुआ था। अंग्रेजों के शासनकाल से ही यहाँ के लोगों में परिवर्तन के लक्षण दिखलाई पड़ने लगे थे।"

परंपरा और आधुनिकीकरण के सवाल

झारखंडी समाज की सांस्कृतिक परंपरा को जो नई चुनौतियाँ पिछली सदी के उत्तरार्द्ध में मिली हैं, उनके कारण जनजातीय संस्कृति के सामने कई अभूतपूर्व संकट उठ खड़े हुए। आजादी के बाद भारतीय अर्थतंत्र को कृषि आधारित व्यवस्था से निकालकर औद्योगिक विकास के रास्ते पर ले जाने का फैसला जनजातीय क्षेत्रों के लिए खास मतलब रखने वाला साबित हुआ। उद्योगों के लिए कच्चा माल और खनिज इन्हीं क्षेत्रों में अकूत सुलभ थे। लिहाजा जंगलों और पहाड़ों का सन्नाटा टूटा और कल के उपेक्षित दुर्गम क्षेत्र नई आर्थिक-औद्योगिक हलचलों के केंद्र बनते गए। नए औद्योगिक नगर और कस्बे बनने लगे, ढेर सारी खनन परियोजनाएँ चालू हुईं, यातायात के पथ और रेलमार्ग तैयार हुए। उद्योगों और परियोजनाओं को संचालित करने वाला तकनीकी और प्रशासनिक ढाँचा बना। अफसरों और कामगारों का वर्ग आया। पंचायती राज कायम हुआ और प्रखंड विकास के कार्यालय नई व्यवस्था लादने लगे। अनेक सरकारी-गैरसरकारी संस्थान और संगठन सक्रिय हुए।

इन तमाम गतिविधियों के चलते नई आबादी के आने-बसने की रफ्तार तेज हुई और नए आप्रवासियों के साथ उनकी अपरिचित कार्य-संस्कृति से जनजातियों का

परिचय हुआ। शिक्षा और रोजगार के आरक्षण-अवसरों का लाभ उठाते हुए जनजातियों में एक नया मध्यवर्ग उठ खड़ा हुआ, जिसकी सोच और प्राथमिकताएँ बदलीं। परंपरागत जनजाति समुदाय इस नई व्यवस्था में अपने को मिसफिट पाने लगा और नई राजनीतिक समझ यह बनी कि उद्योगों के लिए विस्थापन चाहे जितना अनिवार्य हो, उसने मूलवासियों के सामाजिक-सांस्कृतिक ढाँचे को तोड़कर विनाश का राजमार्ग खोल दिया है। प्रतिक्रिया में स्वायत्तता के लिए संघर्ष के नए मोरचे खुले और कहा जाने लगा कि विकास के नाम पर लूट-खसोट का यह सिलसिला औपनिवेशिक शोषण से कम नहीं है। नतीजतन, विकास की पूरी अवधारणा तीखे सवालों के घेरे में समाती गई।

उपर्युक्त तथ्यों की पुष्टि में आँकड़े भी प्रस्तुत किए जा सकते हैं और तर्क भी। केंद्रीय सरकार द्वारा मार्च, 1993 में संसद् में पेश झारखंड विषयक समिति की रिपोर्ट में औद्योगीकरण और विकास योजनाओं के सुपरिणाम और कुपरिणाम के अनेक पक्षों से संबंधित आँकड़े और तर्क शामिल किए गए हैं और उन्हें अधिकृत दस्तावेज होने की सरकारी मान्यता भी मिली हुई है। इस रिपोर्ट के कई अंशों में क्षेत्रीय संस्कृति और विकास कार्यक्रम से टकराव के सवाल को भी विचार का बिंदु बनाया गया था।

संस्कृति और विकास की मुठभेड़

झारखंड की सांस्कृतिक परंपरा का मौजूदा पड़ाव झंझावत की चपेट में है। जहाँ देश के अन्य अंचलों के सार्वजनिक जीवन में संस्कृति की भूमिका घटती-सिमटती नजर आ रही है, वहीं झारखंड क्षेत्र में संस्कृति और राजनीति को एक-दूसरे की पूरक होने की सहभागिता स्वीकार करनी पड़ी है। झारखंड आंदोलन में भी सांस्कृतिक पहचान एक जोरदार मुद्दा बनी हुई थी। कहा जाता है कि आज इस भौगोलिक क्षेत्र को जोड़ने का काम भाषाएँ नहीं कर रही हैं, संस्कृति कर रही है। स्मरणीय है कि राज्य पुनर्गठन आयोग ने सन् 1955 में झारखंड की माँग को नामंजूर करते हुए इस क्षेत्र की आबादी को अनेक भाषाई ग्रुपों में बाँटकर देखा था।

इससे नौ साल पहले सन् 1946 में संविधान सभा द्वारा गठित मौलिक अधिकार और अल्पसंख्यकों के संबद्ध सलाहकार समिति जब देश के जनजातीय और अनुसूचित क्षेत्रों को संरक्षण देने के मामले पर विचार कर रही थी, तब उसकी राय थी कि मैदानी जनजातीय आबादी, जिसे बाद में संविधान की पाँचवीं अनुसूची में शामिल किया गया, ने मैदानी लोगों के जीवन-मूल्यों को पर्याप्त रूप से आत्मसात् कर लिया है और बहुत से क्षेत्रों में जनजातीय समाज-संगठन खंडित हो गए हैं। यह पर्यवेक्षण संभवतः जनजातीय

समाज के उस संकट की ओर एक इशारा भी था कि उनके सांस्कृतिक मूल्य लुप्तप्राय और निस्तेज दिखने लगे थे; किंतु यह वर्तमान का सच नहीं है।

साक्ष्य के रूप में पुनः गृह मंत्रालय द्वारा गठित झारखंड विषयक समिति की रिपोर्ट के तीसरे अध्याय की कंडिका-1 में उल्लिखित टिप्पणी को याद किया जा सकता है। समिति की रिपोर्ट के चर्चित अंश में यह दर्ज किया गया था कि आदिवासियों और गैर-आदिवासियों ने आपसी व्यवहार से एक विशिष्ट जीवन-प्रणाली का विकास किया। समिति ने यह भी स्वीकार किया था कि झारखंड तीन प्रमुख भाषा-परिवारों का मिलन-स्थल भी रहा है—इंडोआर्यन, द्रविड़ और आस्ट्रियो-एशियाटिक। इनके बीच शब्दों का आदान-प्रदान तो हुआ ही, साथ ही भाषाई क्षेत्रों में संरचनात्मक अनुकूलन भी हुआ। वैसे, सदानी भाषा नागपुरी जनजातीय भाषाई ग्रुपों के बीच की संपर्क कड़ी के रूप में विकसित हो रही है।

झारखंडी समाज की सांस्कृतिक समानता का दूसरा क्षेत्र लोककथा, संगीत-नृत्य, रूपंकर कलाओं तथा कविता का है, जो विभिन्न जनजातीय समूहों को एक सूत्र में जोड़ता है। इसी प्रकार, उत्सवों के कैलेंडर, सार्वजनिक त्योहार और धर्म-संस्कृति के स्थानीय रूप हैं, जिनसे एक संयुक्त झारखंडी संस्कृति और समाज सामने आया है। इस दृष्टि से चर्चित रिपोर्ट के तीसरे अध्याय का निष्कर्ष पर्याप्त अर्थपूर्ण है कि पिछले चालीस वर्षों में झारखंड क्षेत्र की अलग पहचान भाषा, सांस्कृतिक धारा और भौतिक तत्त्वों के ऐतिहासिक विकास की एक स्पष्ट अवधारणा में विकसित हुई। वस्तुतः लोकविधाओं की ठेठ देशी परंपराओं के अध्ययन से यह सिद्ध हुआ कि अपने पड़ोसी सांस्कृतिक-भाषाई क्षेत्रों की सांस्कृतिक प्रणाली से यह क्षेत्र भिन्न है। यह क्षेत्र पुराना झारखंड और जंगल महल क्षेत्र था, जहाँ जनजातीय और बहुत से गैरजनजातीय समुदायों ने परस्पर सहयोग से अपनी तरह की संस्कृति की रचना की है। यह भी सही है कि पूरे झारखंड क्षेत्र में आदिवासी समुदायों और सदान बाशिंदों की एक ऐसी सामासिक संस्कृति विकसित हो चुकी है, जो झारखंड के पड़ोसी राज्यों की शेष लोक संस्कृतियों से अलग अपनी विशिष्टताओं का परिचय कराती है।

इस प्रकार समग्र झारखंडी संस्कृति के बारे में यह धारणा बनती है कि वह प्रथमतः जनजातीय प्रभुत्व की संस्कृति है, जिसे सदानी जातियों ने भी प्रभावित किया है। समान भौतिक परिवेश, ऐतिहासिक विरासत और सदियों की सहयात्रा से यहाँ जो संस्कृति विकसित हुई है, वह झारखंड की भौगोलिक सीमाओं के बाहर की मैदानी संस्कृति से भिन्न है। औद्योगीकरण और नगरीकरण के मौजूदा दौर में इस क्षेत्र के कस्बों-शहरों में

जो लाखों आप्रवासी आ बसे हैं, उनकी संस्कृतियों का दबाव इस आंचलिक संस्कृति पर प्रत्यक्ष और परोक्ष रूप से पड़ रहा है। इसे क्षेत्रीय विकास के असंतुलन का नकारात्मक प्रतिफल ही माना जा सकता है कि भिन्न संस्कारों की प्रशासनिक मशीनरी के हस्तक्षेप को भी दुराग्रही ढंग से सांस्कृतिक दमन का नाम मिल जाता है।

तो यह छोटानागपुरी या झारखंडी संस्कृति क्या है? इसे यहाँ के मूलवासियों की जीवन-शैली में देखा जा सकता है। जिन ग्रामीण क्षेत्रों में नगरीकरण का प्रदूषण नहीं पहुँचा है, वहाँ सादगी इतनी कि बड़े किसान और छोटे किसान का अंतर उनकी वेश-भूषा और जीवन-स्तर के आधार पर वर्गीकृत कठिन है। इस संस्कृति में अभी भी औरतों को जितनी आजादी मिली हुई है और समानता का जो दर्जा उन्हें, संपत्ति संबंधी उत्तराधिकार को छोड़कर, प्राप्त है, वह किसी वीमेन लिव मूवमेंट की मोहताज नहीं है। यह संस्कृति जातिगत भेदभाव से ऊपर और धार्मिक दुराग्रहों से मुक्त है। यहाँ का आदमी कठिन श्रम पर आधारित कठोर जीवन संघर्ष के बावजूद, प्रकृति की अंतरंग सहचर्या में पर्वों-त्योहारों-उत्सवों में नृत्य-संगीत के उल्लास के साथ शरीक है।

बचत, संचय, योजना और भविष्य की ऊहापोहों से अब तक मुक्त रहता आया यह समाज सामूहिक सहकार और लोकतांत्रिक ग्राम्य-व्यवस्था में विश्वास रखता है। आज के अर्थ में अगर यह समाज पहले संपन्न नहीं था तो सुख-शांति की दृष्टि से विपन्न भी नहीं था। विपरीत जीवन-स्थितियों और भौतिक व्यवधानों के बावजूद यह संस्कृति उमंग और उत्साह का संचार करती है। जीवन से मृत्यु के बीच के अनेकानेक संस्कारों के अवसर पर अपने परंपरागत मादक पेय के उपयोग को समाजसम्मत ठहराकर सुख-दुःख को समभाव से ग्रहण करने की जिजीविषा यहीं जन्म ले सकती है। इस संस्कृति के मूल धारकों में आपसी संबंध शोषक-शोषितों के नहीं रहे। प्रायः इतिहास के हर मोड़ पर शोषकों की भूमिका इस क्षेत्र के नवागंतुकों ने ही निभाई है। इसलिए यह समाज और उसकी संस्कृति तभी हिंसक और युयुत्सु हुई, जब जंगल, जमीन और जनी (स्त्री) की अस्मिता खतरे में पड़ गई।

अठारहवीं सदी के उत्तरार्द्ध और उन्नीसवीं सदी के अंत तक लगभग सौ-सवा सौ वर्षों का झारखंडी इतिहास जनजातियों के जिन विद्रोहों से भरा पड़ा है, वह बाहरी हस्तक्षेप, शोषण, अत्याचार और सांस्कृतिक-राजनीतिक दमन के विरोध का इतिहास है। आज भी यह समाज सांस्कृतिक दमन, आर्थिक शोषण और प्रशासनिक उत्पीड़न का शिकार है। इसकी ग्राम-व्यवस्था छिन्न-भिन्न हो गई, परंपरागत समाज संगठन नष्ट हो गए, अखरा और घुमकुड़िया जैसी प्रथाएँ कमजोर पड़ गईं, वन प्रकृति का उपभोग

प्रतिबंधित कर दिया गया, औरतों की आजादी सिकुड़ने को मजबूर हुई, विस्थापन ने जीवनयापन के मानवीय अधिकार का अपहरण कर लिया और सर्वत्र अनिवासी लोगों का वर्चस्व स्थापित होता चला गया। मौजूदा न्याय-व्यवस्था और कानून उसे प्राप्त संवैधानिक गारंटियों के विरोध में खड़े हैं। यह स्थिति झारखंडी जीवन, समाज और उसकी संस्कृति के लिए विनाशकारी सिद्ध हो रही है।

इस प्रकार, निस्संदेह झारखंड की लोक-संस्कृति की परंपरा में कुछ ऐसे कालजयी तत्त्व घुले-मिले होंगे, जिनके कारण सदियों से बाहरी लोगों के निरंतर संपर्क में बने रहने, लगभग दो सौ वर्षों तक अंग्रेज उपनिवेशवादियों से टक्कर लेने और आजादी के बाद औद्योगीकरण की चहुँमुखी मार सहते हुए भी संघबद्ध संस्कृतियों के लाखों नवागंतुकों के बीच भी वह जीवित है। उपभोक्तावादी समाज-परिवेश और आधुनिकतावादी प्रलोभनों के अनवरत हमलों के बावजूद हुआ सिर्फ इतना कि परंपरागत समाज और संस्कृति के अनुशासन तनिक ढीले हुए हैं, लेकिन इतनी कीमत तो हर पुराने समाज को यांत्रिक विकास के क्रम में चाहे-अनचाहे या जाने-अनजाने अदा करनी ही पड़ती है। बड़ी बात यह है कि लगातार विपरीत स्थितियों से संघर्ष करते हुए भी इस संस्कृति की हार अभी नहीं हुई है। फिलहाल, यह अपने अस्तित्व के लिए संघर्षशील है और इसकी नियति झंझावातों में फँसी दिखलाई पड़ रही है।

झारखंड की सांस्कृतिक परंपरा पर विमर्श का यह प्रसंग यहाँ के सामाजिक घटकों के सिर्फ दो विशिष्ट पक्षों का इतिवृत्त प्रस्तुत करता है। प्रसंगवश, यह उल्लेख करना अपरिहार्य है कि औद्योगिक-वाणिज्यिक झारखंड के नए उभरते केंद्रों में जो आबादी देश और राज्यों के विभिन्न अंचलों से आकर बस गई है, वह अपने साथ अपने प्रदेशों-अंचलों की सांस्कृतिक धरोहर भी लाई है। इन विविध भाषा-भाषी समुदायों के अपने विशिष्ट सांस्कृतिक आयाम हैं। कभी-कभार भाषाई सामुदायिक आयोजनों में उनके वैशिष्ट्य की झलकियाँ मिलती रहती हैं। अविभाजित बिहार राज्य के भोजपुरी, मैथिली और मगही भाषियों की संख्या भी बड़ी है, जिनकी सांस्कृतिक पहचान, वैशिष्ट्य और उनकी परंपरा पर स्वतंत्र अध्ययन की सामग्री पर्याप्त सुलभ है। इसलिए इस प्रसंग में इन समुदायों की सांस्कृतिक धरोहर और परंपरा का अलग से विवरण यहाँ संलग्न नहीं है।

किंतु इस क्षेत्र के सार्वजनिक जीवन पर समकालीन साहित्य, कला, मंच और संचार माध्यमों की मार्फत जिस आधुनिक संस्कृति का गहरा प्रभाव स्पष्ट दिखलाई पड़ रहा है, उसकी प्रासंगिक चर्चा अपेक्षित है। यों तो महानगरों में या उसी तरह औद्योगिक केंद्रों में तमाम क्षेत्रीय संस्कृतियाँ अंतर्धाराओं के रूप में ही पहचान में आती हैं और

बृहत्तर सार्वजनिक समाज-जीवन पर एक सर्वप्रिय सामान्य प्रचलन की नागर संस्कृति ही हावी रहती है। यह स्थिति झारखंड में भी सर्वत्र देखी जा सकती है। फिल्म, टी.वी., वीडियो, विज्ञापन बाजार और उपभोक्तावादी प्रचार की चकाचौंध से जिस प्रकार भारतीय समाज के सभी वर्ग आक्रांत हैं, उसी प्रकार क्षेत्रीय समाज और जीवन के सभी वर्ग उसके दायरे में हैं। यह एक सर्वग्रासी सांस्कृतिक आक्रमण है, जिससे आंचलिक संस्कृतियों को एक समान खतरा है। सैटेलाइट के जरिए यह सांस्कृतिक हमला पूरी दुनिया के सार्वजनिक और सांस्कृतिक मानकों पर एक अपूर्व दबाव पैदा कर रहा है। अब तक इसकी आलोचनाओं में चाहे जितना कुछ कहा जा रहा हो, इस चुनौती से निबटने की तैयारी किसी भी स्तर पर नहीं दिखलाई पड़ रही है।

संस्कृति का समाजशास्त्र

सांस्कृतिक चर्चा का एक और पक्ष भी विचारणीय हो सकता है। यह पक्ष संस्कृति के समाजशास्त्र की चिंताओं से जुड़ा हुआ है। मानव समाज की जटिल संरचना में विविध वर्गों की अपनी भूमिकाएँ हैं। इसलिए एक ही भौगोलिक परिवेश में, एक ही समय, और कभी क्रिया-प्रतिक्रिया में, कई-कई संस्कृतियाँ कार्यरत दिखलाई पड़ती हैं। सत्ता संस्कृति, लोक संस्कृति, पूँजीवादी या सामंती संस्कृति, श्रमिक या सर्वहारा संस्कृति जैसी अभिव्यक्तियाँ समाज-संरचना की इन्हीं जटिलताओं को अभिव्यक्त करती हैं। इसी प्रकार आंचलिक या क्षेत्रीय संस्कृति, राष्ट्रीय और विदेशी संस्कृति, भारतीय या पश्चिमी संस्कृति जैसी अभिव्यक्तियों की अपनी प्रयोजनीयता और प्रासंगिता भी हो सकती है, किंतु ये अवांतर चर्चाएँ फिलहाल हमारे काम की नहीं हैं।

चूँकि औद्योगिक झारखंड के निर्माण में पूँजी और श्रम की सहवर्ती भूमिका है, इसलिए अभिजनवादी संस्कृति के सुपरिचित आयामों पर विचार की आवश्यकता से इनकार करते हुए श्रमिक संस्कृति की विवेचना का औचित्य समझ में आता है। झारखंड की खदानों में या औद्योगिक इकाइयों की कार्यशालाओं में संपोषित हो रही श्रमिक संस्कृति के क्षेत्रवार विश्लेषण का यहाँ अवकाश नहीं है, किंतु यह कहा जा सकता है कि वहाँ भी देश की अनेक आंचलिक संस्कृतियों का जमघट है, किंतु उत्पादन से जुड़ी कार्य-संस्कृति एक साझी श्रम-संस्कृति के रूप में पहचानी जा सकती है। हिंदी की समकालीन कथा-रचनाओं में इस संस्कृति के मानवीय पक्षों का, उसके संघर्ष और सपनों का, कुंठाओं और आक्रोश का, जहालत और जड़ता का विशद आख्यान सुलभ होता है। इस संस्कृति के परिसर में भी पक्ष और प्रतिपक्ष हैं, चिंताएँ और सवाल हैं,

बहस और असहमतियाँ हैं, सार्वजनिक क्षेत्र और निजी क्षेत्र की बाड़ेबंदी है, तनाव और तकलीफें हैं। कभी-कभी लगता है कि इस संस्कृति की नकेल गैरसांस्कृतिक क्षेत्रों में है और वहीं से सारा नियमन किया जाता है।

वस्तुतः संस्कृति का क्षेत्र किसी संचित धन या धरोहर का क्षेत्र नहीं है, अपितु उसकी गतिशीलता ही उसकी जीवन-शक्ति होती है। जो संस्कृति समय का सहचर नहीं बन सकती, वह जड़ और अगतिशील रह जाती है। संस्कृति समय का समायोजन भी है, प्रवाह भी है और प्रगतिशील सामाजिक शक्तियों का संकलन भी। राज्य व्यवस्था चाहे जैसी भी हो, सत्ता संस्कृति की मौत सिर्फ इसलिए सन्निकट हो जाती है कि वह अपनी खिड़कियाँ बंद कर जीवित रहने का भ्रम पालती है। दूसरी तरफ लोकसंस्कृति एक अनवरत जीवन-क्रम को अपने केंद्र में रखकर इतिहास की विकासमान शक्तियों से तालमेल बिठा लेती है। इस दृष्टि से झारखंड की लोकसंस्कृति जातीय अनुभवों का समृद्ध कोश है।

जीवन-मूल्य

मूल्य-चिंतन का दार्शनिक पक्ष चिरंतनकाल से वाद-विवादों में पड़ा हुआ है। मूल्य क्या है? वह निरपेक्ष हुआ करता है या सापेक्ष भी होता है? वह आत्मनिष्ठ है या वस्तुनिष्ठ? यह मात्र प्रत्यय है या और कुछ? यह मतवाद बार-बार चिंतकों का ध्यान खींचता रहा है तो इसलिए कि मूल्य जीवन के सभ्यक् बोध की चिंता हैं। दर्शन के क्षेत्र में मूल्य संबंधी धारणाओं के तर्क-वितर्क का लंबा इतिहास है। इस दार्शनिक विचार-मंथन की सदियों पुरानी यात्रा का सार-संक्षेप प्रस्तुत करना यहाँ कतई जरूरी नहीं। प्लेटो का प्रत्ययवाद, हॉब्स, स्पिनोजा, स्पेन्सर, नीत्से या अलेक्जेंडर के अतिजीवन सिद्धांत से लेकर अरस्तू, हीगेल, मूर, शेल्डन से लेकर आई.ए. रिचड्र्स और रीड तक मूल्य चिंता से परिचालित हुए हैं।

मूल्य दर्शन के शास्त्रीय विवेचन की पृष्ठभूमि पर विचार एक स्वतंत्र विस्तृत अध्ययन का विषय है। हम यहाँ जीवन-मूल्य और संस्कृति-परंपरा के अर्जित मूल्यों, और वह भी झारखंडी समाज-संस्कृति के सदंर्भ में इस विवेचन को केंद्रित करेंगे। मूल्यों का संबंध वैसे सभी प्रयत्नों से है, जो जीवन को सुलझाने के क्रम में आदिकाल से होते चले आ रहे हैं। मूल्य का फैलाव वस्तु-जगत् से लेकर चेतन जगत् तक है। वह दोनों का नियंत्रण करता है, दोनों को बाँधता है। जीवन की तरह मूल्यों के भी तीन धरातल हैं—भौतिक, मानसिक और आत्मीय।

समाज-जीवन जिन धारणाओं से अनुशासित होता है, उनमें मूल्य संबंधी धारणाओं का महत्त्व सर्वोपरि होता है। ऐसी धारणाएँ सभी समाजों में जातीय अनुभवों के आधार पर विकसित होती हैं और संस्कृति इन मूल्यों का संकलन करती है। इस प्रकार जीवन-मूल्य और सांस्कृतिक मूल्यों के बीच गहरी अंत:क्रिया चलती रहती है और कला सृजन में इसके अंतर्विरोधों का सृजनात्मक संरक्षण होता है। पाप, पुण्य, श्रेष्ठ, हीन, सुंदर, शिव, यथार्थ, आदर्श जैसे नैतिक-सामाजिक मूल्यों के अतिरिक्त सौंदर्य, प्रेम, करुणा, दया, उदारता जैसी मानसिक वृत्तियों के लिए भी जातीय स्मृति-चेतना हर समाज में उपलब्ध होती है। इसी प्रकार सामाजिक जीवन की संगति के लिए वस्तु-मूल्य की धारणा भी अत्यंत प्रभावी मानी जा सकती है। हरिशंकर परसाई के इस स्वीकार में वस्तुमूल्य के सामाजिक नियंत्रण के महत्त्व का सही निरूपण देखा जा सकता है कि, "संस्कृति लोकसंस्कृति ही होती है, वर्गसंस्कृति नहीं। यह सही है कि जैसा मार्क्स ने कहा कि जिस वर्ग के हाथों में उत्पादन के साधन होते हैं, वह वर्ग धर्म-संस्कृति आदि पर भी कब्जा कर लेता है।"

सत्ता और संस्कृति के संबंधों का इतिहास यह प्रमाणित करता है कि संस्कृति पर नियंत्रण के सामाजिक-आर्थिक आधार कितने मजबूत होते हैं! कई बार लोकसंस्कृति सत्तासंस्कृति की आकांक्षाओं को अग्रसारित करने लगती है, लेकिन किसी समाज की सांस्कृतिक परंपरा को एक समग्र प्रवाह के रूप में देखा जाए तो यह बात सामने खुलने लगती है कि जातीय स्मृति में वर्गीय संस्कृति की अंतर्धाराएँ अपनी सक्रिय उपस्थिति दर्ज कराती हैं। मूल्य संबंधी विचारों का असल संकट तब उठ खड़ा होता है, जब यह सामाजिक-राजनीतिक आदर्शों के सरोकारों से जुड़ते हैं। अन्यथा संस्कृति के क्षेत्र में मूल्य-परंपरा का विकास धीरे-धीरे होता है और बहुत सारे क्रांतिकारी विचार और धारणाएँ भी संस्कृति का अविभाज्य अंग नहीं बन पातीं। निष्कर्षत: सांस्कृतिक परंपरा और विचारों का इतिहास यह बतलाता है कि दोनों के काम करने के धरातल अलग होते हैं और विचार भी संस्कृति के क्षेत्र में तभी ग्राह्य हो पाते हैं, जब वे जातीय जीवन से आंतरिक लय-ताल बना लेते हैं।

जहाँ तक जनजातीय समूहों की संस्कृति और सांस्कृतिक परंपरा से संचित-अर्जित जीवन-मूल्यों की बात है, अकसर जो बात पहले ध्यान खींचती है, वह यह कि वे आदिम संस्कारों का प्रतिनिधित्व करते हैं और कई प्रकार के अंधविश्वास उन्हें परिचालित करते हैं। लेकिन ऐसे समाजों में भी जो सुगठित समाज-संगठन और वर्जना-निषेध की व्यवस्थाएँ दिखलाई पड़ती हैं, वे यह प्रमाणित करने के लिए पर्याप्त मानी

जा सकती हैं कि एक तरह की जटिल संरचना वहाँ भी मौजूद है। जनजातीय संस्कृतियों में वैज्ञानिक चेतना की खोज करने से पहले यह जरूरी है कि हम अपने समाज-मूल्यों को उन पर आरोपित नहीं करें और उन्हें उनके विशिष्ट भौगोलिक-सामाजिक परिवेश के प्रतिफल के रूप में विश्लेषित करें। तभी यह बात सुस्पष्ट होकर खुलती है कि जनजातियों की सांस्कृतिक परंपरा सिर्फ आदिम सभ्यता के अवशेष के रूप में विचारणीय नहीं है, बल्कि वह अपने पारिस्थितिकी अनुकूलन के क्रम में निर्धारित मानकों का संगुफन भी है।

प्राय: जनजातीय संस्कृतियों के वैशिष्ट्य की चर्चा में उनके अनोखे रीति-रिवाजों, स्थानीय प्रथाओं, अंधविश्वासों, अतार्किक मान्यताओं, नृत्य-संगीत की पद्धतियों, प्रकृति और उनके बीच की अंत:क्रियाओं और यौन जीवन की विचित्रताओं को ही उल्लेखनीय मान लिया जाता है और उनके जीवन-संघर्ष की वास्तविक चुनौतियाँ और उन चुनौतियों के साथ जनजातियों का व्यवहार गौण हो जाया करता है। बेशक जनजातियों के समाज-जीवन, संस्कृति और परिवेश को उस तरह से आँकने की दृष्टि और चाहे जो हो, समाजशास्त्रीय नहीं हो सकती। ऐसे किसी अध्ययन का सभ्यताओं के इतिहास के अध्ययन के लिए थोड़ा-बहुत उपयोग भले हो जाए, संस्कृति और समाज के सवाल अनुत्तरित रह जाते हैं। "इसलिए आदिवासियों और उनकी संस्कृति के प्रति हमारी चेतना में फिलहाल वेरियर एल्विन या क्रोबर की बजाय गोगां और अलक्स हाले की आत्मा की पुकार है, उस ब्लैक कॉन्शियसनेस, नीग्रोच्यूड और दलित कवियों का त्रासद बोध है, जिसमें से एक प्रामाणिक रचना का बोध होता है।"

किसी परंपरा में जीवन-मूल्यों की स्थिति स्थायी, जड़ या अपरिवर्तनीय नहीं होती। उनमें निरंतर नए तत्त्व जुड़ते चले जाते हैं और इतिहास की नई वास्तविकताओं का संग्रथन होता चलता है। नवोन्मेष के प्रति यही संवेदनशीलता संस्कृति को दीर्घ जीवन प्रदान करती है और इसी नमनीयता के अभाव में विश्व की कई सभ्यताएँ और उनकी सांस्कृतिक समृद्धि आज सिर्फ इतिहास में जीवित है। यह बात जितनी भारतीय संस्कृति के संदर्भ में प्रासंगिक है, उतनी ही जनजातीय प्रभुत्व की झारखंडी संस्कृति के संदर्भ में भी लागू की जा सकती है। पिछले दो हजार वर्षों की अटूट परंपरा में झारखंड के मूलवासियों का समाज राजनीतिक सत्ताओं के बनने-बिगड़ने का साक्षी भी रहा है और एक अंचल से दूसरे अंचल की अपनी सामुदायिक यात्राओं-आव्रजन के क्रम में अनेक गैरजनजातीय समुदायों से प्रभावित भी हुआ है। निरंतर बाहरी हस्तक्षेप और दमन के अनुभवों से गुजरकर भी, और इस तरह अनेक बुनियादी परिवर्तनों को आत्मसात् करते

हुए भी, अगर यहाँ किसी पुरानी पहचान को सांस्कृतिक मूल्य के रूप में हम बचा हुआ पाते हैं तो वह एक बहुत बड़ी बात है। इस बड़ी बात की खोज ही झारखंड की लोकसंस्कृति के जीवन-मूल्यों को प्रतिष्ठित और मान्य बना सकती है।

वे जीवन-मूल्य कौन से हैं, जो सदियों के अनुभव से लबरेज झारखंडी संस्कृति को पहचान देते हैं? इस विषय में झारखंडी बुद्धिजीवी और विद्वान् क्या सोचते हैं? डॉ. वीरभारत तलवार ने झारखंडी समाज, संस्कृति, साहित्य, भाषा, इतिहास और राजनीतिक शोषण और आर्थिक विकास पर गहराई और विस्तार सहित विचार किया है। इसलिए सर्वप्रथम उनकी एतद् संबंधी स्थापनाओं की परीक्षा की जा सकती है। डॉ. तलवार का मानना है कि झारखंडी संस्कृति शोषितों की संस्कृति है, जो बुनियादी तौर पर समाज के सभी सदस्यों की समानता पर, महान् मानवीय मूल्यों पर आधारित संस्कृति है। इस संस्कृति में सामाजिक मूल्यों की विकृति उत्तर-मध्यकाल में सामंती राजसत्ताओं की स्थापना के बाद ब्राह्मणवादी संस्कृति के हस्तक्षेप से शुरू हुई। डॉ. कुमार सुरेश सिंह ने चेरो राजाओं के समय और समाज पर जो शोध निष्कर्ष दिए हैं, वे सांस्कृतिक और सामाजिक मूल्यों में इस दौर में आए परिवर्तनों को संस्कृतिकरण मानते हैं। डॉ. तलवार इस संस्कृतिकरण को विकृतिकरण के रूप में देखते हैं।

डॉ. तलवार की दूसरी मान्यता यह है कि झारखंडी जातियों के समाज में नारी का स्थान और अधिकार 'मनुस्मृति' में दिए गए आदेशों और व्यवस्था के ठीक उलट है। झारखंडी समाज में नारी हमेशा से पुरुष की संगिनी मानी गई है। उसके अधिकार और कर्तव्य पुरुष के बराबर हैं। उसकी शादी उसकी इच्छा के विरुद्ध जबरदस्ती नहीं होती। झारखंडी संस्कृति में नारी के विकास के लिए एक पूरी स्वतंत्र दुनिया है, किंतु इसके साथ ही वे यह भी जोड़ना नहीं भूलते कि ब्राह्मणवादी संस्कृति के प्रभाव से झारखंडी समाज में नारी की स्वतंत्रता पर कुठाराघात हुआ है, उसका सामाजिक सम्मान और अधिकार घटा है, पुरुष के साथ उसके साथीपन की धारणा में परिवर्तन आया है तथा पुरुष और नारी के स्थान तथा अधिकार के बारे में अलग-अलग मानदंड बनते जा रहे हैं।

झारखंडी जातियों-जनजातियों और नागवंशी सदानी जातियों के सांस्कृतिक मूल्यों को उद्घाटित करने के लिए डॉ. तलवार ने समानता पर आधारित सामाजिक संबंधों को अहमियत देते हुए आडंबरहीन धर्म-आस्था और पूजा-विधि की भी चर्चा की है। झारखंडी जातियों के अपने धर्म में सरलता है। इन्होंने धर्म के नाम पर मंदिर आदि खड़े नहीं किए, पचासों तरह के ढोंग और जटिल कर्मकांड के रूप में पुरोहित वर्ग की तानाशाही और स्वार्थलिप्तता का जाल नहीं बुना। जनजातियों की पूजा-विधि प्रकृति की

सरलता पर आधारित है और आडंबरों से मुक्त है। इसी तरह इस संस्कृति में ऊँच-नीच के भेदभाव और अस्पृश्यता के लिए कोई स्थान नहीं है।

डॉ. निर्मल मिंज की मान्यता है कि झारखंड के मूल निवासियों के समाज में समाजवाद की विशेषताएँ हमेशा से मौजूद रही हैं और उसे मिटाने के लिए हुई कोशिशों के बावजूद आज भी बहुत हद तक मौजूद हैं। वे मानते हैं कि, "समाजवाद की परिभाषा के बारे में मतभेद हो सकते हैं, लेकिन इतना तो सभी जानते हैं कि समाजवाद में शोषण की प्रथा नहीं होगी, समाज में वर्गभेद नहीं होंगे, स्त्री-पुरुषों में समानता होगी, अर्थव्यवस्था आत्मनिर्भर होगी, संस्कृति, साहित्य और कला सिर्फ धनियों के लिए नहीं होगी, वह साधारण जनता की सेवा करेगी। यह एक विडंबना ही है कि एक ओर तो हमारी सरकार समाजवादी सरकार को बनाने के बारे में लंबी-चौड़ी बातें करती है और दूसरी ओर झारखंड के मूल निवासियों के समाज के इन समाजवादी गुणों को नष्ट किया जा रहा है।"

झारखंड के सामयिक सांस्कृतिक परिदृश्य पर एक उल्लेख्य दृष्टिकोण डॉ. बी.पी. केशरी ने प्रस्तुत किया है। छोटानागपुर के लोकजीवन की सांस्कृतिक एकता को संप्रदायवाद और धर्मवाद के खानों में बाँटने की साजिश प्रशासन और प्रभावशाली सत्ता दलालों की ओर से न्यस्त स्वार्थों के लिए की जा रही है। छोटानागपुरी लोगों की नकेल तिकड़म और जोर-जबरदस्ती से थामकर सिर्फ पैसा कमाने के लिए थाना और प्रखंड के लोग, और जर-जमीन की लूट के लिए गाँव के मठाधीश ताकतवर लोग अपने दलालों का वर्ग खड़ा करते हैं, मामले-मुकदमे खड़े करते हैं, लोगों को बाँटकर कमजोर बनाते हैं, गलत कामों के विरोध का वातावरण बनाने से रोक पैदा करते हैं। यह आज का झारखंड है, जिसकी सामासिक संस्कृति सत्ता-संस्कृति के कारकूनों के नानाविध हमलों से लहूलुहान हो रही है। इस सड़ाँध में संस्कृति के उपादान और उससे जुड़ी गतिविधियाँ बिखरी हुई और पस्त दिखलाई पड़ती हैं। जब कभी जनता का कोई प्रगतिशील हिस्सा नई रचनाशीलता का अलख जगाकर झारखंड की पुरानी सांस्कृतिक धरोहर को उजागर करना चाहता है तो न्यस्त स्वार्थों से जुड़े तत्त्व उसके मनोबल को बल-छल से तोड़ने के कुचक्र में लग जाते हैं। इस प्रकार, छोटानागपुर के ग्राम अंचलों में दम तोड़ती और बाहरी लंपट तत्त्वों के षड्यंत्रपूर्ण हस्तक्षेप से स्तंभित संस्कृति और उसके सहचर एक अपूर्व संकट का अनुभव कर रहे हैं।

झारखंड की सांस्कृतिक परंपरा और उसके जीवन-मूल्य आज बदलते समाज की सच्चाइयों के सामने किस कदर पंगु और निरुपाय हो गए हैं, यह वास्तविक जीवन प्रसंगों

को केंद्र में रखे बिना समझना संभव नहीं है। सन् 1978 में डॉ. निर्मल मिंज ने झारखंड क्षेत्रीय बुद्धिजीवी सम्मलेन को संबोधित अपने स्वागत भाषण में कहा था कि झारखंड की जनता की अलग पहचान को इसलिए नकारा जाता है, क्योंकि झारखंडी जनता अपने अस्तित्व के संघर्ष में हारी हुई जनता है। हमारे सामने बहुत बड़ा सवाल है झारखंड की जनता की विशिष्ट पहचान का, उसकी अस्मिता या आइडेंटी का। झारखंड की अलग पहचान क्या है?

यह उल्लेख करना अनुपयुक्त नहीं होगा कि गृह मंत्रालय द्वारा गठित झारखंड विषयक समिति ने अपनी रिपोर्ट तैयार करने के सिलसिले में आयोजित इस क्षेत्र के दौरे में इस सांस्कृतिक एकरूपता को अनुभव किया था और उस रिपोर्ट के तीसरे अध्याय की कंडिका-1 में इस पहचान की खुली तस्दीक अंकित की थी। इस संस्कृति की सहज उदारता के संस्कार और मूल्य-चेतना के बारे में लिखते हुए डॉ. वीरभारत तलवार ने लिखा है—"ब्राह्मणवादी संस्कृति, जो जातिगत उच्चता के आधार पर संपत्ति के अधिकारों की व्याख्या करती है, क्या कभी भी आदिवासियों की शिकार-संस्कृति से मेल खा सकती है, जिसमें मारे गए शिकार का हिस्सा शिकार करने में शामिल हर एक छोटे-बड़े सदस्य को, यहाँ तक कि कुत्ते को भी, एक समान मिलता है?"

डॉ. ब्रह्मदेव शर्मा ने महाजनी व्यवस्था द्वारा जनजातियों के छल-बल सहित आर्थिक शोषण के विभिन्न पहलुओं का अध्ययन मध्य प्रदेश के विशेष संदर्भ में प्रस्तुत किया है। इसी क्रम में यह तथ्य भी उजागर होता है कि जनजातियों में वचनबद्धता, सच्चाई के प्रति अडिग विश्वास और उच्चतर मानव-मूल्यों का प्राचुर्य है और बहुत बार वे सिर्फ इसी सांस्कृतिक गुण के कारण छले जाकर विपदग्रस्त होते हैं। जनजातियों की भूमि छिनते जाने के पीछे ऐसे ही अनेकानेक प्रसंग अखबारी सुर्खियों के विषय बने हैं, जहाँ उनके साथ धोखाधड़ी होती आई है। झारखंडी मूल की अन्य परंपरागत जातियों में भी जीवन-मूल्यों की यह समानता दैनंदिन अनुभव का विषय है।

जनजातियों के साथ छल का यह सलूक यह व्यवस्था कितने स्तरों पर और कितने रूपों में करती आई है और आज भी कर रही है, इसके विषय में भारत सरकार के अनुसूचित जातियों और अनुसूचित जनजातियों के आयुक्त की उनतीसवीं रिपोर्ट (1987-89) में पर्याप्त प्रतिकूल टिप्पणियाँ की गई हैं। यहाँ तक कि कई भारतीय कानूनों को भी संविधान की भावना ओर निर्देशों के प्रतिकूल ठहराया गया है, जिनकी ओट लेकर प्रशासन के लोग जनजातियों के जीवनयापन के मानवीय अधिकारों की अवहेलना करते हैं और उन पर विकास के नाम पर विस्थापन थोपकर विनाश ला रहे हैं।

एक ऐसे समय और समाज-परिवेश में झारखंडी जनता के जीवन-मूल्य हालात से समझौते करते दिखलाई पड़ें तो आश्चर्य की बात नहीं है। फिर एक ऐसे दौर में, जहाँ भौतिक समृद्धि की प्राप्ति की होड़ में मानवीय संवेदना और मूल्य-चेतना क्षण-प्रतिक्षण आहत हो रही हो और सत्ता की राजनीति धर्म, दर्शन, कला, सामाजिक संबंधों को कुचलती हुई सार्वजनिक जीवन की हलचलों में सिरमौर उठती जा रही हो, वहाँ संस्कृतिक मूल्यों की उपेक्षा जरा भी आश्चर्यजनक नहीं है।

यह कहना काफी नहीं है कि बदलते वक्त और समाज की सच्चाइयाँ इस सांस्कृतिक परंपरा को खोखला बना रही हैं। सच यह भी है कि अपने आप न वक्त बदलता है, न समाज। समाज को अपने हित में संगठित करना सत्ता-संस्कृति के लिए अपने अस्तित्व का सवाल बन जाता है। संस्कृति अलग राज्य के आंदोलन का एक बड़ा मुद्दा बनती रही है, इसलिए उसे बाहर-भीतर की झारखंड विरोधी शक्तियों से समर्थन नहीं मिला। ऐसे तत्त्वों के हित झारखंडी समाज के अंतर्विरोधों के विस्तार से ही सध सकते थे। इसलिए उसे तोड़ने-कमजोर करने की साजिशें भी देखी गईं। इस अर्थ में, इस क्षेत्र में, झारखंडी संस्कृति लोक-संस्कृति है और अपनी अभिरक्षा के लिए सत्ता-संस्कृति से टकराती रही है।

संचार माध्यमों में आई नवीनतम क्रांति ने सांस्कृतिक हस्तक्षेप और अपसंस्कृति के प्रचार-प्रसार का जो निरंकुश अभियान शुरू किया है, और जिसकी रोकथाम में शिखर सत्ता की कोई दिलचस्पी नहीं दिखलाई पड़ रही है, उसने लोक संस्कृति, श्रम संस्कृति, आंचलिक और क्षेत्रीय संस्कृतियों के लिए दूरगामी प्रभाव डालने वाले खतरे खड़े किए हैं। कहना तो यह चाहिए कि इस सांस्कृतिक हमले से राष्ट्रीय संस्कृतियों के सामने कई अनाकलित संकट उपस्थित हुए हैं। जाहिर है कि इस दबाव से तटस्थ रहना भी संभव नहीं और उसकी चुनौती स्वीकार करना भी आसान नहीं।

इतिहास की शिक्षा यह है कि जीवित जातियाँ बड़े-बड़े संकट झेल जाती हैं और समन्वयवादी लचीली संस्कृतियाँ हर नई चुनौती को पचा लेती हैं। झारखंड की संस्कृति और उसके जीवन-मूल्य भी इसी नियति से साक्षात्कार कर रहे हैं। इस संस्कृति की जीवनी शक्ति के ऐतिहासिक प्रमाण हैं और वर्तमान भी संघर्षरत है, इसलिए भविष्य के प्रति आशा रखी जा सकती है।

अपसंस्कृति और जीवन-मूल्यों के टकराव की सामयिक स्थिति को स्वीकार कर लेने के बावजूद एक उल्लेख्य बात रह जाती है कि जहाँ तक सांस्कृतिक गतिविधियों और हलचलों का सवाल है, झारखंडी जीवन में पुनरुत्थानवादी उत्साह का वातावरण है।

संस्कृति का जो बाहरी कलेवर लोक जीवन को उत्सवधर्मिता सौंपता है, उसमें कहीं कोई कमी नहीं आई है। अखरा, घुमकुड़िया की दुनिया तनिक पीछे अवश्य छूट गई है, लेकिन उनकी जगह लेने के लिए नए सांस्कृतिक आयोजन और अवसर निकाल लिये गए हैं। हाट, हड़िया, मेला-जतरा की चहल-पहल किंचित् नए रंग-ढंग में झारखंड के ग्रामीण अंचलों में आज भी रौनक बिखेर रही है। करमा और सरहुल जैसे अनेक पर्वों-त्योहारों में नया ताम-झाम जुड़ गया है। मंच, आकाशवाणी, दूरदर्शन के जरिए आंचलिक रूपंकर कलाओं और नृत्य-संगीत-वाद्य का प्रसार नई पहचान बना रहा है। क्षेत्रीय भाषाओं और उनके साहित्यों में नए उत्साह की प्रेरणा बलवती है। निस्संदेह सांस्कृतिक हलचलों के पीछे अपनी जातीय पहचान को परिभाषित कर निश्चित राजनीतिक लक्ष्यों तक जाने की आकांक्षा भी है। इस अभियान में झारखंडी समाज के पुराने घटकों के निजी वैशिष्ट्य पर जोर नहीं है, उपासना पद्धति या धार्मिक विश्वास की भिन्नताओं के बावजूद विभिन्न समुदायों की सांस्कृतिक निकटता पर ही जोर दिख रहा है। इस प्रकार, परंपरागत जीवन-मूल्यों के ह्रास के समानांतर एक मिश्रित सांस्कृतिक लहर से यह क्षेत्र आप्लावित है।

नवोन्मेषी परंपरा

मानव जाति का विकास परंपराओं का विकास ही है। सभ्यता, संस्कृति, कला, साहित्य, समाज-व्यवस्था, तकनीक और विज्ञान-सृजनात्मकता के हर क्षेत्र में पूर्ववर्ती अनुभवों की भूमिका रहती आई है। जातीय स्मृति एक तरफ मिथ और मूल्य गढ़ती है तो दूसरी ओर इतिहास भी रचती है। ज्ञान-विज्ञान के क्षेत्रों में भी परंपरा पिछली पीढ़ियों की धरोहर नई पीढ़ी को सौंपकर नवोन्मेष का मार्ग प्रशस्त करती है। इस दृष्टि से परंपरा एक अनवरत क्रम है। इस प्रवाह के सूख जाने पर सभ्यताएँ अवशेष मात्र रह जाती हैं और तमाम भौतिक प्रगति यांत्रिक प्रगति भर रह जाती है। परंपराएँ इसलिए प्रेरणा का अजस्र स्रोत होती हैं। इस अक्षय कोष से संभावनाओं के नए अंकुर फूटते हैं और इतिहास में नए अध्यायों का प्रवेश होता है।

परंपराओं का एक अन्य रूप भी समाज के विभिन्न धरातलों पर क्रियाशील रहता है। वह रूप रुढ़ियों और बंधनों की घेरेबंदी का होता है। इस भूमिका में परंपराएँ प्रगति और प्रयोग का विलोम बन जाती हैं। कोई भी समाज अपने लिए जो साँचा गढ़ता है, जो जीवन-मूल्य और आदर्श निश्चित करता है, धारणाएँ और अनुशासन तय करता है, वही नए विकास के मार्ग में अवरोध भी बन जाते हैं। फिर यह भी है कि परंपराओं पर समाज का जो वर्ग नियामक बनकर अपने वर्गीय हित साधन में लगकर शेष समाज को

अपनी लीक पर चलने के लिए मजबूर करने में धर्म और राजसत्ता की मदद लेता है, वह परंपराओं को अपने हथियार की तरह इस्तेमाल करने लगता है।

इसी भूमिका में परंपरा वे सारे सवाल खड़े करती है, जो व्यक्ति और समाज, धर्म और विज्ञान, व्यवस्था और व्यवस्था विरोध, पतनशील और प्रगतिशील शक्तियों के टकराव और संघर्ष की जमीन तैयार करते हैं। सिर्फ यहीं आकर परंपरा जड़-बंधन बन जाती है और उसे प्रतिगामी और पुरातनपंथी होने की सनद लेनी पड़ती है। एक प्रकार से मानव सभ्यता का विकास ही वैसे द्वंद्वों से होता आया है, जो जड़ परंपराओं के विरोध में संगठित और सफल होते आए हैं।

यदि परंपरा शब्द की अर्थ-व्याप्ति और उसकी विविध छवियों, आयामों और भूमिकाओं की कोई संतुलित और समग्र दृष्टि हो सकती है तो वह यही कि परंपरा एक सतत प्रक्रिया है, क्रिया-प्रतिक्रिया का असमाप्त सिलसिला है और अनंत उर्वर संभावना है। उसका विरोध करते हुए भी उसे समृद्ध करने का क्रम जारी रहता है। जिसे इतिहास में युग और काल कहते हैं, वे जिन परिवर्तनों से आकार ग्रहण करते हैं, उन्हें समझने के लिए भी पूर्व परंपरा की पृष्ठभूमि चाहिए। कुछ लोग इसे नई बनाम पुरानी परंपरा के रूप में दो अलग स्थितियों में देखना चाह सकते हैं। इसमें अवांछित कुछ है भी नहीं कि परंपराओं की सीमाओं का अतिक्रमण कर, और कभी-कभी उनको समूल नष्ट कर, नए इतिहास की प्रतिष्ठा हो पाती है। इस दृष्टि का समाहार यह है कि परंपरा रक्तबीज होती है और उसके विध्वंस में भी निर्माण की अकूत संभावनाएँ बार-बार प्रमाणित हुई हैं।

नवोन्मेष किसी शून्य में नहीं होता है। वह परंपरा की ही कड़ी और उसका नया विकास हो सकता है। उन्मेष परंपरा का फूल और फल है। इसलिए किसी नए रुझान को समझने के लिए ठीक उससे पहले वाले रुझान को ध्यान में रखे बिना सही स्थिति का अनुमान नहीं लगाया जा सकता। यही परंपरा और उसके नवोन्मेष का एकमात्र दर्शन है। इस प्रकार नवोन्मेष बहुधा अपनी पूर्व परंपरा का अतिक्रमण भी करता है और नितांत अपरिचित वस्तु-क्षेत्र में प्रवेश करता है। इतिहास की विभिन्न शक्तियाँ उसका आकार तय करती हैं।

झारखंड की संस्कृतिक परंपरा में नवोन्मेष को रेखांकित करते हुए उसे ऐतिहासिकता की कसौटी पर सर्वप्रथम देखा जाना चाहिए। आज जिसे झारखंड क्षेत्र कहा जाता है, वह भौगोलिक या राजनीतिक दृष्टि से बदलता रहा है। सत्ता और वर्चस्व की लड़ाई में विभिन्न प्रशासनिक स्तरों पर उसके क्षेत्र का कभी विस्तार हुआ है तो कभी संकोच भी। लेकिन इन परिवर्तनों के बावजूद, जो एक चीज लगातार बनी रही है, वह है, इस क्षेत्र में

बसने वाली जातियाँ। सदियों तक दुर्गम क्षेत्र होने के कारण बाहरी लोगों के हस्तक्षेप से बचे हुए इस क्षेत्र में नागवंशी आर्यों और असुर-मुंडा जनजातियों ने एक अपने ढंग की जीवन-शैली विकसित कर ली थी। ईसा की पहली शताब्दी में ही छोटानागपुर का पहला देशी राज स्थापित हो चुका था। नागवंशियों के पहले राजा फणिमुकुट राय ने खुखरा का राज मुंडाओं के सहयोग से गठित किया था। मुगलों के आगमन के समय तक यह क्षेत्र देश के अन्य केंद्रों से कटा-हटा रहा था। घने जंगलों और दुर्गम घाटियों के बीच एक पर्वतीय संस्कृति अपने अनूठे समाज-संगठनों के साथ अस्तित्व में आई थी।

इतिहासकारों ने उस काल के छोटानागपुरी समाज और उसके सामाजिक-सांस्कृतिक संगठनों का जो लेखा-जोखा प्रस्तुत किया है, वह यह बताने के लिए काफी है कि जनजातियों और सदानी जातियों ने सहअस्तित्व को चरितार्थ करते हुए एक सामासिक जीवन-पद्धति की रचना की थी। मुगलकाल में आज की एक प्रमुख जनजाति उराँव ने इस समाज की सदस्यता ग्रहण की और ब्रिटिशकाल में संताल आ जुड़े। इस प्रकार इस क्षेत्र में जनजातीय प्रभुत्व की मिली-जुली संस्कृति की विकास-यात्रा जारी रही।

यह समाज और इसकी संस्कृति की कुछ खास विशेषताएँ भी पहचानी गईं। नारी की अस्मिता की प्रतिष्ठा इस संस्कृति की देन है। यह भी कहा गया है कि इस समाज में ऊँच-नीच का भेदभाव नहीं रहा। प्रकृति पूजन की परंपरा और कर्मकांड के आल-जाल से मुक्त धर्म-संस्कार इसके अन्य गुण हुए। इस समाज ने अपनी आजादी की रक्षा के लिए बड़ी-बड़ी लड़ाइयाँ लड़ीं। अंग्रेजों से पहले यह क्षेत्र किसी अन्य सत्ता के सीधे नियंत्रण में नहीं था। अंग्रेजों के शासन के पहले सौ-सवा सौ वर्षों की अवधि में इस क्षेत्र की जनजातियों के दस संगठित विद्रोह हुए, जिन्हें सख्ती से दबाया गया। इन युद्धों का व्यवस्थित इतिहास लेखन डॉ. पुरुषोत्तम कुमार और डॉ. जगदीशचंद्र झा ने किया है। समता और समानता इस संस्कृति के आधारभूत गुण थे। यहाँ के जीवन में प्रकृति की बाधाओं और कठोर जीवनचर्या के बावजूद, नृत्य-संगीत, उत्सव और मेले की कमी नहीं थी। अखरा, घुमकुड़िया, शिकार, हस्त-शिल्प, कुटीर उद्योग, गृह-सज्जा, प्रसाधनप्रियता, अनुशासित सामाजिक जीवन, आत्मनिर्भर ग्राम अर्थव्यवस्था और सहभागिता में इस समाज की सृजनात्मकता की वैविध्यपूर्ण अभिव्यक्ति होती रही है।

मध्यकाल में इस क्षेत्र में सामंती राजसत्ताओं की स्थापना के बाद यहाँ की लोक-संस्कृति में पतनशील प्रवृत्तियों का प्रवेश हुआ। ऐसी राजसत्ताओं ने उन्होंने ब्राह्मण धर्म और पुरोहित-कर्म को आमंत्रित और सम्मानित किया। इससे पहले जहाँगीर के

शासनकाल में खुखरा (छोटानागपुर) के नागवंशी राजा दुर्जन साल ने देहली दरबार को कर देने से इनकार किया तो मुगल सेना उस राजा को गिरफ्तार कर ले गई। दुर्जन साल बारह वर्ष तक ग्वालियर जेल में बंद रहा। फिर जहाँगीर ने उसकी हीरों की परख-क्षमता से खुश होकर उसे छोड़ दिया। दुर्जन साल ग्वालियर से लौटा तो उसके साथ हिंदू राजाओं के पूरे ताम-झाम भी थे। उसने बाहर से सैनिक, राज कर्मचारी, पुरोहित बुलवाए, लोगों को जागीरें दीं और एक नई किस्म की राजशाही कायम की। उधर चेरो राजाओं और भूमिज राजाओं का पतन भी कुछ इसी तरह हुआ कि उन्होंने अपनी श्रेष्ठता अपने ही लोगों पर सिद्ध करने के लिए ब्राह्मणवादी व्यवस्था और आडंबरी कर्मकांड को अपने राज में प्रतिष्ठित किया।

इस प्रकार झारखंड की समतामूलक भेदभावरहित संस्कृति एक नए रंग-ढंग में सराबोर हुई। अंग्रेजों के शासनकाल में फिर ढेर सारी विजातीय विकृतियाँ इसमें जड़ जमाने लगीं। इसाई धर्म के पहुँचने से पहले ही यहाँ कंपनी के कारकून पहुँच चुके थे। ब्रिटिश कानूनों के तहत छोटानागपुरी जनता के परंपरागत अधिकारों में ऐतिहासिक कटौती हुई, जंगलों के उपयोग के सनातनी अधिकार उनसे छिन गए, भूमि स्वामित्व की जगह रैयती अधिकार लेकर सामंतों, ठेकेदारों और उपनिवेशवादी ब्रिटिश सत्ता के साथ समझौतों के लिए विवश होना पड़ा। उसी समय से बाहरी लोगों का इस क्षेत्र में लगातार आना शुरू हुआ, जो आज तक जारी है।

आजादी के बाद की कहानी कुछ और जटिलताओं में चली गई। भारतीय अर्थव्यवस्था सदियों से कृषिप्रधान रही थी और इसलिए उसकी उपयोग-सूची में गंगा-सिंधु के मैदान या दक्षिण के पठार जैसे उपजाऊ इलाके ही महत्त्वपूर्ण थे, किंतु नवस्वाधीन भारत के लिए एक औद्योगिक राष्ट्र के रूप में अपना रास्ता चुन लेने के साथ ही जनजातीय क्षेत्रों की नियति बदल गई। औद्योगिक राष्ट्र को उद्योगों के लिए कच्चा माल चाहिए था। इस आवश्यकता की पूर्ति अब जंगलों-पहाड़ों के ये दुर्गम क्षेत्र ही कर सकते थे। लिहाजा छोटानागपुर क्षेत्र में देखते-देखते उद्योग-धंधों का जाल बिछ गया और भीतरी क्षेत्रों तक खदानों की दुनिया पसरती गई। फिर विस्थापन के रूप में एक नई और अब तक की सबसे बड़ी मुसीबत यहाँ के बाशिंदों के लिए खड़ी हो गई।

विकास के नाम पर जो कुछ प्रगति इस क्षेत्र के शहरों और कस्बों में दिखलाई पड़ती है, वह मूलवासियों तक पहुँचने के रास्ते में ही अटक गई। विकास का लाभ बिचैलियों की जेब में गया और झारखंडी लोगों की मजदूर टोलियाँ देश के सीमांत प्रदेशों में रोटी कमाने हर साल जाने लगीं। झारखंड के गाँव-के-गाँव असम के चाय बगानों,

पंजाब के खेतों, उत्तर प्रदेश की गन्ना मिलों, हरियाणा के कृषि फार्मों और बंगाल के जूट कारखानों में दिहाड़ी कमाने जाने लगे। जाहिर है कि इस क्षेत्र में विकास योजनाओं का धन उनके काम नहीं आया, जिनके लिए आबंटित किया गया था। जहाँ तक इस नए माहौल में झारखंडी संस्कृति के उन्नयन और संवर्द्धन का सवाल है, उसे संस्कृति का आपातकाल ही कहा जाना चाहिए।

इस प्रकार झारखंड की सांस्कृतिक यात्रा की यह परिक्रमा उसके उद्‌भव, विकास और संघर्ष की झलक देती है। इससे यह भी स्पष्ट होता है कि यह संस्कृति अपने अस्तित्व और अस्मिता के लिए हमेशा संघर्ष करती आई है। आजादी, समता, नारी-पुरुष की बराबरी, सृजनात्मकता और श्रम इस संस्कृति के सहज संस्कार हैं; किंतु वर्तमान दौर इसके लिए कठिन परीक्षा और चुनौती का दौर है, क्योंकि तमाम भौतिक परिस्थितियाँ इस संस्कृति के जीवन-मूल्यों के खिलाफ हैं। ऐसी स्थिति में किस नवोन्मेष को रेखांकित किया जाए? एक नवोन्मेष युवा पीढ़ी में भी दिखलाई पड़ा है। कॉलेज के कैंपस से लेकर दूर-दराज के इलाकों में पसरी हुई गॉगल्स, जींस और नए कलेवर के जूतों से लैस झारखंड की नई पीढ़ी आज उसी मोह की शिकार है, जिसे तेजी से पैसा बनाने की ललक वाले समाज ने देश में पैदा किया है। इस नवोन्मेष को सही संदर्भों में देखना-जानना हो तो उसे संस्कृति के दायरे से बाहर जाकर आँकना होगा। "झारखंड क्षेत्र में नए बनते आर्थिक-सामाजिक दबावों और बहावों ने यहाँ की स्थानीय संस्कृति में एक बिखराब पैदा किया है। आमतौर पर शांतिप्रिय इस जमात में किशोर अपराधियों की तेजी से बढ़ती संख्या इस स्खलन का प्रमाण है।"

झारखंडी महिला के लिए यह एक नया माहौल है कि वह अपनी सुरक्षा के लिए चिंतित है। इतना ही नहीं, यौन शोषण और उत्पीड़न के मामले लगातार बढ़ रहे हैं। इसी समाज-स्थिति का एक बायप्रोडक्ट है वेश्यावृत्ति, जो इस क्षेत्र के लिए बिल्कुल नई बात है। यौन रोगों का तेजी से प्रसार और जनजातियों में यौन रोगियों की बढ़ती संख्या अब गोपनीय प्रसंग नहीं रह गए हैं। यह न केवल नैतिक या सामाजिक प्रश्न है, अपितु आर्थिक और सांस्कृतिक प्रश्न भी है। यह केवल झारखंड का सच नहीं है, बल्कि उन सभी जनजातीय क्षेत्रों का सच है, जहाँ बाहरी हस्तक्षेप और शोषण का माहौल असरदार है। मिसाल के लिए छत्तीसगढ़ सरकार जिन आदिवासी जिलों में यौन रोगों की विद्यमानता को मंजूर करती है, बस्तर और सुरगुजा उनमें प्रमुख हैं। सरकारी विवरणों के मुताबिक, यौन रोगों के उपचार के लिए इन दोनों जिला मुख्यालयों में यौन रोग विशेषज्ञों की सेवाएँ उपलब्ध हैं। मध्य प्रदेश के जिन इलाकों में यौन रोगों का प्रतिशत उच्च बताया जाता

है, वहाँ मुख्यतया उराँव, गोंड तथा कोरबा जनजाति और चेरवा अनुसूचित जाति का बाहुल्य है। समाज वैज्ञानिकों की निश्चित मान्यता है कि जनजातियों में यौन रोगों का प्रसार विजातीय तथा बाहरी संसर्ग का परिणाम है। बस्तर और उसके प्रतिबंधित क्षेत्र अबूझमाड़ में भी यह प्रदूषण पसर रहा है। यह स्थिति किसी एक प्रदेश की नहीं है। कोटड़ा राजस्थान का सबसे पिछड़ा क्षेत्र माना जाता है। गुजरात की सीमा से लगे हुए उदयपुर जिले के इस क्षेत्र में आदिवासी युवा भी यौन रोग की चपेट में आ गए हैं। यह सिलसिला कैमूर की पहाड़ियों में भी है और झारखंड के ग्रामीण अंचलों से देश के दूसरे इलाकों में जाने वाले मजदूरों में भी कि वे शोषण के आर्थिक पहलुओं के अलावा यौन शोषण के भी शिकार हुए हैं।

चूँकि इस समाज-संस्कृति का अंतरंग प्रकृति से जुड़ा और गुँथा हुआ है, इसलिए इसे पर्यावरण विनाश के साथ जोड़कर देखने से संस्कृति के विखंडन का एक अन्य बड़ा कारण सामने आता है। जनजातियों के लिए वन सबसे बड़ा धन भी है। आधुनिक सभ्यता ने विकास के नाम पर वनों को विनाश के कगार पर पहुँचा दिया है। प्रकारांतर से यह संस्कृति का विनाश भी है। पिछली आधी सदी में वनों का जितना सफाया हुआ है और विभिन्न खनिज परियोजनाओं के चलते पर्यावरण जितना नष्ट-भ्रष्ट हुआ है, वह इस क्षेत्र के लोकजीवन को अस्थिर और अस्त-व्यस्त करने के लिए बेमिसाल है। जंगलों का उजड़ना, वन्य प्राणियों का संहार, घटती वनोपज, सूखती नदियाँ, लुप्त होते जलस्रोत, बाँध, डूब, विस्थापन, बेरोजगारी, अशिक्षा और कुपोषण—ये मानव निर्मित ऐसे संकट हैं, जिनके बीच रहते-लड़ते जनजातीय समाज और संगठन कमजोर पड़ रहे हैं। निस्संदेह, इस टूट में संस्कृति भी शामिल है।

संभवतः ऐसी जातीय आपदाओं के कारण जो परिवर्तन किसी समाज में घटित हो, उसे नवोन्मेष जैसा नाम देना उसका उपहास करने से कम नहीं है। यह दुःखद है कि इतिहास ने झारखंडी समाज के लाखों मूलवासियों को इसी स्थिति में ला छोड़ा है। लगभग सभी जनजातियों की स्थिति एक जैसी है। ग्रामीण क्षेत्रों की सदानी जातियों की अवस्था भी वैसी ही है। छोटानागपुर और संताल परगना क्षेत्र में परंपराएँ पीछे छूट रही हैं और एक अनिश्चित दिशांतरण समाज पर हावी होता जा रहा है। इसे सांस्कृतिक दिशांतरण या संस्कृतिकरण की प्रक्रिया भी नहीं कह सकते। पुराने संस्कारों की जगह नए संस्कार गढ़ने का अवकाश भी नहीं है। यह संस्कृति रिक्तता का दौर है, जिसे नवोन्मेष कहकर गौरवान्वित नहीं किया जा सकता। नए के नाम पर दृश्यांतर उपस्थित करने के लिए तो जगह-जगह पर जगह है, किंतु गतिविधियों और संस्कृति कर्म में अंतर

होता है। इसी तरह, संस्कृति कर्म और संस्कृति भी अलग किस्म के प्रयत्न हैं। झारखंड आंदोलनकारियों की हुँकार कि, "संस्कृति नहीं तो झारखंड नहीं" एक नारा भर बच गया है, क्योंकि संस्कृति के क्षेत्र में सन्नाटा है।

इस प्रकार, नवोन्मेष की उपलब्धियाँ गिनाने की स्थिति कतई नहीं है। नवोन्मेष के नाम पर जो कुछ बताया जा सकता है, वह लोक संस्कृति के खिलाफ सत्ता संस्कृति की दखलंदाजी है, वह गरीबों को मारकर गरीबी हटाने का घोषणा-पत्र है। जिस तरह आबादी को उजाड़कर भूखंड के विकास को विकास नहीं कहा जा सकता, उसी तरह झारखंडी अवाम को विस्थापित कर या वन-विनाश के जरिए उनकी सांस्कृतिक प्रगति नहीं की जा सकती। संस्कृति और समाज का रिश्ता बिल्कुल सीधा है। इसलिए संकट में पड़े समाज की संस्कृति भी संकटग्रस्त ही हो सकती है। यह समाज अपने इस संकट से उबरने के लिए जहाँ अपनी ऊर्जा लगा रहा है, वह है, राजनीति का क्षेत्र। संस्कृति की भूमिका इस अभियान में अपनी भी एक टेक लगा देने की है।

संस्कृति का विशालतर क्षेत्र अपनी पुरानी लीक से हट रहा है, हालाँकि, कुछ लोग अपनी विरासत को अक्षुण्ण रखने के मामले में पूरा जोर लगा रहे हैं। एक ओर झारखंड संस्कृति की जय-जयकार में जिहादी नारे लग रहे हैं, तो दूसरी ओर उन्हीं झारखंडी जीवन-मूल्यों की तिलांजलि देकर धन-संस्कृति से समझौते किए जा रहे हैं। झारखंडी संस्कृति फिलहाल इस दोराहे पर ठिठकी हुई है। आगे जाने या पीछे मुड़ने की दुविधा उसे मंझधार में डाल रही है। नवोन्मेष का सामयिक संदर्भ यहीं आकर थमता दिख रहा है।

निष्कर्ष की आधारशिला

झारखंडी समाज और संस्कृति चौतरफे दबाव में है, यह प्रमाणित करने के लिए शोधग्रंथों और पांडित्यपूर्ण कृतियों की आवश्यकता नहीं है। सामयिक पत्रकारिता इस विसंगति को भरपूर उजागर कर रही है। बहसों, विचार गोष्ठियों, मंचों और संस्कृतिकर्मियों के बीच यह सर्वोपरि चिंता और आलोचना का विषय है। धीरे-धीरे वर्तमान का दस्तावेजीकरण भी होने लगा है। जो लोग इस स्थिति से इनकार करते हैं, उनकी विश्वसनीयता सवालों के घेरे में मानी जा रही है।

यहाँ यह प्रश्न समुचित है कि आखिर ये दबाव किस प्रकार के हैं और उनसे झारखंडी जन-गण को क्या चुनौती मिल रही है? यह भी पूछा जाना चाहिए कि कहीं यह आरोपित अभियोग तो नहीं है, जो किसी खास मतलब से हवा में उछाले जा रहे हैं? एक बार झारखंड विषयक समिति ने भी यह आशंका प्रकट की थी कि क्या मूलवासियों की

शिकायत तथा उनका असंतोष इतना अधिक बढ़ गया है कि वे इस स्थिति का निष्पक्ष रूप से मूल्यांकन करने में असमर्थ हो गए हैं?

वन विकास बनाम वन विनाश

यह दबाव कई स्तरों पर है और एक ऐतिहासिक प्रक्रिया का परिणाम है। अंग्रेजों के आने के बाद यह प्रक्रिया शुरू हुई। सबसे पहले सन् 1865 में सरकार ने वनों के लिए कानून बनाकर जनजातियों और मूलवासियों को जंगल के परंपरागत अधिकारों से बेदखल किया। सन् 1878 में भारतीय वन अधिनियम लागू कर जंगलों को तीन वर्गों में बाँटा गया। क–आरक्षित जंगल, ख–ग्रामीण जंगल, ग–संरक्षित जंगल। पहले प्रकार के जंगल पूरी तरह सरकार के अधीन चले आए, जिनमें आदिवासियों को बसाना, हटाना या उनके अधिकारों को बदलना सरकार की मरजी पर निर्भर हो गया। दूसरे प्रकार के जंगलों में ग्रामीणों को कुछ परंपरागत अधिकार दिए गए और तीसरे प्रकार के जंगलों में जंगल के अधिकार लिखित रूप में दर्ज होते थे और सरकार उन्हें मनमर्जी बदल नहीं सकती थी। इन नियमों को सन् 1890, 1891 में बदलकर आदिवासियों के अधिकार और सीमित किए गए। एक बार फिर सन् 1927 में वन कानूनों का संशोधन किया गया और पुराने कानूनों में पाँच संशोधन लाए गए। उनके अनुसार, आरक्षित जंगलों से एक निर्धारित समय के अंदर ग्रामवासियों को हट जाने के लिए कहा गया। अपराधों की सूची और लंबी हो गई, दोषी व्यक्तियों को अर्थदंड और कारावास की सजा देने का प्रावधान किया गया, जनजातियों के सामुदायिक अधिकारों को समाप्त कर दिया गया। सन् 1935 में वन मामलों को प्रांतों के अधिकार क्षेत्र में डाल दिया गया। इस नए कानून के तहत आदिवासी और सदान ही प्रभावित हुए, क्योंकि राजा-जमींदारों के निजी जंगल इससे मुक्त रखे गए थे।

इस प्रकार अंग्रेजों ने सुनियोजित ढंग से वन कानूनों की आड़ में स्थानीय बाशिंदों के परंपरागत अधिकारों को छीन लिया और इस क्षेत्र के आदमी और प्रकृति के सदियों पुराने रिश्ते को संपत्ति विषयक धारणा में बदल दिया। जनजातियों की अपनी देशी परंपरा में धरती और मनुष्य का संबंध माँ और बेटे का संबंध था, ब्रिटिश कानूनों के तहत यह संबंध रातोरात बदल हुआ माना गया और संपत्ति संबंधी एक नई अवधारणा लाद दी गई।

आजादी के बाद सन् 1952 में भारत सरकार ने नई वन नीति बनाई। इस नीति के घोषित लक्ष्य चाहे जो भी रहे हों, इसने जनजातियों के लिए नई मुसीबतें खड़ी कर दीं, जबकि अंग्रेजों के बनाए कई कानूनी प्रावधान ज्यों-के-त्यों रह गए। इन कानूनों ने जंगल

क्षेत्र के बाशिंदों को न केवल वन विभागों का बंधुआ बना दिया, बल्कि कर्मचारियों की स्वेच्छाचारिता के कारण अपराधी भी बना दिया। नई वन नीति के परिणामस्वरूप तत्कालीन बिहार, मध्य प्रदेश और उड़ीसा के आदिवासियों के खेतों के टुकड़ों को भी वन क्षेत्र घोषित कर दिया गया। इसी के बाद उनकी जंगलों से मिलने वाली आजीविका खत्म हो गई। जंगल के भीतर पड़ने वाले गाँव उजड़ गए।

जंगल का उजड़ना या जंगल से आदिवासियों को उजाड़ना किसी समाज से उसके जीवन का आधार छीन लिये जाने से कम नहीं है। यह दुःखद है कि पर्यावरण विनाश के शोर में वन्य जंतुओं और वनस्पतियों के विनाश की चिंता तो की जा रही है, किंतु इस आवेष्टन के केंद्र में जो आदिवासी जन हैं; उनके उजड़ने का दर्द इस व्यवस्था को नहीं है। आदिवासियों के साथ जो बेइंसाफी सभ्य समाज ने की है, उसे जानने के लिए भारतीय वन कानूनों के संशोधन का अध्ययन ही पर्याप्त प्रमाण जुटा देता है।

भू-संपदा का चीरहरण

जंगल के बाद आदिवासी अस्मिता के अपहरण का दूसरा क्षेत्र है जमीन। मुगलों के शासनकाल तक छोटानागपुर स्वाधीन था और यहाँ की भूमि व्यवस्था पुरानी प्रथाओं और परंपराओं के अनुसार चल रही थी। इसे तोड़ने का काम भी ब्रिटिश काल में ही शुरू हुआ। ईस्ट इंडिया कंपनी को शाह आलम द्वितीय की ओर से बंगाल, बिहार और उड़ीसा में भू-राजस्व वसूलने के दीवानी अधिकार सन् 1765 में मिले थे। सन् 1788 में कंपनी की सारी शक्तियाँ सम्राट् में अंतरित हो गईं। सन् 1776 में स्थायी बंदोबस्ती लागू होने के बाद कारिंदों की लूट-खसोट और तेज हो गई। यह लूट-खसोट तब से अनवरत जारी रही। समय-समय पर नए-नए कानून बनते गए, मगर भूमि मूल स्वामियों के हाथ से निकलती रही।

इस क्षेत्र में अठारहवीं सदी के उत्तरार्द्ध और उन्नीसवीं सदी के अंत तक जनजातियों के जो दस बड़े विद्रोह हुए, उनके मूल में आदिवासियों में भूमि संबंधी असंतोष ही था। प्रायः हर विद्रोह का दमन करने के बाद अंग्रेज अधिकारियों ने कुछ सुधारवादी उपाय किए। 1832 के कोल विद्रोह के बाद उन दिनों रामगढ़ के पहाड़ी क्षेत्र के नाम से ख्यात छोटानागपुर क्षेत्र को दक्षिण-पश्चिम फ्रंटियर एजेंसी के अंतर्गत लाकर हजारीबाग में प्रशासनिक मुख्यालय लाया गया। इसी तरह सन् 1855 के संताल विद्रोह के बाद संताल परगना जिला बना। इसी तरह अनेक सुधारवादी कदम उठाए जाते रहे, किंतु जनजातियों समेत मूलवासियों के कब्जे से भूमि जमींदारों, ठेकेदारों और महाजनों के कब्जे में

जाती रही। सरकारी कर्मचारियों के सहयोग से चलाया जा रहा यह शोषण चक्र कितना निरंकुश और क्रूर था, इसे अंग्रेज अधिकारियों की अनेक रिपोर्टों में देखा जा सकता है। डॉ. एस.पी. सिन्हा ने अपने शोध प्रबंध 'लाइफ एंड टाइम ऑफ बिरसा भगवान्' में ऐसे अत्यचारों का उल्लेख किया है। डॉ. कुमार सुरेश सिंह के शोध ग्रंथ 'बिरसा मुंडा और उनका आंदोलन', में उद्धृत तत्सामयिक वर्णन द्रष्टव्य है।

इस प्रकार झारखंडी लोगों का दखल कब्जा अपनी जमीनों पर लगातार कमजोर पड़ता गया। अंग्रेजों ने भूमि हस्तांतरण पर रोक लगाने के लिए सर्वप्रथम 1879 में छोटानागपुर लैंडलॉर्ड एंड टीनेंट प्रोसीजर ऐक्ट लागू किया। सन् 1886 में 'द संताल परगना रेंट रेगुलेशन' जारी किया। इन कानूनों से भी अनुकूल परिणाम नहीं निकले तो बिरसा आंदोलन के बाद सन् 1903 में 'छोटानागपुर टीनेंसी (एमेंडमेंट) ऐक्ट' पारित कर जनजातियों की भूमि के हस्तांतरण पर प्रतिबंध लगाया गया। लेकिन कानूनी संरक्षण मिल जाने भर से भूमि हस्तांरण नहीं रुक सका।

इस अन्याय को समझने के लिए रैयती कानूनों की व्यावहारिक समीक्षा से परिचित होना पड़ेगा। जंगल, जमीन और आजादी की लड़ाई में छोटानागपुर की जनजातियों की पीढ़ियों खपती आई हैं। वस्तुतः ईस्ट इंडिया कंपनी को स्थायी बंदोबस्ती का आधिकार मिलने के बाद जमींदारों, महाजनों, ठेकेदारों और कारिंदों के हस्तक्षेप में और वृद्धि हुई थी। जंगल और जमीन संबंधी विवाद बढ़ने लगे। अगले सौ वर्षों में जनजातियों के कई विद्रोह हुए। सन् 1791 में बिसनु मानकी के नेतृत्व में बुंडू में मुंडा उठ खड़े हुए। सन् 1798-99 में मानभूम जिले में भूमिज विद्रोह हुआ। सन् 1800 में पलामू के चेरो लोगों का आक्रोश फूटा। तमाड़ के मुंडाओं के कई विद्रोह अलग-अलग नायकों के नेतृत्व में हुए। सन् 1832-33 में प्रसिद्ध कोल विद्रोह सामने आया। अगले साल गंगा नारायण के नेतृत्व में भूमिज विद्रोह से अंग्रेजों को निबटना पड़ा। सन् 1855 में, देश की पहली राज्यक्रांति के दो वर्ष पूर्व, संताल विद्रोह सिद्धू और कानू के नेतृत्व में हुआ। उन्नीसवीं शताब्दी के उत्तरार्द्ध में सिर्फ दो बड़े विद्रोह हुए—सन् 1878 में छोटानागपुर में सरदार विद्रोह और सन् 1895 से 1900 तक बिरसा महान् का 'उलगुलान आंदोलन' हुआ। इन दोनों विद्रोहों के दूरगामी प्रभाव हुए। छोटानागपुर और संथाल परगना क्षेत्रों के लिए अलग-अलग रैयती कानूनों को लागू करना एक प्रकार से अंग्रेजों की विवशता बन गई थी।

ब्रिटिश शासन के प्रारंभिक वर्षों में जो भूमि कानून बने, उसमें मूल भू-स्वामियों के हितों और अधिकारों का खयाल नहीं रखा गया था। सन् 1869 में बने छोटानागपुर

टेन्योर ऐक्ट में भूमि विवादों के निबटारे के लिए भू-स्वामी और रैयत की जमीन के सर्वे और सीमांकन के लिए विशेष आयुक्त को अधिकृत किया गया था। इस कानून के बनने से भी रैयतों का असंतोष समाप्त नहीं हुआ। इसलिए लगान में हो रही अनुचित वृद्धि के खिलाफ रैयतों या काश्तकारों की रक्षा के लिए दस वर्ष बाद सन् 1879 में एक नया कानून बनाया गया—छोटानागपुर जमींदार और काश्तकार अधिनियम। यह कानून भी अपने उद्देश्य में सफल नहीं हुआ, क्योंकि जमींदार इसके प्रावधानों को तोड़कर लगान में वृद्धि करते रहे।

सारांश यह है कि अंग्रजों ने पहले पुरानी भूमि-व्यवस्था को नष्ट किया, फिर रैयतों के अधिकारों में कटौती की और बाद में कानून की खामियों की आड़ में भूमि हस्तांतरण को जारी रहने दिया। आज की स्थिति इसी प्रक्रिया का परिणाम है। संताल परगना क्षेत्र की स्थिति भी इस अवधि में लगभग समान रूप से असंतोषजनक रही। उन्नीसवीं शताब्दी के प्रारंभ से ही इस क्षेत्र में सड़क मार्गों के विकास के फलस्वरूप भोजपुरी और बंगला भाषी आबादी आकर बसने लगी थी। इतना ही नहीं, इन नए मेहमानों ने व्यापार और साहूकारी में अपना वर्चस्व भी स्थापित कर लिया। इस लूट-खसोट को अधिकारियों के भ्रष्टाचार और पुलिस अत्याचारों की संगत भी प्राप्त थी। इसी स्थिति का विस्फोट था—सन् 1855 का संताल विद्रोह।

रैयती कानूनों के क्रियान्वयन के तौर-तरीकों और प्रावधानों पर दृष्टि डालने से इस क्षेत्र की भूमि समस्या और उसके जटिल कानूनी और व्यावहारिक पहलुओं का अनुमान होने लगता है। इस समय झारखंड में भूमि से संबंधित तीन रैयती कानून लागू हैं—(क) छोटानागपुर काश्तकारी कानून (टीनेंसी ऐक्ट) 1908, संताल परगना काश्तकारी कानून, 1949 और अनुसूचित क्षेत्र अधिनियम, 1969। इन सभी कानूनों के विभिन्न प्रावधानों का एक ही प्रयोजन है कि जनजातियों को उनकी जमीनों से नाजायज ढंग से वंचित नहीं किया जा सके। छोटानागपुर काश्तकारी कानून के प्रावधान यह स्पष्ट करते हैं कि उपायुक्त की भूमिका जनजातियों के हितों के अभिभावक, संरक्षक और प्रहरी की है। यदि उपायुक्त अनुमति प्रदान करते हैं तो आदिवासी किसी गैर-आदिवासी को भूमि के स्वत्व का हस्तांतरण कर सकता है, लेकिन संताल परगना काश्तकारी कानून के प्रावधान इतने वस्तुपरक नहीं माने जाते। इन कानूनों में उनके सुधार प्रस्तावित हैं। झारखंड विषयक समिति की रिपोर्ट के चौथे अध्याय की कंडिका-25 में कोल बेयरिंग सीमा कानून और भूमि अर्जन अधिनियम की भी व्यापक समीक्षा का सुझाव दिया गया था। छोटानागपुर काश्तकारी कानून, 1908 में सन् 1977 तक 21 बार संशोधन हुए। प्रायः इन संशोधन

का उद्देश्य कानून के मूल मंतव्य को संपुष्ट और संरिक्षत करने के क्रम में खामियों को दुरुस्त करना और नई अनिवार्यताओं का समावेशा बताया गया था। कई साल पहले उपायुक्तों से आदिवासी भूमि के स्वत्व के हस्तांतरण की अनुमति देने का अधिकार वापस ले लिया गया है।

झारखंड क्षेत्र में भूमि हस्तांतरण का सबसे बड़ा क्षेत्र विकास परियोजनाओं, खनन और उद्योग के लिए भूअर्जन का क्षेत्र है। इसी प्रकार सिंचाई, जल विद्युत्, टाउनशिप, छावनी और अन्य निजी-सार्वजनिक परियोजनाओं के लिए भूअर्जन और विस्थापन का सवाल एक आधारभूत मुद्दा है। औद्योगिक और खनन परियोजनाओं के विस्थापितों के साथ जो सलूक हुआ है, वह आबादी को उजाड़ने का इतिहास बनाने वाला है। पिछली सदी के प्रारंभ से ही कोयलाचंल में विस्थापन की समस्या शुरू हो गई थी, जो गंभीर होती चली गई। अगर केवल छोटानागपुर प्रमंडल के औद्योगिक केंद्रों के अभ्युदय को ध्यान में रखा जाए तो धनबाद, टाटा, हटिया, बोकारो, पतरातू, मुरी, लोहरदगा, झरिया, मैथन, नोआमुंडी, पंचेत, झींकपानी, खलारी, भुरकुंडा, भवनाथपुर जैसे अनेक स्थानों के नाम सामने चले आएँगे। इन तमाम जगहों में आदिवासी को कानूनी संरक्षण मिल जाने भर से भूमि हस्तांतरण नहीं रुक सका।

इस अन्याय को समझने के लिए रैयती कानूनों की व्यावहारिक समीक्षा से परिचित होना पड़ेगा। जंगल, जमीन और आजादी की लड़ाई में छोटानागपुर की जनजातियों की पीढ़ियों खपती आई हैं। वस्तुतः ईस्ट इंडिया कंपनी को स्थायी बंदोबस्ती का आधिकार मिलने के बाद जमींदारों, महाजनों, ठेकेदारों और कारिंदों के हस्तक्षेप में और वृद्धि हुई थी। जंगल और जमीन संबंधी विवाद बढ़ने लगे। अगले सौ वर्षों में जनजातियों के कई विद्रोह हुए। सन् 1791 में बिसनु मानकी के नेतृत्व में बुंडू में मुंडा उठ खड़े हुए। सन् 1798-99 में मानभूम जिले में भूमिज विद्रोह हुआ। सन् 1800 में पलामू के चेरो लोगों का आक्रोश फूटा। तमाड़ के मुंडाओं के कई विद्रोह अलग-अलग नायकों के नेतृत्व में हुए। सन् 1832-33 में प्रसिद्ध कोल विद्रोह सामने आया। अगले साल गंगा नारायण के नेतृत्व में भूमिज विद्रोह से अंग्रेजों को निबटना पड़ा। सन् 1855 में, देश की पहली राज्यक्रांति के दो वर्ष पूर्व, संताल विद्रोह सिद्धू और कानू के नेतृत्व में हुआ। उन्नीसवीं शताब्दी के उत्तरार्द्ध में सिर्फ दो बड़े विद्रोह हुए—सन् 1878 में छोटानागपुर में सरदार विद्रोह और सन् 1895 से 1900 तक बिरसा महान् का उलगुलान आंदोलन हुआ। इन दोनों विद्रोहों के दूरगामी प्रभाव हुए। छोटानागपुर और संताल परगना क्षेत्रों के लिए अलग-अलग रैयती कानूनों को लागू करना एक प्रकार से अंग्रेजों की विवशता बन गई थी।

स्थानीय लोगों की जमीनें परियोजना क्षेत्रों के लिए समाधिस्थ हो गईं। कोई व्यावसायिक संस्कार या प्रशिक्षण नहीं होने के कारण मुआवजे में मिली रकम खा-पीकर ऐसे लोग रेजा-कुली बन गए। सिर्फ कोयलाकारो परियोजना में विस्थापित होने वाले लोगों और उनके नष्ट होने वाले गाँवों के विषय में जो प्रावकलन सरकार ने बनाया है, उसके मुताबिक इस बाँध के बनकर तैयार हो जाने पर राँची और गुमला जिले के 112 गाँव डूबेंगे, जो 10,739 परिवारों के 50,000 लोगों को विस्थापित करेंगे। इस डूब क्षेत्र में 25 से 30 हजार एकड़ कृषि योग्य भूमि भी होगी। बाकी जंगल, सरना और ससनदीरी स्थल होंगे। ऐसे आँकड़े स्थिति के चिंताजनक होने को सिद्ध करते हैं।

यह छोटानागपुरी इतिहास का सच है कि ऐसी अनेक परियोजनाओं और उद्योगों को स्थापित-संचालित करने के लिए सैकड़ों-हजारों गाँव मिटा दिए गए, सदियों से कायम परंपरगत समाज और संस्कृति को तोड़ दिया गया, लाखों लोग विस्थापित हुए और एक स्वतंत्र कृषक समाज को भूमिहीन मजदूरों की कौम में बदल दिया गया। इन सबके बदले झारखंड के मूलवासियों को मिला क्या? क्या उन्हें अच्छी नौकरियाँ मिलीं? क्या अपने समाज से बेहतर नया समाज मिला? बेहतर जिंदगी मिली? सुखी वर्तमान और सुरक्षित भविष्य मिला? दरअसल, जो कुछ मिल सकता था, उसे बिचौलिए और नए आप्रवासी डकार गए। उच्छिष्ट की तरह जो मिला, वह शोषण और दमन, उपेक्षा और उपहास, असुरक्षा और अपराध था। निष्कर्षतः, झारखंड में एक कृषक संस्कृति के ध्वंसावशेष पर औद्योगिक संस्कृति की कचरापट्टी फैलती चली गई।

इस क्षेत्र के राजनीतिक आंदोलनों के विकास का अध्ययन किया जाए और उनकी मुख्य माँगों, प्रवृत्तियों, सामाजिक आधारों, नारों और संकल्पों के आधार पर उनकी मूल प्रेरणाओं का अनुमान किया जाए तो यह सत्य उभरकर आएगा कि मूलवासियों में अपने अस्तित्व और अस्मिता की सुरक्षा की चेतना बलवती रही है। ज्यों-ज्यों नई आबादी इस क्षेत्र में बढ़ती गई, उनमें 'दिकू विरोध' की भावना जड़ जमाती गई। उन्नीसवीं सदी में यह असंतोष हिंसक आंदोलन में फूटा तो बीसवीं सदी में राजनीतिक आंदोलनों के रूप में। शुरू में पहचान का संकट जनजातियों के लिए महत्त्वपूर्ण बना, फिर सदानी जातियों ने भी उस दबाव को अनुभव किया। झारखंड की आज की जनसांख्यिक संरचना में मूलवासियों की मुख्य चिंता अपनी पहचान को बनाए रखना ही है। इसी चिंता से झारखंड की राजनीति और संस्कृति दोनों परिचालित हो रही हैं। बढ़ती आबादी से आर्थिक, राजनीतिक और सांस्कृतिक प्रश्न भी विकराल हुए हैं। बची-खुची परंपराएँ पुनरुत्थानवादी उत्साह के बावजूद संकट में पड़ गई हैं।

इस प्रकार झारखंड के मूलवासियों की युवा पीढ़ी एक नई दुनिया में पाँव रख चुकी है। इसाई मिशनरियों ने शिक्षा के साथ एक तरह का नैतिक संस्कार भी देना चाहा था और समाज पर उसके गहरे प्रभाव से इनकार भी नहीं किया जा सकता। आज की स्थिति उससे तनिक भिन्न है। अनुशासन और संयम की जगह अराजकता और उच्छृंखलता का दबदबा बढ़ रहा है। शहरी मूलवासी युवाओं के सपने और सवाल अब स्थानीय रंगत से बाहर आकर आम भारतीय युवा के सपनों और सवालों से समझौते कर रहे हैं, किंतु यह एक छोटे से नए बन रहे वर्ग की नई हसरतों का सच है। समग्रता में बृहत्तर स्तर पर विचार करें तो अभी भी इस क्षेत्र के कई समुदाय अपने पुराने दिनों में ही सिमटे हुए हैं। माल पहाड़िया और बिरहोर जनजातियों की अवस्था आदिम संस्कारों में जकड़ी हुई है और ये नई रोशनी के घेरे में नहीं लाए जा सके हैं। ऐसा लगता है कि झारखंड में एक साथ कई शताब्दियाँ जीवित हैं और सबके अपने-अपने उपनिवेश हैं।

झारखंडी समाज और संस्कृति की चर्चा का सबसे विभ्रम उत्पन्न करने वाला मुद्दा यह है कि यदि यहाँ के पुराने समाज और उसकी संस्कृति को देखा जाए तो उसकी ऐतिहासिकता प्रत्यक्ष होती है, लेकिन यहीं यह दुविधा भी उठ खड़ी होती है कि इस क्षेत्र में अन्य सामाजिक और सांस्कृतिक घटकों की उपस्थिति को इस परंपरा में कैसे और कहाँ जोड़ा जाए? यह क्षेत्र कई भाषिक, धार्मिक, सांस्कृतिक वर्गों के सहजीवन का क्षेत्र भी है। इन तमाम वर्गों की जड़ें भी गहरी हैं और झारखंड का शहरी सभ्रांत वर्ग यहीं केंद्रित है।

ऐसी स्थिति में झारखंड की कला-संस्कृति और समाज-संगठन की चर्चा के अवसर पर सिर्फ जनजातीय प्रभुत्व की संस्कृति की चर्चा को अलम कैसे मान लिया जाए? सच तो यह भी है कि स्वयं जनजातीय समाज को सचेतन बनाने में भी बंगला-हिंदीभाषी समुदाय के प्रबुद्ध वर्ग की भागीदारी कम नहीं है। यह एक ऐतिहासिक संयोग है कि इस क्षेत्र में पश्चिमी शिक्षा और आधुनिक ज्ञान के वाहक होकर जो इसाई संस्थाएँ क्रियाशील रहीं, उन्होंने उदारतापूर्वक न केवल शिक्षा के माध्यम के रूप में, बल्कि धर्म और संस्कृति की शिक्षा के माध्यम के रूप में भी, हिंदी का व्यापक उपयोग किया। कई अन्य ऐतिहासिक कारणों से जुड़कर हिंदी इस क्षेत्र के विकास और नवजागरण की भाषा के रूप में काम करती रही है। स्वाभाविक है कि हिंदी और हिंदीभाषी समुदाय के इतिहास का संदर्भ भी कम पुराना नहीं है। लगभग नौ दशकों तक हिंदीभाषी बिहार के एक अभिन्न भू-भाग की तरह बने रहने की ऐतिहासिकता के भी अपने पक्ष और प्रभाव हैं। इससे पहले बंगाल और बंगलाभाषी समुदाय की समांतर भूमिका भी मिलती-जुलती रही है।

इस अति असाधारण पृष्ठभूमि में विचार करने पर यह प्रतीति होती है कि झारखंड क्षेत्र के सांस्कृतिक इतिहास का एक अविभाज्य अंश हिंदी-बंगलाभाषी समाज की संस्कृति भी है।

समाहार के रूप में यह कहा जा सकता है कि झारखंड में मानव सभ्यता के विकास का इतिहास प्राचीनतम इतिहासों में एक है। इसके साक्ष्य मिलते हैं। दूसरे, यह कि इस भूखंड पर जनजातियों के अलावा अ-जनजातियों का निवास भी बहुत पुराना है। इस क्षेत्र में नई आबादी का प्रवेश और निवास लगातार बना रहा है। यह आव्रजन सिर्फ गैर-आदिवासियों के लिए ही सच नहीं है, बल्कि कई जनजातियों के लिए भी बराबरी का सच है। स्मरणीय है कि इस क्षेत्र में उराँवों का इतिहास सिर्फ पौने पाँच सौ वर्ष पुराना है, जबकि संतालों को संताल परगना क्षेत्र में आए सिर्फ सवा दो सौ साल ही हुए हैं। वास्तविकता है कि झारखंड की कई सदानी जातियों का इतिहास इस क्षेत्र में उराँवों और संतालों से अधिक पुराना है। यह आज के झारखंड का सच है कि एक व्यापक आधार वाली संस्कृति के विकास की अनिवार्यता सामयिक इतिहास की नियति बन गई है।

□

चौथा अध्याय

बदलाव के तिराहे पर झारखंड

झारखंड की राजनीति आज किस पड़ाव पर आ पहुँची है, यह जानने के लिए विभिन्न दलों के नेताओं के बयानों पर नजर डाल लेना ही काफी है। यह सुयोग क्षेत्रीय दैनिकों के पन्नों पर बहुतायात में सुलभ है। कई बार समाचारों के शीर्षक भी हालात का जायजा लेने के लिहाज से मददगार हो जाते हैं। तो भी जो उलझी हुई परिस्थिति सामने है, उसमें कोई फौरी नतीजा निकाल लेना सही नहीं होगा। दीगर जगहों की तरह यहाँ की राजनीति भी करवटें बदलती रही है। अगर आधी सदी तक चलते रहे अलग राज्य के आंदोलन के उतार-चढ़ाव की खोज-खबर ली जाए तो उससे आज की जटिलताओं की पृष्ठभूमि सामने आ सकती है।

अलग राज्य का आंदोलन

यह सोचने की जरूरत है कि झारखंडी राजनीति में मूल्यों के बिखराव और नीतियों के टकराव के अवसर अकसर राजनीतिक दलों के घोषणा-पत्रों के जरिए ही क्यों आते हैं? उसी शैली में व्यक्त राजनीतिक टिप्पणीकारों के वैचारिक आग्रहों के प्रकाशन से भी विभ्रम का धुँध गाढ़ा होता है। समाचार विश्लेषण के नाम पर इस वा उस खेमे की तर्कहीन पक्षधरता कई बार इस कदर हावी दिखती है कि पत्रकार पार्टी प्रवक्ता की तरह हठी नजर आता है। जिस तरह किसी विवादित मामले में या बड़ी वारदातों के घटित होने पर उनकी जवाबदेही तय करने या निंदा प्रस्तावों के सिलसिले में जारी बयानों को पढ़ने से पहले ही यह बताया जा सकता है कि किस पार्टी या नेता का स्टैंड क्या होगा! कुछ उसी तरह मीडिया प्रतिनिधियों के पक्षधर रुझानों से भी उनके एप्रोच का पूर्वानुमान मिल जाता है। तो भी सजग पाठक समझता है कि विकल्पहीन नहीं है यह दुनिया।

फिलहाल झारखंड आंदोलन के उतार-चढ़ाव भरे उस दौर को इतिहास की दृष्टि से देखने की जरूरत आज ज्यादा है, जब इस अंचल की राजनीति क्षेत्रीय अस्मिता को परिभाषित कर रही थी। सन् 1963 को ऐतिहासिक मोड़ का वर्ष मान सकते हैं, जब एक पीढ़ी का राजनीतिक आधार खिसक रहा था और नई संभावना आकार लेने लगी थी। इससे पहले यह याद करना जरूरी है कि छोटानागपुर 'उन्नति समाज' और 'आदिवासी महासभा' जैसे क्षेत्रीय हितों को समर्पित सामाजिक-सांस्कृतिक संगठनों द्वारा तैयार जनचेतना और रुझान की आधार-भूमि पर ही पहला क्षेत्रीय राजनीतिक दल झारखंड पार्टी के रूप में सन् 1950 में अस्तित्व में आया। उस वर्ष 'आदिवासी महासभा' के राजनीतिक मंच के रूप में जमशेदपुर में झारखंड पार्टी की नींव पड़ी। उसके अध्यक्ष के रूप में मरांगगोमके के रुतबे से नवाजे गए जयपाल सिंह मुंडा की ताजपोशी उनकी सर्वोपरि लोकप्रियता पर मुहर थी। स्मरणीय यह भी है कि यहाँ तक पहुँचने से पहले 'आदिवासी महासभा' ने बिहार प्रदेश कांग्रेस कमेटी और उसकी कार्यकारिणी समिति में अपने प्रतिनिधित्व की माँग की थी, जिसे स्वीकार नहीं किया गया। उन्हीं दिनों तत्कालीन कांग्रेस अध्यक्ष डॉ. राजेंद्र प्रसाद को अनुरोध-पत्र दिया गया था कि कांग्रेस पार्टी में आदिवासियों को प्रतिनिधित्व मिले। यह प्रस्ताव भी ठुकरा दिया गया तो मार्च, 1946 में प्रांतीय असेंबली चुनाव के समय खूंटी (तपकरा) में कांग्रेस और 'आदिवासी महासभा' के कार्यकर्ताओं के बीच हिंसक झड़पें हुई थीं, जिनमें पाँच व्यक्ति मरे और अनेक लोग घायल हुए।

यहाँ यह याद किया जा सकता है कि सन् 1947 तक झारखंड आंदोलन पर मिशन द्वार पर जमा आदिवासियों की पूरी पकड़ थी और उस पर मुंडा समाज का अघोषित वर्चस्व स्थापित था। उन दिनों 'हिंदुस्तान स्टैंडर्ड' और 'सर्चलाइट' जैसे अखबारों की रपटों में यही राय तरजीह पाती थी। यह भी सच है कि उन दिनों गैर-इसाई आदिवासी भी गिरजाघरों की गतिविधियों का कमोबेश विरोध करते थे। उसी तरह राँची में 'संस्कृति विहार' और उसके निदेशक हरबंस लाल ओबराय अलग राज्य के आंदोलन में कथित मिशनरी हस्तक्षेप के मुखर आलोचक रहे।

यों तो 'छोटानागपुर उन्नति समाज' की स्थापना सन् 1915 में ही हो गई थी, किंतु उसे आदिवासियों की एक प्रतिनिधि संस्था के रूप में सरकारी मान्यता सन् 1920 में मिली। वह एक सुधारवादी संगठन था, जिसकी कार्य-शैली उदार और लोकतांत्रिक थी। समय-समय पर जनसभाओं का आयोजन, आदिवासियों की स्थिति में सुधार का आग्रह और पिछड़े क्षेत्रों को राज्य के स्तर तक ले जाने की माँग जैसी उसकी गतिविधियाँ सिर्फ शहरों तक सीमित थीं। 'उन्नति समाज' की ओर से सन् 1930 में साइमन कमीशन को

अलग राज्य के लिए ज्ञापन दिया गया था और आदिवासी हितों की रक्षा की माँग की गई थी। बाद में आपसी मतभेदों के कारण 'उन्नति समाज' के दो संस्थापक सदस्य ठेबले उराँव और पॉल दयाल ने संगठन से अलग होकर 'किसान सभा' का गठन किया था।

शुरुआत और मिशनरी मदद

जहाँ तक झारखंड आंदोलन के शुरुआती दौर में मिशनरियों के प्रभाव की बात है, उसकी वास्तविक स्थिति से परिचित होना लाजिमी है। यह जानी-मानी बात है कि इस अंधकारग्रस्त अंचल में स्कूलों और कॉलेजों की श्रृंखला शुरू कर मिशनरियों ने ज्ञान-विज्ञान का उजाला पहली बार फैलाया था। उल्लेख्य है कि सन् 1845 में जर्मन मिशन ने इस क्षेत्र में कई शिक्षण संस्थाओं की स्थापना की थी। उस समय सिर्फ चार इसाई प्रचारक यहाँ आए थे और सन् 1881 की जनगणना रिपोर्ट के अनुसार, छोटानागपुर में इसाइयों की कुल संख्या 7,02,708 हो चुकी थी। जाहिर है कि इस गुणात्मक परिवर्तन को नजरअंदाज नहीं किया जा सकता। परिणाम यह है कि यहाँ शिक्षित आदिवासियों के बीच आधुनिक समाज और राजनीतिक चेतना का अभ्युदय पहले हुआ और वे संगठित रूप में गतिशील हुए। गैर-इसाई सरना आदिवासी समाज के बहुसंख्यक सदस्य शिक्षा-दीक्षा के मामले में अपने मिशनरी प्रतिवेशियों से पीछे रह गए।

इसी नवोन्मेष के बीच से सुधारवादी आंदोलनों को समर्पित और प्रशिक्षित कार्यकर्ता और नेता उभरे। स्मरणीय है कि छोटानागपुर में इसाइयों के तीन मिशन प्रभावी ढंग से क्रियाशील रहे—जर्मन मिशन, रोमन कैथोलिक मिशन और ऐंग्लिकन मिशन। इन सबके बीच अप्रत्यक्ष, किंतु जोरदार प्रतिस्पर्धा बनी रही। सन् 1937 के फरवरी माह में संपन्न प्रांतीय असेंबली के आम चुनाव से पहले तक रोमन कैथोलिक मिशन राजनीति से अलग-थलग रहा था। उस दौर में जर्मन और ऐंग्लिकन चर्च से जुड़े आदिवासी ही इस अंचल की तमाम गतिविधियों में अधिक सक्रिय थे। उक्त चुनाव में कैथोलिक मिशन के कुछ उम्मीदवार खड़े हुए और उनमें दो चुनाव जीत भी गए, जबकि 'उन्नति समाज' और उसके दूसरे धड़े 'किसान सभा' के सभी उम्मीदवार पराजित हुए।

अगर छोटानागपुर के विगत छह सौ वर्षों के इतिहास पर नजर डाली जाए तो तीन बातें मुख्य रूप से ध्यान खींचती हैं। सन् 1385 में पहली बार इस क्षेत्र पर बाहरी आक्रमण हुआ था मुगल सेना द्वारा। सन् 1616 में मुगल सेनापति ने नागवंशी राजा दुर्जन साल को गिरफ्तार कर 12 वर्षों तक ग्वालियर जेल में बंदी बनाकर रखा। मध्यकाल में मराठों ने भी इस क्षेत्र पर कई हमले किए थे, किंतु उनके आक्रमण से

राजा-रजवाड़ों पर चाहे जो असर पड़ा हो, छोटानागपुरी समाज और संस्कृति पर आँच नहीं आई। उन हमलावरों का मकसद शासकों से धन की वसूली थी, सल्तनत कायम करना नहीं। पर जब अंग्रेज यहाँ आए तो लगभग पौने दो सौ वर्षों तक जमे रह गए। इस लंबी अवधि में उन्होंने प्रशासन के हर स्तर पर हस्तक्षेप किया और मनमाने फेरबदल किए। उस दौरान झारखंड क्षेत्र को चार राज्यों—बंगाल, उड़ीसा, मध्य प्रदेश और बिहार के प्रशासनिक नियंत्रण में लाने का निर्णय उन्हीं की देन थी। इसी कारण आजादी के बाद कृत्रिम रूप से विभाजित हिस्सों के एकीकरण के लिए वृहत झारखंड की माँग और उसका आंदोलन चला।

उपनिवेश काल के तोहफे

बीसवीं सदी के पूर्वार्द्ध तक अगर झारखंडी अस्मिता के उभार को पहचानना हो तो उसे तीन चरणों में बाँटकर देखा जा सकता है—खुला विद्रोह काल (सन् 1793 से 1915), समाज सुधार काल (सन् 1915 से 1938), राजनीतिक समीकरण काल (सन् 1938 से 1950)। पहले चरण में प्रतिरोध के रास्ते कुछ हद तक हिंसक और आदिम थे। यह अविस्मरणीय है कि अंग्रेजों के शासनकाल में झारखंड क्षेत्र में दमन और शोषण के खिलाफ कुल दस बड़े विद्रोह हुए, जिनमें प्रायः सभी जनजातियों ने जुझारू तेवर में बढ़-चढ़कर हिस्सा लिया। उन जन आंदोलनों को सैनिक हस्तक्षेप के जरिए दबाया जाता रहा। मगर हर बार आदिवासी रैयतों के असंतोष के शमन के लिए ब्रिटिश शासकों को कई सुधारवादी और संरक्षणवादी उपाय करने पड़े। भूस्वामित्व के निर्धारण के लिए सर्वे का काम और टीनेंसी एक्ट, संताल परगना का गठन, विल्किंसन रूल को प्रभावी बनाने के फैसले ऐसे चंद उदाहरण हैं।

बीसवीं सदी के प्रारंभिक वर्षों में झारखंड में आधुनिक शिक्षा के प्रसार के कारण आबादी के एक छोटे हिस्से में नई चेतना उपजी। उसकी अभिव्यक्ति कई संगठनों में हुई। जैसे क्रिश्चियन स्टूडेंट यूनियन, छोटानागपुर चैरिटेबल एसोसिएशन, उन्नति समाज और किसान सभा का उदय उस दौर की नई हलचलों से परिचित कराते हैं। उन सामाजिक शक्तियों का एकत्रीकरण सन् 1938 में आदिवासी महासभा के रूप में साकार हुआ। महासभा के गठन के समय उसमें उन्नति समाज, मुंडा सभा, किसान सभा और कैथोलिक सभा का संयुक्त समावेश हुआ। समाज चिंता और राजनीतिक चेतना के मिलन का सिलसिला सन् 1950 में झारखंड पार्टी की स्थापना के साथ थमा। इन संगठनों को वैचारिक विकास की कसौटी पर भी आँका जा सकता है। उल्लेख्य है कि छोटानागपुर

उन्नति समाज और आदिवासी महासभा की सदस्यता सिर्फ आदिवासियों तक सीमित रखी गई थी, जबकि झारखंड पार्टी की सदस्यता गैर-आदिवासियों के लिए भी सुलभ हुई। जनवरी 1950 में झारखंड पार्टी के स्थापना सम्मेलन (जमशेदपुर) में जयपाल सिंह ने अपने अध्यक्षीय भाषण में कहा था—'आज हम अपनी पार्टी के द्वार गैर-आदिवासियों के लिए पूर्ण रूप से खोल रहे हैं।'

स्वर्णकाल का उत्थान-पतन

एक बार फिर अगर बीसवीं सदी के मध्य काल की परिक्रमा करें तो उस वक्त की ताजा हलचलों से जुड़ सकते हैं। सन् 1946 में प्रांतीय असेंबली के चुनावों में जयपाल सिंह को मिली हार से सबक लेकर महासभा ने सन् 1950 में अपना पुनर्गठन झारखंड पार्टी के रूप में किया था। नतीजा दो साल बाद सामने आया, जब सन् 1952 में बिहार विधानसभा के चुनावों में कुल 32 सीटें जीतकर झारखंड पार्टी सुशील कुमार बागे के नेतृत्व में मुख्य विपक्षी पार्टी बन गई। सन् 1955 में पार्टी ने राज्य पुनर्गठन आयोग के समक्ष अलग राज्य की माँग रखी और जोरदार प्रदर्शन किया। चूँकि वह आयोग भाषावार राज्य गठन के लिए अधिकृत था, इसलिए उसने एक भाषाई इकाई के रूप में इस माँग का मूल्यांकन करते हुए उसे व्यावहारिक नहीं पाया। लिहाजा, उसने अलग राज्य के पक्ष में अनुशंसा नहीं की।

इस विफलता से झारखंड पार्टी के जनाधार को एक बड़ा झटका लगा। सन् 1957 में हुए दूसरे आम चुनाव में पार्टी अपनी पिछली कामयाबी को दुहरा नहीं पाई। सन् 1962 तक आते-आते इसके विधायकों की संख्या घटकर सिर्फ बीस रह गई थी। रामगढ़ राजा कामाख्या नारायण सिंह की स्वतंत्र पार्टी ने उस चुनाव में मतदाताओं पर झारखंड पार्टी के परंपरागत प्रभाव को कई इलाकों में ध्वस्त किया। इस हताशा से जयपाल सिंह उबर नहीं पाए और सन् 1963 में उन्होंने झारखंड पार्टी को कांग्रेस में विसर्जित कर दिया।

इस विघटन से जो दिशाहीनता जनमी, उससे यह अंचल कई वर्षों तक राजनीतिक सन्नाटे में डूबा रहा। फिर सन् 1967 में राँची और उसके आस-पास सक्रिय एक आक्रामक संगठन सामने आया—बिरसा सेवा दल। उसकी जुझारू गतिविधियाँ सन् 67-68 में उफान पर रहीं, पर जल्द ही विलुप्त भी हो गईं। दूसरी ओर, झारखंड पार्टी के कांग्रेस में विलयन के विरोधी नेता-कार्यकर्ता सन् 67 में एन.ई. होरो के नेतृत्व में एकजुट हुए। इस तरह यह पार्टी ऑल इंडिया झारखंड पार्टी के नाम से पुनर्जीवित हो गई, लेकिन अगले साल बागुन सुंबरुई के नेतृत्व में एक गुट अलग हो गया।। उन दिनों विनोद

बिहारी महतो 'शिवाजी समाज' के बैनर तले क्रियाशील थे। इस तरह देखें तो सन् 63 से 73 तक इस क्षेत्र की राजनीति पस्ती और भटकाव में उलझी रही और अलग राज्य का आंदोलन उतार की ओर चला गया। स्मरणीय है कि सन् 1970 में जयपाल सिंह ने अपनी मृत्यु से एक सप्ताह पहले बहू बाजार (राँची) की एक सभा में यह स्वीकार किया था कि 'झारखंड पार्टी को कांग्रेस में विलीन करना उनके जीवन की सबसे बड़ी भूल थी।'

नया उभार

झारखंड आंदोलन के पुनरुत्थान की दृष्टि से आठवाँ दशक बहुत महत्त्वपूर्ण साबित हुआ। झारखंड पार्टी के कांग्रेस में विलय से जयपाल सिंह का करिश्माई व्यक्तित्व असरदार नहीं रह गया था और एनई होरो उसे पुरानी ऊँचाई पर नहीं ले सके। पूरे दस साल के बाद विनोद बिहारी महतो, ए.के. राय और शिबू सोरेन के साझा नेतृत्व में सन् 1973 में झारखंड मुक्ति मोर्चा का गठन हुआ। मोर्चा के वजूद में आने के बाद झारखंड आंदोलन के जनाधार में लगातार विस्तार होता गया। अब तक उसकी पहचान मुख्यतः एक आदिवासी आंदोलन के रूप में रही थी। मुक्ति मोर्चा ने अपने कार्यक्रमों से गैर-आदिवासी आबादी को जोड़ दिया। इस दौर में झारखंड आंदोलन का मुख्यालय पहली बार राँची से हटकर थोड़े समय के लिए धनबाद पहुँच गया था। पहली बार उससे खदान और मिल मजदूर आ जुड़े। इस बार मुंडाओं के साथ संतालों-सदानों की साझेदारी से शक्ति समीकरण में व्यापक बदलाव देखा गया और परंपरागत जनाधार को संताल क्षेत्र में विस्तार मिला। इस प्रकार झारखंड आंदोलन छोटानागपुरी सरहद से निकलकर पूरे झारखंड क्षेत्र में पसर गया।

इस दशक की दूसरी बड़ी परिघटना सन् 1977 में 'झारखंड बुद्धिजीवी परिषद्' की स्थापना के रूप में सामने आई। इस परिषद् की ओर से सन् 1978 में आयोजित झारखंड क्षेत्रीय बुद्धिजीवी सम्मेलन कई अर्थों में ऐतिहासिक महामिलन साबित हुआ। उसे सन् 1987 में गठित 'झारखंड समन्वय समिति' की प्रयोगशाला के बतौर भी याद किया जा सकता है। परिषद् और सम्मेलन के संयोजक और 'शालपत्र' के संपादक वीरभारत तलवार ने उस दौर में झारखंड राजनीति और आंदोलन को दिशाहीनता से उबारने में कितनी महत्त्वपूर्ण भूमिका निभाई, इसकी तसदीक उस अवधि की प्रमुख पत्र-पत्रिकाओं को पलटने से हो जाती है।

यहाँ यह याद करने की जरूरत है कि उस समय तक रामदयाल मुंडा और बी.पी. केशरी जैसे विचारशील बुद्धिजीवी आंदोलन की अगली कतार में नहीं आए थे। तलवार

ने एन.ई. होरो के सहयोगी सलाहकार के बतौर काम करते हुए झारखंड आंदोलन के राजनीतिक चरित्र को संस्कृति और जातीयता (नेशनेलिटी) जैसे कई अनछुए पहलुओं से जोड़कर लंबे संघर्ष की जमीन तैयार की। गृह मंत्रालय द्वारा सन् 1989 में गठित झारखंड विषयक समिति की जिस रिपोर्ट के आधार पर एक विशिष्ट सांस्कृतिक क्षेत्र के रूप में झारखंड क्षेत्र को सरकारी मान्यता मिली, और अंततः राज्य के रूप में उसकी परिणति हुई, उस अवधारणा की बुनियाद उपर्युक्त परिषद् में रखी गई थी। यह बात पूरे जोर और वजन के साथ कहने की आवश्यकता इसलिए जान पड़ती है कि उस दौर की चर्चाओं के सिलसिले में यह संदर्भ आज एक सिरे से विस्मृत हो गया लगता है।

नौवें दशक की उपलब्धियाँ भी अलग राज्य आंदोलन को निर्णायक मोड़ पर पहुँचाने के लिहाज से बेहद कारगर मानी जाएँगी। मुक्ति मोर्चा ने सन् 1985 के आम चुनावों में बिहार विधानसभा में 14 विधायकों को भेजकर मुख्य विपक्षी पार्टी की मान्यता हासिल कर ली थी। इससे पहले सन् 1980 में ज्ञानरंजन की पहल पर मुक्ति मोर्चा और कांग्रेस के बीच गठबंधन कायम हुआ था। अपने समय के प्रखरतम कांग्रेसी नेता कार्तिक उराँव उन्हीं दिनों पहचाने गए थे और उनकी कोशिशों से ही सन् 1980 में 'छोटानागपुर-संताल परगना विकास प्राधिकार' का गठन हुआ था। यह अलग बात है कि बिहार सरकार की उदासीनता और उपेक्षा के कारण वह प्राधिकार प्रभावी नहीं बन सका। वह प्रसंग भी अविस्मरणीय है, जब देवेंद्रनाथ चंपिया के नेतृत्व में बिहार विधानमंडल में झारखंड क्षेत्र से चुने गए सभी 52 सदस्यों ने सन् 1985 में प्रधानमंत्री को संयुक्त ज्ञापन देकर झारखंड क्षेत्र में केंद्रीय शासन लागू करने की माँग की थी। इस दशक में एक ओर झारखंड नामधारी दलों की गतिविधियों में नई तेजी आई, तो दूसरी ओर राष्ट्रीय दलों ने क्षेत्रीय हितों का महत्त्व स्वीकार करते हुए अपने-अपने संगठनों में 'झारखंड सेल' की स्थापना की।

सन् 1980 में प्रख्यात संस्कृतिविद् डॉ. कुमार सुरेश सिंह दक्षिण छोटानागपुर प्रमंडल के आयुक्त थे और उसी अवधि में वे कुछ समय के लिए राँची विश्वविद्यालय के कुलपति के प्रभार में भी रहे। गॉस्सनर कॉलेज में एक नागपुरी पुस्तक के लोकार्पण समारोह में उनसे झारखंडी भाषाओं के अध्ययन-अध्यापन के लिए विश्वविद्यालय में स्नातकोत्तर विभाग की स्थापना की माँग की गई थी। अंततः उनके प्रयास और आदेश से सन् 1981 में राँची विश्वविद्यालय में जनजातीय एवं क्षेत्रीय भाषा विभाग की स्थापना हुई। फिर नवंबर 1981 से डॉ. रामदयाल मुंडा की अध्यक्षता में विभाग का सत्र आरंभ हुआ। बाद के वर्षों में इस विभाग के शिक्षक और छात्र झारखंडी अस्मिता और देशज मूल्यों की प्रतिष्ठा की दृष्टि से मील के पत्थर साबित हुए।

वहाँ क्षेत्रीय भाषाओं, संस्कृति और साहित्य के पठन-पाठन के समांतर जारी राजनीतिक विमर्श के जरिए झारखंड राजनीति को समझौतापरस्त होने की आरोपित छवि से मुक्त करने की पहल भी शुरू हुई। यहीं नई उम्र की वह नई फसल तैयार हुई, जिसने सन् 1986 में जमशेदपुर में जुझारू युवा संगठन 'आजसू-ऑल झारखंड स्टूडेंट यूनियन' की स्थापना की। अगले साल जून में झारखंड क्षेत्र में सक्रिय 53 संगठनों के प्रतिनिधियों ने रामगढ़ में एक सम्मेलन आयोजित कर अलग राज्य आंदोलन के संघर्ष को एकजुट करने के प्रयोजन से 'झारखंड समन्वय समिति' का गठन किया। इस समिति में समाज के अनेक वर्गों की साझेदारी बनी और एक 23 सूत्री साझा घोषणा-पत्र जारी हुआ। मुक्ति मोर्चा समेत तमाम बड़े राजनीतिक दलों के बाहर रहने के बावजूद इस समिति ने वर्षों तक आंदोलन को पटरी पर लाने की कारगर कोशिश की।

यह झारखंड राजनीति का एक नाजुक दौर था। राजीव गांधी के आकस्मिक निधन के बाद केंद्र में अल्पमत सरकार का दौर चल रहा था। एक ओर नरसिंह राव की सरकार के खिलाफ पेश अविश्वास प्रस्ताव के विरोध में होने की नकदी कीमत वसूल कर झारखंड मुक्ति मोर्चा का शीर्ष नेतृत्व अपनी साख पर बट्टा लगा चुका था, तो दूसरी ओर झारखंड आंदोलन को जुझारू बनाने की कमान आजसू और झा.स.स. के हाथों में आ गई थी। शायद इन्हीं दबावों का असर था कि दिल्ली के स्तर पर अलग राज्य की माँग गंभीर और जरूरी मानी जा रही थी। इसके बावजूद केंद्र और राज्य सरकार के साथ आजसू और जेपीपी की वार्त्ताएँ निरर्थक लगने लगी थीं। उस वक्त सबसे अवांछित पहलू यह था कि अलग राज्य आंदोलन का सबसे शक्तिशाली राजनीतिक संगठन मुक्ति मोर्चा ऐसी बैठकों से दूर रहकर उनका मखौल उड़ा रहा था। अब तक केंद्र यह परख चुका था कि मार्च 1993 का 'झारखंड बंद' और आर्थिक नाकेबंदी जोरदार और असरकारी साबित हुई थीं और इस तथ्य की अनदेखी के दूरगामी परिणाम सभी पक्षों को भारी मुश्किलों की गर्त में गिरा सकते थे।

निर्णायक दौर

ऐसे कठिन समय में डॉ. अमर कुमार सिंह की पहल काम आई और उनके प्रयत्नों से मुक्ति मोर्चा, केंद्र से वार्त्ता की मेज पर साझेदारी निभाने को राजी हुआ। इस दौरान शिखर वार्त्ता के तीनों पक्षों—केंद्र, राज्य और आंदोलनकारी के बीच राजनीतिक दाँव-पेंच, मोल-तोल, हठधर्मिता और सहमति-असहमति के अवसर कभी सामने, कभी नेपथ्य में आते-जाते रहे। लेकिन समझौते का कोई ऐसा बिंदु मिल नहीं पा रहा था, जो

विवाद के सभी पक्षों के हितों, अपेक्षाओं और आग्रहों को समंजित करता हो और जो सबको मंजूर भी हो। जैसे केंद्र द्वारा प्रस्तावित महापरिषद् का मॉडल सदान प्रतिनिधियों को स्वीकार नहीं हुआ, चूँकि वह संविधान द्वारा पूर्वोत्तर राज्यों के लिए स्वीकृत छठी अनुसूची के प्रावधानों को पाँचवीं अनुसूची के इस इलाके पर आरोपित करता था और नतीजतन, आदिवासियों के पक्ष में अधिक झुका हुआ था। ध्यातव्य है कि उन दिनों आदिवासी उत्साह का अतिरेक जब-तब छलक उठता था और प्रतिक्रिया में सदानों में अपनी पहचान की बेचैनी पहली बार जगी थी।

बिहार सरकार की अपनी दलीलें थीं और उसकी राजनीति के असहयोगी पैंतरे अमल में लाए जा रहे थे। वहाँ राजद की सरकार अल्पमत में आकर बाहरी समर्थन के सहारे चल रही थीं। मुक्ति मोर्चा ने जब इस स्थिति से लाभ उठाना चाहा कि बिहार विधान मंडल से झारखंड के गठन के पक्ष में सर्वसम्मत प्रस्ताव पारित करा दिया जाए तो उसके सारे विधायक सरकार गिराने के सवाल पर एकजुट नहीं हुए। केंद्र संबंधित पक्षों के बीच तालमेल बिठाकर किसी अनावश्यक संवैधानिक उलझन से बचना चाहता था। दूसरी तरफ अलग राज्य के पक्षधर झारखंड राज्य के सीमांत के सवाल पर बँटे हुए थे। कई पक्षों को चार पड़ोसी राज्यों में विभाजित झारखंड के वे तमाम जिले चाहिए थे, जिन्हें अंग्रेजों ने अपनी प्रशासनिक सुविधा के लिए अलग कर दिया था। अब कांग्रेस और भाजपा दोनों ही नए राज्य के गठन का श्रेय अपने खाते में दर्ज कराने के लिए दावेदारी जता रही थीं। इस प्रकार स्थिति जटिल और नाजुक बन गई थी।

अंततः सन् 1994 में अंतरिम स्वशासन की प्रयोगशाला बनी झारखंड क्षेत्र स्वशासी परिषद्, यानी उस साल 'जैक' का गठन हुआ। उन दिनों झारखंड आंदोलन अपने बुरे दिनों से गुजर रहा था। केंद्र की कांग्रेसी सरकार को अपना वजूद बचाने के लिए मुक्ति मोर्चा के सांसदों का समर्थन चाहिए था। वह मिला गया तो प्रतिदान में झारखंड क्षेत्र स्वशासी परिषद् भी मिली। केंद्रीय गृहमंत्री राजेश पायलट ने मुक्ति मोर्चा की मोराबादी रैली (राँची) में यह घोषणा की थी। बिहार की तत्कालीन जनता दल सरकार ने अनिच्छा से इसे मंजूर किया। झारखंड के कांग्रेसी इस निर्णय से खासे नाराज थे, क्योंकि उनका मानना था कि केंद्र सरकार यूनियन टेरेटोरी देने के लिए भी तैयार थी। उनके अनुसार जैक के गठन का फैसला तो मुक्ति मोर्चा की जिद पर लिया गया था।

उस समय झारखंड क्षेत्र से भाजपा के कुल 14 में 12 सांसद विजयी हुए थे, जबकि यह उपहार कांग्रेसी केंद्र ने दिया था। तो भी भाजपा और कांग्रेस ने स्वशासी परिषद् का संपूर्ण बहिष्कार किया था। नतीजा यह निकला कि उस परिषद् पर मुक्ति

मोर्चा और जनता दल का नियंत्रण स्थापित हो गया। अप्रैल 1988 में भाजपा ने अपने आगरा अधिवेशन में 'वनांचल' नाम से एक अलग राज्य का प्रस्ताव स्वीकृत किया। किसी राष्ट्रीय दल ने पहली बार अपने चुनाव घोषणा-पत्र में छोटानागपुर-संताल परगना क्षेत्र के लिए अलग राज्य की माँग शामिल की थी।

झारखंड आंदोलन और राजनीति के उस अंतिम दशक पर नजर डालें तो यही लगता है कि केंद्र और अविभाजित बिहार की सरकारों ने कई अनुकूल फैसले अपने राजनीतिक संकट से उबरने की मजबूरी में लिये थे। अवसर चाहे गृह मंत्रालय द्वारा झारखंड विषयक समिति की रिपोर्ट संसद् में पेश करने का हो, स्वशासी परिषद् के गठन का हो या उस परिषद् को अधिकारसंपन्न बनाने का हो, इन सभी मामलों में जनहित या विवेक की नहीं चली, बल्कि लाभ-हानि का हिसाब जरूर कारगर हुआ। जब लालू प्रसाद यादव चारा घोटाले की गिरफ्त में पूरी तरह आ गए तो जनता दल का विभाजन हुआ और बिहार में नवगठित राष्ट्रीय जनता दल की सरकार अल्पमत में आ चुकी थी। जुलाई 1997 में उसे राज्य विधानसभा के वर्षाकालीन सत्र में अपना बहुमत सिद्ध करने के लिए निर्दलीय विधायकों के अलावा झामुमो के 16 विधायकों का समर्थन भी तत्काल चाहिए था। उस सहयोग के एवज में मोर्चा ने अधिकारविहीन 'जैक' के लिए कई विशेषाधिकारों की शर्त पर लालू की मुहर जुटा ली। इस सौदेबाजी में अध्यक्ष को उपमुख्यमंत्री, उपाध्यक्ष को कैबिनेट मंत्री और कार्यकारिणी के सदस्यों को उपमुख्यमंत्री का दर्जा मिल गया। इसके बावजूद झारखंड स्वशासी परिषद् की अकर्मण्यता हमेशा सुर्खियों में रही। राजद और झामुमो के बीच कई तरह की खींचतान में घिसटती हुई यह स्वशासी परिषद् सन् 1998 में राबड़ी सरकार द्वारा भंग कर दी गई। साथ ही उसके अध्यक्ष और उपाध्यक्ष को बरखास्त कर दिया।

इसके बाद बिहार पुनर्गठन विधेयक के तहत झारखंड अलग राज्य के गठन का मामला कुछ तो राजद अध्यक्ष लालू प्रसाद यादव और उनकी राज्य सरकार के राजनीतिक पैंतरों के चलते आगे-पीछे होता रहा और कुछ केंद्र में तुरंत-तुरंत बदलती अस्थिर सरकारों की वजह से टलता रहा। इस प्रश्न पर क्रांग्रेस, भाजपा, राजद, सी.पी. आई. माले के अपने तर्क-कुतर्क जो भी रहे हों, झारखंड नामधारी पार्टियों में भी नए राज्य की भौगोलिक सीमा के बारे में एक राय नहीं बनी थी। इस तरह राज्य के नाम, क्षेत्र और दलीय हितों के तिराहे पर केंद्र और राज्य के पाले में यह मस्ला झूलता रहा।

अंततः अप्रील, 2000 में बिहार विधानमंडल द्वारा बिहार पुनर्गठन विधेयक पारित कर दिया गया। इससे पहले उत्तर प्रदेश और मध्य प्रदेश ने अपने-अपने राज्यों के

पुनर्गठन से संबधित विधेयक पारित कर केंद्र को भेज दिया था। फलतः संसद् के मानसून सत्र में छत्तीसगढ़ से संबधित विधेयक 31 जुलाई को और उतरांचल विधेयक 1 अगस्त को संसद् में रखा गया और पारित हुआ, जबकि बिहार पुनर्गठन विधेयक 2 अगस्त को संसद् लोकसभा में रखा गया और मार्क्सवादी कम्युनिस्ट पार्टी, राष्ट्रीय जनता दल और बीजू जनता दल के वॉकआउट के बावजूद ध्वनिमत से पारित हुआ। बीजू जनता दल सरायकेला और खरसावाँ क्षेत्र को उड़ीसा में मिलाना चाहता था। इस विधेयक को राज्यसभा की मंजूरी 11 अगस्त को मिली।

राज्य गठन के बाद का परिदृश्य

15 नवंबर, 2000 की आधी रात को देश के अट्ठाईसवें राज्य के रूप में झारखंड राज्य का गठन आधी सदी के आंदोलनात्मक सफर का आखिरी पड़ाव रहा। तब से आज तक इस नवगठित राज्य ने क्या पाया और क्या खोया, यह आकलन जारी है। इस बारे में अलग-अलग नजरिए से समीक्षा के नतीजे अलग हो सकते हैं और वे मीडिया की मार्फत लगातार सामने आते रहे हैं। तो भी कई बातें विवाद से परे रह सकती हैं। जैसे अलग राज्य की स्थापना से इस प्रदेश और समाज के सभी जाति वर्गों की अपेक्षाएँ बढ़ गईं। विभिन्न धार्मिक, भाषाई, सांस्कृतिक और जातीय समूहों की अधिकार-चेतना हठधर्मी होकर अराजक ढंग से सामने आने लगीं। नई राजधानी में रैलियों, सभाओं, सम्मेलनों, बैठकों, सेमिनारों का रोजाना सिलसिला एक नए उद्योग की तरह विकसित हो गया। सुनाम और गुमनाम विशेषज्ञों और बौद्धिकों का प्रचारित जलवा आम आदमी के सिर के ऊपर से गुजर रहा था। जिस तेजी से सरकारी विभागों में रिश्वतखोरी बढ़ी, उसकी दूनी रफ्तार से नक्सली गतिविधियों का आतंक पसरता रहा। झारखंडी समाज के घटकों के बीच वर्चस्व की होड़ अचानक बेतहाशा तेज हो गई। इससे विभिन्न वर्गों के बीच फासले बढ़े और पुरानी समरसता टूटी। राजनीतिक दलों और नेताओं की आपसी स्पर्धा और आचरण से संबंधित लतीफे खुली चर्चा में और संसदीय व्यवस्था लाचार भटक रही थी। वैचारिक असहमतियाँ मुठभेड़ की शक्ल ले रही थीं। आरोपों, प्रत्यारोपों, आक्षेपों और ताल ठोंकती घोषणाओं से माहौल गरम हुआ। भ्रष्टाचार और हिंसा का ग्राफ तेजी से ऊपर उठ रहा था।

इस राज्य की स्थापना की दसवीं वर्षगाँठ के जश्न का दिन बीत चुका और अगली वर्षगांठ का इंतजार था। हर कोने में यह पूछा जा रहा था कि इस बीच कितना विकास हुआ और किसका विकास हुआ? झारखंड आदोलन से जुड़े मामले वापस लेने की सरकारी प्रक्रिया सामान्य गति से जारी है और डोमिसाइल से जुड़े मुकदमे वापस लेने का फैसला

भी लिया जा चुका है, लेकिन इन मामलों में कोई निश्चित या ठोस प्रगति नहीं बतलाई जा सकती। झारखंड आंदोलन से जुड़े लोग अब भी कहते हैं कि शहीदों के सपने सच नहीं हुए और संघर्ष और बलिदान को अपेक्षित सम्मान नहीं मिला। सबसे बड़ा फर्क यह दिखता है कि पिछले दशकों में जो लोग झारखंड की सत्ता पर काबिज हैं, उनमें से अधिकतर लोग आंदोलन और संघर्ष के दिनों में नेतृत्व की अगली कतार में कहीं नहीं दिखे थे। लगभग नब्बे साल तक जिस बिहार से संयुक्त रहा यह क्षेत्र, उसकी कार्य संस्कृति में रच-बसकर भी उससे दूर होने की छद्म निष्ठा बार-बार प्रचारित-विज्ञापित होती रही है।

आज के झारखंड में सामाजिक-राजनीतिक तापमान और उफान तय करते हैं आरक्षण, अधिवास और आदिवासी स्वशासन के सवाल। विकास का मसला चर्चाओं में सबसे ऊपर है, मगर विस्थापन, भ्रष्टाचार और उग्रवादी लेवी के नाम पर बुरी तरह घिसट रहा है। पिछले दिनों भूमिपुत्र की जो नई परिभाषाएँ गढ़ी गई थीं, अब उनमें कई तरह के संशोधन सुझाए जा रहे हैं। हर साल जनजाति होने की दावेदारी के मामले इस राज्य में बढ़ रहे हैं और ऐसे समुदायों की तालिका लंबी होती नजर आ रही है। सर्वाधिक विवाद कुड़मियों को इस दायरे में पुनःप्रवेश दिए जाने की सिफारिश से उत्पन्न हुआ है। परसों तक जो 'दिकू' माने जाते थे और कल तक जो खुद को सदान कह-मानकर संतुष्ट थे, वे भी अब अपने को आदिवासी शब्द के वजन पर मूलवासी होने की सनद चाहते हैं।

एक तरफ बड़े पैमाने पर पूँजी निवेश की आकांक्षी लंबोदर कंपनियों से पिछली सरकारें, विकास और रोजगार के अवसर के नाम पर करार करती आ रही हैं, तो दूसरी तरफ उसका घनघोर विरोध भी हो रहा है। इस बीच सांस्कृतिक राज्यवाद की अंधी आँधी कुछ समय के लिए तेज बही थी और आज भी उसे खाद-पानी मुहैया करने में कोई किसी से पीछे रहना नहीं चाहता। ऐसे धूप-छाँही मौसम में झारखंड किधर जा रहा है, यह बता पाना आसान नहीं है। राज और समाज की अराजक दिशाहीनता उसे कहाँ पहुँचाएगी, इसका निर्णय तो आने वाला कल ही कर सकता है।

क्षेत्रीय राजनीति के रंग : पहले दशक के ढंग

झारखंड राज्य की स्थापना के समय ही राजनीतिक दलों की शतरंजी व गिरगिटी चालों से क्षेत्र की जनता का परिचय बखूबी हो चुका था। 'जैक' के गठन से लेकर झारखंड अलग राज्य की स्थापना तक की अखबारी रपटों के जरिए कांग्रेस, भाजपा, राजद और झारखंड मुक्ति मोर्चा के हठधर्मी और दुराग्रही रुख तथा पार्टी हित की सर्वोपरि

चिंता किसी के लिए अनजानी नहीं रह गई थी। सरकार बनाने के सर्कसी खेल से लोग सस्पेंस का लुत्फ उठाते रहे। पहली सरकार के गठन के दौरान राष्ट्रीय और क्षेत्रीय पार्टियों ने दलों और स्वाधीन विधायकों को अपने खेमे में लाने के लिए जितनी तरह के करतब किए, उनसे न केवल उनके जनसेवा व्रत का पाखंड उजागर हुआ, बल्कि उनके प्रबंधकीय कौशल की दरिद्रता का भी अंदाजा लगा। उस दलदली माहौल में जब-तब संवैधानिक पद की गरिमा भी झींटदार होती दिखी।

पहली सरकार के गठन के लिए झामुमो और भाजपा दोनों की पहलकदमी अनगढ़ और अव्यवस्थित दिखी। जब बाबूलाल मरांडी ने 6 नवंबर को केंद्रीय मंत्री पद से इस्तीफा दिया और कड़िया मुंडा को केंद्रीय मंत्रिपरिषद् में लेने की घोषणा हुई तो यह संदेश मिला कि मरांडी नए राज्य के पहले मुख्यमंत्री होने जा रहे हैं। उनके पटना पहुँचने पर तत्कालीन बिहार सरकार ने बुलेट पूफ कार और सुरक्षा का विशेष प्रबंध सुलभ कराया तो मुख्यमंत्री पद पर उनकी ताजपोशी की उम्मीद पक्की होती लगी। लेकिन झारखंड मामलों के भाजपा प्रभारी मुख्तार अब्बास नकवी, राष्ट्रीय उपाध्यक्ष कैलासपति मिश्र और पार्टी प्रवक्ता श्रीकृष्णमूर्ति के बयानों से वस्तुस्थिति स्पष्ट होने की जगह और उलझ गई। कड़िया मुंडा ने केंद्रीय मंत्रिपरिषद् में जाने से इनकार कर दिया। बाद में स्थिति जैसे-तैसे सँभाल ली गई।

दूसरी तरफ शिबू सोरेन ने राजग में सहयोगी दल होने के नाते दिल्ली में पहले भाजपा नेतृत्व के सामने मुख्यमंत्री पद पर अपनी दावेदारी पेश की। जब वहाँ कामयाबी नहीं मिली तो वे राजग गठबंधन के संयोजक जॉर्ज के पास इस प्रस्ताव के साथ पहुँचे कि उत्तर प्रदेश में चल रही भाजपा-बसपा साझेदारी की तरह झारखंड में भी छह-छह माह के लिए मुख्यमंत्री पद को भाजपा-मुक्तिमोर्चा के बीच विभाजित कर दिया जाए। लेकिन वहाँ भी उनकी बात नहीं सुनी गई तो वे पटना पहुँचे और लालू प्रसाद की मदद माँगने लगे। पहले उन्होंने धर्मनिरपेक्ष जनतांत्रिक गठबंधन के नाम पर राजद, कांग्रेस और वामपंथियो का समर्थन जुटाने की असफल कोशिश की और कड़िया मुंडा के कथित असंतोष के नाम पर बयान जारी किया कि विक्षुब्ध कड़िया और उनके समर्थक भाजपा विधायक शिबू खेमे में आना चाहते हैं। शिबू सोरेन की यह नाटकीय जद्दोजहद उस समय क्लाइमेक्स पर पहुँच गई, जब 15 नवंबर की रात मुख्यमंत्री के शपथ ग्रहण से कुछ देर पहले वे कांग्रेस विधायक दल के नेता फुरकान अंसारी के साथ छत्तीस समर्थक विधायकों की सूची लेकर राज्यपाल से मिलने जा पहुँचे थे। लेकिन शिबू सोरेन की कोशिश यहाँ भी नाकाम रही और बाबूलाल मरांडी ने झारखंड के पहले मुख्यमंत्री के

रूप में शपथ ली। इस ऐतिहासिक अवसर पर झारखंड पार्टी के अध्यक्ष एनई होरो का अनामंत्रित व उपेक्षित रह जाना एक अवांछित दृष्टांत रहा।

मार्च 2003 में सरकार को अस्थिर करने, विक्षुब्ध मंत्रियों द्वारा पाला बदलने, नेतृत्व परिवर्तन की माँग होने का जो रिवाज शुरू हुआ, उससे झारखंड की राजनीति काफी समय तक अस्थिर और विचलित होती रही। इस गुटबाज गिरोहबंदी के पहले शिकार साझा सरकार के मुखिया बाबूलाल मरांडी हुए, जब उनके मंत्रिमंडल के सात विक्षुब्ध सहकर्मियों ने उनको हटाने की माँग रखी। उल्लेख्य है कि इन विक्षुब्ध मंत्रियों ने किसी नीतिगत मतभेद का खुलासा नहीं किया, चूँकि ऐसी कोई बात थी ही नहीं। उनके असंतोष का मुद्दा व्यक्तिगत था कि वे सब अपने विभागीय सचिवों को बदलना चाहते थे, मंत्रियों के अधिकारों में वृद्धि करना चाहते थे, बिना टेंडर के ठेका देने का अधिकार पाना चाहते थे, यानी अपनी कमाई के लिए निरंकुश होना उनका सबसे बड़ा एजेंडा था। उनका यह दबाव असरदार नहीं हुआ तो उन लोगों ने मंत्रिमंडल से इस्तीफा देकर विपक्षी विधायकों के समर्थन से सरकार बनाने का दावा पेश कर दिया। राजग गठबंधन के शीर्ष स्तर पर विक्षुब्धों को नियंत्रित करने की कोई प्रभावी पहल नहीं हो सकी तो मुख्यमंत्री मरांडी ने 17 मार्च को अपनी पार्टी के प्रदेश अध्यक्ष और राज्यपाल को इस्तीफा सौंप दिया। अगले दिन गठबंधन में शामिल दलों, जिसमें समता पार्टी और जदयू के कथित विक्षुब्ध मंत्री भी शरीक थे, की सहमति से अर्जुन मुंडा मुख्यमंत्री के रूप में चुने गए। फिर 18 मार्च, 2003 को अर्जुन मुंडा ने मुख्यमंत्री पद की शपथ ली। उल्लेख्य है कि पूरे विपक्ष ने नए मुख्यमंत्री के शपथ-ग्रहण का बहिष्कार किया था।

इस नेतृत्व परिवर्तन से कोई बड़ा बदलाव सामने नहीं आया, बल्कि नई बोतल में पुरानी शराब वाली कहावत के नए उदाहरण भर मिले। मुंडा मंत्रिमंडल में असंतुष्ट-विक्षुब्ध मंत्रियों को मनचाहे विभाग मिल गए। सरकार के कामकाज पर इससे कोई खास फर्क नहीं पड़ा। सत्ता के सारे मोहरे अपनी पुरानी चालें चलते रहे। झारखंड में सत्ता सौदेबाजी और उलट-फेर के कई यादगार अवसर सन् 2004 में भी सामने आए। ढाई साल तक मुख्यमंत्री के रूप में नेतृत्व देते रहे बाबूलाल मरांडी ने 'द टाइम्स ऑफ इंडिया' और 'प्रभात खबर' में छपे एक साक्षात्कार में (24 और 25 मार्च, 2003) अपने दो पूर्व सहयोगियों पर आरोप लगाया था कि राजस्व मंत्री ने निबंधन विभाग लेने के एवज में 50 लाख देने का प्रस्ताव किया था और ऊर्जा मंत्री ने 2090 करोड़ की लागत से टी.वी.एन.एल. की विस्तारीकरण परियोजना को अपने स्तर से अंतिम रूप देते हुए अपने लिए 40 करोड़ रुपयों का इंतजाम कर लिया था। बाद में जदयू कोटे से मुंडा सरकार में

मंत्री रहे मधु सिंह राज्यसभा चुनाव में एक व्यवसायी को लाभ पहुँचाने के साक्ष्य मिलने पर पार्टी की प्राथमिक सदस्यता से वंचित किए गए और मंत्रिपरिषद् से भी बरखास्त हुए। बाद में एक और मंत्री यमुना सिंह भी बरखास्त किए गए। जदयू में दूसरा तूफान तब आया, जब अक्तूबर में विधानसभा अध्यक्ष के पद से इंदरसिंह नामधारी ने त्याग पत्र दे दिया और बाद में रामचंद्र केसरी, लालचंद महतो और मधु सिंह राष्ट्रीय जनता दल में चले गए। जहाँ तक सरकार के सबसे बड़े घटक दल भाजपा की बात है, उस साल उसके प्रदेश अध्यक्ष रघुवर दास बनाए गए और अर्जुन मुंडा को संवैधानिक बाध्यता के कारण अपने मंत्रिमंडल का आकार सीमित करना पड़ा। झामुमो और शिबू सोरेन के लिए यह साल मुसीबतों का पहाड़ लेकर आया। केंद्र में कोयला मंत्री बनने के कुछ ही दिन बाद चिरुडीह हत्याकांड के एक बहुत पुराने मामले में उनके खिलाफ अदालत ने गिरफ्तारी का वारंट और कुर्की-जब्ती का आदेश जारी कर दिया। कुछ समय तक इसकी अनदेखी करने के बाद हो-हल्ला मचने पर उन्होंने कोर्ट में आत्मसमर्पण कर दिया, पर उन्हें एक महीने तक जेल में रहना पड़ा और अंततः उन्हें मंत्री पद भी छोड़ना पड़ा।

सन् 2005 में राज्य का सियासी माहौल इतना कलुषित हुआ कि उसकी अनुगूँज देशव्यापी हुई और कीचड़ के चंद धब्बे संवैधानिक पद की गरिमा को भी दागदार बनाते प्रतीत हुए। बात यह थी कि वर्ष के आरंभ में विधानसभा चुनावों के जो परिणाम आए, वे राजग गठबंधन का बहुमत बतला रहे थे। फरवरी में राजग और संप्रग-एन.डी.ए. और यू.पी.ए.-दोनों ने नई सरकार बनाने का अपना-अपना दावा राज्यपाल के सम्मुख पेश किया था। 1 मार्च को अर्जुन मुंडा ने राज्यपाल सैयद सिब्ते रजी को 41 विधायकों की सूची दी और पाँच निर्दलीय विधायकों की परेड भी करा दी। सबको चकित करते हुए महामहिम राज्यपाल ने 2 मार्च को शिबू सोरेन को मुख्यमंत्री और छह अन्य को कैबिनेट मंत्री पद की शपथ दिला दी।

3 मार्च को राष्ट्रपति ए.पी.जे. अबुल कलाम आजाद ने राजग विधायकों की परेड को देखने के बाद शिबू सोरेन को विश्वास मत प्राप्त करने की समय-सीमा को घटाने का निर्देश राज्यपाल को दिया। इसी बीच अर्जुन मुंडा की याचिका पर सुप्रीम कोर्ट की तीन सदस्यीय पीठ ने निर्णय देते हुए 9 मार्च को कहा कि विधानसभा में शक्ति परीक्षण 15 मार्च की बजाय 11 मार्च को कराया जाए। संभवतः केंद्रीय गृहमंत्री की सलाह पर 11 मार्च को शिबू सोरेन ने विश्वास मत की प्रक्रिया शुरू होने से पहले त्याग पत्र दे दिया, तब इस कांड का अंत हुआ।

फिर 12 मार्च, 2005 को अर्जुन मुंडा ने दूसरी बार मुख्यमंत्री पद की शपथ ली।

इस बार मुख्यमंत्री को मंत्रिमंडल के गठन के तुरत बाद जदयू विधायकों के आपसी विवाद के कारण फेरबदल करना पड़ा। राधाकृष्ण को हटाकर उनकी जगह जलेश्वर महतो को कैबिनेट मंत्री का पद देना पड़ा। मंत्रिमंडल की इस बारह सदस्यीय टीम में नई टीम में दो निर्दलीय भी थे—मधु कोड़ा और हरिनारायण राय। कमलेश सिंह राकांपा के और एनोस एक्का झापा के अकेले सदस्य थे और पार्टी अनुशासन से ऊपर दिखते रहे। बाद में एनोस एक्का ने अपनी पार्टी का विभाजन करा दिया और खुद अध्यक्ष बन बैठे।

संसदीय व्यवस्था में मौजूदा सरकार को गिराने और बचाने की तैयारियाँ हमेशा चलती रहती हैं। इसमें कुछ भी गलत नहीं है। काफी दिनों से झारखंड का सियासी माहौल खासा गरम है, लेकिन जब सन् 2006 में भाजपा के कद्दावर पूर्व मुख्यमंत्री बाबूलाल मरांडी ने भाजपा छोड़ी और लोकसभा से इस्तीफा दिया, तब उस बेवक्त जलजले में भाजपानीत सरकारी नाव हिचकोले खाने लगी थी और कांग्रेस समेत पूरा विपक्ष अचानक मिल गए तोहफे जैसे इस मौके पर काबिज होने के लिए बेचैन हो गया था। कांग्रेस और मरांडी की सदाबहार लगनेवाली दोस्ती उन दिनों जब-तब टकराने लगती। रोज-रोज जारी हो रहे और लगातार बदलते रहे बयानों से यह कयास लगाना मुश्किल था कि आने वाले दिनों में शक्ति संतुलन किसके पक्ष में झुका होगा और नए समीकरणों में कौन कहाँ दिखेगा! निष्कर्षत: पुराने समीकरण लड़खड़ाते नजर आए और नए गठबंधन की तसवीर साफ नहीं हुई।

उस वक्ती उबाल से अर्जुन मुंडा की सरकार तुरंत नहीं गिरी और न ही विधानसभा के अस्थिर होने के संकेत मिले। माना जा रहा था कि सत्ता और विपक्ष दोनों खेमों के अधिकांश विधायक अपनी पारी के सिर्फ डेढ़ साल बाद मध्यावधि चुनाव के लिए तैयार नहीं थे, बल्कि सरकार पर इससे ज्यादा बड़ा दबाव उस वक्त लाभ के पद का मामला पैदा कर रहा था। राज्यपाल ने उससे संबंधित अर्हता निवारक विधेयक को दो महीने रोककर लौटा दिया था। उसे विधानसभा में दोबारा पारित कर राज्यपाल के पास अग्रसारित करने में जितना समय लगता, अगर उससे पहले चुनाव आयोग का प्रतिकूल निर्णय आ जाता तो सरकार जा सकती थी।

लेकिन बाद में मुंडा सरकार जिन दूसरे कारण से गिरी, उस पर विचार अपेक्षित है। कहते हैं, अर्जुन मुंडा निर्दलियों के दलदल में उनके न्यस्त स्वार्थों की रणनीति से मात खा गए। अब तक विधानसभा चुनावों में खंडित जनादेश मिलने के कारण झारखंड में जो सियासी माहौल बना-मिला, उसमें बहुमत की चाबी हर बार निर्दलीय या छोटे दलों के अकेले विधायकों के हाथ में रही। कांग्रेस, भाजपा और झामुमो की सत्ता की

ललक से राज्य में रस्साकशी का जो वातावरण तैयार हुआ, उसका नुकसान अवाम को मिला और लाभ हाशिए में पड़े-खड़े छोटे दलों और निर्दलीय विधायकों ने उठाया। न नीति की बहस, न सिद्धांत की प्रतिबद्धता, न विकास का कार्यक्रम। निजी लाभ के लिए पावर उनका एजेंडा रहा। नतीजतन, राजनीति धन-वर्षा का रोजगार बन गई। मधु कोड़ा, एनोस एक्का, कमलेश सिंह, हरिनारायण राय, भानुप्रताप शाही, जोबा मांझी, बंधु तिर्की जैसे नाम एक ट्रेंड के प्रतीक बन गए। इन लोगों ने मनमर्जी मौसम के अनुरूप कपड़े बदलने के अंदाज में परस्पर विरोधी पार्टियों से सरोकार बनाए-बिगाड़े। समग्रता में देखें तो झारखंड में निर्दलीय विधायकों ने दलबदल कानून से मिली मुक्ति का खूब उपयोग व दुरुपयोग किया। कई सरकारें उनके करवट बदलने से धराशायी होती रहीं।

इसी प्रकार सन् 2006 में 17 सितंबर को जब मुंडा सरकार की नाटकीय बिदाई और निर्दलीय मुख्यमंत्री के रूप में झामुमो और कांग्रेस के समर्थन से मधु कोड़ा की ताजपोशी हुई तो उस दौरान सियासी जोड़-तोड़, सौदेबाजी, मोल-तोल और मान-मनौवल के कई पुराने रिकॉर्ड टूटे और कई नए रिकॉर्ड बने।

कथित गठबंधन धर्म को आचरण में उतारते हुए बड़े दलों व नेताओं ने अपने सधे कंठों से जो कोरस पेश किया, उसमें सिद्धांत गान, सत्यनिष्ठा भजन, नियम और अनुशासन गीत, पार्टी स्टैंड और अंतरात्मा की आवाज के अजीबोगरीब तराने शामिल थे। ऐसे अनगिनत अवसरों पर नेतागण वॉशिंग पाउडर निरमा की पैरोडी की तरह बेसुरे आलापों में अपनी सफेदी के गुण गाते रहे। अगर उन अनमोल वचनों का संग्रह किया जाए तो संसदीय राजनीति की बेचारगी का नायाब संदर्भ ग्रंथ तैयार हो जाएगा। लेकिन लोकतंत्र की परंपरा है कि संसद् भी अपने सदस्यों के असंसदीय व्यवहार और वक्तव्य को अपने अभिलेखों में शामिल नहीं करती है। इतिहास की पुस्तक को भी वहाँ से यही प्रेरणा लेनी चाहिए।

नवगठित राज्य के छठे साल पाँचवें मुख्यमंत्री बनकर मधु कोड़ा ने राजनीतिक कौशल के कई चमत्कार दिखाए। निर्दलीय होकर भी लगभग दो साल तक झारखंड जैसे राज्य में सत्ता संतुलन को अपने पक्ष में बनाए रखना कोई मामूली बात नहीं थी। सच है कि उन्होंने राज्य राजनीति के अंतर्विरोधों को ठीक पहचाना था और उसे कुशलतापूर्वक संचालित भी किया था। जिस समय मधु कोड़ा तीन सहयोगी मंत्रियों के साथ पाला बदलकर मुंडानीत राजग सरकार का तख्ता पलट रहे थे, उस समय शिबू सोरेन केंद्र में कोयला मंत्री थे। इसलिए कोड़ा को मुख्यमंत्री बनने का अवसर मिला। सोरेन कोड़ा को समर्थन देने के लिए इसलिए विवश थे कि यू.पी.ए. गठबंधन में अपने लिए बहुमत

जुटाना उनके लिए संभव नहीं था। राजद और कांग्रेस दोनों इसके लिए तैयार नहीं थे।

बाद में मधु कोड़ा ने बहुत सूझ-बूझ के साथ अपनी स्थिति को मजबूत किया। उनकी कूटनीतिक सफलता का उदाहरण है कि आजसू के चंद्रप्रकाश चौधरी उनके सहयोगी मंत्री रहे, जबकि उसी पार्टी के अध्यक्ष व चौधरी के निकट संबंधी सुदेश महतो विपक्षी कतार में बैठते थे। इसी तरह का दूसरा उदाहरण यह कि फारवर्ड ब्लॉक के भानुप्रताप शाही उनके कैबिनेट सहयोगी बने तो उसी ब्लॉक की विधायक अपर्णा सेनगुप्ता विपक्षी खेमे में जगह पाती थीं। झारखंड भाजपा के विभाजन से भी कोड़ा ने लाभ लिया। मरांडी समर्थक पाँच विधायकों की सदस्यता रद्द होने के खतरे से भी उन्हें मदद मिली। उन्हीं दिनों पाँच निर्दलीय विधायकों के खिलाफ भी दल-बदल कानून का मामला लंबित था—एनोस एक्का, बंधु तिर्की, भानुप्रताप शाही, कमलेश सिंह और स्टीफन मरांडी। तीन अन्य भाजपा विघयक राज्यसभा चुनाव के स्टिंग ऑपरेशन में फँसे हुए थे। इन तेरह विधायकों के खिलाफ काररवाई में तेजी नहीं लाकर मधु कोड़ा ने उन सबसे मधुर संबंध बनाए रखा।

इस कामयाबी के बावजूद कोड़ा सरकार की मुश्किलें बढ़ती रहीं। उनके द्वारा समर्थित भ्रष्टाचार के समाचार मीडिया के शीर्षकों में जगह पाते रहे और विधानसभा में अनियमितताओं, घोटालों और विफलताओं की तल्ख आलोचलाएँ जारी रहीं। कांग्रेस के झारखंड प्रभारी अजय माकन कोड़ा सरकार की कार्यकुशलता पर चुभते सवाल उठाते रहे और समर्थन वापसी की अल्टीमेटम की तारीखें देते-बढ़ाते रहे। लेकिन मधु कोड़ा पर असली तलवार तब लटकी, जब 22 अगस्त, 2007 को दिल्ली हाईकोर्ट ने शशिनाथ झा हत्याकांड में निचली अदालत से मिली आजीवन कारावास की सजा को निरस्त करते हुए शिबू सोरेन को बरी कर दिया। इस रिहाई के बाद मधु कोड़ा को हटाकर मुख्यमंत्री पद पर शिबू सोरेन को बिठाने की माँग तेज हो गई। कोड़ा ने आखिरी बोली लगाई—'शिबू राज्य में यू.पी.ए. की स्थायी अध्यक्ष बने रहेंगे। उनके लिए कुरसी छोड़ने में कोई हिचक नहीं है, लेकिन यह फैसला मैं अकेले नहीं कर सकता। यू.पी.ए. नेतृत्व ने मुख्यमंत्री बनाया था, उसकी इच्छा होगी तो मैं कुरसी छोड़ दूँगा।'

26 अगस्त को मधु कोड़ा ने इस्तीफा दिया और 28 अगस्त को शिबू सोरेन ने दूसरी बार झारखंड के मुख्यमंत्री पद की शपथ ली। उस समय वे सांसद थे। लिहाजा अगले छह महीनों के अंदर उनके लिए राज्य विधानसभा की सदस्यता अनिवार्य थी, लेकिन वे तमाड़ में विधानसभा का उपचुनाव हार गए और 18 जनवरी, 2010 को मुख्यमंत्री पद से त्याग पत्र देने के लिए विवश हो गए। इस प्रकार 19 जनवरी से राज्य

में राष्ट्रपति शासन लागू हुआ और 29 दिसंबर, 2010 तक जारी रहा।

सन् 2010 के आरंभ में विधानसभा चुनाव के जो परिणाम आए, उसके अनुसार एक बार फिर राज्य को त्रिशंकु विधायिका मिली। इस चुनाव में गठबंधन न होने के बावजूद कांग्रेस ने बाबूलाल मरांडी की नई पार्टी झारखंड विकास मोर्चा से दोस्ताना संबंध कायम किया था। सरकार बनाने के जादुई आँकड़े के खेल में भाजपा के साथ हाथ मिलाकर शिबू और झामुमो एन.डी.ए. की छतरी तले आ गए। इस तरह शिबू सोरेन ने तीसरी बार राज्य के मुख्यमंत्री पद की शपथ 30 दिसंबर को ली। इस बार इन दो बड़े दलों के बीच छह-छह महीने के लिए सरकार के नेतृत्व की अदला-बदली करने की सहमति बनी थी। जब छह महीने गुजर जाने के बावजूद शिबू और उनका दल इस सहमति को क्रियान्वित करने के लिए तैयार नहीं हुआ तो कई दौरों की विफल वार्त्ता के बाद केंद्रीय भाजपा नेतृत्व ने सरकार से समर्थन वापसी का निर्णय ले लिया।

अब अल्पमत में आ चुकी शिबू सरकार के सामने त्याग पत्र देने के अलावा कोई उपाय नहीं था। 31 मई, 2010 को शिबू सोरेन ने इस्तीफा दिया। पहले भी केंद्रीय मंत्रिमंडल में शामिल होने के बाद उन्हें तीन बार इस्तीफा देना पड़ा था। इस तरह उनके साथ सत्ता और संकट साथ-साथ चलते रहे। उनके क्रांतिकारी अतीत से विपथगामी वर्तमान का कोई मेल नहीं दिखता। कभी बाबूलाल मरांडी ने उनके बारे में ठीक लिखा था—'यदि गुरुजी ने राजनीति में चुनाव नहीं लड़ा होता तो आज वे गांधी और जयप्रकाश की श्रेणी में खड़े दिखते।'

इस प्रकार यह राज्य समय के छोटे से अंतराल पर दूसरी बार 1 जून, 2010 को राष्ट्रपति शासन के अधीन आ गया। इस बीच विवादों से भरे पूर्व राज्यपाल सैयद सिब्ते रजी यहाँ से जा चुके थे और के. शंकरनारायणन का आगमन हो चुका था। नए राज्यपाल ने कम समय में कई कल्याणकरी कदम उठाए तो उनके सुशासन से जनसाधारण की मुश्किलें कुछ कम होती लगीं। राज्यपाल के सलाहकारों ने भी कई कारगर उपाय किए तो जनप्रतिनिधियों में बेचैनी घर करने लगी कि अपने क्षेत्र के छोटे-बड़े कामों के लिए भी उनके अधिकार कुतरे जा रहे थे!

फल यह हुआ कि लोकप्रिय सरकार के गठन पर विचार हर सियासी चौपाल का पहला एजेंडा बन गया। इस समय भाजपा, झामुमो, राजद, झाविमो और कांग्रेस-सभी अपने-अपने अंतर्विरोधों से त्रस्त थे। बहुमत का आँकड़ा जुटाने में सबके सामने अपनी-अपनी मुश्किलें थीं। झाविमो की शर्तों पर उसके दबाव के बावजूद कांग्रेस आगे बढ़ने को तैयार नहीं हुई। भाजपा के अंदर अर्जुन मुंडा और रघुवर दास के समर्थकों के बीच कड़ी

प्रतियोगिता थी। इस लड़ाई में केंद्रीय नेतृत्व भी बँटा नजर आ रहा था। झामुमो के बीच भी कुछ लोग पूरी तरह कांग्रेस के पक्ष में झुके थे तो कुछेक भाजपा के साथ तालमेल के खुले पक्षधर थे। बहुत खींचतान और उठा-पटक के बीच अर्जुन मुंडा का तीर लक्ष्य-वेध में सफल हुआ और भाजपा-झामुमो की साझा सरकार का रास्ता तैयार हुआ। अर्जुन मुंडा ने 11 सितंबर, 2010 को तीसरी बार राज्य के मुख्यमंत्री पद की शपथ ली।

राज्य गठन के बाद के दस वर्षों के परिदृश्य पर समग्रता में विचार करें तो यह समझ बनेगी कि जब तक विधानसभा में सुस्पष्ट बहुमत का अकाल रहेगा और विधायिका खंडित जनादेश के कारण त्रिशंकु स्थिति में बनी रहेगी, तब तक सुशासन एक स्वप्न रहेगा। आज की झारखंडी राजनीति 'मुंडे मुंडे मर्तिभिन्ना' की मानसिकता में चल रही है। दुराग्रहों के बीच सर्वानुमति की खोज तो दूर की चीज है, राजनीतिक स्थिरता के लिए जरूरी बहुमत का प्रबंधन भी दुर्लभ है। अगर विधानसभा की सीटें जरूरत के मुताबिक बढ़ाई जाएँ तो दो-एक बटखरों के पलड़ा बदलने से तराजू का संतुलन विचलित नहीं होगा। विधानसभा के पटल पर विवादों पर विराम का रास्ता यहाँ से निकल सकता है। उल्लेख्य है कि झारखंड से कम आबादी के राज्यों—छत्तीसगढ़ और उत्तराखंड—की विधानसभाओं की सदस्य संख्या यहाँ से अधिक व बड़ी है।

अगर झारखंड में विधानसभा से बाहर पक्ष-विपक्ष की बनावट और बुनावट की पड़ताल की जाए तो वहाँ भी कई बेमेल रंगों के धागे एक-दूजे से उलझे नजर आएँगे। राज्य गठन के बाद वाम जनवादी एकता की कोशिशें तेज हुई थीं, लेकिन वही ढाक के तीन पात वाली कहावत दुहराई गई। भा.क.पा. के प्रथम राज्य सचिव और तत्कालीन विधायक भुवनेश्वर प्रसाद मेहता ने, मानो सी.पी.आई. माले को चिढ़ाते हुए, घोषित किया कि उनकी पार्टी प्रतिबंधित उग्रवादी संगठनों से जुड़े उन संगठनों से तालमेल करेगी, जिन पर उग्रवादी होने का सीधा आरोप नहीं है। इसी तरह झारखंड नामधारी दलों की एका की जरूरत भी समझी गई, मगर वे आज तक एक नहीं हुए।

इस बीच कई बेमेल जोड़े सामने जरूर आ गए। झारखंड मुक्ति मोर्चा का विधिवत् विभाजन हुआ तो उसके दो धड़े शिबू सोरेन और सूरज मंडल के नेतृत्व में अलग हुए। इससे पहले केंद्र की नरसिंह राव सरकार को समर्थन देने की फीस लेकर इस दल के प्रमुख लोगों ने भारी बदनामी मोल ले ली थी। झारखंड में भाकपा माले के महेंद्र सिंह और डॉ. रामदयाल मुंडा की साख हमेशा पाएदार रही है, लेकिन उन दोनों ने आपसी सहयोग का रास्ता नहीं चुना। इस अपेक्षा के सर्वथा विपरीत, महेंद्रसिंह ने लाल-हरा की एका की जरूरत के नाम पर शिबू सोरेन की बाँह थाम ली और रामदयाल मुंडा ने सूरज

मंडल को गले लगाया। भाजपा से निकले मरांडी और झामुमो से बाहर आए स्टीफन की साझेदारी से बनती उम्मीदें भी इसी तरह टूटी हैं। अब प्रभाकर तिर्की और सूर्यसिंह बेसरा की जुगलबंदी भी कोई टिकाऊ असर छोड़ती है या नहीं, यह आने वाला कल बताएगा।

झारखंड राजनीति में ऐसे बेमेल जोड़े कितने कामयाब हुए, यह परखते हुए, और उनकी अर्थहीनता का संदेश पढ़ते हुए, आज एक गतिशील राजनीतिक संस्कृति की जरूरत है। प्रतिबद्धताओं-निष्ठाओं के नाम पर उभरते राजनीतिक कोलाहल से दिशाहीन अराजकता के जो सिग्नल मिल रहे हैं, वे समृद्ध और शांतिपूर्ण भविष्य के प्रति आश्वस्त नहीं करते।

अधिवास की फाँस में समाज

सन् 2000 में मध्य प्रदेश, उत्तर प्रदेश और बिहार राज्य के पुनर्गठन से तीन नए राज्य गठित हुए—छत्तीसगढ़, उत्तराखंड और झारखंड। इन तीनों राज्यों के गठन के लिए चल रहे अलग राज्य के आंदोलनों में झारखंड आंदोलन ज्यादा लंबा खिंचा था। आज विकास के स्वीकृत मानकों की कसौटी पर इन तीनों राज्यों का तुलनात्मक ग्राफ बनाया जाए तो तीनों के मील के पत्थर अलग-अलग जगहों पर गड़े मिलेंगे। इस गति-प्रगति की वजह उनकी अपनी आंतरिक स्थितियाँ मानी जाएँगी, तो भी बाधाओं और चुनौतियों से निबटने की जवाबदेही से संबंधित राज्य सरकारें हरगिज नहीं बच सकतीं।

पहले दस वर्षों में झारखंड की एन.डी.ए. और यू.पी.ए. समर्थित सरकारों की उपलब्धियों के बारे में खुद उन गठबंधनों के घटक दलों के नेताओं की टिप्पणियाँ विरोध में जाती रही हैं। विपक्षी दल सरकारी नीतियों और कामकाज की विफलताओं की जो तालिका जारी करते रहे हैं, उसे अगर रूटीनी और अतिरंजित नुक्ताचीनी मानकर नजरअंदाज कर दिया जाए और आंदोलनकरियों के असंतोष को भी उनका वैचारिक दुराग्रह करार दिया जाए तो भी कई पेचीदा समस्याओं को बुनने और बेजरूरत सवालों को खड़े करने की पूरी जवाबदेही झारखंड की सरकारों की बनती है। लिहाजा, जिरह की खातिर उन्हें कठघरे में लाना ही पड़ेगा।

सन् 2001 में नए राज्य की आरक्षण नीति से संबंधित अधिसूचना के जारी होने पर पहला ऐसा अवसर आया। विभिन्न वर्गों को उनके लिए निर्धारित प्रतिशत से असंतोष हो सकता था और हुआ, लेकिन समाधान की आधी-अधूरी कोशिशों से मुख्यत: आदिवासी और सदान पहली बार एक-दूसरे के खिलाफ सुलगते नजर आए। यह मामला अदालत और संसद् के विचाराधीन होकर लंबित हुआ तो स्थिति विस्फोटक होने से बच गई।

दूसरी बार सन् 2002 में इससे ज्यादा तनाव पसरा डोमिसाइल मामले के विवाद में, जिसकी बुनियाद पहली सरकार ने सन् 2001 में ही डाल दी थी।

झारखंड में यह अधिसूचना 19 सितंबर, 2001 को मंत्रिमंडल के निर्णय के बाद जारी हुई थी, लेकिन बवाल शुरू हुआ 3 जुलाई, 2002 को, जब सरकार द्वारा सिपाहियों की नियुक्ति के आवेदन के साथ हजारीबाग, बोकारो और धनबाद जिलों में आवासीय प्रमाण-पत्र की अनिवार्यता बतलाते हुए कई आवेदन-पत्र अस्वीकार किए गए। झारखंड सरकार के कार्मिक, प्रशासनिक सुधार एवं राजभाषा विभाग द्वारा जारी उक्त चर्चित अधिसूचना में बताया गया था कि नियोजन के मामले में स्थानीय व्यक्तियों की परिभाषा का आधार जिला को माना जाए। तद्नुसार जिला में पिछले सर्वे के रिकॉर्ड्स ऑफ राइट में जिन लोगों के अपने या पूर्वजों के नाम जमीन या बासगीत आदि का उल्लेख हो, उन्हें ही उस जिले के दायरे में 'स्थानीय' माना जाए। आवासीय प्रमाण-पत्र जारी करने के बारे में जिला स्तर के अधिकारियों के पास कोई स्पष्ट निर्देश नहीं होने के कारण शुरू में भ्रम की स्थिति बनी और यह विवाद सड़कों पर आ गया। 8 जुलाई को नगर विकास राज्य मंत्री बच्चा सिंह ने मुख्यमंत्री को प्रेषित अपने पत्र में कहा कि सरकार नागरिकों के साथ भेदभाव कर रही है।

इसके बाद 9 जुलाई से शुरू हुआ झारखंड के कई शहरों में सड़क जाम, तोड़-फोड़ और उग्र प्रदर्शनों का सिलसिला। कथित डोमिसाइल नीति के विरोध और समर्थन में दो बार राज्यव्यापी 'बंद' आयोजित हुए। 18 और 20 जुलाई के 'बंद' की प्रतिशोधी प्रतियोगिता में 24 और 26 जुलाई को भी 'बंद' रखे गए। उस दौरान लोग अपने घरों के अंदर दहशत की कैद में बंद रहे और बंद कराने वाले बंदे मैदान में 'सरियाने' और 'फरियाने' के कार्यक्रमों को जल्लादी जामा पहनाते रहे। 'बंद' की आड़ में बेपर्द हुई इस दहशतगर्दी में कौन कितना नीचे उतरा, यह कहने-बताने की बात नहीं है।

झारखंड में आए उस भूचाल को आकस्मिक विस्फोट की तरह नहीं लिया जा सकता। शायद वह सत्तारूढ़ राजग के घटक दलों की आपसी रस्साकशी का अंजाम था। तय है कि बवाल का जाल बुनने का कमाल विरोधी दलों ने नहीं किया था। इसके बावजूद वह आग जोर पकड़ती क्यों चली गई? सोचने की बात है कि असंतोष की चिनगारी की पहरेदारी पहले क्यों नहीं की जा सकी? तत्कालीन मुख्यमंत्री बाबूलाल मरांडी ने उस दौरान पटना में अपने एक बयान में बारूद के ढेर में आग लगाने की तोहमत मीडिया पर डाल दी थी। क्या वास्तव में यही बात थी? उस वक्त उनसे पूछा जाना चाहिए था कि 24 जुलाई को, उनकी नीति के समर्थन में प्रायोजित 'बंद' के दिन,

जब पूरी राँची जल रही थी, तो वे दिल्ली में क्या कर रहे थे? और अगर उनका वहाँ होना बहुत जरूरी था तो गड़बड़ी की तमाम आशंकाओं के बीच उन्होंने माकूल वैकल्पिक प्रबंध क्यों नहीं किए थे? लेकिन सिर्फ जज्बाती अंदाज में उस संकट को नहीं समझा जा सकता, जो उन हंगामों के दौरान रेखंकित हुआ।

सच है कि डोमिसाइल या स्थानीयता का सवाल झारखंड की सामाजिक बुनावट और अलग राज्य आंदोलन की पृष्ठभूमि से जनमा था। बाहरी-भीतरी का सवाल भी उन दिनों पहली बार नहीं उठा। शहरी और ग्रामीण झारखंड के सांस्कृतिक चरित्र की बनावट अलग किस्म की है और उसे मैदानी भारत के गाँव बनाम शहर वाले रूपक में नहीं समझा जा सकता। सदियों से झारखंड में जारी शोषण के सूत्रधार बाहर से आए लोगों के चंद नुमाइंदे रहे हैं। नए पैरों की निरंतर बढ़ती हलचल से क्षेत्रीय अस्मिता खतरे से घिरती रही। आजादी के बाद जब देश की अर्थनीति में कृषि की जगह उद्योग को प्रमुखता मिली तो दुर्गम पहाड़ और जंगल अपनी खनिज संपदा की बदौलत नई आर्थिक गतिविधियों के केंद्र बन गए। उसी से जुड़ा रहा मूल निवासियों के विस्थापन का अटूट सिलसिला और आंतरिक उपनिवेश जैसा ट्रीटमेंट। अलग राज्य आंदोलन के रूप में उसी असंतोष की राजनीतिक अभिव्यक्ति हुई थी।

समग्रता में देखें तो कथित डोमिसाइल नीति के समर्थन में अतिरेकी उत्साह का जो सैलाब उमड़ा था, उसके पीछे शायद उस दबाव से निजात पाने की बेचैनी थी। इस क्षेत्र के सामाजिक ढाँचे में गैर-आदिवासी कहा जाने वाला समूह सबसे नया है और कई भाषिक, सांस्कृतिक और धार्मिक इकाइयों का एक असंगठित समूह है। दूसरा घटक सदानों का है, जो पुराने गैर-आदिवासी हैं, लेकिन अपनी पुरानी जीवन-शैली के संस्कारों से मुक्त होकर मुख्य धारा की झारखंडी संस्कृति में रच-बस गए हैं। याद कीजिए कि सन् 1989 में गृह मंत्रालय द्वारा गठित झारखंड विषयक समिति में आदिवासी और सदान प्रतिनिधि शामिल किए गए थे, लेकिन गैर-आदिवासी वर्ग का कोई प्रतिनिधि नहीं था। यह भी कोई आकस्मिक संयोग नहीं था कि सन् 2001 में आदिवासियों के लिए 60 प्रतिशत आरक्षण की माँग कर रहे आदिवासी जनाधिकार मंच और सालखन मुरमू के साथ सदान आबादी नहीं जुड़ी थी, लेकिन डोमिसाइल मुद्दे पर दोनों एकजुट हो गए थे, शायद इसलिए कि इस बार स्थानीय लोगों के लिए 90 प्रतिशत आरक्षण की माँग उठ रही थी।

जहाँ तक डोमिसाइल विवाद में तनाव की धुरी बनाई गई, सन् 1932 की सर्वे रिपोर्ट का सवाल है, यह याद दिलाना अनुचित नहीं होगा, वह पूरे झारखंड राज्य के भूराजस्व अभिलेखों का नियमन करने के लिहाज से अपूर्ण है। उल्लेख्य है कि इस राज्य के सभी

जिलों में सर्वे रिपोर्ट सन् 1932 में तैयार नहीं हुई। संताल परगना के कुछ इलाकों में सर्वे का काम सन् 1910 के बाद नहीं हुआ, जबकि पुराने सिंहभूम जिले, जिसमें अब चार जिले बन चुके हैं, की रिपोर्ट सन् 1964 में सामने आई। सरकारी अभिलेखों की इस कसौटी पर जिलावार सर्वे रिकॉर्ड तैयार होने का कोई एक समय बताना संभव नहीं। चूँकि राँची जिले में सर्वे का कार्य सन् 1932 में पूरा हुआ और रिपोर्ट सन् 35 में आई, और राँची राजधानी होने के साथ बहुविध गतिविधियों का केंद्र भी रहती आई है, इसलिए इस इलाके में प्रचलित यह नारा हर जगह प्रचारित किया गया कि 'सन 1932 का खतियान, झारखंड की है पहचान।'

लेकिन किसी आधुनिक समाज में तर्क और युक्ति या वर्गीय जनहित और संविधान को कचरा पेटी में डालकर सिर्फ दबाव के आधार पर फैसले नहीं लिये जा सकते। नारों के सहारे राजनीति तो चमकाई जा सकती है, नीतियाँ नहीं बनाई जा सकतीं। सन् 2002 के बाद पिछले वर्षों में कई बार फिर अधिवास और स्थानीयता के सवाल को गरमाने की सुगबुगाहट सामने आई। लिहाजा, इस गुत्थी के उलझे तारों को सुलझाने के सूत्रों पर भरपूर नजर डालने की जरूरत है।

स्मरणीय है कि पिछली बार सन् 2002 में जब पूरे झारखंड में अराजक और हिंसक गतिविधियों का एक पखवाड़ा बेरोक-टोक बीत गया तो मरांडी सरकार ने केंद्र को प्रेषित एक रिपोर्ट में राज्य में डोमिसाइल नीति बनाने से इनकार करते हुए कहा था कि केवल तृतीय और चतुर्थ वर्गीय नौकरियों में स्थानीय लोगों को प्राथमिकता देने के लिए 'स्थानीय' शब्द को परिभाषित किया गया है, लेकिन देर से आए इस आधे-अधूरे खुलासे से वस्तुस्थिति साफ नहीं हुई। इस विवादास्पद नीति के सूत्रधार रहे मुख्यमंत्री मरांडी को यह भी बताना चाहिए था कि कथित 'प्राथमिकता' की दर और दूरी क्या रहने वाली है और उसमें दलित जातियों और पिछड़े वर्गो के लिए पूर्व निर्धारित आरक्षण के प्रतिशत को किस तरह समायोजित किया जाएगा ? वस्तुस्थिति की खास विसंगति यह रही कि उसी सरकार ने झारखंड उच्च न्यायालय को सितंबर, 2001 में प्रतिशपथ-पत्र दाखिल कर कहा था कि सिपाहियों की भरती के लिए वही लोग आवेदन कर सकते हैं, जिनके पास डोमिसाइल सर्टिफिकेट रहेगा।

वस्तुतः यह सारा तूफान शब्दों की गलत 'व्यूह रचना' से शुरू हुआ था। इस दिशाहीन बहस में 'स्थानीय', 'अधिवास' या 'नागरिकता' के बीच अर्थ की विभाजक रेखाएँ मिटा दी गई थीं। संविधान की कई धाराओं और अनुच्छेदों की दुहाई तो दोनों पक्षों के प्रवक्ता देते रहे थे, लेकिन वे उनके प्रावधानों को संदर्भों से काटकर अपने मतलब के

अर्थ निकालते रहे। यह नजारा तैश में जारी बयानों में भी दिखा और क्षेत्रीय अखबारों में प्रकाशित आलेखों, टिप्पणियों और पाठकीय पत्रों में भी। उसी तरह मरांडी की डोमिसाइल नीति के समर्थन और विरोध के नाम पर 'बंद' के बंदों ने अपनी तैयारी बैठकों में और 'जन जागरण' की प्रायोजित सभाओं में काले नारों का कैक्टसी गुलदस्ता सजाया था।

इस प्रकरण में खास ध्यान देने की बात यह है कि जिस अधिसूचना को एक-तिहाई से अधिक आबादी की बायकाट नीति मानकर विवाद शुरू हुआ, उसे मुख्यमंत्री मरांडी ने बिहार सरकार के श्रम और नियोजन विभाग द्वारा मार्च, 1982 में जारी परिपत्र में स्वीकृत नीति पर आधारित निर्णय बतलाया था। दरअसल, वह रोजगार नीति थी, जिसके तहत राज्य की चौथे और तीसरे दर्जे की सरकारी नौकरियों में जिलों के स्थानीय लोगों को छतरी मिली थी। उस परिपत्र में 'स्थानीय' को परिभाषित करने के लिए जिले के पिछले सर्वे रिकॉर्ड को आधार होने की मान्यता दी गई थी। सिद्धांततः इस खतियानी प्रावधान के तहत जिले के मूल बाशिंदों को प्राप्त संरक्षण का औचित्य निर्विवाद रहना चाहिए था, लेकिन 'प्राथमिकता' का रूपांतर 'एकाधिकार' में हो जाएगा, इस आशंका को भी पाँव पसारने का मौका नहीं मिलना चाहिए था। 'लम्हों ने खता की है, सदियों ने सजा पाई' जैसी सूक्तियाँ ऐसे ही धुआँते मौसम में यादगार बन जाती हैं।

सांस्कृतिक राज्यवाद की दस्तक

संस्कृति के विविध पहलुओं के बारे में सोच-विचार और विमर्श का यह दौर कई नए दबावों और उनकी अपेक्षाओं के साथ गुत्थम-गुत्था हो गया है। चूँकि अब कोई गंभीर मंत्रणा समाज और राजनीति के तकाजों से मुँह फेरकर सिर्फ एकेडमिक अंदाज में मुमकिन नहीं रह गई है, लिहाजा वैचारिक शुचिता का वह युग बहुत पीछे छूट गया है, जब सामयिक प्रश्नों के शास्त्रीय समाधान खोजे जाते थे और तर्क और युक्ति को मुक्तिमार्ग का मान दिया जाता था। आज की स्थिति यह है कि हम सब समस्याओं के भीषण कलिकाल से गुजर रहे हैं और कुतर्कों और रणनीतियों के पैंतरों से घिरे हैं। समग्रता में देखें तो आज बुनियादी सवालों को जन-गण-मन की संसद् से बाहर चौराहे पर लाकर, प्रत्यक्ष लोकतंत्र के नाम पर, सड़क पर निबटाए जाने की कोशिश होने लगी है। रोटी-रोजगार, नियोजन और विकास, उत्पादन और वितरण, आंतरिक और बाह्य सुरक्षा, सरकारी और निजी पूँजी निवेश, आरक्षण और विशेषाधिकार, टकसाल और बाजार, नैतिकता और सदाचार, धर्म और संप्रदाय, संस्कृति और परंपरा, कला और साहित्य, वर्ग और समाज, उद्योग और व्यापार, देशज और ग्लोबल मूल्य-दृष्टि, यानी

देश और दुनिया के मस्ले इस समय इतने खेमों में बँटे हैं कि असहमति को मुठभेड़ और विरोध को दुश्मनी का दर्जा मिल गया है।

ऐसे माहौल में यह परख कठिन है कि आखिर यह संस्कृति क्या बला है? अगर संस्कृति शब्द के आगे-पीछे जुड़ने वाले विशेषणों की तालिका पर नजर डालें तो स्थिति की जटिलता का अंदाजा मिल सकता है। भारतीय संस्कृति, अमेरिकी संस्कृति, पूँजीवादी संस्कृति, सर्वहारा संस्कृति, सामंती संस्कृति, कृषक संस्कृति, मध्यकालीन संस्कृति, आधुनिक संस्कृति, पूर्वी संस्कृति, पश्चिमी संस्कृति, देशज संस्कृति, विदेशी संस्कृति, जातीय संस्कृति, विजातीय संस्कृति, नागर संस्कृति, ग्रामीण संस्कृति, लोक संस्कृति, अभिजन संस्कृति, औद्योगिक संस्कृति, श्रमिक संस्कृति, उपभोक्ता संस्कृति, उत्पादक संस्कृति, प्रगतिशील संस्कृति, पतनशील संस्कृति, विजेता संस्कृति, विजित संस्कृति, औपनिवेशिक संस्कृति, स्वायत्त संस्कृति, इसलामी संस्कृति, इसाई संस्कृति, बौद्ध संस्कृति आदि।

इस तरह आज संस्कृति के इतने साँचे और शिविर मौजूद हैं कि किन्हीं समानताओं के आधार पर उनके वर्ग चरित्र की व्याख्या तक नहीं हो सकती। सभ्यता के विकास के विभिन्न चरणों में, अलग-अलग भूखंडों पर, संस्कृति के इतने स्थानीय संस्करण हो चुके हैं कि उन सबको एक परिधि में समेट पाना आसान नहीं है। कहीं-कहीं दो सांस्कृतिक समूहों के बीच संस्कृति के वर्चस्व के नाम पर टकराव की परिणति युद्धों के रूप में सामने आई है। यह विषम वास्तविकता है कि राजसत्ताओं के संघर्ष को, इतिहास के बँटवारे की शक्ल में, संस्कृति की ढाल थमा दी जाती है। क्षेत्र, नस्ल, धर्म और प्राकृतिक संसाधन के साथ भाषा और संस्कृति भी तमाम तरह की लड़ाइयों में जबरन जोती जा रही हैं।

बीसवीं सदी के इतिहास से सबक लें तो मनुष्य की कई कुशलताओं की कहानी याद करनी पड़ सकती है। इस सदी में छोटी-बड़ी अनेक लड़ाइयों में सभ्यता की मरघट आबाद होती रही है। अगर मुआयने की चौहद्दी अपने देश की सीमाओं के भीतर तय की जाए तो आजादी के पहले और उसके बाद कई कौमी झगड़े खूँरेजी की मिसाल की तरह याद आ सकते हैं। पहले धर्म और मजहब की तलवारें म्यान से बाहर आईं, फिर भाषा और संस्कृति के तीर सामने आए। भाषावार राज्यों के पुनगर्ठन के समय भी कम बवाल नहीं हुए। फिर सांस्कृतिक राष्ट्रवाद का नारा उठा और देखते-देखते दूर-दराज इलाकों तक पसर गया। इधर एक नए जुमले का साँचा तैयार हो रहा है 'सांस्कृतिक राज्यवाद'। इस बात में दो राय नहीं हो सकती कि देशज आंचलिक संस्कृतियाँ भारी दबाव में हैं और उनके लिए अपनी अस्मिता की सुरक्षा अस्तित्व का सवाल बन चुकी है। तो भी इस

वास्तविकता से कैसे इनकार किया जा सकता है कि हमारे संघीय ढाँचे को सांस्कृतिक राष्ट्रवाद या राज्यवाद के नाम पर उग्र चुनौतियाँ मिल रही हैं। अगर सांस्कृतिक राष्ट्रवाद का विचार-दर्शन अपने घोर सांप्रदायिक चरित्र के कारण अस्पृश्य है तो सांस्कृतिक राज्यवाद की अवधारणा अपने नस्लवादी दुराग्रहों के कारण आंचलिक स्तर पर साझेदारी पर टिके सामाजिक ताने-बाने को छिन्न-भिन्न करने की ओर अग्रसर है।

पिछली सदी के अंतिम वर्ष में तीन नए राज्यों का गठन निस्संदेह व्यापक जनसमर्थन वाले लंबे आंदोलनों का पड़ाव बनकर सामने आया। आंतरिक उपनिवेशवाद के शिकार ये समुदाय-समूह अब अपनी जीवन-शैली और परंपराओं की धरोहर को बचाने के लिए कृतसंकल्प हैं तो इसमें कुछ भी आपत्तिजनक नहीं है। अलग राज्य के आंदोलन के दौरान उगे सपनों को जमीनी हकीकत में बदलने का वक्त सामने आया तो अवाम की ढेर सारी अपेक्षाएँ अपनी मुनासिब जगह तलाशने में जुटी हैं। लेकिन इस सच्चाई को सहज भाव से स्वीकार करने के बावजूद कुछ सवाल ऐसे जरूर हैं, जो पूछे जाने चाहिए। यह इसलिए भी जरूरी है कि संस्कृति का समकालीन समाजशास्त्र कई राजनीतिक पेचीदगियों में उलझ गया लगता है। क्षेत्रीय अस्मिताओं के अभ्युदय में संस्कृति तत्त्व की भूमिका बेशक निर्णायक रही है। तो भी सांस्कृतिक पहचान को अधिवास (डोमिसाइल) से संबद्ध बताना विवेकसम्मत नहीं लगता।

क्या अपने मूल प्रदेशों से बाहर निकलकर या दूर-दूर तक पसरी-फैली संस्कृतियाँ जीवित नहीं रहतीं? क्या इसाई, मुसलिम, बौद्ध या हिंदू समाज की संस्कृतियों का दीगर इलाकों में प्रसार उनके क्षरण का कारण बना? क्या आदिवासी समुदायों की आदिम संस्कृतियाँ इतिहास के हर मोड़ और पड़ाव पर अपने मूल स्थानों में ही सिमटी रही हैं? उनकी ऊर्जा और अस्तित्व क्या वास स्थानों की टेक पर ही टिके हैं? उनके कालजयी तत्त्वों की बुनियाद क्या मात्र भौगोलिक है? क्या पिछले कई वर्षों के दरम्यान कुछेक शब्दों के अर्थांतरजन्य प्रयोग के कारण बेजरूरत बवाल नहीं हुए? क्या उत्तराखंड और छत्तीसगढ़ जैसे हमउम्र नए राज्य झारखंड की तुलना में कम समस्याग्रस्त हैं? क्या सांस्कृतिक पहचान की ओट में राजनीतिक मंसूबों ने अपने निहित स्वार्थों के लिए झारखंड में डोमिसाइल का सवाल नहीं उठाया? क्या झारखंड में भूमिपुत्र की अवधारणा और उसकी पहचान के लिए राजस्व अभिलेखों की मदद सही उपाय है? क्या अधिवास के निर्धारण के लिए सन् 1932 को 'कट ऑफ डेट' मनवाने के लिए हिंसक दबाव विश्वसनीय कसौटी है? क्या इस टेढ़ी बैसाखी के सहारे रोटी-रोजगार या सांस्कृतिक अस्मिता का संकट हल किया जा सकता है? बेशक इन अहम सवालों पर सोच-विचार

के लिए सही सूत्रों की तलाश भी होनी चाहिए।

जी हाँ, जातीय पहचान के तिराहे पर खड़े झारखंड में हाल साल में घटित घटनाओं के अनुभवों की रोशनी में किसी नतीजे तक पहुँचने की कोशिश सार्थक हो सकती है। यहाँ सन् 2002 में स्थानीय लोगों के लिए रोजगार के अवसर खोजने के सही काम के नाम पर संस्कृति और अधिवास जैसे मसलों के साथ नाहक छेड़छाड़ की गई, और जो कुछ नहीं होना चाहिए था, वह सब हुआ। बेशक वह कोई सांस्कृतिक आंदोलन नहीं था। उसके पीछे खड़े आर्थिक और सामुदायिक हितों के दुराग्रही एप्रोच को कतई कमतर नहीं आँका जा सकता। उस साल जुलाई के साढ़े तीन हफ्तों के दौरान उग्र गिरोहबाजी ने इस अंचल को, खासकर राजधानी राँची को, जितना विचलित किया, वैसी कोई दूसरी मिसाल नहीं बतलाई जा सकती। यह याद करना भी तकलीफदेह है कि मध्यकाल की युद्धभूमि की तरह आमने-सामने खड़ी हथियारबंद उपद्रवी भीड़ एक-दूसरे को ललकार रही थी और अंततः दोनों पक्षों के तीन-तीन लोग मारे गए।

यहाँ सबसे पहले यह ध्यान में आता है कि वह जलजला राजनीति प्रेरित शब्दावली के गलत इस्तेमाल से उफान पर आया। कई प्रेक्षकों की राय में इस रणनीति के पीछे थोक भाव से वोट बैंक पर कब्जे की खातिर बचत खाता खोलने की कोशिश थी। उस दौर में स्थानीय मीडिया में छिड़ी बहस में स्थानीय, अधिवास और नागरिकता की सीमारेखा को लगभग भुला दिया गया। दुःखद यह भी रहा कि इस पूरे दुर्घटना-क्रम को संस्कृति और समाज के मानद अभिभावक, संरक्षक और विशेषज्ञ बहरे-गूँगों की तरह तमाशबीन बनकर तटस्थ भाव से देखते रहे। इस त्रासदी पर किसी की कोई प्रतिक्रिया या अपील सार्वजनिक नहीं हुई।

इन दस वर्षों में सार्वजनिक मंच पर आए बड़े विवादों की आखिरी कड़ी भी पिछले दिनों खुल गई। पंचायत चुनाव में मुखिया के एकल पद को आदिवासियों के लिए आरक्षित किए जाने से सदान बुरी तरह आहत हुए और इस संवैधानिक प्रावधान को बदले जाने की जोरदार माँग कर रहे थे। दूसरी ओर नजर डालें तो आदिवासी अपने परंपरागत स्वशासन को सरकारी मान्यता नहीं दिए जाने से बेइंतहा नाराज हैं। ध्यान देने की बात यह है कि राज्य की आबादी के इन दो बड़े घटकों की लड़ाई सिर्फ सरकार से नहीं थी, चूँकि चर्चित मुद्दों पर दोनों के बुनियादी हित परस्पर विरोधी प्रकृति के हैं। इसलिए किसी भी समय इन दोनों के बीच टकराव की पूरी आशंका बनी हुई थी, लेकिन यहीं से विवादों के समाधान का समन्वयकारी रास्ता भी निकल सकता है।

इन दिनों मध्यकालीन मूल्यों, मान्यताओं और विश्वासों के पुनरुत्थानवादी उभार

को हवा देने की कोशिशें कई ओर से जारी हैं। चाहे वह केंद्र के स्तर पर हो या क्षेत्रीय स्तर पर। इस मुद्दे पर राष्ट्रीय प्रजातांत्रिक गठबंधन और संयुक्त प्रगतिशील गठबंधन के बीच कोई बड़ा फर्क पहचान में नहीं आया। झारखंड में पंचायत अधिनियम में संशोधन की माँग पर अड़े और परंपरागत पद्धति के नाम पर उसे ज्यों-का-त्यों लागू करने की जिद पर खड़े लोग—सदान और आदिवासी—यह सोचने के हालात बना रहे थे कि जब तक इस राज्य की आबादी के तीनों छोटे-बड़े घटकों के बीच तर्कसंगत तालमेल और सहअस्तित्व की उदार स्थितियाँ कायम नहीं हो जातीं, तब तक सुख-समृद्धि और शांति-व्यवस्था का रास्ता जाम में फँसा रहेगा। कोई भी राज्य कुछ संगठित जमातों के निरंकुश एकाधिकार को कब तक झेल सकता है? आबादी के बाकी हिस्से विशेषाधिकार वाली उस राजकीय व्यवस्था में कहाँ रखे जाएँगे और कैसे निभेंगे? सांस्कृतिक राज्यवाद के झंडे तले सामाजिक और प्राकृतिक न्याय तथा मानवाधिकार की रक्षा कौन करेगा? विशेष भौगोलिक परिवेश से संबद्ध संस्कृतियाँ विशेष संरक्षण की हकदार होती हैं। लेकिन हमें यह नहीं भूलना चाहिए कि मिश्रित संस्कृतियों और मिली-जुली आबादी वाले समाज-क्षेत्र में अगर जातीय एकाधिकार का मोरचा खुल जाए तो संप्रदायवादी नस्लवाद-फासीवाद के पाँव मजबूत हो जाएँगे। अब तक इस देश में सांप्रदायिक शक्तियों ने धर्म, भाषा और क्षेत्र को आधार और हथियार के बतौर इस्तेमाल किया था। अब शायद पहली बार नस्लमार्गी जमातों की ओर से संस्कृति के सवाल राजनीतिक मिसाइलों की तरह दागे जा रहे हैं।

संकट में संपदा की धरोहर

संपदा का साधारण अर्थ है धन-संपत्ति, लेकिन जब यह शब्द किसी क्षेत्र, राज्य, देश या समुदाय के संदर्भ में प्रयुक्त होता है तो इस अर्थ के दायरे का स्वतः विस्तार हो जाता है। ऐसे अवसर पर भूसंपदा के साथ पुरातत्त्व स्थल, ऐतिहासिक धरोहर, सांस्कृतिक मूल्य और समृद्धि के अन्य स्रोत भी महत्त्वपूर्ण माने जाते हैं। जहाँ तक झारखंडी पठार की भूसंपदा की बात है, परंपरागत रूप से उसकी मुख्य पहचान दुर्लभ खनिज भंडारों के कारण है। जैव विविधता भी इन दिनों उसकी अलग पहचान बना रही है। वास्तव में झारखंड की धरती सतह के ऊपर वन्यजीवों और वनस्पतियों की विविधता की दृष्टि से जितनी भरीपूरी है, सतह के नीचे दुर्लभ खनिजों के भंडार के बूते वह उतनी हो वैभवशाली है।

फिलहाल यह रेखांकित करना ज्यादा जरूरी है कि झारखंड की संपदा राष्ट्रीय व

क्षेत्रीय शोषण का शिकार होती रही है और अब भी पुरखों की वह धरोहर संकट में है। यह संकट कैसा है और किस तरह उसे बड़े पैमाने पर बंधक बनाने के उपनिवेशी प्रयत्न हो रहे हैं, इसकी पड़ताल जरूरी है। पिछले सौ वर्षों से इस इलाके में विकास के नाम पर यहाँ के प्राकृतिक संसाधनों का व्यापक दोहन हो रहा है। उद्योग, खनन, वन प्रबंधन और नगरीकरण के जो अध्याय यहाँ लिखे जाते रहे, उनसे कैसा विकास और कितना विनाश हुआ, यह कोई दबी-छुपी बात नहीं है। इस अवधि को तीन चरणों में बाँटकर देखा जाए तो बद से बदतर होते जा रहे रुझानों का अंदाज मिलेगा।

मुगल काल तक झारखंड क्षेत्र की अर्थव्यवस्था मुख्यतः कृषि उपज और वन संपदा के दोहन पर आधारित रही। कहीं-कहीं ताँबा और हीरा पाए जाने का उल्लेख मिलता है, मगर वह पठार से बाहर की दुनिया से व्यापार संबंध का जरिया भर था। इससे पहले असुर आदिवासी लोहा गलाने के आदिम धातु विशेषज्ञ माने जाते थे। अंग्रेजों के आने के बाद रेल और भाप इंजनों के इस्तेमाल के लिए कोयला क्षेत्र में उत्खनन का सिलसिला शुरू हुआ। पहली भूमिगत खदान सन् 1814 में रानीगंज में स्थापित हुई। पलामू जिले की राजहरा कोलियरी घुआँरहित पहली खदान बनी, जहाँ से सन् 1842 में बंगाल कोल कंपनी द्वारा उतम श्रेणी का कोयला जापान को निर्यात किया जाता था। पुराने हजारीबाग जिले के कोडरमा-गिरिडीह इलाके में सन् 1880 से अबरख की खदानें उत्पादन करने लगी थीं। सन् 1907 में जमशेदपुर में टाटा आयरन एंड स्टील कंपनी स्थापित हुई। सन् 1918 में जपला में सीमेंट फैक्टरी तैयार हुई। इस तरह देश की आजादी से पहले खनिज आधारित उद्योग-धंधे पुराने मानभूम-सिंहभूम जिले, आज का धनबाद और जमशेदपुर क्षेत्र, तक सीमित रहे।

आजादी के बाद इस अंचल में परिवर्तन का चक्र तेजी से घूमने लगा। सन् 1958 में राँची में भारी इंजीनियरिंग निगम कारखाना खुला। सन् 1966 में बोकारो इस्पात कारखाना की स्थापना हुई। उसके बाद झारखंड क्षेत्र में छोटे-बड़े उद्योगों और खनन परियोजनाओं का जाल पसरने लगा। उसी के साथ नए कस्बे और शहर बने, पुराने शहरों का विस्तार हुआ। सन् 2000 में नए राज्य के गठन के बाद भी उसी रौ और अंदाज में तमाम चीजें चल रही हैं।

जून 2006 तक तीव्र विकास के नाम पर देशी-विदेशी कुल 45 बड़ी कंपनियों से खनिज आधारित उद्योगों में पूँजी निवेश के लिए समझौते के सहमति-पत्र (एम.ओ.यू.) राज्य सरकार द्वारा अधिसूचित किए गए हैं। उनसे किसका और कितना विकास होगा, यह पिछले अनुभवों के आधार पर आँका जा सकता है। नए उद्यमियों की जरूरत और

माँग के अनुसार एक अनुमानित हिसाब लगाया जाए तो कुल 50 हजार एकड़ जमीनें उनके कारखानों और खदानों में खप जाएँगी। अब तक सिर्फ 7 कंपनियाँ काम शुरू कर पाई हैं, 4 कंपनियाँ पीछे हट चुकीं और 30 कंपनियाँ आज भी जमीन के लिए भटक रही हैं। 37 कंपनियाँ ऐसी हैं, जिन्हें न कोल ब्लॉक का आबंटन मिला, न आयरन ओर। सवाल यह है कि इतनी परती जमीनें आएँगी कहाँ से, और अपनी बुनियाद से उखड़कर स्वेच्छा से उन्हें देगा कौन?

राज्य सरकार इस संकट से अनजान नहीं है। उसे यह भी पता है कि विकास के नाम पर विस्थापन का मतलब सिर्फ विनाश होता है। बहुत पहले से विकास के इस मॉडल को जनविरोधी और धनलिप्सु होने की सनद मिलती आई है। अलग राज्य आंदोलन के दौरान यह एक नुकीला सवाल था और आज भी उसकी चुभन कम नहीं हुई है। गाँवों में भूमि अधिग्रहण के विरोध की सभाएँ अब हिंसा के रास्ते पर मुड़ चुकी हैं। पड़ोसी राज्य उड़ीसा में इसी सिलसिले में हुई तोड़-फोड़ और गोलीबारी की घटना को चेतावनी की तरह लिया जा सकता है। कोयलकारों और नेतरहाट में प्रतिरोध के दृष्टांत सामने हैं। यह नारा हर जगह भारी समर्थन पा चुका है कि 'जान देंगे, जमीन नहीं।' इस तरह यह तय-सी बात लगती है कि अब पुराने ढंग और ढर्रे पर रैयतों से जमीन नहीं ली जा सकेगी। रैयत अपनी जमीन देने को जहाँ कहीं राजी होते है तो अपनी सुविधा-शर्तों पर ही होगी, ताकि उन्हें विस्थापन और बेरोजगारी की जगह सुरक्षा और स्वामित्व का अधिकार मिले।

वस्तुतः संपदा की धरोहर का सवाल एक बड़े दायरे तक पहुँचता है। जैसे वन प्रबंधन में लोक भागीदारी, जैव विविधता की सुरक्षा, कोयला खनन परियोजनाओं के जबड़े में फँसे इतिहास और पुरातत्त्व के केंद्र, खनन के लीज की शर्तों का अनुपालन और बहुराष्ट्रीय निगमों के पेटेंट बीजों के संक्रमण से देशी बीजों का बचाव उसके खास पहलू है।

अंग्रेजों से विरासत में मिले वन कानूनों का भारतीय वन अधिनियम में नवीकरण और उसके परवर्ती संशोधनों की समीक्षा से यह बात साफ हो जाती है कि उनके जरिए स्थानीय लोगों के अधिकार किस्तों में छीने जाते रहे हैं। इसके बावजूद अगर वन संपदा की देखभाल बेहतर ढंग से हो पाती तो सरकारों को आज यह स्वीकार करने की जरूरत नहीं पड़ती कि देश का वन क्षेत्र सिकुड़ता जा रहा है। झारखंड पंचायत राज अधिनियम, 2001 की धारा 10.1 (11), (13) और (36) के प्रावधानों के अनुसार ग्राम सभा को यह शक्ति मिली है कि वह अपने अधिकारक्षेत्र के भीतर वन का प्रबंध अपनी परंपरा के अनुसार कर सकेगी, किंतु इन अधिकारों की बहाली के लिए वन विभाग के अधिनियमों, नियमों और कार्यपालक आदेशों में संशोधन की आवश्यकता है। आशा बनती है कि

देर-सवेर सरकारी कुप्रबंध से वन संपदा को मुक्ति मिलेगी और जनभागीदारी से उजड़ते जंगलों की बिगड़ती सेहत सँवर जाएगी।

यों तो पूरे झारखंड में पुरातत्त्व और इतिहास के अवशेष प्रायः उपेक्षित हैं, लेकिन झारखंड के दामोदर नदी घाटी में सेंट्रल कोलफिल्ड की महत्त्वाकांक्षी खनन परियोजनाओं से कई महत्त्वपूर्ण अवशेषों के समूल नष्ट होने की स्थिति बन गई है। उत्तरी कर्णपुरा क्षेत्र में अंधाधुंध खनन और प्रशासनिक लापरवाही से क्षेत्रीय जनजीवन जितना प्रभावित हुआ है, उतना ही प्रकृति के संग्रहालय और पर्यावरण भी बदहाल हुए हैं। इस कोयला पट्टी में इतिहास के पाषाण युग से लेकर बौद्धकाल तक के अवशेष संचित हैं। हजारीबाग जिला मुख्यालय से 45 किलोमीटर दूर बड़का गाँव की घाटी में 'इसको' नाम की जगह के समीप असवारा पहाड़ी श्रृंखला है, जिसकी सती पहाड़ी पर नाग छत्र की आकृति वाली शैलदीर्घा में बड़ी संख्या में गुफा चित्र मिलते हैं। यह शैल फलक 500 फीट से अधिक लंबा है, जिस पर ये भित्ति चित्र उकेरे गए हैं।

इसी तरह इतिहास का एक और अध्याय पलामू किले के ध्वस्त अवशेष में दबा पड़ा है। सन् 1815 में ईस्ट इंडिया गजेटियर में वाल्टर हैमिल्टन ने जिस पलामू शहर का विस्तृत विवरण दिया था, आज उसका वजूद कहीं नहीं है। 'आलमगीरनामा' में भी उस शहर की चर्चा हुई थी। उसे रकसेलों और चेरो राजाओं की राजधानी होने का गौरव प्राप्त था। अब उसकी अकेला यादगार है पलामू फोर्ट, जो लगभग ध्वस्त हो चुका है।

इस महादेश में जैव विविधता की प्रचुर समृद्धि के जितने गुण गाए जाते हैं, उतनी फिक्र उसके संरक्षण के बारे में कहीं नहीं दिखती। कभी-कभार मीडिया में जीन कंपेन से जुड़ी हस्तियों के विचार सामने आ जाते हैं और कभी-कभार किसी रिपोर्ट में किसी विवादित मामले के ब्योरे मिल जाते हैं। पहले आंध्र प्रदेश और महाराष्ट्र, फिर कर्नाटक, विदर्भ और पंजाब के किसानों की आत्महत्याओं की खबरें जब लगातार आने लगीं तो केंद्र सरकार ने इस विपदा की जाँच कराई। संसद् में यह मामला उठा और कृषि उपज की विफलताओं की कहानियाँ लगातार चर्चा में रहीं तो बहुराष्ट्रीय कंपनियों और पश्चिमी देशों के उस षड्यंत्र का आभास मिला, जो हमारी जैव विविधता को नष्ट करने और उसके गुण सूत्रों पर नियंत्रण को अपने हाथ में लेने का काम कूटनीतिक अंदाज में बढ़ा रही हैं। जाहिर है कि इन तत्त्वों की नजर झारखंड की जैव विविधता पर भी लगी होगी।

भारत में जैव विविधता और उसकी तकनीक की रूपरेखा तय करने के लिए एम.एस. स्वामीनाथन की अध्यक्षता में एक टास्क फोर्स बनाया गया था। उसकी रिपोर्ट में कहा गया था कि देश में जैव विविधता के संरक्षण के उपायों के साथ ही हमारी जो

साझा कृषि परंपरा है, उसके सामाजिक–आर्थिक पहलुओं के प्रति हमें संवेदनशील होना चाहिए। यह भी सुनिश्चित करना चाहिए कि किसानों के अधिकारों और उनकी जीविका को नजरअंदाज करके किसी प्रकार के जैव तकनीक उत्पाद को बढ़ावा नहीं दिया जाए।

लेकिन इस रिपोर्ट को दरकिनार करते हुए गुप–चुप ढंग से भारत–अमेरिका कृषि समझौता संपन्न हो गया। यह समझौता परमाणु समझौते के समय किया गया था। इसकी विस्तृत जानकारी न केंद्रीय कृषि राज्य मंत्री को दी गई, न संबंधित संसदीय समिति को। यह गोपनीयता तब खत्म हुई, जब पिछले दिनों संसद् में इस समझौते की चर्चा हुई और यह राज खुला कि इसके तहत 300 करोड़ की राशि जेनेटिक इंजीनियरी के शोध पर खर्च की जानी है। इसके लिए जो बोर्ड बना, उसमें अमेरिकी मूल की दो बहुराष्ट्रीय कंपनियों वालमार्ट और मोनेसेंटो को भी शामिल किया गया। अब यह बोर्ड ही तय करेगा कि भारत की कृषि प्रयोगशालाएँ और कृषि विश्वविद्यालय कैसे काम करेंगे? उल्लेख्य है कि इस समझौते से पहले भारतीय कृषिवैज्ञानिकों को भी विश्वास में नहीं लिया गया था। जाहिर है, इस समझौते के जरिए भारत की जैव विविधता को अमेरिकी कंपनियों के हवाले करने का रास्ता खोल दिया गया है।

अब किसानों को अधिक उत्पादन के नाम पर जैव तकनीक अपनाने के लिए प्रेरित किया जा रहा है। पूरे देश में उन्नत किस्म का कपास उपजाने के लिए उन्हीं कंपनियों के बीज ऊँची कीमत पर दिए गए थे। मगर किसानों की फसल बरबाद हो गई और वे आत्महत्या करने पर मजबूर हुए। इस तकनीकी रूप में जटिल प्रश्न के विभिन्न पहलुओं पर विस्तृत विमर्श की जरूरत है। यह स्पष्ट है कि हमारी राष्ट्रीय सरकार की प्राथमिक चिंता राष्ट्रीय से अधिक अंतरराष्ट्रीय हो गई है। जानकारों का मानना है कि कृषि भले राज्य के अधिकार क्षेत्र का विषय है, लेकिन नीतिगत मुद्दे केंद्र के स्तर पर ही तय होने हैं।

झारखंड जैसे नए राज्य की सरकार के लिए अपने नागरिकों के हित में जो करने योग्य है, वह है, ग्राम सभाओं को अधिकार संपन्न बनाकर किसान पंचायतों की मार्फत आने वाले संकट के प्रतिकार का विकल्प देना। कटते जंगल, छीजती हरियाली, प्रदूषित नदियाँ और सूखते जलस्रोत पर्यावरण को जैसी चुनौती दे रहे हैं, उनसे बड़ा है मल्टीनेशनल हस्तक्षेप का यह खतरा। आर्थिक उपनिवेशवाद के इस रणनीतिक कुचक्र के खिलाफ संगठित असहयोग से ही हमारी देशज विरासत का बुनियादी हक बहाल होगा।

□

पाँचवाँ अध्याय

विकास की अवधारणाएँ

विकास की अवधारणाएँ

पिछली सदी ने कई विचार सत्ताओं का उत्थान और पतन दोनों देखा है। बीसवीं सदी के प्रारंभिक दशकों से ही आर्थिक विकास औद्योगिक देशों के पूँजीवादी व साम्यवादी दोनों खेमों में प्रतियोगी अभियान की शक्ल में सिरमौर बना रहा है। सदी के उत्तरार्द्ध में इस परिवर्तन चक्र में तीसरी दुनिया के विकासशील देशों के समाज व सत्ताएँ भी जुड़ गईं। इस अभियान में शामिल सभी पक्षों के अनुभव और निष्कर्ष समान नहीं बताए जा सकते। यह ध्यान में रखने की बात अवश्य है कि विकास का कोई एक मॉडल पूरे ग्लोब को स्वीकार्य नहीं हुआ। सच यही है कि विकास के मॉडल, प्राथमिकताएँ, कार्यक्रम और चुनौतियों के निर्धारण में पिछली सदी बँटी हुई दिखाई पड़ी। अलग-अलग देशों में आर्थिक विकास के रूप अलग-अलग थे। पूँजीवादी और साम्यवादी धुरी के बाहर गुटनिरपेक्ष राष्ट्रों की लंबी होती कतार में मिश्रित अर्थव्यवस्था भी आजमाई गई, किंतु सदी का अंत होते-होते विकास की कई अवधारणाएँ ध्वस्त हो गईं और पूँजीवादी लोकतंत्र और साम्यवादी व्यवस्था दोनों पिछले कुछ समय से संकट के दौर से गुजर रही हैं।

विकास की चर्चा से पहले यह जरूरी है कि हम सर्वप्रथम विकास के अर्थ और उसकी व्यंजनाओं के निहितार्थ को परिभाषित कर लें। आदिम युग से आधुनिक युग तक मनुष्य की विकास-यात्रा अनेक उपलब्धियों से भरी पड़ी है, किंतु विज्ञान और तकनीक की प्रगति और समृद्धि ने अठारहवीं शताब्दी में ब्रिटेन में जो ऊँची छलाँग लगाई, वह धीरे-धीरे पूरी दुनिया में फैली। उन्नीसवीं सदी के फ्रांस और संयुक्त राज्य अमेरिका ने इस प्रगति में नए अध्याय जोड़े। उस सदी के अंतिम तीन दशकों में मशीनी क्रांति की यह

लहर जर्मनी, जापान और रूस तक पहुँच गई। सन् 1917 की साम्यवादी क्रांति से पूर्व ही रूस में कई महत्त्वपूर्ण उद्योगों का विकास हो चुका था। बीसवीं सदी में प्रथम विश्व युद्ध के बाद या कहें सन् 1914-18 के आस-पास भारत समेत कनाडा और आस्ट्रेलिया में भी उद्योगों की स्थापना शुरू हुई। फिर मैक्सिकों और ब्राजील ने पाँचवें दशक में अपनी प्रगति की ओर ध्यान खींचा।

दूसरे विश्वयुद्ध के बाद (1939-45) उपनिवेशवाद के खिलाफ राष्ट्रीय स्वाधीनता आंदोलनों के दबाव में भारत, पाकिस्तान, इंडोनेशिया, बर्मा, श्रीलंका, लेबनान और सीरिया को आजादी मिली और साम्यवादी चीन की स्थापना हुई। अगले दशक में अनेक अफ्रीकी देश भी स्वाधीन हुए। इस तरह संयुक्त राष्ट्र के सदस्यों की संख्या बढ़ती गई। इसी के साथ इन तमाम नवस्वाधीन देशों में संपन्न समाज बनने की दौड़ और होड़ शुरू हुई। निष्कर्षतः, बीसवीं सदी में विज्ञान और तकनीक की प्रगति ने कई अर्थ-प्रणालियों के जरिए नए शिखर बनाए। आज की तारीख में स्वास्थ्य, शिक्षा, कृषि, यातायात, दूरसंचार, आवास, ऊर्जा जैसे अनेक क्षेत्रों में जो बुनियादी परिवर्तन दिखलाई पड़ते हैं, उनसे पिछड़े मुल्कों का नागरिक जीवन समृद्धि की ओर अग्रसर हुआ। बेशक असमानताओं के अनेक द्वीपों तक यह उजाला अभी नहीं पहुँचा है, लेकिन संभावनाओं और अपेक्षाओं का दायरा निरंतर फैल रहा है।

संभवतः मनुष्य की आदिम इच्छाओं में विकास भी एक है। आज के तकनीकी अर्थों में वह विकास जैसा कुछ भले न रहा हो, किंतु सुख और संपन्नता, स्वास्थ्य और बल, प्रकृति पर विजय की लालसा और जरूरत, सुरक्षा और स्वाधीनता—इन आकांक्षाओं के अस्तित्व से कैसे इनकार किया जा सकता है! लोक साहित्य और प्राचीन साहित्य के अभिलेख इनके वजूद को पूरी दुनिया में स्वीकार करते हैं। भूख, बीमारी और गरीबी के साथ-साथ प्रकृति के खिलाफ युद्धरत मनुष्य जिन दबावों के तहत अपनी जिजीविषा की यात्रा जारी रखता आया है, वे उसे नए आविष्कारों की तरफ खींचते-धकेलते रहे हैं। यह अलग बात है कि सभ्यता के विकास के साथ, इतिहास के हर मोड़-पड़ाव पर, मनुष्य की आवश्यकताओं के माँग-पत्र बढ़ते गए हों! लेकिन विकास की कहानी इसी संधानी जिजीविषा से जुड़ती है।

इस अर्थ में विकास के कई पहलू होते हैं और हो सकते हैं। अस्तित्व की सुरक्षा से लेकर व्यक्ति, समाज, नस्ल, समुदाय, देश और राष्ट्र की सामूहिक जिंदगी में गुण, मात्रा या स्तर की उन्नति और विभिन्न वर्गों-जातियों-समूहों के बीच समानता की चाह और कोशिश—ये सारे रुझान विकास के विविध आयामों से परिचय कराते हैं। मुद्दा चाहे

सांस्कृतिक विकास का हो, चाहे स्वाधीनता और समता के विकास का हो, वह हमेशा सुलभ से बेहतर की खोज का अनवरत क्रम है। इस बिंदु पर पूँजीवादी और साम्यवादी खेमों के दर्शन एकसमान मान्यता को स्थापित करते हैं कि आर्थिक विकास अपने में विकास के अन्य सारे आयामों को आत्मसात् करता है। इस दृष्टि से आर्थिक विकास का लक्ष्य प्राप्त होने से अन्य सभी प्रकार के विकास अनुषंगी सिद्ध होते हैं। यानी विकास का एकमात्र अर्थ है आर्थिक विकास।

किंतु बीसवीं सदी के इतिहास का पूरा सच यह नहीं है। इस सदी में आर्थिक संगठन के इतने भिन्न रूप मिलते हैं कि उनमें वित्तीय प्रबंध के इतिहास के आदिम संस्करणों से लेकर अत्याधुनिक संशोधनों की हर सीढ़ी मौजूद देखी जा सकती है। अनेक अफ्रीकी देश व कई दूसरे समाज अभी तक मुख्य धारा की आर्थिक गतिविधियों में शरीक नहीं हो पाए हैं। मोटे तौर पर आर्थिक विकास की जिन प्रचलित प्रणालियों को मुख्य धारा का प्रतिनिधि कहा जाता है, वे पूँजीवाद, साम्यवाद और समाजवाद ही हैं। दरअसल, इन शब्दों का प्रयोग उन्नीसवीं सदी की अर्थ-प्रणालियों के वर्गीकरण के लिए किया गया था और इन सबने आज अपने मूल अर्थ और संदर्भ खो दिए हैं। तब से आज तक स्थिति बहुत बदल चुकी है। विभिन्न राजसत्ताओं ने अपने हितों के मेल में आर्थिक प्रणालियाँ और विकास मार्ग बार-बार बदले हैं। सिर्फ भारतीय संदर्भ के उदाहरण भी लें तो नेहरू से लेकर राव तक और फिर देवेगोड़ा से लेकर वाजपेयी और मनमोहन तक भारतीय अर्थनीति कई दौर में कई करवटें बदल चुकी है। इस बीच अंतरराष्ट्रीय परिदृश्य भी कम नहीं बदला।

सन् 1990 में पूर्व सोवियत संघ के विघटन के बाद अमेरिकी दखल की एकध्रुवीय व्यवस्था के प्रभावी होने से सबसे अधिक अभिशप्त जिस क्षेत्र को होना पड़ा है, निस्संदेह वह आर्थिक क्षेत्र ही है। शीतयुद्ध के दौर की समाप्ति के बाद यह बड़ा शून्य नई विश्व व्यवस्था के नाम पर लौह कपाट में बंद रहे साम्यवादी देशों को भी खुली बाजार-व्यवस्था की अर्थनीति अपनाने की ओर धकेल रहा है। पूर्वी यूरोप के छोटे साम्यवादी देश 'वारसा संधि' की नकेल से जरूर बरी हुए, किंतु नाटो से लेकर विश्व बैंक, अंतरराष्ट्रीय मुद्रा कोष और विश्व व्यापार सगंठन के हस्तक्षेप और शर्तों के जाल में उलझते गए हैं। तीसरी दुनिया के देश भी विकल्पहीन दिख रहे हैं। सन् 1995 में जारी एक मसौदे में भारतीय कम्युनिस्ट पार्टी ने नए आर्थिक सुधारों पर प्रतिक्रिया व्यक्त करते हुए सीमित विदेशी पूँजी निवेश को सही माना। भारत में औद्योगिक विकास की वाम-शैली गहरे अंतर्विरोधों का नमूना है। वाम समर्थित तीसरे मोरचे की केंद्रीय सरकार ने जिस नई

औद्योगिक नीति का ऐलान किया था, उसके समानांतर पश्चिम बंगाल की वाममोरचा सरकार ने भी उस समय कई अजीबोगरीब पेशकश की थीं। सन् 1997 में भारतीय उद्योग संघ द्वारा कलकत्ता में आयोजित तीन दिवसीय अंतरराष्ट्रीय सम्मेलन में प्रतिनिधिमंडल के साथ उपस्थित पूर्व प्रधानमंत्री जॉन मेजर के सम्मान में मुख्यमंत्री ज्योति बसु ने जो वक्तव्य दिया था, वह अभिनंदन जैसा ही था।

सच है कि संकट में तो पूँजीवादी व्यवस्था भी कम नहीं है। भारतीय पूँजीवाद की असमर्थता भी बखूबी जानी-सुनी है। इसलिए विभिन्न आर्थिक प्रणालियों की क्षमताओं का मूल्यांकन विकास की दिशा और दृष्टि को समझने में ज्यादा मददगार हो सकता है। उत्पादन की तकनीक और कौशल को किस प्रकार के संगठन-प्रबंध के जरिए बढ़ाया जाए, यही आर्थिक विकास का मूलाधार है। जाहिर है कि प्रतियोगी विश्व बाजार में उत्पादन की गुणवत्ता, प्रचुरता और पूँजी ही औद्योगिक सफलता की गारंटी हो सकती है। इसके साथ कृषि क्षेत्र या अन्न भंडारों की समृद्धि भी जीवन स्तर का निर्धारण करती है। बहुमुखी आर्थिक विकास के लिए ज्ञान और शिल्प की सीढ़ियों की अनदेखी नहीं की जा सकती। बीसवीं सदी में तीन ध्रुवों में बँटी दुनिया में कई अर्थ-प्रणालियों ने अपनी उपलब्धियों के जो अभिलेख हमें सौंपे हैं, उनकी विरासत नई सदी को अनुभवों का समृद्ध कोष दे सकती है, लेकिन सामाजिक न्याय से वंचित कोई भी आर्थिक न्याय किसी लोकतंत्रीय व्यवस्था में सभी वर्गों को मान्य नहीं हो सकता।

यह स्मरणीय है कि सन् 1920 तक विकास की दृष्टि से उस वक्त की दुनिया में रूस का स्थान गौण था, जबकि 1970 में, सिर्फ पाँच दशक बाद, वह सिर्फ अमेरिका से पीछे रहा। जाहिर है, इन दोनों आर्थिक प्रणालियों के औद्योगिक विकास दर का अंतर तेज गति से कम हुआ था। निस्संदेह इस अवधि में पूर्णत: नियोजित रूसी अर्थव्यवस्था के विकास ने यह बताया कि उपभोग के स्तर को कुछ नीचा रखकर बड़े पैमाने पर बचत संचित करने की शक्ति उसमें कम नहीं थी। फिर क्या हुआ कि अगले दो दशकों में सोवियत संघ की स्थिति बेसँभाल होती हुई अचानक विघटन के कगार तक पहुँच गई?

बेशक लोकतंत्रीय व्यवस्था की तुलना में नियोजित अर्थव्यवस्था को यह अवकाश अधिक होता है कि यह उपभोक्ताओं की माँग की उपेक्षा करके अपने संसाधनों को बुनियादी उद्योगों में निवेशित कर सकती है, लेकिन कृषि उत्पादन में यह पद्धति उपयोग में नहीं लाई जा सकती। सोवियत भूमि में सरकारी नियंत्रण की सामूहिक खेती के अनुभवों का हासिल यही है, लेकिन आगे चलकर नियंत्रित अर्थव्यवस्था में भी बाजार प्रणाली के कई प्रावधानों का समावेश हुआ, जैसे बोनस और प्रोत्साहन आदि।

पिछली सदी की समाप्ति की पूर्व संध्या पर जब सब ओर नई उदार अर्थ नीति और आर्थिक चिंतन के स्वागत में तोरण द्वार सजे दिख रहे थे तो इस सोच के पीछे बार-बार पैंतरे बदलते विश्व बैंक सरीखे वित्तीय संगठनों की नीयत पर शक होता था। अंतिम दशक की शुरुआत में जहाँ एक ओर आर्थिक विकास में राज्य की भूमिका को सीमित और इसलिए नगण्य माना जा रहा था, वहीं बाजार की भूमिका को प्राथमिक और निर्णायक बतलाया जा रहा था। वहीं विश्व बैंक एक बार फिर सन् 97 की सालाना विकास रिपोर्ट में राज्य की भूमिका को महत्त्वपूर्ण बतलाते हुए उसकी वकालत में खड़ा दिखा। आनंद प्रधान ने अपने आलेख 'राज्य की विदाई और बाजार को सोहर' में विश्व बैंक की कार्य-संस्कृति की विस्तृत पड़ताल की थी। इसी तरह अब उस धुआँधार प्रचार की हकीकत भी खोली जानी चाहिए कि समाजवाद विफल हो गया है और पूँजीवाद का कोई विकल्प नहीं बचा।

सच यह है कि अमीर देशों की चमक में उनके विकास की विसंगतियाँ कम विज्ञापित हो पाई थीं। पिछले दिनों अमेरिका में तबाही मचाने वाली आर्थिक मंदी ने सावधान होकर सोच-विचार का ऐतिहासिक अवसर दिया तो उसके वित्त प्रबंध की विसंगतियाँ दुनिया के सामने खुलीं। इससे पहले सन् 80 के दशक में वहाँ लगभग दो करोड़ लोगों को रोजगार से वंचित होना पड़ा था। कारण सिर्फ यह बताया गया था कि पूँजी के अधिक गतिशील रहने और बहुराष्ट्रीय कंपनियों द्वारा लाभप्रद कार्य के अनुकूल स्थितियों की तलाश में दूर-देशों में जाने से अचानक बेकारी का यह दौर आया था। उस परिस्थिति ने अमेरिकी परिवारों में जो भूचाल पैदा किया, उस पर जेम्स पेटरास और स्टीव वायक्स का बहुचर्चित शोध-पत्र कई प्रश्न उठा चुका है। उन्हीं दिनों कई प्रमुख पूँजीवादी देशों में भी मजदूर और गरीब वर्गों को अपूर्व आक्रामकता का सामना करना पड़ा था।

पिछले दो दशकों में पूँजीवादी देशों की आर्थिक स्थिरता, सुदृढ़ता की साख और सबके लिए भरपूर काम और राष्ट्रीय प्रतिरक्षा जैसे बहुप्रचारित मिथ कई बार टूट चुके हैं। सन् 1989 में अमेरिका में लाभ की दर पहली बार तेजी से गिरी थी और अगले साल हालत इतनी बदतर हुई कि व्यापारिक कंपनियों ने दिवालिया होने का रिकॉर्ड तोड़ दिया था। कनाडा और आस्ट्रेलिया भी अपने इतिहास के सबसे बुरे दौर में रहे हैं। ब्रिटेन अब कोई आर्थिक शक्ति नहीं रहा। पिछले वर्षों में जापान और पूर्वी एशिया के कई अमीर देश भी अपूर्व मंदी की मार झेलते दिखे।

इसी दौर में कल तक जो एकध्रुवीय व्यवस्था अटल लग रही थी, वह बहुकेंद्रीय रुझान के संक्रमण काल में पहुँच गई। यूरोपीय बाजार और डॉलर-यूरो की प्रतियोगिता

आर्थिक मंदी के विश्वव्यापी दौर को कितनी दूर तक साझा नेतृत्व दे पाएँगे, यह संदिग्ध बन गया है। बीसवीं सदी के अवशेष पर नई सदी में जो आर्थिक व्यवस्था विश्व को संचालित करेगी, उसकी बुनियाद कैसी होगी! आर्थिक वैचारिकी का नया आधार किसी बने-बनाए फॉर्मूले की तरह तो नहीं पेश किया जा सकता, किंतु इतिहास के मोड़ पर परिवर्तनों की आहटों का विवेचन किसी अनहोनी के इंतजार में नहीं टल सकता।

1917 से 1970 के बीच तेज गति से आर्थिक विकास का प्रतिमान बनने के बाद अचानक सोवियत पिरामिड के ढह जाने से जो ऐतिहासिक शून्य पसरा है, उसने तीसरी दुनिया के बौद्धिकों के सामने कड़ी चुनौती पेश कर दी है। कभी मार्क्स और ऐंगिल्स, लेनिन और ग्राम्सी और कम्युनिस्ट इंटरनेशनल के सूत्रधारों के सामने भी यह चुनौती रहा करती थी कि पूँजीवादी तिलिस्म को भेदकर उसके विकल्प की प्रतिष्ठा कैसे की जाए? रूसी किले के ध्वंस के बाद देखते-देखते यूरो कम्युनिज्म की दावेदारी भी जमींदोज हो गई। चीन अपने अर्थतंत्र को दक्षिणपंथी राजमार्ग पर ले जा रहा। उसके पूर्वी प्रदेशों में विदेशी पूँजी की सहायता से जो संयुक्त उद्यम लगे हैं, उनसे औद्योगिक उत्पादन आशातीत बढ़ा, मगर बाजार व्यवस्था की खूबी-खामियों की घुसपैठ भी वहाँ हुई।

इस महा प्रश्न के सटीक उत्तर खोजने से पहले यह आश्वस्ति जरूरी है कि क्या सचमुच सोवियत संघ का अवसान सिर्फ कम्युनिस्ट सरकार और सत्ता का अंत है, विचारधारा का अंत नहीं? उस कठमुल्ला मानसिकता की परीक्षा भी जरूरी है कि किसी राजनीतिक दर्शन में संशोधन और क्षेत्रीय संस्करण के नए अध्याय जोड़े जाएँ या पवित्र पुस्तकों की तरह उनका अविकल पाठ जारी रखा जाए? खतरा यह भी है कि मौजूदा दौर में नियंत्रित और नियोजित विकास की आर्थिक प्रणाली मरणासन्न होकर पूँजीवादी अजगर के पेट में समाती जा रही है और हम विकल्पहीनता के पड़ाव पर पहुँच गए लगते हैं।

आर्थिक विश्व में इस समय जो स्थितियाँ बन रही हैं, वे इतिहास के एक युग के समापन के संकेत दे रही हैं। इसके साथ ही नई शुरुआत की संभावना भी आकार लेने लगी है। आर्थिक विकास एक सम्मोहक अवधारणा है। सामाजिक सुरक्षा के नाम पर उपभोक्ता-हित में चलाई जा रही योजनाओं के कमजोर होने से उदार पूँजीवाद का मानवीय चेहरा और नैतिक आधार क्षीण हो रहा है। विकास का पश्चिमी तरीका असमानताओं, असंगतियों और विरोधाभासों से मुक्त नहीं है। दुनिया के कई कोनों से ऐसी खबरें आती रही हैं, जो आर्थिक विकास के विरोधाभासों और विसंगतियों के सवाल उठा रही हैं। इसी अप्रील में चीन के एक शहर में बिक्रस देशों—ब्राजील, रूस, भारत,

चीन और दक्षिण अफ्रीका—की शिखर बैठक में आपसी लेन-देन यानी मुद्रा विनिमय के जिस मुद्दे पर आम सहमति बनी, उसके तहत परस्पर व्यापार में भुगतान के लिए डॉलर की बजाय स्थानीय मुद्रा को चलन में लाने का साझा निर्णय लिया गया।

पिछली सदी के आर्थिक विकास के दो अनिवार्य पहलू थे—तकनीक का निरंतर विकास और प्राकृतिक संसाधनों का अमर्यादित दोहन। इनसे उत्पादन प्रक्रिया में सुधार हुआ तो समाज में विषमता भी बढ़ी है। नई तकनीक महँगी भी होती है और पूँजी निवेश के लाभों का समान वितरण भी नहीं हो पाता। अगर चीन से उदाहरण लें तो उसके समुद्र तटवर्ती पूर्वी क्षेत्रों और पश्चिमी क्षेत्रों की तुलना चैंकाने वाले नतीजे दे सकती है। पूर्वी क्षेत्रों में मुख्यत: प्रवासी चीनियों की विदेशी पूँजी के निवेश से विकास की आँधी बही है, औद्योगिक उत्पादन रिकॉर्डतोड़ गति से बढ़ा, किंतु पश्चिमी प्रदेशों में असंतुलित विकास के कारण व्यापक असंतोष भी फैला। तेज आर्थिक विकास के बायप्रोडक्ट की तरह भ्रष्टाचार और महँगाई में भी इजाफा हुआ।

पिछली सदी में औद्योगिक सभ्यता के उत्थान और पतन के केंद्रीय सूत्रों को रेखांकित करना हो तो पूँजीवादी और समाजवादी दोनों ध्रुवों के आधारतल को खँगालना होगा। निर्विवाद है कि इस यांत्रिक सभ्यता का उत्स इंगलैंड की औद्योगिक क्रांति थी। बाद में अमेरिका, फ्रांस और रूस की राज्य क्रांतियों ने कई ऐतिहासिक अध्याय जोड़े। यह भी उतना ही सही है कि इस आर्थिक सभ्यता की आधारभूत अवधारणाओं की अनेक स्थापनाएँ टूटकर बिखर चुकी हैं। यहाँ उस वैचारिकी के तीन अहम मुद्दों का उल्लेख किया जा सकता है। ये प्रमुख बिंदु हैं—उद्योग और उद्यम, उपभोक्ता बाजार और सैन्य शक्ति। इन संकल्पों के जरिए तकनीक के निरंतर विकास से औद्योगिक व कृषि उत्पादन में अविराम वृद्धि, बुनियादी और कृत्रिम माँग व जरूरत के लिए उपभोक्ता समाज व संस्कृति का प्रचार-प्रसार और शक्ति संचय के वर्चस्व के लिए विध्वंसक शस्त्रीकरण का अभियान इतिहास में दर्ज है।

पूँजीवादी लोकतंत्र और साम्यवादी व्यवस्था—इन दोनों खेमों की निरर्थकता का पहला बोध साठ के दशक में हुआ। सन् 1960 में ही अंतरराष्ट्रीय कम्युनिस्ट सम्मेलन की बहसों और मास्को घोषणा-पत्र से साम्यवादी लौह दीवार में पड़ी वैचारिक और रणनीतिक दरारों का अहसाह हुआ। उस दशक के अंतिम वर्षों में वियतनाम में अमेरिकी पराजय ने सैन्य शक्ति के संचय और श्रेष्ठता को अर्थहीन करार दिया। इससे पहले अमेरिका के साथ क्यूबा की तनातनी के नाजुक दौर में अधिक-से-अधिक शक्ति संतुलन के प्रभावी और उपयोगी होने की बात सिद्ध नहीं हो पाई थी। बाद में अफगानिस्तान

से सोवियत सेनाओं की वापसी ने भी सैनिक श्रेष्ठता की अवधारणा को चोट पहुँचाई। विभिन्न देशों के खिलाफ अमेरिका की आर्थिक नाकेबंदी की मिसालें भी विसंगतियों की बानगी रही हैं।

इस प्रकार यह स्पष्ट है कि मनुष्य ऐतिहासिक शक्तियों का खिलौना नहीं है। समग्र विकास के लिए सिर्फ औद्योगिक विकास पर्याप्त नहीं है। प्राकृतिक संसाधनों के अनियंत्रित दोहन से पर्यावरण का गंभीर संकट पूरी दुनिया पर मँडरा रहा है। मनुष्य की समता का निषेध कर चलने वाले आर्थिक विकास में वर्गीय हितों का टकराव और संघर्ष अनिवार्य और इसलिए त्याज्य है। पूँजी के पसरते साम्राज्यवादी पाँव दमन और शोषण के सहारे ही टिक सकते हैं। मनुष्य की आत्मा और अभिव्यक्ति की आजादी को कुचलने वाले विचारतंत्र से भी नई सभ्यता का उन्मेष नहीं हो सकता। बीसवीं सदी के अनुभवों ने एक व्यापक अर्थ में वैज्ञानिक समाजवाद और ऐतिहासिक विकासवाद से मोहभंग की स्थिति पैदा की है। आधुनिकता के अंत और उत्तर आधुनिकता के उन्मेष की घोषणाएँ इसी सांस्कृतिक कुंठा से पैदा हुई हैं।

भारत में विकास के टेड़े-मेढ़े रास्ते

सन् 1997 में तीसवें आर्थिक संपादक सम्मेलन में केंद्र के तत्कालीन वित्तमंत्री पी. चिदंबरम ने भारतीय अर्थव्यवस्था में खुलापन लाने की वकालत करते हुए सात प्रतिशत विकास दर पाने के लिए यह जरूरी बताया था कि इक्कीसवीं सदी की अर्थव्यवस्था इस देश में उन्नीसवीं-बीसवीं सदी में बने कानूनों से नहीं चलेगी। उल्लेख्य है कि देश में फेरा कानून 1947 में, औद्योगिक विकास अधिनियम 1951 में, कंपनी ऐक्ट 1956 में और आयकर अधिनियम 1961 में बना। यह भी सही है कि सार्वजनिक जीवन और प्रशासन को दिशा देने वाले कई कानून ब्रिटिश शासन के कानूनी प्रावधानों के पुनर्संस्करण भर हैं। तो क्या मान लेना चाहिए कि विकास का रास्ता इन पुराने, अप्रासंगिक और बदली हुई परिस्थितियों में बेकार हो चुके कानूनों ने रोक रखा है? क्या विकास की हमारी दिशा और प्राथमिकताएँ इन्हीं और इन जैसे कुछ अन्य कानूनों द्वारा तय होती रही हैं? क्या देश के विभिन्न अंचलों में व्याप्त आर्थिक प्रगति के लाभ समाज के कमजोर वर्गों तक पहुँचाने की जवाबदेही सिर्फ कानूनों की है? बेशक, इन जैसे अनेक सवालों के जवाब पाने के लिए हमें भारत में विकास की दिशा और दृष्टि की खोजबीन करनी चाहिए।

सबसे पहले यह ध्यान में रख लें कि विकसित और विकासशील देश जैसी शब्दावली पूँजीवादी अर्थशास्त्र की देन है। इसी तरह बहुप्रचारित विकास दर भी एक

पूँजीवादी अवधारणा है। अगर विकास दर को ही अर्थव्यवस्था की मानक कसौटी मान लें तो कहना चाहिए कि भूख, गरीबी, बेरोजगारी और शोषण का ग्राफ बढ़ने के बावजूद आर्थिक विकास संभव है। यह उल्लेख्य है कि पिछली संयुक्त मोर्चा सरकार के समय योजना आयोग ने संभवतः इस असंगति को ध्यान में रखकर ही आर्थिक नियोजन में विकास दर की अवधारणा को छोड़ने का संकल्प लिया था। बाद में इस दावे को छोड़ते हुए उसने विकास दर को पुनः ऊँचा उठाने का लक्ष्य तय किया। स्थिति की विडंबना यह है कि कम्युनिस्ट देशों और दलों ने भी विकासमापक इस पद्धति को अपनी मान्यता की मुहर दे दी है। इसलिए इस छलावे को विश्वव्यापी स्वीकृति मिल गई है। तो भी इस असहमति की पूरी गुंजाइश बनी और बची हुई है कि इस रास्ते भारत समेत तीसरी दुनिया के देशों का सामाजिक-आर्थिक विकास गुमराह होगा।

भारत में आर्थिक विकास का दर्शन मोहनदास करमचंद गांधी से लेकर मनमोहन सिंह तक कई राजनीतिक गलियारों में भटकता रहा है। बाजार की शक्तियों से संचालित होने वाले आर्थिक उदारीकरण की आँधी शुरू होने से पहले विकास दृष्टि की बहस का ताना-बाना गांधी और नेहरू या अधिक-से-अधिक गांधी बनाम नेहरू के दायरे में बुना जाता था। कई बार यह बहस पटरी से उतरकर परंपरा बनाम आधुनिकता और विज्ञान विरोध बनाम विज्ञान समर्थन के खानों में बँट जाता था। जूलियस हक्सले ने अपने एक लेख में गांधी पर विज्ञान विरोधी होने का अभियोग लगाया था। इस विवाद के विस्तार में जाकर विवेचन मौजूदा प्रसंग का अभीष्ट नहीं है, इसलिए समापन की ओर बढ़ते हुए यह माना जा सकता है कि आजाद भारत में लंबे समय तक नेहरू का अर्थ दर्शन ही मान्य बना रहा। भुवनेश्वर कांग्रेस अधिवेशन (1956) में समाजवादी समाज बनाने का प्रस्ताव पारित होने के बावजूद नेहरू ने साम्यवादी रूस से सिर्फ पंचवर्षीय आयोजन की परिकल्पना ली और मिश्रित अर्थव्यवस्था का प्रयोग अमल में लाया। इस तरह ग्रामीण विकास की जगह रूसी मॉडल का औद्योगीकरण शुरू हुआ।

1956-61 की पंचवर्षीय योजना में गाँवों और शहरों के छोटे उद्योगों पर कुल औद्योगिक निवेश का सिर्फ 11.5 प्रतिशत खर्च किया गया, जबकि ये क्षेत्र उस समय देश के औद्योगिक रोजगार के तीन-चौथाई तथा औद्योगिक उत्पादन के आधे का प्रतिनिधित्व करते थे। यह भी उल्लेख्य है कि नेहरू शासन में पंचायतों को कुल राजस्व के 4 प्रतिशत से कम या राष्ट्रीय आय के 0.4 प्रतिशत के समतुल्य आबंटन प्राप्त होता था। उस दौर में शिक्षा एवं चिकित्सा सुविधा के विस्तार का केंद्रीकरण मुख्यतः शहरी लघु क्षेत्र में ही हुआ। इस प्रकार कांग्रेसी शासन के लगभग चार दशक तक भारत के गाँव आर्थिक

नियोजन के हाशिए पर रखे गए और हम गांधी के यथार्थवादी और मानवीय विकास की प्राथमिकताओं की अनदेखी करते रहे। बहुत देर से राजीव ने पंचायतों को अधिकारसंपन्न बनाने के लिए संविधान संशोधन की जरूरत समझी और 73वें संशोधन (1992) के जरिए ग्रामीण विकास के लिए पंचायतों के क्षेत्राधिकार में महत्त्वपूर्ण विस्तार करते हुए कृषि, लघु सिंचाई, प्राथमिक और माध्यमिक शिक्षा, तकनीकी और व्यावसायिक शिक्षा, स्वास्थ्य और लघु उद्योग को पंचायती राज व्यवस्था में शामिल किया गया।

इस सकारात्मक सोच के बावजूद ग्रामीण भारत के भविष्य पर अनिष्ट के काले बादल मँडरा रहे हैं। उदारीकरण की आँधी और लाभमुखी अर्थव्यवस्था की चकाचैंध में ग्रामीण विकास की कंदील अगर टिमटिमाती भी रह जाए तो वही बहुत है। यह अचरज की बात है कि एक तरफ विकेंद्रीकरण और सामुदायिक कार्यक्रमों पर जोर दिया जा रहा है और पंचायतों-स्थानीय संस्थाओं को सत्ता सौंपने की चर्चा हो रही है, तो दूसरी ओर कमजोर वर्गों और क्षेत्रों को दी जा रही सब्सिडी को भार मानकर बाजार की लाभकारी अर्थनीति को गले लगाने की तैयारी चल रही है। यहीं यह सवाल नुकीला और अहम हो जाता है कि इस माहौल में ग्रामीण विकास के मद में अतिरिक्त निवेश का क्या अर्थ है?

विखंडित विचार और घटकवादी सोच आधुनिक प्राकृतिक विज्ञान की दार्शनिक समस्या है। इससे तत्त्वान्वेषण और विश्लेषण में वस्तुपरक पद्धति का लाभ मिलता है, लेकिन जब यही पद्धति समाजविज्ञानी प्रश्नों पर लागू की जाती है तो अनर्थकारी परिणाम आ जाते हैं। विकास की अवधारणा भी इससे आक्रांत है। विकास के क्षेत्र और मुद्दों का विभाजन कुछ इसी किस्म से किया जाता है। जैसे—महिला विकास, कमजोर वर्गों का विकास, स्लम एरिया का विकास, औद्योगिक विकास। कुछ इसी तर्ज पर केंद्रीय वित्तमंत्री ने सितंबर 1997 में समग्र विकास दर को समझाया था। मसलन विकास दर के लक्ष्य तक पहुँचने के रास्ते अलग-अलग हो सकते हैं। यह संभव है कि किसी वर्ष कृषि के कारण, किसी वर्ष उद्योग के कारण या किसी वर्ष किसी अन्य क्षेत्र में प्रगति से लक्ष्य पाने में मदद मिलती है, लेकिन बुनियादी प्रश्न तो यह है कि विकास दर की घटती-बढ़ती भूल-भुलैया में हमारी प्राथमिकता के क्षेत्र कहीं हाशिए में न पड़े रहें! छह दशकों की विकास-यात्रा में कई महत्त्वपूर्ण पड़ावों पर उल्लेख्य उपलब्धि दर्ज कराते हुए भी हमारी विकास दृष्टि में कुछ चुने हुए इलाके और समूहों के जीवन स्तर को ऊँचा उठाने के कार्यक्रम तरजीह पाते रहे हैं। मनमोहन सिंह ने आर्थिक नीतियों में जिस उदारीकरण और बाजार व्यवस्था के नाम पर खुलेपन का लोकार्पण किया, उसमें उपभोक्ता समाज और उसके उत्पादक वर्गों के हित तो सुरक्षित होते हैं, लेकिन उससे देश के शोषित, पिछड़े,

गरीब और बेरोजगार–अर्द्धबेरोजगार, बहुसंख्यक नागरिकों को आर्थिक न्याय नहीं मिल सकता। अंततः किसी जनतंत्रीय व्यवस्था में आर्थिक विकास का केंद्र जन ही हो सकता है, धन नहीं।

भारतीय विकास के कुछेक आर्थिक छलावों की चर्चा जरूरी मालूम पड़ती है। निर्यातमुखी अर्थनीति की विसंगतियों पर कम बहस होती है। चूँकि निर्यात की वास्तविक क्षमता जब भारतीय अर्थव्यवस्था में सीमित थी, उस समय भी कई खाद्य पदार्थों और भविष्य के लिए संचित खनिज संपदा का निर्यात होता रहा। नेहरू काल से ही निर्यात को एक बड़ा लक्ष्य बताकर पूँजीपतियों और उद्योगों को तरह–तरह की छूट दी जाती रही। वर्ष ८९ में पहली बार जार्ज फर्नांडिस ने इस ओर ध्यान खींचा था कि निर्यात का लक्ष्य बताकर जिन उद्योगों को करों और आयात में रियायत दी जाती है, वे देश का कितना आर्थिक नुकसान करते हैं! उनसे हम जितनी मुद्रा अर्जित करते हैं, उतने से अधिक पूँजी, माल व उपकरणों के आयात पर और निर्यात के लिए मिलने वाली सहायता पर खर्च करते हैं। भारत के विदेश व्यापार में भुगतान संतुलन को व्यवस्थित रखने के लिए निर्यात बढ़ाने की नहीं, आयात घटाने की भारी जरूरत है। उत्पादन वृद्धि के लिए मशीन और तकनीक का आयात लाभप्रद बाध्यता भले हो और उसे आने वाले कल में भी प्रतिबंधित नहीं किया जा सकता, किंतु निर्यात के मदों का पैनल बार–बार पुनरीक्षित किया जाना हमारे विकास के हित में होगा।

इसी तरह, आज जब एक मजबूत मध्यवर्ग उपभोक्ता वर्ग में तब्दील होने के लिए लालायित दिख रहा है, पूरी अर्थव्यवस्था को बाजार की शक्तियों के भरोसे नहीं छोड़ा जा सकता। यहाँ भारतीय पूँजीवाद की असमर्थता की पहचान जरूरी है। सच है कि मिश्रित अर्थव्यवस्था के दौर में भी भारतीय विकास की मुख्य दिशा पूँजीवादी रही। वास्तविकता यही है कि हमने पश्चिम की पूँजीवादी व्यवस्था और विकास पद्धति को आत्मसात् किया है, किंतु भिन्न ऐतिहासिक परिप्रेक्ष्य के कारण दोनों के चरित्र और परिणाम में भारी अंतर रहा है। पूँजीवाद का विकास यूरोप में जिस समय हो रहा था, उस समय एशिया और अफ्रीका में जहाँ–तहाँ उनके औपनिवेशिक साम्राज्य थे। उपनिवेशों के आर्थिक संसाधनों के शोषण के बलबूते यूरोपीय देशों और समाजों के तमाम क्षेत्रों और वर्गों को औद्योगिक समृद्धि मिली। धीरे–धीरे पूँजीपतियों के एक छोटे वर्ग को छोड़कर शेष सारा समाज एक बड़े मध्यवर्ग में परिणत हो गया। उसकी विषमताएँ कई हैं और बताई जा सकती हैं, लेकिन आंतरिक शोषण की नगण्य स्थिति के कारण उनका असंतोष आक्रोश बनकर सड़कों पर नहीं फूटता।

तीसरी दुनिया के देश उपनिवेशवाद के खिलाफ स्वाधीनता का संघर्ष जीतकर आजाद हुए, तब भी उनका अपने शोषकों से आर्थिक सरोकार बना रहा। वे बाहरी शोषण के साथ आंतरिक शोषण से भी जूझते रहे। यहाँ यह कहना बेमानी होगा कि देशी और पश्चिमी पूँजीवाद की कार्य-शैली एक ही है। कभी यूरोपीय पूँजीवाद की संचयी वृत्ति की प्रशंसा मार्क्स ने भी की थी। वहाँ श्रमिकों का शोषण लंबे समय तक जारी रहा, लेकिन लगभग दो सदियों तक पूरे समाज के लिए जरूरी और उपयोगी वस्तुओं का उत्पादन भी बढ़ता गया। इस तुलना में सौ साल की जिंदगी जीकर भी भारतीय पूँजीवाद इतना समर्थ नहीं दिखा पाया कि देश की जनता के लिए भोजन, चिकित्सा, आवास, साक्षरता जैसी कल्याणकारी योजनाएँ बना सके। अब तक राज्य पूँजी की घुन खाई बैसाखी भी कोई मजबूत टेक सुलभ नहीं करा सकी। मिश्रित अर्थव्यवस्था के प्रयोग से वर्णसंकर विकास की शैली वैकल्पिक अर्थनीति नहीं रच सकी।

भारत जैसे भौगोलिक, सांस्कृतिक और आर्थिक-सामाजिक विविधता वाले देश में राजनीतिक दबाव बनाने वाले क्षेत्रों और वर्गों के तुष्टीकरण की विकास-नीति चलती रही तो देर-सवेर क्षेत्रीय असंतुलन और पिछड़ेपन से उपजे असंतोष राष्ट्रीय विघटन की शक्तियों का मोहरा बन सकते हैं। केंद्र के वार्षिक आम बजट में छोटे राज्य के हितों की उपेक्षा और बड़े राज्यों की अपेक्षाओं का समायोजन सचमुच चिंता की बात है। कम-से-कम आर्थिक विकास के नियोजन और बजट आबंटन में भेदभाव से मुक्त एप्रोच ही एकमात्र विकल्प है।

ऐसा ही एक संकट पर्यावरण प्रदूषण का है। कल तक वह मुख्यत: औद्योगिक विकास का बायप्रोडक्ट था, किंतु अब पूरे भौगोलिक विस्तार और वायुमंडल को घेर रहा है। नगरीकरण, परिवहन, ईंधन, औद्योगिक कचरे का निष्पादन, खनिज संपदा का दोहन, जल प्रबंधन, ग्रीन हाउस का उत्सर्जन जैसे अनेकानेक पहलू पर्यावरण विनाश की चिंता को बढ़ा रहे हैं। निस्संदेह, अब विकास योजनाओं में पर्यावरण संरक्षण हमारी प्राथमिकता की सूची में शिखर पर जा पहुँचा है। प्राकृतिक संसाधनों की लूट अनियोजित व अमर्यादित न हो जाए, यह सोचने का समय आ गया है। बुनियादी सवाल यह है कि किस तरह सभी लोगों को पर्याप्त सुविधा के साधन भी मिलें और प्राकृतिक संपदा भविष्य के लिए संचित भी रहे? नई सदी में विकास के नाम पर पर्यावरण विनाश के लिए सजा और संरक्षण के लिए पुरस्कार के प्रावधान भी होने चाहिए।

आर्थिक विकास, अर्थव्यवस्था, आर्थिक संगठन, विकास-दर, समग्र विकास, समावेशी विकास, विकास के गैर आर्थिक आयाम, पूँजी, तकनीक, उत्पादन, वितरण,

लाभ, उपभोग, बचत, संचय, निवेश, ऊर्जा, लघु उद्योग, हस्तशिल्प, बड़ी परियोजनाएँ, आपदा प्रबंधन, राजनीतिक स्थिरता—ये कुछ ऐसे शब्द, शीर्ष और अर्थ हैं, जो मौजूदा सदी की भाषिक व्यंजनाओं में गूँजते रहेंगे। उजाले का सफर सदियों से जारी है और अब समता, स्वाधीनता और बंधुता का पूरक संकल्प है, सबके लिए आर्थिक न्याय। विकास का एक ही अर्थ है—सबके लिए विकास।

झारखंड में विकास की दिशा और दृष्टि

क्या संघीय व्यवस्था वाले किसी देश में केंद्र और राज्यों के लिए विकास की अवधारणा अलग-अलग हो सकती है? यदि नहीं, तो फिर झारखंड में विकास की दिशा और दृष्टि की स्वतंत्र पड़ताल क्यों जरूरी है? इन जैसे प्रश्नों के उत्तर तभी सटीक मिल सकते हैं, जब यह ध्यान में रखा जाए कि लंबे समय तक यह क्षेत्र राज्य के भीतर उप राज्य की-सी स्थिति में त्रिशकुं झूलता रहा है। अलग राज्य की माँग करने वाले आंदोलनकारियों ने त्रिपक्षीय समझौते के तहत एक राजनीतिक पड़ाव की तरह झारखंड स्वशासी परिषद् को स्वीकार लिया था। उस परिषद् की स्वायत्तता और क्षेत्राधिकार भी हमेशा विवादग्रस्त रहा। चार साल पूरे करने के बावजूद उसके पार्षदों का स्वतंत्र चुनाव नहीं हो पाया और वह प्रावधानों के अनुसार छह-छह महीनों के तदर्थ विस्तार पर घिसटता रहा। परिषद् के लिए कोष, विभाग, कर्मचारियों-अधिकारियों की नियुक्ति-प्रतिनियुक्ति और स्थानांतरण के अधिकार की खींचतान परिषद् और राज्य सरकार के बीच होती रही। योजना मद की राशि उसे केंद्र की ओर से राज्य सरकार के माध्यम से ही सुलभ हो सकती थी।

जाहिर है कि ऐसे क्षेत्र के आर्थिक विकास के विभिन्न पहलुओं की अलग पड़ताल होनी लाजिमी है। यह एक वास्तविकता है कि यहाँ के मूलवासी आजादी की स्वर्ण जयंती से गुजरकर भी विपन्न और पिछड़े हुए हैं! अलग राज्य गठन से पहले तक विकास के क्षेत्रीय असंतुलन पर यह टिप्पणी इसलिए अर्थपूर्ण है कि अविभाजित बिहार राज्य को राजस्व का लगभग तीन-चौथाई भाग इसी क्षेत्र से प्राप्त होता था। तमाम बड़े उद्योग-धंधे यहीं स्थापित हुए और विभिन्न खनन परियाजनाओं में यहाँ के प्राकृतिक संसाधनों का पुरजोर दोहन होता रहा। इसलिए बड़े पैमाने पर विस्थापन का दंश यहाँ के मूलवासियों को झेलना पड़ा। इसे पूरे विकास-चक्र का लाभ वंचितों को नहीं मिलकर बिचैलियों की जमात को मिला। जाहिर है कि संसाधनों से भरपूर इस राज्य के विकास का अध्ययन न केवल क्षेत्रीय दृष्टि से, बल्कि राष्ट्रीय दृष्टि से भी महत्त्वपूर्ण है।

झारखंड की विकास योजनाओं को एक अन्य कसौटी पर भी देखा जा सकता है कि यह क्षेत्र आदिवासीबहुल क्षेत्र है और इसके आर्थिक कार्यक्रम उनके हितों का कितना ध्यान रख पाए? बाईस साल पहले तक होता यह रहा कि अविभाजित बिहार राज्य के एक प्रशासनिक उपखंड की तरह इस क्षेत्र की योजना बनती रही, जिसमें आदिवासी विकास के नाम पर कुछ उपयोजनाएँ और आबंटन जोड़ दिए गए। इस कारण आदिवासी विकास की कोई अवधारणा न सरकारी महकमों में बनी या विकसित हुई और न ही अमल में लाई जा सकी।

संविधान के 73वें संशोधन और दिसंबर, 1996 में संसद् द्वारा पारित पंचायत अधिनियम के प्रावधानों से जनजातीय बहुलता के तमाम क्षेत्रों के लिए विकास की पुरानी अवधारणा को नए अर्थ मिले हैं। आशा की जा सकती है कि अब इन क्षेत्रों में योजनाएँ ऊपर से थोपी नहीं जाएँगी और आर्थिक विकास के मामले में आत्मनिर्णय का अधिकार स्थानीय लोगों को मिल जाएगा। इस प्रकार प्रशासनिक और आर्थिक सत्ताओं के विकेंद्रीकरण का एक निर्णायक दौर शुरू हो रहा है। तो भी झारखंड के विकास की दिशा और दृष्टि पर विमर्श का महत्त्व बना हुआ है। आदिवासी हितों, परंपराओं, मूल्यों और स्वशासन की भावना का पूरा सम्मान करते हुए भी झारखंड की जनसांख्यिकी संरचना को नजरअंदाज नहीं किया जा सकता। जनसंख्या के अनुपात और उसकी सामाजिक-आर्थिक भागीदारी से ही नई व्यवस्था स्वीकार्य और प्रभावी हो सकती है।

अविभाजित बिहार राज्य में जब-जब झारखंड आंदोलन की गतिविधियाँ तेज हुईं और इस अंचल का राजनीतिक तापमान गरम होने लगा, तब-तब तत्कालीन राज्य सरकार की सदाशयता बढ़ती नजर आई। ऐसे संवेदनशील अवसरों पर आदिवासी उत्थान के लिए राजकोष खुल जाता था, नई योजनाओं-उपयोजनाओं की घोषणा होती थी, रोजगार के अवसर बढ़ाने की मुहिम तेज की जाती थी और ग्रामीण विकास में रफ्तार लाने की चर्चाएँ शुरू हो जाती थीं। ऐसी प्रशासनिक सरगर्मियों के कई दौर आए-गए, जब अलग राज्य के आंदोलन की काट के रूप में छोटानागपुर-संताल परगना के विकास की सरकारी चिंता बढ़ गई। 'जैक' (झारखंड स्वशासी परिषद्) के गठन से पहले यह जाना-सुना दस्तूर था।

पिछली सदी के उत्तरार्द्ध में इस पठारी भूभाग के विकास पर जो धन खर्च हुआ और जो योजनाएँ अमल में लाई जा सकीं, उनसे इस इलाके में औद्योगिक अंचलों का विकास हुआ, खनन परियोजनाओं का विस्तार हुआ, नगरीकरण की गति बढ़ी, आबादी बेतहाशा बढ़ी, रोजगार के नए अवसर बढ़े, शिक्षा-चिकित्सा के अनेक केंद्र खुले,

सहकारी संस्थाओं का जाल फैला, स्वयंसेवी संस्थाओं की संख्यात्मक प्रगति हुई, सिंचाई और विद्युतीकरण का दायरा फैला और सड़क-रेल-वायु यातायात-परिवहन सुविधाओं में उल्लेख्य वृद्धि हुई। कुल मिलाकर देश के नक्शे पर यह क्षेत्र आजादी के बाद, पुराने हिल स्टेशन की जगह, खनिज और उद्योग की अकूत संभावनाओं के केंद्र के रूप में उभरा।

लेकिन यह सारा विकास किसके लिए हुआ? देश और समाज के कौन-से वर्ग उससे ज्यादा लाभान्वित हुए? स्थानीय व मूलवासियों को इस प्रगति की क्या कीमत चुकानी पड़ी? ऐसे विकास की प्राथमिकताएँ क्या थीं और कैसे तय होती थीं? और क्षेत्रीय विकास की यह दिशा-दृष्टि हमें किन निष्कर्षों पर पहुँचाती है?

औद्योगीकरण, नगरीकरण, खनन, सिंचाई और विद्युत् परियोजनाओं के फलस्वरूप बड़े पैमाने पर इस क्षेत्र के मूलवासी—आदिवासी और सदान—विस्थापित हुए, रोजगार का लाभ और अवसर बाहर से आकर नए लोगों ने उठाया, अदूरदर्शितापूर्ण वन नीति के कारण, अफसरों और ठेकेदारों की मिलीभगत से, काठ के व्यापारियों ने हरे-भरे जंगल उजाड़ दिए, परंपरागत तौर पर आत्मनिर्भर ग्रामीण अर्थ प्रणाली छिन्न-भिन्न हुई, क्षेत्र के सामाजिक-सांस्कृतिक मूल्य संकटग्रस्त हुए, समतामूलक समाज संबंधों में ढील पड़ी और महिलाओ की सदियों से जारी आजादी पर पारिस्थतिक प्रतिबंध शुरू हुए।

अलग राज्य गठन से पहले तत्कालीन केंद्र-राज्य सरकारों के आर्थिक कार्यक्रमों की सबसे कड़ी आलोचना यह कहकर की जाती रही कि इस क्षेत्र को चारागाह के रूप में इस्तेमाल किया गया। तत्कालीन राज्य सरकार के राजस्व खाते में जितना बड़ा अंशदान यह इलाका करता था, उसका आधा भी यहाँ खर्च नहीं हुआ। शिक्षा, चिकित्सा, सड़क निर्माण, विद्युतीकरण, सिंचाई और आवास—इन सभी मदों में इस क्षेत्र का निवेश शेष बिहार की तुलना में काफी कम रहा। रोजगार के अवसर बढ़ाने के दावे जोर-शोर से किए जाते रहे, लेकिन उनकी कलई तब खुल जाती थी, जब हर साल इस इलाके से मूल निवासी सपरिवार असम, पश्चिमी बंगाल, उत्तर प्रदेश, पंजाब और हरियाणा के लिए प्रवासी मजदूर बनने के लिए मजबूर हो जाते थे।

पिछली आधी सदी के विकास की उपलब्धियों को अगर आँकना हो तो अर्थशास्त्र की पोथियों और सरकारी आँकड़ों की संचिकाओं को थोड़ी देर के लिए बंद कर मानवाधिकार की लोकतंत्री दृष्टि से पूरे क्षेत्र की एक परिक्रमा ही काफी होगी। साफ झलकेगा कि झारखंड का उपयोग लाभकारी भूखंड के रूप में ही हो पाया, जबकि राष्ट्रीय हितों और क्षेत्रीय हितों में तर्कसंगत अनुपात और समुचित तालमेल किए जाने की सख्त जरूरत थी।

झारखंड में विकास की पुरानी योजनाएँ

बड़े बाँध और परियोजनाएँ

भारत दुनिया का तीसरा बड़ा बाँध निर्माता देश होने का दावा कर सकता है। केंद्रीय जल आयोग के अनुसार, अपने देश में लगभग 3600 बाँध ऐसे हैं, जो बड़े बाँधों की श्रेणी में आते हैं। इनमें से 3300 बाँधों का निर्माण आजादी के बाद हुआ है और लगभग 1000 ऐसे बाँध निर्माण की प्रक्रिया में हैं। इस प्रकार बाँध निर्माण को सरकारी क्षेत्रों ने राष्ट्र-निर्माण का पर्याय बना दिया। क्या वास्तव में बड़े बाँध बाढ़ नियंत्रण, सिंचाई व्यवस्था और जल प्रबंध के लिए अनिवार्य माने जा सकते हैं? क्या उनसे होने वाले लाभ को उनके निर्माण में निवेशित होने वाली पूँजी, विशाल विस्थापन और डूब क्षेत्र की भू-संपदा की तुलना में बड़ा बताया जा सकता है? क्या पर्यावरण, भूकंप और भूस्खलन से संभावित विपदा की तुलना में बड़े बाँधों के अनुमानित कार्यकाल और उनसे सिंचित कुल क्षेत्र का लाभ अधिक माना जा सकता है? क्या बड़े बाँधों का कोई अन्य ज्ञात विकल्प नहीं है?

ये और ऐसे ही अन्य प्रश्नों से पूरी दुनिया में बड़े बाँधों का तूफानी विरोध होता रहा है। उत्तर प्रदेश में टिहरी, मध्य प्रदेश में नर्मदा और झारखंड में सुवर्ण रेखा और कोयलकारों बाँधों के विरोध में लंबे और पुरजोर आंदोलन इसकी मिसाल हैं। आजादी के बाद बाढ़ के विनाशकारी हमले से सुरक्षा के लिए प्रभावी नियंत्रण के नाम पर बाँधों और नदी तटबंधों की योजना पर काम शुरू हुआ था। सन् 51 में बनी पहली पंचवर्षीय योजना में सरकार और नीति-निर्माताओं ने मान लिया था कि बाढ़ के पानी को जमा करने के लिए बड़े बाँधों का निर्माण बाढ़ से होने वाली क्षति को रोकने के लिए सबसे कारगर तरीका है, लेकिन दूसरी पंचवर्षीय योजना तक योजनाकारों को यह समझ आ चुकी थी कि बाढ़ नियंत्रण तत्काल परिणाम देने वाला काम नहीं है। आज यह विश्वास करना कठिन है कि संसद् और योजना आयोग बाढ़ से सुरक्षा का कोई विकल्प बड़े तटबंध से बाहर खोज पाने में असमर्थ रहे।

छठे दशक में बाढ़ नियंत्रण को एक बहुद्देशीय परियोजना के साथ जोड़ दिया गया। उसके साथ बिजली और सिंचाई सुविधा का लाभ लेने का उद्देश्य भी जुड़ गया। पिछले पचास वर्षों में सिर्फ सिंचाई के मद और क्षेत्र में सत्तासी हजार करोड़ रुपए खर्च हुए, लेकिन देश में बाढ़ और तबाही वाले इलाकों की संख्या पहले से अधिक हो गई। एक अध्ययन के अनुसार 50 के दशक में बाढ़ से फसलों, मकानों और सार्वजनिक

संपत्ति का वार्षिक नुकसान 60 करोड़ का होता था तो 80 के दशक में होने वाली क्षति 930 करोड़ तक पहुँच गई थी। आज तक यह समस्या हल तो नहीं ही हुई, उसके नकारात्मक प्रभाव का दायरा बढ़ता गया। फिलहाल बाँध परियोजनाओं में विस्थापित होने वाले नुकसान की चर्चा यहाँ न भी करें, तो भी इस सवाल का जवाब नामुमकिन जैसा है कि पनबिजली का उत्पादन और सिंचाई व्यवस्था में बड़े बाँधों का योगदान कितना है, जिनके लिए अनेक ग्राम समुदायों के ऐसे तमाम तंत्र नष्ट-भ्रष्ट हुए, जो हजारों वर्षों के अनुभवों से विकसित हुए थे?

जहाँ तक झारखंड क्षेत्र में बड़े बाँधों के निर्माण का सवाल है, यह बताया जा सकता है कि सन् 51 से सन् 90 के बीच निर्मित कुल 92 बाँधों में से 75 बाँध सिर्फ इस राज्य क्षेत्र में हैं। इनमें कई बड़े बाँध भी हैं, जिनकी परियोजनाओं में शामिल डूब क्षेत्र और बड़े पैमाने पर संभावित विस्थापन के विरोध में जोरदार विरोध प्रदर्शन जारी रहा है। ऐसे इलाकों में आंदोलनात्मक गतिविधियों के कारण बाँध निर्माण में विलंब होने से लागत व्यय बढ़ता गया है। ऐसी बहुद्देशीय परियोजनाओं में कोयलकारों परियोजना, उत्तर कोयल परियोजना, औरंगा जलाशय परियोजना, कोनार डैम परियोजना की गिनती की जा सकती है। इन परियोजनाओं में छोटे बाँध, जलागार और नहर प्रणाली का विस्तार भी शामिल है।

अकेले नर्मदा बाँध परियोजना के जनआंदोलन के पक्ष में अरुंधती राय की छोटी पुस्तिका 'बहुजन हिताय' में 92 संदर्भ पुस्तकों और रिपोर्टों का हवाला दिया गया है, जबकि अलग-अलग इलाके में पड़ने वाली परियोजनाओं के सर्वेक्षण-साहित्य का परिणाम भी छोटा नहीं है। इस तरह इन योजनाओं के आकलन और क्रियान्वयन के स्तरों पर अक्षमता, भ्रष्ट आचरण और विकास के दुष्चक्र की कहानी लंबी है। बाँध परियोजनाओं की अव्यावहारिकता और विफलता के कारण सन् 1980 में 'पंजाब केसरी' ने उन्हें 'मानवनिर्मित विनाश' कहा था।

सुवर्णरेखा परियोजना की रूपरेखा सर्वप्रथम 1973 में बनी थी। तब 129 करोड़ अनुमानित लागत वाली इस परियोजना में दो बड़े बाँध, दो बैराज और कमान क्षेत्र में तीन जलाशय तथा सात नहरों के निर्माण को मंजूरी मिली थी। इसके तहत सुवर्णरेखा नदी पर चांडिल के निकट एक बाँध, गालुडीह पर एक बैराज, एक बाँध चाइबासा के निकट इचा नदी पर और दूसरा जमशेदपुर के निकट खरकाई नदी पर बनना तय हुआ था। सात नहरों की कुल लंबाई 342 किलोमीटर तय थी। सुवर्णरेखा नदी का उद्गम राँची जिले में है और यह उड़ीसा और बंगाल में बहती हुई बंगाल की खाड़ी में मिल

जाती है। इस नदी घाटी में पूर्वी-पश्चिमी सिंहभूम जिले में लोहा, ताँबा, बॉक्साइट तथा यूरेनियम के भंडार हैं। यह परियोजना अंतरराज्यीय परियोजना थी। इसलिए इसका काम 1978 में तभी आगे बढ़ा, जब बिहार, बंगाल और उड़ीसा राज्यों के मुख्यमंत्री सहमत हुए। मुख्यत: सिंचाई के लिए प्रचारित सुवर्णरेखा प्रोजेक्ट का कार्य विश्व बैंक के ऋण पर आधारित था और सिर्फ कर्मचारियों-अधिकारियों के वेतन-भत्ते का व्यय तत्कालीन अविभाजित बिहार सरकार को वहन करना था। इसके तहत तीनों राज्यों के लगभग ढाई लाख हेक्टेयर भूखंड को सिंचाई सुविधा, सिंहभूम जिले के औद्योगिक व शहरी क्षेत्र के लिए जल व्यवस्था और उड़ीसा और बंगाल के कुछ इलाकों को बाढ़ से सुरक्षा देने का लक्ष्य रखा गया था। क्रियान्वयन में होती रही देर के कारण अनुमानित लागत व्यय में वृद्धि होती गई। इस परियोजना को 1996-97 तक पूरा हो जाना चाहिए था। चांडिल डैम बाँध का काम 93 प्रतिशत, गालुडीह बैराज का काम 98 प्रतिशत तक और नहर का काम भी 70 प्रतिशत हो चुका बताया गया था। खरकाई बैराज नहर निर्माण का काम शुरू होने के बावजूद ठप पड़ गया।

लेकिन समय, पूँजी और भूमि गँवाकर भी प्रभावित लोगों को इस योजना का कोई लाभ नहीं मिल सका। पिछले दिनों बहुप्रतीक्षित सुवर्ण रेखा बहुद्देश्यीय परियोजना को 'केंद्रीय त्वरित सिंचाई लाभ कार्यक्रम' (ए.आई.बी.पी.) योजना में शामिल करने को मंजूरी मिल गई है।

दूसरी पंचवर्षीय योजना के दौरान कोयलकारों पनबिजली परियोजना के निर्माण का निर्णय भारत सरकार ने लिया था। इस परियोजना से दक्षिण बिहार यानी आज के झारखंड के आदिवासी बहुल पठारी क्षेत्र में विकास का नया अध्याय शुरू करने का सपना देखा गया था, लेकिन वास्तविक परिणाम कुछ और निकला। विकास के बदले विस्थापन और उजाले की जगह अँधेरा मिलने की आशंका के कारण जो विरोध शुरू हुआ है, वह लंबे समय तक जारी रहा। यह सही है कि धीरे-धीरे कोयलकारों जनसंगठन का आंदोलन इतना लंबा खिंचता गया कि विरोध की धार कुंद होती लगती रही। उसी इलाके में परियोजना के समर्थन में भी कुछ लोग आ गए हैं और विकास बनाम विनाश की बहस धीमी पड़ी है।

सन् 1973 में अविभाजित बिहार राज्य विद्युत् बोर्ड ने इस परियोजना का सूत्रपात् किया था। उस समय कोयलकारों को बाँधकर 710 मेगावाट बिजली उत्पादन की योजना बनी थी। इस योजना के तहत आज के खूँटी जिले में तोरपा से 20 किलोमीटर दूर मिहिजाम में 55 मीटर ऊँचा बाँध और गुमला जिला के अंतर्गत बसिया में उत्तरी

कारो नदी पर 44 मीटर ऊँचे बाँध का निर्माण प्रस्तावित था। इन दोनों बाँधों को लगभग 35 किलोमीटर लंबी नहर के जरिए राँची और सिंहभूम जिले में विशाल पावर स्टेशन से जोड़ने की योजना बनी थी। इस प्रकार, कोयलकारों जल विद्युत् परियोजना झारखंड के चार जिलों में फैली थी—राँची, खूँटी, गुमला और पश्चिमी सिंहभूम। शुरू में इस परियोजना पर 390 करोड़ की लागत आनेवाली थी। समय के साथ इस प्रोजेक्ट की रूपरेखा, लक्ष्य निर्माण एजेंसी और प्राक्कलित लागत राशि में काफी उलट-फेर हुए। सन् 1976 में 154.04 करोड़ के अनुमानित व्यय पर काम करने के लिए इसे राज्य विद्युत् बोर्ड को सौंपा गया था। फिर विस्थापितों की समस्या और विरोध तथा कार्यभार की व्यापकता को देखते हुए इसके क्रियान्वयन को राष्ट्रीय जलविद्युत् निगम को सन् 1980 में सौंप दिया गया। सन् 1984 में मुआवजे और पुनर्वास के विवाद में सर्वोच्च न्यायालय के आदेश से परियोजना का काम रोक दिया गया। 1989 में सर्वोच्च न्यायालय द्वारा पुनर्वास नीति की स्वीकृति के बाद और सन् 1990 में वन एवं पर्यावरण मंत्रालय द्वारा मंजूरी मिलने के बाद लगा कि परियोजना के रास्ते की सारी बाधाएँ दूर हो गईं, लेकिन भूमि अधिग्रहण के लिए जन समर्थन नहीं जुटने के कारण उसकी प्रगति लगभग शून्य पर अटक गई।

इसमें जरा भी संदेह नहीं कि कोयलकारों परियोजना अगर अपने बड़े ढाँचे में लागू होती, तो इससे बड़े पैमाने पर विस्थापन होता। राँची-गुमला के 112 गाँव उजड़ जाते और कई प्रखंडों की लगभग 50 हजार एकड़ जमीन डूब क्षेत्र में विसर्जित हो जाती। इस संभावित डूब क्षेत्र में कृषि योग्य उपजाऊ भूमि भी है, हरे-भरे जंगल भी, पूजास्थल सरना और श्मशान-स्थल ससनदिरी भी। अब यह उल्लेख्य है कि राष्ट्रीय पनबिजली निगम द्वारा संचालित कोयलकारों बहुद्देश्यीय परियोजना झारखंड सरकार द्वारा मार्च 2003 में बंद की जा चुकी है।

पलामू जिला में डालटनगंज शहर से 42 किलोमीटर दूर उत्तर कोयल परियोजना का मुख्यालय है। वास्तव में यह केंद्रीय कार्य का स्थल है, जो 'कुटकू बाँध' के नाम से अधिक जाना जाता है। इस परियोजना पर सन् 1972 में निर्माण शुरू हुआ था। इस बाँध की कार्यशील जिंदगी 50 साल आँकी गई थी, जिसमें तीन-चौथाई अवधि निर्माण चरण में ही खत्म हो गई। झारखंड का पलामू जिला लगातार अनावृष्टि, सुखाड़ और अकाल के लिए राष्ट्रीय चर्चा में रहा है। सन् 1952, 1957, 1962, 1967, 1971, 1974, और 1993 का सूखा और 1967 का अकाल बहुत भयंकर था। उन्हीं दिनों कुटकू डैम बाँध के निर्माण का वादा किया गया था, ताकि पलामू के सूखे से निपटा जा सके। अगस्त, 1970

में बिहार विधानसभा में पलामू कुटकू डैम बाँध परियोजना समिति का गठन हुआ था, जिसने पलामू की कई नदियों को बाँधकर वहाँ सूखे खेतों को सिंचित करने का निर्णय लिया था। इसमें औरंगा जलाशय का निर्माण भी शामिल था।

उत्तर कोयल परियोजना के इस बाँध में पलामू के बरवाडीह और भंडरिया प्रखंड के 17 गाँवों के लगभग 5000 लोग विस्थापित हुए, जिनमें मुख्यत: उराँव, चेरो, किसान, बिरजिया और खरवार जनजातियों के परिवार शामिल थे। इस परियोजना में बाँध के अलावा मुहम्मदगंज के पास बैराज और नहर निर्माण भी शामिल था। अब इस जिले की नहर का पानी पड़ोसी बिहार के गया और औरंगाबाद जैसे जिलों के खेतों को सींचने का काम कर रहा है। जो लोग इस परियोजना के लिए अपने खेतों से बेदखल हुए, उनके लिए सिंचाई सुविधा एक सपना है। इसी क्षेत्र में औरंगा जलाशय के लिए 22 गाँवों के डूबने की बात कही गई थी, जबकि बाँध विरोधी उसे 36 गाँवों की डूब बताते रहे।

झारखंड क्षेत्र में नदी घाटी योजनाओं के कारण सबसे अधिक लोग विस्थापित हुए हैं। बड़े बाँधों के विकल्प खोजने में अब तक काफी देर हो चुकी है। पनबिजली और सिंचाई के लिए बड़े बाँधों की अनिवार्यता विकसित देशों में खारिज हो चुकी है और अब उस कबाड़ प्रौद्योगिकी को विकास के नाम पर तीसरी दुनिया के विकासशील देशों को निर्यात किया जा रहा है। इस नई सदी में ऊर्जा के महँगे परंपरागत साधनों की जगह गैरपरंपरागत ऊर्जा स्रोतों की खोज और इस्तेमाल में जुटने का समय आ चुका है। लिहाजा, योजनाकारों-इंजीनियरों-ठेकेदारों की देशी लॉबी के जाल में फँसकर एक पूरी पीढ़ी को फिर संघर्ष के लिए मजबूर नहीं किया जाए तो बेहतर है।

जहाँ तक झारखंड क्षेत्र में सिंचाई की परंपरागत प्रणालियों की बात है, यह उल्लेख्य है कि जे.एन.यू. के प्रभु महापात्र ने अपने शोध प्रबंध में सन् 1880 से 1920 की अवधि में छोटानागपुर की सिंचाई व्यवस्था का विस्तृत अध्ययन किया था। राजस्थान और मध्य प्रदेश के कुछ इलाकों में भी भूमि जल के संरक्षण के साथ जल प्रबंध के जो सफल प्रयोग हुए हैं, उनके मॉडल को भी आजमाया जा सकता है। चूँकि बड़े बाँध और नदी परियोजनाएँ न केवल महँगी और पर्यावरण पारिस्थितिकी के प्रतिकूल हैं, बल्कि उनमें कृषि भूमि और आबादी की बरबादी बड़े पैमाने पर होती है, इसलिए नई विकास-नीति में उनके लिए कोई जगह नहीं होनी चाहिए।

स्वाधीन भारत के योजनाकाल में झारखंड क्षेत्र के लिए दो भिन्न प्रयोजनों से दो तरह की विकास-योजनाएँ बनीं और उनके अनुरूप कार्यक्रमों को अमल में लाने के यत्न शुरू हुए। एक दृष्टि इस क्षेत्र के प्राकृतिक संसाधनों के लिए राष्ट्रीय हितों की कसौटी पर

टिकी रही और दूसरी में क्षेत्रीय हितों और आवश्यकताओं का समावेश किया गया। बड़ी औद्योगिक इकाइयाँ और नदी घाटी योजनाएँ पहले प्रयोजन के लिए जरूरी मानी गईं, जिसके तहत भारी इंजीनियरी निगम (राँची), बोकारो स्टील प्लांट, यूरेनियम कॉरपोरेशन ऑफ इंडिया (घाटशिला), कई ताप व जल विद्युत् परियोजनाएँ, बड़े बाँध और खनन परियोजनाएँ बनीं। दूसरे प्रयोजन के तहत मध्यम और लघु सिंचाई योजनाएँ, जनजातीय उपयोजनाएँ, बुनियादी और तकनीकी शिक्षा के लिए कृषि तथा वेटेनरी विश्वविद्यालय, आई.आई.टी., संस्थाएँ, समेकित ग्रामीण विकास योजनाएँ, जवाहर रोजगार योजना, इंदिरा आवास तथा बाजार के बिचौलियों के हस्तक्षेप को रोकने के लिए कई संस्थाओं के सृजन जैसे काम हाथ में लिये गए।

यह अलग मूल्यांकन का विषय है कि आखिर दोनों प्रकार के प्रयत्नों से किसको, कितना लाभ मिला या प्रशासनिक क्षमता-अक्षमता ने नतीजों के क्या उलट-फेर सामने लाए? लगभग पचास वर्षों तक चली इन विकास योजनाओं और कार्यक्रमों के जो निशान हैं, उन्हें अर्थशास्त्री रमेश शरण एक गतिहीन ग्रामीण अर्थव्यवस्था में देखते हैं। बिहार पठारी विकास परियोजना के महत्त्वाकांक्षी कार्यक्रम ने उम्मीद जगाई थी कि अगर नौकरशाही के मकड़जाल में आने से यह बच सका तो झारखंड के कई जिलों के 67 प्रखंडों में कृषि उत्पादन, पेयजल, ग्रामीण पथ निर्माण और लघु सिंचाई जैसे बुनियादी मसलों का कारगर समाधान हो सकता है। इस परियोजना के लिए वित्त संपोषण का भार विश्व बैंक ने उठाया था। इस परियोजना की खास बात यह थी कि इसमें बड़े पैमाने के विस्थापन की कोई गुंजाइश नहीं थी और इससे लगभग 37 लाख लोग लाभ उठा सकते थे।

इस परियोजना के क्षेत्र, आकार, लोक भागीदारी, लागत पूँजी, कार्यसूची और कार्यक्रम आदि मुद्दों पर विस्तृत चर्चा का यह उपयुक्त अवसर नहीं है। परिणामों के बारे में शुरू से संशय के कुछ कारण बताए जाते रहे हैं। इसकी लगाम पूरी तरह विश्व बैंक के हाथ में रही और निर्माण कार्य, सामग्री की खरीद, सलाहकार की नियुक्ति तथा प्रशिक्षण कार्य की प्रक्रिया के सारे दिशा-निर्देश वहीं से लिये जाने की शर्त जुड़ी है। कार्यकारी एजेंसी अगर उन शर्तों का अतिक्रमण करे तो विश्व बैंक व्यय की गई राशि की प्रतिपूर्ति अमान्य कर सकता है। इस घेरेबंदी के कारण विश्व बैंक द्वारा संपोषित यह परियोजना हमेशा संदिग्ध रही है।

इस परियोजना का सर्वाधिक जोर क्षेत्रीय जीवन स्तर को टेक सुलभ कराने पर नहीं, बल्कि ढाँचागत विकास तंत्र को खड़ा करने पर रहा है। आदिवासीबहुल क्षेत्रों में

सड़कों के विकास पर पूरा जोर देना बहुराष्ट्रीय कंपनियों द्वारा बाजार पर मजबूत पकड़ का रास्ता बनाना ही हो सकता है। विश्व बैंक की सहायता-शर्तों में विदेशी निवेश की पूरी जकड़बंदी है, जो उदारीकरण के दौर में उसकी घुसपैठ को मानवीय चेहरा देती है। कल तक देशी पूँजी के योगदान से झारखंड का उत्थान हो रहा था, अब विदेशी पूँजी की बैसाखी से उद्धार होगा! पूँजीवादी शोषण की इन दोनों शैलियों से पिछली सदी ने परिचय करा दिया है, और यही अनुभव नई चुनौतियाँ से जूझने का औजार है।

ग्रामीण क्षेत्रों के लिए जवाहर रोजगार योजना अप्रैल 1989 से लागू हुई, किंतु यह पहले से केंद्र द्वारा प्रायोजित दो ग्रामीण योजनाओं—राष्ट्रीय ग्रामीण नियोजन कार्यक्रम और ग्रामीण भूमिहीन नियोजन गारंटी योजना का सम्मिलित नया नाम भर है। इसके मुख्य उद्देश्य भी पहले जैसे ही हैं। ग्रामीण क्षेत्रों में गरीबी की रेखा के नीचे रहने वाले बेरोजगारों के लिए रोजगार का सृजन, ग्रामीण गरीबों की आय में वृद्धि और आर्थिक-सामाजिक आधारभूत सुविधाओं के सृजन के जरिए ग्रामीण जीवन में गुणात्मक विकास करना इसके घोषित लक्ष्य हैं। एक उल्लेख्य खास बात यह है कि इस रोजगार योजना में अनुसूचित जातियों और अनुसूचित जनजातियों के लिए प्राथमिकता और महिलाओं के लिए 30 प्रतिशत की गुंजाइश भी रखी गई है।

इस योजना के अंतर्गत कोई भी काम ठेके पर नहीं कराया जा सकता। स्वयंसेवी संस्थाओं को भी यह दायित्व दिया जा सकता है, लेकिन सभी काम स्थानीय मजदूरों और लाभन्वितों के द्वारा ही संपन्न होगा। अभिकर्ताओं के चयन का काम पंचायतों के हवाले छोड़ा गया है। जहाँ तक झारखंड क्षेत्र की बात है, यह रोजगार योजना चालू तो है, मगर इससे अर्जित लाभों के मूल्यांकन की कोई केंद्रीय एजेंसी नहीं है। कुछ यही स्थिति इंदिरा आवास योजना की भी है, जिसमें निर्माण की गुणवत्ता पर अकसर विवाद होता दिखता है और लाभुकों के चयन में भी राजनीतिक-प्रशासनिक धाँधली की शिकायत अखबारी सुर्खियों में आमफहम बात हो गई है। अंततः ग्रामीण विकास की ऐसी योजनाओं का हाल मुख्यतः प्रशासनिक प्रतिबद्धता के अभाव में बदहाल रहने को अभिशप्त है।

इसी तरह ग्रामीण युवाओं के लिए स्वरोजगार प्रशिक्षण (ट्राइसेम) समेकित ग्रामीण विकास योजना का ही एक भाग है। 18-35 आयुवर्ग के ऐसे युवा इनका लाभ लेने के अधिकारी है, जिनके परिवारों की सलाना आमदनी 4800-6400 रुपयों के बीच हो। इस योजना में प्रशिक्षण के लिए 30 प्रतिशत जगहें अनुसूचित जाति और अनुसूचित जनजाति के युवाओं के लिए निर्धारित हैं। रोजगारोन्मुखी इस प्रशिक्षण योजना में मधुमक्खी पालन, सूअर पालन, चमड़ा उद्योग, कुम्हारगिरी, हथकरघा, खादी, बढ़ईगिरी, बेंत सामग्री,

लोहारगिरी, साबुन-मोमबत्ती निर्माण, फल संरक्षण जैसे कारीगरी के पेशों की दक्षता के लिए बड़ी गुंजाइश हो सकती है। प्रशिक्षण के लिए कोई फीस नहीं लगती और प्रशिक्षण की अवधि में युवाओं को 100 रुपए मासिक छात्रवृत्ति भी मिलती है। दूसरे गाँव में जाकर प्रशिक्षण लेने वालों को 250 रुपए मासिक की छात्रवृत्ति मिलती है।

निस्संदेह यह योजना आकर्षक और लाभकारी है और इससे ग्रामीण क्षेत्रों के जीवन स्तर का नक्शा बदल सकता है। झारखंड क्षेत्र में यह कार्यक्रम पूरे जोर-शोर से चल रहा है, किंतु इससे लाभान्वित होने वाले युवाओं की प्रतिक्रिया जाने बगैर कोई अभिमत नहीं रखा जा सकता।

यह सर्वविदित तथ्य है कि परंपरागत रूप से झारखंड के मूलवासी अपनी आजीविका कृषि कर्म और वन उत्पादों के संग्रह-दोनों से जुटाते आए हैं। लाह, कुसुम, करंज, केंदू पत्ता, सबाई घास, साल बीज, सरगुजा, महुआ जैसी अनेक वन उपजों से उन्हें आंशिक रोजगार सुलभ होता आया है। आज भी सिर्फ खेती या वन उपज संग्रह से पूर्णकालिक रोजगार नहीं मिल सकता। चूँकि ये दोनों तरह के कार्य-उत्पादन और संग्रह झारखंडी ग्राम की परंपरागत अर्थ-प्रणाली को आत्मनिर्भर बनाए रखते थे, इसलिए आज भी ग्रामीण झारखंड को लघु और कुटीर उद्योग बड़ा सहारा दे सकते हैं। गुमला जिले के बिशुनपुर प्रखंड में 'विकास भारती' और संताल परगना क्षेत्र में 'बदलाव फाउंडेशन' जैसी स्वयंसेवी संस्थाओं ने ग्रामीण विकास के योगदान का जो मॉडल खड़ा किया है, वह इस दृष्टि से उल्लेख्य मिसाल है।

उद्योगीकरण

उद्योग और औद्योगीकरण का सीधा संबंध मनुष्य की उस कार्यकुशलता से है, जिसमें उत्पादन का साधन यंत्र हों। सदियों की यात्रा में मानव प्रगति कई प्रविधियों के विकास के साथ ही संभव हुई है, लेकिन पुराकाल और मध्यकाल में जो उत्पादन मुख्यत: हस्तशिल्प के कौशल से होता आया था, उसे अठारहवीं सदी की मशीनी क्रांति ने ऐतिहासिक मोड़ पर पहुँचा दिया। फिर धीरे-धीरे पूरी दुनिया में उत्पादन की यंत्र-विधि का वर्चस्व स्थापित होता गया और उद्योग या औद्योगिक विकास का सिर्फ एक ही अर्थ मान्य रह गया है—तकनीकी व मशीनी उत्पादन।

झारखंड में उद्योगों की स्थापना से पहले का काल हस्तशिल्प और कुटीर शिल्प की उपलब्धियों की याद दिलाता है, किंतु यह अविस्मरणीय है कि धातु विज्ञान को झारखंड के योगदान की चर्चा असुर सभ्यता के बिना पूरी नहीं हो सकती। असुर जनजाति

के कारीगर लोहा गलाने के आदिम विशेषज्ञ थे। मध्यकाल में इस क्षेत्र में आए सदानों के कई वर्ग कारीगरी के पेशे से अपनी जीविका अर्जित करते थे और कृषक समाज की जरूरत के सारे उपकरण उनकी घरेलू कार्यशाला में तैयार होते थे। लेकिन उन्नत यंत्रविधि से उनका परिचय देर से हुआ। इस नए विकास की पहली आधारशिला बेशक कोयला उद्योग ने रखी थी। पहली भूमिगत खदान सन् 1814 में रानीगंज में शुरू हुई। कोयले का उत्पादन रेलगाड़ी और वाष्पशक्ति से चालित जहाजों की आवश्यकताओं के लिए जरूरी हुआ। भारत में रेल और स्टीमर जैसे परिवहन साधनों के विकास ने कोयला खदानों और खनन उद्योग को गति दी। कलकत्ते में कल-कारखानों की स्थापना और विस्तार से भी कोयला उद्योग को बाजार सुलभ हुआ। मुगलकाल तक झारखंड क्षेत्र कृषि और वन उपज पर आधारित था। ताँबा और हीरा खनन का उल्लेख भी मिलता है, लेकिन वह बाहरी संसार से व्यापार संबंध का मुख्य जरिया भर था। पलामू जिले की राजहारा कोयला खान देश की प्राचीनतम धुआँरहित कोयला खानों में से एक हैं, जहाँ सन् 1842 से बंगाल कोल कंपनी द्वारा उच्चतम श्रेणी का कोयला जापान को निर्यात किया जाता था।

बीसवीं सदी के प्रारंभ में देश के अन्य क्षेत्रों की तरह झारखंड क्षेत्र में भी लोहा-इस्पात-सीमेंट के उद्योग स्थापित होने लगे। सन् 1907 में जमशेदजी टाटा ने जमशेदपुर में टाटा आयरन एंड स्टील कंपनी की स्थापना की और अगले दस वर्षों के भीतर जपला सीमेंट फैक्टरी अस्तित्व में आई। तब से पुराने सिंहभूम-मानभूम जिलों में उद्योग--धंधों का जाल-सा बिछ गया। आजादी के पहले तक झारखंड के उद्योग मुख्यत: कोयलांचल-शिल्पांचल के धनबाद और जमशेदपुर इलाके में ही सिमटे-फैले रहे। यहाँ झारखंड के औद्योगिक विकास के इतिहास का तिथिक्रम से विवरण देना न अभीष्ट है, न आवश्यक; किंतु क्षेत्रीय समाज और उसके आर्थिक संगठनों पर पड़ने वाले प्रभावों के अध्ययन की आधारभूत सामग्री के रूप में उसके महत्त्व को सर्वोपरि माना जा सकता है।

आजादी के बाद केंद्र की अर्थनीति में सबसे बड़ा बदलाव यह हुआ कि कृषि पर आधारित भारतीय अर्थव्यवस्था को उद्योग आधारित विकास के रास्ते ले जाने का संकल्प लिया गया। परिणामत: देश के दुर्गम वन प्रांतर में जहाँ आधारभूत कच्ची सामग्री-खनिज संपदा-सुलभ थी, नई गतिविधियाँ तेज हो गईं। अपने प्रचुर खनिज निक्षेप के कारण झारखंड क्षेत्र में औद्योगीकरण की तेज रफ्तार शुरू हुई। बड़े, मंझोले और छोटे--तीनों श्रेणियों की औद्योगिक ईकाइयाँ यहाँ स्थापित होने लगीं। कई आधारभूत उद्योग भी स्थापित किए गए। इस दौर में जमशेदपुर-धनबाद के पुराने केंद्रों के अलावा कई नए उद्योग केंद्र विकसित हुए। सन् 1958 में राँची में भारी इंजीनियरी निगम की

स्थापना और 1966 में बोकारो इस्पात कारखाना का शिलान्यास इस क्षेत्र की सबसे बड़ी औद्योगिक घटनाएँ रहीं। इनके साथ अनेक छोटे-बड़े कस्बों का अभ्युदय होता रहा, जो उद्योग और व्यापार दोनों के वाहक बने। भवनाथपुर, पतरातू, भुरकुंडा, सिंदरी, मूरी, तोरपा, लोहरदगा, कोडरमा, झुमरी तिलैया, चास, जैना मोड़, घाटशिला, टुंडी, खलारी, झींकपानी जैसे कस्बों के अलावा जिला उद्योग केंद्रों की सहायता से मंझोले और लघु उद्योगों की हजारों इकाइयों अस्तित्व में आईं। इस दौर में खनन परियोजनाओं और केंद्रों का विस्तार हुआ।

इसमें संदेह नहीं कि झारखंड के लगभग सभी जिलों में खनिज आधारित लघु उद्योगों के विकास की अपरिमित सामर्थ्य व संभावना है, लेकिन पिछले साठ वर्षों में विकास ने जो नतीजे दिए हैं, उनसे कई बड़े सवाल भी उठ खड़े हुए हैं। उनको नजरअंदाज कर चलने से न वर्तमान को परिभाषित किया जा सकता है और न किसी भविष्य को। जहाँ तक झारखंड के औद्योगीकरण के वर्तमान का प्रश्न है, निस्संदेह यह उतार और मंदी का दौर है; लेकिन इस मंदी को उदारीकरण के असर की उस मंदी से जोड़ने की जरूरत नहीं, जिसमें पूर्वी एशिया के बड़े शेर आर्थिक जकड़बंदी से घिर चुके हैं। अगर भारतीय अर्थव्यवस्था उससे अछूती रह गई है तो झारखंड के उद्योगों को उसकी गिरफ्त में कैसे बताया जा सकता है ? दरअसल, यह उतार का दौर अलग-अलग छोटे-बड़े उद्योगों के लिए अलग-अलग कारणों से पहले ही शुरू हो चुका था। यहाँ उस राजनीतिक चश्मे के मानवीय सरोकार की बैसाखी भी नहीं चाहिए, जो विकास के विजातीय मॉडल को आंतरिक उपनिवेश का विस्तार और विनाश करार देता है।

अंतराष्ट्रीय बाजार में झारखंड के अबरख की चमक चाँदी से भी तेज रही है। गिरिडीह, हजारीबाग और कोडरमा जिलों के करीब चालीस हजार वर्ग किलोमीटर में फैला अबरख क्षेत्र विश्व बाजार में लंबे समय तक अपना एकाधिकार रखता था। सन् 1880 से अबरख की खदान यहाँ शुरू हुई थी और इन तीनों जिलों में लगभग सात सौ खदानें थीं। सालाना करोड़ों की विदेशी मुद्रा अर्जित करने वाला यह उद्योग गिरिडीह जिले का अकेला ऐसा उद्योग था, जिस पर आधारित छोटी इकाइयों से अनुमानतः ढाई लाख लोग रोजगार पाते थे। अब वह उद्योग सरकारी लापरवाही, निर्यातकों की आपसी खींचतान और ट्रेड यूनियन नेताओं की दादागिरी के चंगुल में आकर अंतरराष्ट्रीय बाजार की बदली हुई परिस्थिति में बरबादी के कगार पर जा पहुँचा है। सोवियत संघ के विघटन के बाद और अमेरिकी सहयोग से ब्राजील के बढ़ते अबरख उत्पादन से भी झारखंड का यह उद्योग संकटग्रस्त हुआ है। सन् 1972 में स्थापित भारतीय अबरख व्यापार निगम

(मिटकों) ने अपने अनुभवहीन और भ्रष्ट नौकरशाही की मदद से बची-खुची साख भी समेट ली। लिहाजा, अब इस उद्योग और उत्पादन की चमक फीकी पड़ चुकी है।

इसी तरह लाह उत्पादन के लिहाज से भी झारखंड समृद्ध और संपन्न रहा है। यों तो लाह की खेती चीन और थाइलैंड में भी होती है, लेकिन झारखंड क्षेत्र का लाह उम्दा किस्म का माना गया है। तो भी इसकी प्रोसेसिंग कलकत्ते में होती है। झारखंड के बुंडू, तमाड़, खूँटी, बंदगांव, मारंगहादा, रनिया, मरचा, चाईबासा, ईचागढ़, नीमडीह, चांडिल, सिल्ली, सोनाहातू, चतरा, अनगड़ा, हंटरगंज, पलामू, आदि स्थानों पर लाह की खेती होती है। अंतरराष्ट्रीय बाजार में लगभग आधे दर्जन देश यहाँ के लाह के खरीददार रहे हैं और अमेरिका लाह का सबसे बड़ा बाजार है, लेकिन देशी-विदेशी बाजारों में खूब खपने वाले इस उत्पादन के किसानों की स्थिति बंधुआ मजदूरों जैसी हो गई है। लाह उत्पादकों के लिए अब तक न तो फसल बीमा लागू किया गया और न ही समर्थक मूल्य ही निर्धारित किए जाते रहे। इस स्थिति का लाभ बिचैलिया उठाते रहे हैं। कभी-कभी वे लाह की माँग में कृत्रिम कमी पैदा कर देते हैं और बाहर से लाह खरीदकर उसमें झारखंडी लाह मिलाकर काफी मुनाफा कमाते हैं। यह स्थिति लाह उत्पादकों के लिए स्थायी मंदी जैसी है।

झारखंड की औद्योगिक राजधानी धनबाद का आर्थिक परिदृश्य कई कारणों से कोहराच्छन्न हुआ है। पिछले दशक में कई कारखानों में तालाबंदी की खबरें आती रहीं, जिनके परिणाम से छँटनी और बेरोजगारी का माहौल बना। सैकड़ों मध्यम और लघु औद्योगिक इकाइयाँ बंद हो चुकी हैं। धनबाद के कुमारधुबी क्षेत्र में सरकार और टाटा समूह की साझेदारी में चलने वाली कंपनी कुमारधुबी मेटल कास्टिंग एंड इंजीनियरिंग लिमिटेड के बंद हो जाने से दो हजार लोगों के सामने भूख और बीमारी का हमला तेज हुआ। यह कंपनी लगभग सौ साल पुरानी थी, जिसमें बिहार सरकार की 51 प्रतिशत और टाटा समूह की 49 प्रतिशत शेयरों की साझेदारी थी। इसी तरह जिले के निरसा प्रखंड स्थित बिहार रिफ्रैक्टरी की बंदी से एक हजार चार सौ मजदूर बेरोजगार हुए। गोविंदपुर जी.टी. रोड स्थित बिहार का पहला ट्रासफॉरमर कारखाना हेंजर्स इंडिया प्रा.लि.वर्षों से बंद होने के मुहाने पर है। यूको बैंक ने अपने बकाए की वसूली के लिए सन् 83 में इस कारखाने को सील कर दिया था, लेकिन कारखाने की करोड़ों रुपए की संपत्ति को बचाने के लिए सुरक्षा प्रहरियों का प्रबंध नहीं किया। इस तरह लगभग 2500 मजदूरों के परिवार उजड़ गए। अविभाजित बिहार सरकार के स्वामित्व की कंपनी बिहार राज्य सुपर फास्फेट फैक्ट्री सन् 88 से बंद पड़ी है। ताज्जुब की बात यह है कि जिस राज्य में

साठ हजार से अस्सी हजार मिलियन टन सुपर फास्फेट दूसरे राज्यों से खरीदा-मँगवाया जाता था, उस सरकार ने अपने कारखाने के प्रबंध को दुरुस्त करने का यत्न नहीं किया!

सन् 1998 में 'बिजनेस स्टैंडर्ड' में छपी एक रिपोर्ट के अनुसार भारत की सबसे पुरानी कंपनियों में से एक टिस्को के भविष्य के प्रति प्रबंधन सलाहकार मिकेंजी एंड कंपनी ने अपनी एक रिपोर्ट में निराशा व्यक्त की थी, जबकि टाटा समूह ने 'इकॉनॉमिक्स टाइम्स' में छपी खबर के अनुसार ऐसी किसी संभावना से इनकार किया था, लेकिन इस्पात उद्योग में आई विश्वव्यापी मंदी के इस दौर में टिस्कों के शेयरों के भाव नीचे अवश्य गए थे। उस बुरे दौर में टिस्कों के कार्मिकों की संख्या घटाई जा रही थी, लेकिन पिछले दशक में मंदी के असर से उबरते हुए टाटा घराने ने रतन टाटा की सदारत में नई सफलताओं और बुलंदियों का कीर्तिमान गढ़कर अपनी स्थिति बहुत मजबूत बना ली है।

औद्योगीकरण के दुष्प्रभावों के आकलन की दृष्टि से झारखंड की सामाजिक-सांस्कृतिक परिस्थितियों के क्षेत्रीय पहलुओं की ओर नजर डाली जाए तो यह नतीजा निकाला जा सकता है कि आदिवासी आबादी की सामाजिक-आर्थिक-सांस्कृतिक स्थिति पर उसने नकारात्मक असर डाले हैं। अविस्मरणीय है कि खनिज संपदा एक चुक जाने वाला संसाधन स्रोत है, इसलिए उसके उपयोग के समय प्रभावितों के पुनर्वास की योजना भी बन जानी चाहिए। यह निष्कर्ष केवल झारखंड और आदिवासी समुदायों के लिए ही अर्थपूर्ण नहीं है, बल्कि अन्य क्षेत्रों के ग्रामीण समाजों के लिए भी महत्त्वपूर्ण है। विकास की कोई-न-कोई कीमत हर समाज को देनी पड़ती है। झारखंड के लिए यह संकट अधिक उत्पीड़क इसलिए है कि उद्योग, नदी घाटी और खनन परियोजनाओं में उसकी भूसंपदा का उपयोग आंतरिक उपनिवेश की तरह किया जाता रहा और क्षेत्रीय हितों, जरूरतों और अपेक्षाओं का तनिक भी ध्यान नहीं रखा गया। प्राकृतिक संसाधनों पर स्थानीय लोगों को अधिकार मिले और राष्ट्रीय हितों के नाम पर उन्हें बलि का बकरा नहीं समझा जाए, यही एकमात्र सही विकास दृष्टि है झारखंड के लिए।

इस प्रसंग के विकास से जुड़ी दो अद्भुत विसंगतियों की ओर ध्यान जाता है। केंद्र सरकार के सार्वजनिक उपक्रमों में सबसे अधिक इकाइया झारखंड क्षेत्र में ही हैं। पर सरकार की गलत नीतियों और विभिन्न स्तरों पर जारी भ्रष्टाचार के कारण अधिकतर उपक्रमों की माली हालत खस्ता है। राहत की बात है कि पिछले कुछ समय में विसर्जन के कगार पर पहुँच चुका भारी इंजीनियरी निगम घाटे से उबरका लाभ अर्जित करने लगा है और कोल इंडिया अपनी कामयाबी की बदौलत नवरत्नों में जगह बना चुकी है। तो भी भारत कोकिंग कोल लिमिटेड, ईस्टर्न कोलफील्ड लिमिटेड, सिंदरी फर्टिलाइजर, प्रोजेक्ट

एंड डेवलपमेंट इंडिया लिमिटेड, इंडियन आयरन एंड स्टील कंपनी जैसे उद्योगों को औद्योगिक व वित्तीय पुनर्गठन परिषद् (भारत सरकार) द्वारा रुग्ण इकाई घोषित किया जा चुका है। ये पाँचों शीर्षस्थ इकाइयाँ घाटे में चल रही हैं और उनकी दुर्व्यवस्था के अलग-अलग कारण बताए जा सकते हैं। इसी सिलसिले में उस चैंकाने वाले प्रसंग को याद किया जा सकता है, जब जुलाई 97 में झारखंड स्वशासी परिषद् ने तत्कालीन राज्य सरकार के माध्यम से केंद्र से माँग की थी कि पूरे झारखंड क्षेत्र को औद्योगिक पिछड़ा क्षेत्र घोषित किया जाए।

इस अर्थसंकट के उत्स निर्धारित करने की जरूरत तो है ही, यह समझ लेने की जरूरत भी है कि केवल औद्योगिक प्रगति बेरोजगारी और गरीबी दूर होने की गारंटी नहीं दे सकती। औद्योगीकरण का लाभ जनसाधारण को मिलने की बजाय समाज के समृद्ध वर्ग को मिलता है, जो कुल आबादी का एक-चौथाई भाग है। प्रश्न तो उस भारी जनसमूह का है, जिसे झारखंड जैसे क्षेत्रों में विस्थापन के सिवा कुछ भी लाभप्रद नहीं मिलता। उसके वर्तमान और भविष्य का क्या होगा? भारी उद्योगों के दुष्चक्र की कहानी और उलझी हुई है। विकास के पश्चिमी मॉडल पर पुनर्विचार और उसे झारखंड के वातावरण में संतुलित करने की जरूरत एक अनिवार्य प्राथमिकता बन गई है।

डॉ. रामदयाल मुंडा ने एक लेख में ध्यान दिलाया है कि झारखंड क्षेत्र में उद्योगों में लगी अधिकांश पूँजी विदेशी रही है—अमेरिका, रूस, जर्मनी, जापान, कनाडा, ब्रिटेन और आस्ट्रेलिया द्वारा निवेशित। सामान्यतः ऐसे व्यापारिक समझौतों में पूँजी और तकनीकी पक्ष के लिए विदेशी साझेदार जिम्मेदार होता है, जबकि नियोजन, मुआवजा और पुर्नवास का जिम्मा भारत सरकार या संबंधित राज्य सरकार का होता है। अब तक का अनुभव यही है कि केंद्र और राज्य सरकारें अपने हिस्से की जिम्मेदारी निभा नहीं पातीं। इसलिए झारखंड की नई उद्योग नीति में यह सुनिश्चित होना चाहिए कि मुआवजा, पुनर्वास और नियोजन संबंधी बजट हर परियोजना के अंग के रूप में अंकित किए जाएँ, तदर्थ रूप में अलग से नहीं।

खनन परियोजनाएँ

झारखंड की धरती सतह से ऊपर वन संपदा की जितनी हरियाली से भरी-पूरी है, सतह से नीचे खनिज संपदा से उतनी ही समृद्ध है। इसलिए उसे रत्नगर्भा भूमि कहा जाता है। कोयला, लोहा, अबरख, ताँबा, अल्युमीनियम, मैंगनीज, शीशा, बॉक्साइट, यूरेनियम, क्रोमियम, टिन, चूना पत्थर जैसे खनिजों से यह क्षेत्र संपन्न है। इस कसौटी पर पूरे देश

में यह क्षेत्र सर्वोच्च स्थान पर है। इस कारण इसे देश के औद्योगिक उत्पादन का स्रोत क्षेत्र माना जाता है।

इस समृद्धि के अनियंत्रित और अमर्यादित उपयोग से झारखंड क्षेत्र के निवासी संकटग्रस्त हैं। औद्योगीकरण, सिंचाई और विद्युत् परियोजनाओं के बाद यह तीसरा बड़ा क्षेत्र है, जिसके दोहन के कारण विस्थापन, वन संपदा का विनाश और कृषि भूमि की बरबादी हुई है। अठारहवीं सदी में रेल, स्टीमर और जलयानों के लिए ऊर्जा-ईंधन के स्रोत के रूप में कोयला खदानों की शुरुआत इस क्षेत्र में हुई थी। धीरे-धीरे कोयला खदानों का विस्तार होता गया और आज खनन परियोजनाओं में सबसे बड़ा हिस्सा उसी का है। लंबे समय तक खनिज संपदा का दोहन निजी क्षेत्र के देशी-विदेशी उद्यमियों द्वारा संचालित होता रहा और आजादी के बाद कई चरणों में उन खदानों का राष्ट्रीयकरण हुआ है।

लगभग डेढ़ सौ वर्षों के इस इतिहास को, उसके विभिन्न चरणों को, आज कई दृष्टियों से आँका जाता है। विकास नीति सबसे बड़ी कसौटी है, चाहे वह निजी क्षेत्र द्वारा संचालित हो या राज्य पूँजी और सरकारी नियंत्रण द्वारा नियंत्रित। दोनों ही स्थितियों में वह क्षेत्रीय जरूरतों और हितों की दृष्टि से उपयोगी नहीं सिद्ध हो सका। आजादी से पहले यह क्षेत्र औपनिवेशिक शोषण का शिकार हुआ तो आजादी के बाद राष्ट्रीय हित के नाम पर उद्योगों के लिए कच्ची सामग्री-खनिज तत्त्व का आपूर्ति-क्षेत्र बन गया। उसके परिणामों को देखकर उसे आंतरिक औपनिवेशिक शोषण कहा जाता रहा है।

मौजूदा झारखंड के 24 जिलों में खनिज स्टॉक की स्थिति एक समान नहीं है। अलग-अलग इलाकों-जिलों में खनिज संपदा बँटी हुई है। कहीं कोयले की प्रचुरता है तो कहीं अबरख की। इसी तरह बाकी खनिज पदार्थों के उद्गम स्थल भी अलग-अलग जिलों में पसरे हुए हैं। यहाँ खनिज निक्षेप का जिलेवार विवेचन संभव नहीं, लेकिन खदानों और खनन परियोजनाओं के दुष्प्रभावों के मुख्य क्षेत्रों की पहचान भर की जा सकती है। इन्हीं केंद्रों में पुरानी आबादी उजड़ी है और मिली-जुली नई आबादी बसी है। ऊर्जा के परंपरागत स्रोत होने के कारण कोयले का घरेलू, व्यावसायिक और औद्योगिक उपयोग सबसे अधिक होता रहा है। इसलिए कोयले का उत्खनन क्षेत्र बड़ा है और छोटी-बड़ी खदानों के अलावा कई बड़ी परियोजनाएँ इसी क्षेत्र में चल रही हैं।

झरिया-धनबाद का कोयलांचल ही नहीं, बल्कि पूरी दामोदर नदी घाटी का क्षेत्र कोयला उत्पादन का केंद्र है। राँची, हजारीबाग और चतरा के जंगल-पठार में भी कोयले की कई सबसे बड़ी खनन परियोजनाएँ चल रही हैं। उत्तर कर्णपुरा घाटी कोयला खनन

की दृष्टि से अकूत संभावना रखती है, जहाँ डेढ़ दर्जन से अधिक परियोजनाएँ चल रही हैं और दो दर्जन नई परियोजनाएँ शुरू होने वाली हैं। इस क्षेत्र में कोल इंडिया की सहायक कंपनी सेंट्रल कोलफील्ड्स लि. द्वारा कोयला खनन किया जाता है। सन् 1971-73 में कोयला उद्योग के राष्ट्रीयकरण के बाद भारत सरकार की कंपनी कोल इंडिया लिमिटेड अपनी क्षेत्रवार कई सहायक कंपनियों के जरिए कोयला खनन की एकाधिकारी एजेंसी है, लेकिन अब भी टिस्कों और कई अन्य निजी कंपनियों द्वारा कुछेक खदानें संचालित हो रही हैं। वेस्ट बोकारो में टाटा समूह की खदानें बची हुई हैं और उनके अधीन इस क्षेत्र में हजारों एकड़ जमीन भी है। अलग राज्य गठन के बाद इस क्षेत्र में उद्योग लगाने की इच्छुक बड़ी कंपनियों की कतार लगी हुई है। पिछले बीस वर्षों में राज्य की सरकारों ने अनेक कंपनियों से एएमयू-सहमति पत्र जारी किए हैं और उनके लिए कोल ब्लॉक के आबंटन की अनुशंसाएँ कर रखी हैं।

कोयला खनन के साथ उद्योग-व्यापार के कई नए केंद्र भी विकसित हुए हैं। इसी प्रक्रिया में नए शहर, कस्बे और बाजार भी तैयार हुए। इस औद्योगिक क्षेत्र की माँग और पूर्ति के लिए किसान, कारीगर, आपूर्तिकर्ता और कारोबारी तबका मजबूत हुआ, किंतु रोजगार के नए अवसरों का समुचित लाभ स्थानीय लोगों व मूलवासियों को नहीं मिल सका। कोयले की गुणवत्ता, उसकी विभिन्न किस्मों के उपयोग, आपूर्ति क्षेत्र, उस पर मिलने वाली रॉयल्टी में केंद्र-राज्य का हिस्सा, अफसरशाही, ठेकेदार, माफिया और वितरक—ये इतने बड़े और उलझे सवाल है, जिन्हें एक छोटे आलेख-अध्याय में निबटाया नहीं जा सकता। इस पूरी अर्थव्यवस्था में विस्थापित-प्रभावित लोगों की हिस्सेदारी, वर्तमान और भविष्य की उनकी चिंताएँ भी छोटी नहीं हैं। फिलहाल खनन क्षेत्रों की उन दो समस्याओं की चर्चा भी जरूरी है, जो उसके नए पहलू हैं।

धनबाद-झरिया कोयलांचल में जमीन के नीचे लगी आग की चर्चा पहले भी होती रही है, लेकिन जुलाई, 96 में विश्व बैंक की रिपोर्ट के बाद सार्वजनिक चिंता की लपटें तेज हो गई हैं। कोयला खानों में लगी पुरानी आग अब तेजी से फैल रही है। जिले के दर्जन भर गाँव, शहर और सटे कस्बों के तीन लाख से अधिक लोगों की जिंदगी खतरे में बताई जाती है। इस आग के पसरने से जल और कोयला भंडारों पर भी खतरा बन गया है। अनुमानतः आग और भू-धँसान के उपचार पर अरबों रुपए खर्च हो सकते हैं और कई इलाके से रिहाइशी बस्तियों को अन्यत्र ले जाना पड़ सकता है। यह आग अड़तीस वर्षों से लगी बताई जाती है।

पर्यावरण का ऐसा ही संकट दामोदार घाटी के कोयला क्षेत्रों में भी बढ़ता जा रहा है। अंधाधुंध खनन, प्रशासनिक लापरवाही, सुरक्षा नियमों की अवहेलना से खान दुर्घटनाएँ बढ़ रही हैं और कोल वाशरियों से निकला कचरा दामोदर नदी को पूरी तरह प्रदूषित कर चुका है। उत्तर कर्णपूरा क्षेत्र में कई स्थान पुरातात्त्विक महत्त्व के हैं, जहाँ पाषणकाल से लेकर बौद्धकाल के अवशेष संचित है। 'इंडियन नेशनल ट्रस्ट ऑफ आर्ट एंड कल्चर' के स्थानीय संयोजक और पर्यावरणविद् बुलु इमाम ने जब यह मामला संयुक्त राष्ट्रसंघ को पत्र लिखकर उठाया तो अन्य विशेषज्ञों ने उसकी पुष्टि की है।

उत्तर कर्णपुरा घाटी में सी.सी.एल. की अपेक्षाकृत कई नई परियोजनाएँ चर्चा में रही हैं। चर्चा का एक मुद्दा यह भी है कि भारत में कोयला उद्योग में वित्तीय और तकनीकी सहयोग के नाम पर विदेशी कंपनियों की घुसपैठ का रास्ता खुलता जा रहा है। उच्च मशीनी तकनीक और अंधाधुंध कोयला खनन के परिणामस्वरूप जंगल कट रहे हैं तथा कृषि योग्य भूमि बंजर हो रही है। स्थानीय लोग रोजगार की तलाश में भटक रहे हैं। ऐसे इलाकों में राज्य सरकार की कल्याण योजनाएँ यह मानकर बंद रहती हैं कि यह काम कोयला कंपनियाँ कर रही हैं और कोयला कंपनियों का हाल है कि कल्याण कार्यक्रमों के लिए निर्धारित राशि के दुरुपयोग की शिकायतें मिलती हैं। इसी कार्य संस्कृति के कारण पिपरवार में विदेशी कंपनी की पूँजी से चल रही महत्त्वकांक्षी परियोजना राष्ट्रीय विकास, आदिवासी उन्नयन और रोजगार के बड़े सवाल उठा रही है।

अगर छोटी खनन परियोजनाओं पर निगाह डाली जाए तो कम-से-कम दो खनिजों की खदानें गंभीर संकट खड़ी कर रही हैं। गुमला जिले के नेतरहाट का पाट क्षेत्र बॉक्साइट के अनधिकृत खनन के कारण उजाड़ होता जा रहा है। कई लीजधारक खान मालिकों की मनमानी खुदाई से उपजाऊ जमीन भी बंजर हो गई है। यह वही क्षेत्र है, जहाँ अल्पसंख्यक असुर जनजाति के लोग निवास करते हैं। सन् 2001 की जनगणना के अनुसार असुरों की कुल जनसंख्या 10,347 है, जिसमें 9067 लोग बॉक्साइट खदानों के इलाके में रहते हैं। यदि लीज की शर्तों का ठीक से पालन नहीं किया गया तो असुरों के अस्तित्त्व का संकट बड़ा हो जाएगा। अमूमन खनन के बाद जमीन समतल करके रैयतों को नहीं सौंपी जाती है और न ही वार्षिक मुआवजा सबको मिल पाता है।

इससे भी भंयकर तबाही का माहौल जमशेदपुर से 25 किलोमीटर की दूरी पर स्थित भारत में यूरेनियम की एकमात्र खान जादूगोड़ा में है। सन् 1964 में यूरेनियम कॉरपोरेशन ऑफ इंडिया ने यहाँ खनन की शुरुआत की थी। लगभग 15 किलोमीटर के दायरे में फैली यूरेनियम की खदानें तीन जगहों पर स्थित हैं—जादूगोड़ा, भाटिन और नरवापहाड़।

जादूगोड़ा प्रमुख केंद्र है। यूरेनियम के कचरे का तालाब भी यहीं पास में है। इसके आस-पास बसे सात-आठ गाँवों की आदिवासी आबादी बीमारी और हताशा से पीड़ित है। रेडियोधर्मी सक्रियता का खतरनाक असर जादूगोड़ा और आस-पास के गाँवों में साफ दिखाई देता है। यहाँ यूरेनियम खदानों से निकलने वाला विकिरण विकलांग बच्चों को जन्म दे रहा है। इस क्षेत्र के आदिवासियों की धीमी मृत्यु पर फिल्मकार श्रीप्रकाश ने एक डॉक्यूमेंट्री बनाई थी। हैरत की बात यह भी है कि यूसिल प्रबंधन ने यूरेनियम कचरे को जमा करने के लिए भी सुरिक्षत व्यवस्था नहीं की है।

यूसिल प्रबंधन, जिला अधिकारी, जन प्रतिनिधि और राज्य विधानसभा की पर्यावरण समिति के सदस्य अब तक एक राय होकर इस विकराल समस्या के समुचित समाधान के सूत्र नहीं तलाश कर पाए हैं। लेकिन स्थिति विकराल और विस्फोटक है, इससे अब कोई असहमति नहीं हो सकती। इस मुद्दे पर भूमि अधिग्रहण, मुआवजा, रोजगार और पुनर्वास जैसे सवाल कोई अहमियत नहीं रखते, क्योंकि यह जीवन और अस्तित्व के संकट का सवाल बन गया है। इक्कीसवीं सदी में परमाणु शक्ति के साथ प्रवेश करने का गर्व पालने वाला देश अपने नागरिकों के लिए मौत की खदानें चालू रखे, इससे अधिक शर्मनाक बात और क्या हो सकती है ?

नगरीकरण और विस्थापन

आर्थिक विकास एक ऑक्टोपसी अभियान है, जिसके साथ अनेक अनुषंगी पहलू जुड़े होते हैं। वह पूँजी, तकनीक, कच्ची सामग्री, कार्यस्थल, उत्पादन-उत्पादक संबंध और सामाजिक-सांकृतिक परिवर्तन के अनेक स्तरों पर क्रियाशील होता है। झारखंड में ब्रिटिश शासनकाल से लेकर आजादी के बाद के साठ वर्षों के लंबे दौर को दृष्टि में रखें तो परंपरागत समाज और जीवन में आए चाहे-अनचाहे बदलावों के कई मोड़ व पड़ाव नजर आएँगे। यह सब मुख्यत: विकास के नाम पर ही हुआ। आज के झारखंडी जीवन में विषमताओं के जो अनेक केंद्र चिह्नित किए जाते हैं, वे औद्योगीकरण, सिंचाई व विद्युत् की बड़ी परियोजनाओं और खनिज खदानों के विस्तार के कारण ही बने हैं। बड़े पैमाने पर विस्थापन, जंगलों की हरियाली का सिमटना और नगरीकरण भी विकास के उस मॉडल से ही उपजे हैं, जिनके क्रियान्वयन की गति आजादी के बाद आवश्यकता से अधिक तेज रही है।

उपनिवेशकाल में ब्रिटिश शासन की ओर से झारखंड के वन क्षेत्रों पर पहला बड़ा बाहरी हस्तक्षेप वन कानूनों के रूप में सामने आया था। वनों का व्यापारिक दोहन भी

उसी दौर में शुरू हुआ। स्मरणीय है कि ब्रिटिश शासन की नींव पूर्वी भारत में ही पड़ी थी। रेल लाइनों का विकास-विस्तार और पानी के जहाजों के लिए कोयला और काठ की जरूरत पड़ी तो कोयला खदानों के साथ-साथ साल वृक्षों की कटाई शुरू हुई। इस प्रकार रेल पटरियों के नीचे बिछाने के लिए वन संपदा के दोहन की यह पहली व्यापारिक पहल थी। उन्हीं दिनों चाय बागानों और खदानों में मजदूरी के लिए झारखंड के लोग पहली बार अपने इलाके से बाहर निकले।

आजादी के बाद इस जनजातीय बहुल क्षेत्र को संविधान की पाँचवीं अनुसूची में रखकर कई तरह के संरक्षण दिए गए थे। लेकिन दूसरी ओर पंचवर्षीय योजनाओं में इस क्षेत्र के प्राकृतिक संसाधनों के उपयोग की योजनाएँ बनती रहीं। वस्तुतः यहीं से विकास का वह चक्रव्यूह शुरू हुआ, जिससे इस क्षेत्र में आबादी को उजाड़कर भूखंड के विकास का शोषणकारी सिलसिला आज तक जारी है। इसी दौर में विस्थापन, वन भूमि का विनाश और नगरीकरण जैसी समस्याएँ सुरसा के मुँह की तरह फैलती गई और सर्वग्रासी सिद्ध हुईं। इस पृष्ठभूमि में विकास की ओट में विनाश के बढ़ते चरणों की माप-तौल की कोशिश की जा सकती है।

झारखंड क्षेत्र में नगरीकरण का दौर बीसवीं सदी में जिस प्रक्रिया के तहत उफान पर आया, वह नागर सभ्यता के क्रमिक विस्तार वाले रुझान से स्पष्टतः अलग है। कोयला खदानों और कंपनियों के मुख्य केंद्र के रूप में उभरते हुए धनबाद शहर राज्य की औद्योगिक राजधानी बना। इसी तरह जमशेदपुर की हैसियत टाटा समूह के कारखानों के कारण बनी, जो अपने ढंग का देश में सबसे पहला शहर है। राँची पहले लोहरदगा जिला मुख्यालय के तहत छोटा सा हिल स्टेशन हुआ करता था, लेकिन सन् 1958 में हैवी इंजीनियरिंग कॉरपोशन की स्थापना के बाद अपने हटिया और धुर्वा जैसे उपनगरों की बदौलत आज उद्योग नगरी और राजधानी के रूप में विख्यात हुआ। इस दौड़ में बोकारों सबसे नया शहर है, जो पूरी तरह बोकारो इस्पात कारखाने की स्थापना से सातवें दशक में उठ खड़ा हुआ। झारखंड के इन चार बड़े शहरों के अलावा उद्योगों और खदानों के विस्तार के कारण कई छोटे-बड़े कस्बे और बाजार भी सामने आए। पतरातू, भवनाथपूर, तोरपा, डोमचांच, भुरकुंडा, आदित्यपुर निरसा, नोआमुंडी, रामगढ़, जपला, गढ़वा, जैना मोड़, झुमरी तिलैया, खलारी, झींकपानी, सिंदरी, तेनूघाट, चंद्रपुरा, मुरी, जसीडीह जैसे केंद्र इसी तरह बने-उभरे। हर बड़ी परियोजना के साथ उसकी आवासीय कॉलोनियाँ भी नगरीकरण के बढ़ते दौर की गवाह हैं।

नगरीकरण अपने नागरिकों के लिए और आस-पास के ग्रामीण परिवेश के लिए कई तरह के सांस्कृतिक-सामाजिक संक्रमण तथा चुनौती लेकर आता है। झारखंड क्षेत्र में इस हठात् परिवर्तन के अन्य प्रभाव अधिक समस्यामूलक रहे हैं। खासतौर पर भूस्वामित्व से बेदखली और विस्थापन ऐसे सवाल हैं, जिनसे देश के दूसरे इलाकों में नगरीकरण का दौर कम प्रभावित हुआ है। झारखंड में भूस्वामित्व और विस्थापन का सवाल विकास के दौर का सबसे बड़ा सवाल बन चुका है। उसे सिर्फ नगरीकरण के संदर्भ में देखने से उसकी विशालता और जटिलता से परिचित नहीं हुआ जा सकता। वस्तुतः वह एक स्वतंत्र अध्ययन और विचार का क्षेत्र है, तो भी इससे उपजी समस्याओं को टाला नहीं जा सकता। इस राज्य में किसी भी प्रयोजन से हुए भूमि अधिग्रहण के साथ जो सवाल नत्थी है, वह मुआवजा, पुनर्वास और रोजगार का ही है। यह मामला हमेशा विवादग्रस्त रहा है और उसके आधारों, तरीकों और अनुपयुक्तताओं की भारी आलोचना हुई है। इस जनभावना और उसकी तल्ख प्रतिक्रिया को कोयलकारों परियोजना और नेतरहाट फायरिंग रेंज के विरोध प्रर्दशनों में उछले इस नारे में सुना जा सकता है—'जान देंगे, जमीन नहीं देंगे।' निराशा और आक्रोश की यह स्थिति एक दिन में तो नहीं ही बनी होगी। निस्संदेह अधिग्रहण नीति और उसकी कार्य-शैली में औपनिवेशिक और अमानवीय एप्रोच का ही यह परिणाम है कि आज यह प्रश्न वैध-अवैध, उपयोगी-अनुपयोगी या जरूरी-गैरजरूरी मामलों की फेंस से बाहर आकर सार्वजनिक मुहावरा बन गया है।

झारखंड के शहरों और नए कस्बों का चरित्र मिली-जुली आबादी के कारोबारी तालमेल से बना है। लोकसंस्कृति या कार्यसंस्कृति के लिहाज से कोई साझेदारी यहाँ अब तक नहीं बनी। कई समुदायों और सामाजिक वर्गों तथा भाषिक समूहों का संघीय ढाँचा अवश्य तैयार हो चुका है, जिसे ठीक-ठीक कॉस्मोपालिटन भी नहीं कहा जा सकता। कम-से-कम उस तरह की साझेदारी और सहकार का नामोनिशान ढूँढ़ना भी मुश्किल है, जो झारखंड के ग्रामीण अंचलों में आदिवासी-सदान समुदायों की साझा संस्कृति के रूप में इस क्षेत्र की अनूठी पहचान है। आवासीय कॉलोनियों के बाहर वह मोहल्लों का महासंघ भर है। नागरिक सुविधाओं के लिहाज से इस्पात कॉलोनियों की स्थिति निस्संदेह बेहतर है, लेकिन शेष हिस्सों में वह राज्य के अन्य शहरों के औसत के बराबर है। इन शहरों में बाहरी आबादी की बढ़ोत्तरी की रफ्तार तेज है, मगर इस सैलाब में मूलवासियों का योगदान नगण्य है।

इस्पात कारखानों के लिए विस्थापित क्षेत्रों और प्रभावित परिवारों के आँकड़े झारखंड में नगरीकरण से उपजे कई सवालों पर रोशनी डालते हैं, लेकिन निजी रिहाइशी

इलाकों के लिए ऐसे आँकड़े अलग शोध का विषय हैं। टिस्को (1907) के लिए 3564 एकड़ जमीन आदिवासियों से ली गई थी। एच.ई.सी. की स्थापना के लिए 25 गाँवों की 9200 एकड़ जमीन ली गई, जिसमें 12,990 आदिवासी जन विस्थापित हुए। इसी तरह बोकारो स्टील प्लांट के निर्माण में 46 गाँवों के 12487 आदिवासी भूस्वामियों की जमीनें अधिग्रहीत हुई थीं। इसी तरह छोटानागपुर टीनेंसी ऐक्ट तथा संताल परगना टीनेंसी ऐक्ट के प्रावधानों के तहत उपायुक्तों की विशेष अनुमति से भी भूस्वामित्व का अंतरण हेता रहा है और अनेक मामलों में इन कानूनों का घोर उल्लंघन करते हुए भी गैर-आदिवासियों ने आदिवासी स्वामित्व की जमीनों की जमाबंदी करा ली है। शहरों व देहाती इलाकों में राजस्व कर्मचारियों-अधिकारियों के सहयोग से ऐसी खरीद-बिक्री को भूमि लूटने या भूमि हड़पने के विशेषण मिले हैं। लेकिन झारखंड में वैध और कानून समस्त भूस्वामित्व परिवर्तन के उदाहरण भी कम नहीं हैं। टीनेंसी ऐक्ट के प्रावधान झारखंड की सदानी जातियों के भूस्वामित्व और उसके अंतरण पर रोक नहीं लगाते। इसके बावजूद यह सर्वमान्य तथ्य है कि नए नगरों व कस्बों के विकास और विस्तार से झारखंड की परंपरागत जीवन-शैली, समाज संगठन और राजनीति दूर तक प्रभावित हुई है।

वन विनाश

एक सदी पहले तक भारत के प्राकृतिक संसाधन-कृषि भूमि, जंगल, शुद्ध हवा और साफ पानी-आज की तुलना में कहीं अधिक और पर्याप्त मात्रा में सुलभ थे। आधी सदी पहले तक झारखंड में इनकी प्रचुरता, उपनिवेशकाल में वन प्रबंध पर सरकारी दखल के बावजूद, बेमिसाल थी। सन् 51 में भारत सरकार ने सोवियत मॉडल पर नियोजित विकास का जो सूत्रपात् किया, उसके बाद से प्राकृतिक संसाधनों के दोहन, विनाश व प्रदूषण में तेजी आई। झारखंड क्षेत्र में इस विकास नीति का भारी दबाव पड़ा। भारी कारखाने बने, बड़ी विद्युत् परियोजनाएँ शुरू हुईं और राष्ट्रीयकरण के बाद खनन परियोजनाओं का अपूर्व विस्तार हुआ। यह दौर देश में जनसंख्या की वृद्धि का दौर था तो झारखंड क्षेत्र में उद्योग व रोजगार के सिलसिले में आने वाले बाहरी लोगों की तूफानी कतार का दौर था। इसमें संदेह नहीं कि भूमि और जंगल पर जनसंख्या विस्फोट का, चाहे वह भीतरी हो या बाहरी, भारी दबाव पड़ता है। निर्वनीकरण का बुरा असर स्थानीय जलवायु पर भी पड़ता है।

वन से पारंपरिक आदिवासी समाज का मन का रिश्ता है। यह भावनात्मक लगाव भर नहीं है। भोजन व ईंधन के अगाध स्रोत होने के नाते जंगल सदियों से आदिवासी

जीवन को ठोस संरक्षण देते आए हैं। जनजातीय संस्कृति में प्रकृति पूजा का स्थायी भाव तो है ही, वन के बिना उनके अस्तित्व की कल्पना तक कठिन है, लेकिन वन क्षेत्र केवल जनजातीय समाज के लिए ही उपयोगी नहीं हैं, वह पूरी धरती के पर्यावरण संरक्षण में भी मददगार है। सन् 1987-89 में उपग्रह चित्रों से प्राप्त सूचनाओं के आधार पर देश का वन विभाग यह बताता रहा था कि हमारे भू-भाग का 19 प्रतिशत जंगल है। पहले वन क्षेत्र का लक्ष्य 33 प्रतिशत रखा गया था, लेकिन पिछली सदी के अंत में संयुक्त राष्ट्रसंघ ने उपग्रह चित्रों की जो रिपोर्ट जारी की, उसके मुताबिक भारत में सिर्फ 8 प्रतिशत भू-भाग पर जंगल बच गए हैं। वन विनाश की यह गति सिर्फ चैंकानेवाली ही नहीं है, चिंताजनक भी है।

झारखंड राज्य में अविभाजित साहेबगंज जिला (पाकुड़ समेत) हाल के वर्षों तक सघन वन से संपन्न हुआ करता था। राजमहल की पहाड़ियों को 'वनों का जादूगर' कहा जाता रहा है, जहाँ न जाने कितनी दुर्लभ जातियों की वनस्पतियाँ सुलभ थीं। लेकिन एक अनुमान के अनुसार पहले कुल 8562 एकड़ जमीन पर सरकारी वन क्षेत्र था, जो लगभग 90 प्रतिशत क्षतिग्रस्त हो चुका है। विभागीय अधिकारियों और स्थानीय प्रशासन की अक्षमता के कारण यह वनाच्छादित इलाका लकड़ी के तस्करों के शिकंजे में है। पाकुड़ रेलवे स्टेशन पर एक अरसे से खुलेआम लकड़ी हाट लगा करती है और कहते हैं कि तस्कर पश्चिम बंगाल के रास्ते बँगलादेश तक माल पहुँचा देते हैं। जंगलों की वैध-अवैध अंधाधुंध कटाई कमोबेश पूरे झारखंड राज्य में जारी है। उत्तरी झारखंड के जंगल उजाड़ हो गए हैं। शहरों की बढ़ती माँग के कारण इमारती लकड़ी और ईंधन के लिए जलावन लकड़ी का बाजार गुलजार है। राजकीय व्यापार वन प्रमंडल और कई वन संरक्षक कानूनों के बावजूद लकड़ी की चोरबाजारी थम नहीं रही और न ही बेहिसाब पेड़ कटाई पर नियंत्रण है। लकड़ी तस्करों की धर-पकड़ और गिरफ्तारी कभी-कभी अखबारी सुर्खियों में जगह बनाती है, लेकिन आरा (मिल) मशीनें बंद नहीं हैं। कोई भी पर्यटक इस इलाके के सड़क मार्ग से गुजरते हुए खुली आँखों देख सकता है कि पहाड़ी घाटियों में जलेबी की आकृति में घूमती सड़कों की रेखाएँ, जो घने वृक्षों के कारण बीस साल पहले तक अदृश्य रहती थी, आज सपाट गोचर है। पहाड़ नंगे हो गए हैं और नए वन रोपन क्षेत्रों में कटे पेड़ों की ठूँठ साफ नजर आती है।

नुकीला सवाल यह है कि वन संरक्षण कानून 1980 के तहत राज्य सरकार के वन विभाग और उसके अमला वर्ग ने झारखंड के जंगलों से राजस्व वसूली के अलावा क्या-क्या किया कि वन क्षेत्र लगातार सिकुड़ता गया है? शायद यह सवाल ही अप्रासंगिक

जैसा है, क्योंकि सरकार वन विभाग को शिक्षा और चिकित्सा विभागों की तरह समाज कल्याण के लिए प्रतिश्रुत नहीं मानती, राजस्व की शक्ल में मुनाफे का जरिया मानती है। फिर इस सार्वजनिक संपति के विनाश में कई अन्य विभागों का योगदान भी कुछ कम नहीं। उदाहरण के लिए कुछ मामलों को याद किया जा सकता है। उत्तर कोयलकारों परियोजना के सर्वे कार्य के दौरान सन् 78-79 में पलामू जिले के बेतला जंगल में 8000 एकड़ में लगे साल वृक्ष काटकर गिरा दिए गए थे, क्योंकि वह संभावित डूब क्षेत्र में पड़ सकते थे। उल्लेख्य है कि अभी तक वह परियोजना पूरी नहीं हुई और न ही डूब का कोई खतरा सामने आया, तो भी दस वर्षों में उन साल वृक्षों के पुन:प्रस्फुटित नए पेड़ों को भी सन् 89-90 में दोबारा गिरा दिया गया था। मार्च 2011 में अगर यह परियोजना बंद नहीं हो गई होती तो पता नहीं पर्यावरण विनाश के कितने कीर्तिमान आने वाले दिनों में बन जाते!

इसी तरह वन भूमि पर अनधिकृत नाजायज खनन करने वाली कंपनियों पर भी ऐसे मामलों में कारगर कारसवाई नहीं हो पाती। वन विभाग के हजारीबाग के सूत्रों के अनुसार सी॰सी॰एल॰ के रजरप्पा क्षेत्र में 485 एकड़, पिपरवार की 23 एकड़, उरीमारी की 80 एकड़, सौंदा की 70 एकड़, चोरधारा की 36 एकड़ और सयाल की 160 एकड़ वन भूमि पर नाजायज खनन करने के आरोप में 21 मुकदमे दर्ज हुए और 19 आदमियों को गिरफ्तार किया गया, लेकिन उन सबको 1980 के कानून की धारा 2 के अभयदान की छतरी मिल गई। इस 'ब्रोकेन एंड क्लियर्ड' नियम के तहत मानो पिछले दरवाजे से कानून तोड़ने वाले गुनहगारों को प्रशासन द्वारा पहले भी बरी किए गए ऐसे मामले अनेक रहे होंगे। लेकिन वन विभाग अपने रिकॉर्ड कितनी मुस्तैदी से तैयार करता है, उसकी एक बानगी तब सामने आई, जब वह उच्चतम न्यायालय के उस प्रश्न का तत्काल उत्तर नहीं दे सका कि राज्य में वन आधारित कितने उद्योग काम कर रहे हैं? वन संरक्षण का सवाल पर्यावरण चिंता के बड़े परिप्रेक्ष्य से जुड़कर नई बहसों को जन्म देता है। उच्चतम न्यायालय ने दिसंबर 96 में अरुणाचल प्रदेश में वनों की स्थिति के संदर्भ में जो आदेश पारित किए, वे पूरे देश के वन क्षेत्र को आंदोलित करने वाले सिद्ध हुए। उस आदेश के तहत वनभूमि की दी गई परिभाषा पर विवाद हो सकते हैं और उसमें पुनर्विचार की गुंजाइश भी हो सकती है, लेकिन उसने झारखंड समेत समूचे देश में तहलका मचा दिया था।

वनरक्षा की दीर्घकालीन योजना में क्षेत्र की जनता की भागीदारी कैसे बढ़ाई जाए, इस पर बहस चल रही है। इस गहन गंभीर मुद्दे पर तकनीकी विशेषज्ञों की एक राय

नहीं है, यह देहरादून स्थित भारतीय वानिकी शोध प्रशिक्षण परिषद् के एक दो दिवसीय वर्कशॉप में हुई बहसों से जाहिर हो चुका है, लेकिन राज्य नियंत्रित नौकरशाही के वन प्रबंधन कौशल का अब तक का इतिहास यह सुनिश्चित नहीं करता कि इस पैटर्न पर चलकर भारतीय जंगलों की हरियाली साबुत बची रहेगी! निश्चय ही यह निर्णय राजनीतिक स्तर पर ही लिया जा सकेगा कि साझा वन प्रबंधन की गुंजाइश परखी जाए। बीच का यह रास्ता भी परिणामदायी सिद्ध हो सकता है कि वन समेत सभी प्राकृतिक संसाधनों पर धरती पुत्रों का अधिकार मान लिया जाए। रामदयाल मुंडा की यह चिंता गौरतलब है कि अगर वन विनाश की वर्तमान प्रक्रिया जारी रही तो एशिया के सबसे बड़े जंगलों में शामिल चाईबासा जिले का सुप्रसिद्ध सारंडा जंगल भी अगले पचास वर्षों में उजाड़ हो जाएगा।

रामशरण जोशी ने छत्तीसगढ़ के आदिवासी इलाकों की पीठ पर लदे उद्योगों की चर्चा करते हुए इमारती लकड़ी के व्यापार से बस्तर के आदिवासियों की दुर्दशा को 'काठ की राजनीति' शीर्षक के तहत चिह्नित किया था। काठ की यह राजनीति पूरे झारखंड में बदस्तूर जारी है। बीसवीं सदी के पूर्वार्द्ध में ही सारंडा सघन वन क्षेत्र के किनारे-किनारे सागवान के पेड़ लगाए गए थे, जो अब विकसित हो चुके हैं। काठ के व्यापारियों और उनके मददगार गिरोहों की मुख्य दिलचस्पी इसी बेशकीमती इमारती लकड़ी में रही। नतीजतन, चाईबासा, राउरकेला और क्योंझर इलाकों में सागवान वृक्षों की कटाई धड़ल्ले से हुई। अंतरराज्यीय गिरोहों की नजर सागवान के अलावा साल वृक्षों की तस्करी में भी है। यह इलाका-किरी बुरु, नोआमुंडी और गुआ-लौह अयस्कों के भंडारों और खदानों से भरपूरा है और यहाँ की मिट्टी साल वृक्षों के लिए बहुत उपयुक्त बताई गई है। इस लकड़ी-लूट से यह जंगल काठ होता नजर आया है। निस्संदेह काठ का यह कारोबार बेरोक-टोक चल रहा है तो उसके पीछे राजनीति के जमींदारों और प्रशासन के पहरुओं की मिलीभगत जरूर रही होगी। 1892 वर्ग किलोमीटर क्षेत्र में फैली यह विशाल वन-श्रृंखला लंबे समय तक पुलिस, वन विभाग, ठेकेदार गिरोह, तस्कर माफिया और स्थानीय नेतामंडली के सहकार से गुजरते हुए अब नक्सली निजामों की गिरफ्त में है और पूरी तरह खतरों से घिर चुकी है।

वन संपदा के लुटेरों का ऐसा गठबंधन सिर्फ सारंडा जंगल में सक्रिय नहीं रहा, बल्कि झारखंड के अन्य जिलों के काठ के गोदामों में भी सदाबहार मौजूद है। सब तरफ साल वृक्षों की कटाई जारी है। चोरी-छिपे जलावन लकड़ी की आवाजाही भी स्थानीय स्तर पर होती है। हजारीबाग और चतरा के जंगलों में कत्थे की लकड़ी पर तस्करों का

अधिक जोर रहा कि सागवान के बाद कीमतों के बाजार में उसकी बोली सबसे ऊँची है। चूँकि मौजूदा वननीति वनों की रक्षा और देखभाल में नाकारा साबित हुई, इसलिए उस एकाधिकारी प्रबंध को जारी रखने का कोई औचित्य नहीं है। झारखंड क्षेत्र में वन-पर्यावरण की सुरक्षा के लिए ट्रस्टीशिप लागू कर उसे सामाजिक नियंत्रण के हवाले कर देना अधिक कल्याणकारी हो सकता है।

पुनर्वास के अजनबी अँधेरे

झारखंड में पंचवर्षीय योजना काल में आर्थिक विकास की जो प्राथमिकताएँ तय की गई थीं और उनके अनुरुप जो कार्यक्रम बनाए गए थे, उनसे इस क्षेत्र के भूगोल, इतिहास और अर्थशास्त्र की चूलें हिल गईं। विस्थापन की जो धीमी गति धनबाद और जमशेदपुर में सदी के आरंभ में शुरू हुई थी, वह तमाम अंचलों में पसरकर तूफानी रफ्तार में आ गई। भूमि का अधिग्रहण और भू-स्वामी का विस्थापन जिस बड़े पैमाने पर हुआ है, उन मामलों को अगर एक साथ देखा जाए तो विकास के नाम पर हुए विनाश की यथार्थ तसवीर मिल सकती है। यह काम अलग-अलग क्षेत्रों में अलग-अलग प्रयोजनों के लिए कई चरणों में चलता रहा। विस्थापन के खिलाफ आवाजें उठीं, मगर उन्हें विकास विरोधी कहकर खामोश कर दिया गया। इस दौरान झारखंड के लिए विकास की सरकारी अवधारणा, दृष्टि और कार्यक्रमों पर बहस होती रही और झारखंड आंदोलन से जुड़े वर्गों ने ऐसे विकास को औपनिवेशिक दमन और विनाश का वाहक बताया था। फिर विस्थापन के खिलाफ असंतोष और आक्रोश का वह दौर भी आया, जब लाख कोशिशों के बावजूद राज्य और केंद्र की सरकारें कोयलकारों परियोजना का शिलान्यास तक नहीं कर सकीं। भूमि अधिग्रहण के उपाय भी वहाँ प्रभावी नहीं हुए। मुआवजा, पुनर्वास और नियोजन के तमाम उपायों की विश्वसनीयता जाती रही। उच्चतम न्यायालय के निर्देशों के अनुकूल दिए गए आश्वासन भी प्रभावी नहीं हुए। इस जनआक्रोश को सर्वोच्च अभिव्यक्ति नेतरहाट में फील्ड फायरिंग रेंज बनाने के प्रस्ताव के बाद संघर्ष समिति के आह्वान पर पाँच जिलों के हजारों लोगों के उग्र विरोध में सामने आई थी। इस प्रस्ताव के तहत गया, चतरा, पलामू, गढ़वा और औरंगाबाद के पाँच जिलों के 19 प्रखंडों की आठ लाख से अधिक की आबादी विस्थापित होने वाली थी। अंततः इस पायलट प्रोजेक्ट का प्रस्ताव व्यापक जन-विरोध को देखते हुए वापस ले लिया गया।

झारखंड में अब तक हुए विस्थापन में धन और जन की बरबादी के आँकड़ों पर नजर डाली जाए। यहाँ कुछ बड़े औद्योगिक नगरों की स्थापना और बड़ी सिंचाई

व विद्युत् परियोजनाओं के सिलसिले में हुए विस्थापन के आँकड़ों का ब्योरा प्रस्तुत है—

परियोजना का नाम	अधिगृहीत भूमि	जिला विस्थापित
1. टिस्को, जमशेदपुर (1907)	3564 एकड़	प. सिंहभूम
2. आदित्यपुर, वही	34432 एकड़	वही
3. एच.ई.सी., राँची (1958)	9200 एकड़	राँची
4. बोकारो स्टील प्लांट	34227 एकड़	बोकारो
5. तेनूघाट डैम बाँध और पावर प्लांट	97843 एकड़	हजारीबाग
6. सुवर्णरेखा परियोजना	85000 एकड़	पू.प. सिंहभूम
8. कोयलकारों परियोजना (बंद)	45112 एकड़	राँची, गुमला

इन आँकड़ों से विस्थापन की वास्तविक स्थिति का अंदाज नहीं होता, क्योंकि अनेक खनन परियोजनाओं, ताप विद्युत् केंद्रों, यूरेनियम, बॉक्साइट और खाद के कारखानों, हर जिले में मध्यम और लघु उद्योग की इकाइयों, अभयारण्य स्थलों और आवासीय कॉलोनियों के सिलसिले में अधिग्रहित भूमि और विस्थापित परिवारों का हिसाब लगाने के लिए एक पूरा रिसर्च प्रोजेक्ट चाहिए। एक अनुमान के अनुसार, झारखंड में अलग-अलग कारणों से विस्थापित जनों की संख्या 17 लाख तक पहुँच चुकी है। यहाँ चंद बानगियों के आधार पर समस्या के रुझान और संकट की व्यापकता की ओर ध्यान खींचना ही प्रयोजन है। बड़ी परियोजनाओं को आकार देते समय योजनाकारों का कितना ध्यान इस भीषण त्रासदी की ओर रहा है, इसका एक दृष्टांत नेतरहाट फील्ड फायरिंग रेंज के पायलट प्रोजेक्ट का है, जो वापस ली जा चुकी है। इसमें कुल 245 गाँवों के अनुमानत: डेढ़ लाख लोगों को उजड़ना पड़ता और इन विस्थापित लोगों में लगभग तीन-चौथाई आबादी विभिन्न आदिवासी समुदायों से होती। आजादी के बाद विकास के नाम पर ऐसे अवसर इतनी बार और इतने बड़े पैमाने पर आते रहे हैं कि अब प्रयोजन की पवित्रता और उपयोग की अनिवार्यता भी झारखंड के विभिन्न समुदायों के लिए बेअसर हो चुकी है। दरअसल, यह समस्या मानवीय और मनौवैज्ञानिक है, जिसकी जड़ें कहीं और खोजी जाती हैं।

दुनिया भर में बड़ी विकास परियोजनाओं ने अनिगिनत लोगों पर वज्रपात किया है। आस्वान बाँध परियोजना से 1,20,000 लोग विस्थापित हुए थे और ब्राजील की इटापरिका परियोजना ने 45,000 लोगों को उजाड़ा था। संयुक्त राज्य अमेरिका और

कनाडा की विस्थापित बस्तियों में डिप्रेशन, शराबखोरी, आक्रामकता जैसी बीमारियों की ऊँची दर यह बतलाती है कि अनैच्छिक विस्थापन का मानसिक स्वास्थ्य पर बहुत गहरा असर पड़ता है। अमेरिका में शहरी विकास के लिए भी कई समुदायों को उजाड़ा गया और समाजशास्त्रियों को यह आशंका है कि कई पीढ़ियों तक इसका असर रह सकता है। अब यह आमतौर पर मान लिया गया है कि किसी स्थान से आबादी का विस्थापन व्यक्तियों, परिवारों और समुदाय के जीवन को पूरी तरह छिन्न-भिन्न कर देता है।

विस्थापितों के पुर्नवास के सवाल को आवास और रोजगार की जगहों की अदला-बदली नहीं समझा जाना चाहिए। देशाटन, पर्यटन, रोजगार और बेहतर नियोजन के लिए देश-देशांतर की यात्राएँ, सेवा-शर्तों के तहत स्थानांतरण, आव्रजन—ये सारी स्थितियाँ उस परिस्थिति से नितांत अलग किस्म की हैं, जिनमें कोई गाँव, अंचल उजड़ने की नियति से रु-ब-रु होता है। यहाँ स्वैच्छिक और वैकलिप्क व्यवस्था तथा अनिवार्य विस्थापन की तुलना नहीं हो सकती। घाना की वोल्टा नदी पर बने बाँध के कारण सन् 63-64 में लगभग 80,000 लोग उजड़ने को मजबूर हुए थे। वहाँ कुल 65,700 लोगों को मुआवजा देकर कहा गया कि वे 52 पुनर्वास स्थलों में से अपनी पसंद का कोई स्थान चुन लें। सन् 68 में एक शोध सर्वेक्षण की रिपोर्ट के अनुसार सिर्फ 40 प्रतिशत लोग ही पुनर्वास स्थलों पर रह रहे थे। शरणार्थी साहित्य बतलाता है कि जड़ों से उखड़े लोगों में मनोवैज्ञानिक तनाव आम बात है। प्राय: सभी विस्थापित व्यक्ति और समुदाय का संकट यह होता है कि वे 'परिवर्तन के अनुकूल बनने' और 'अतीत की पुनर्स्थापना' के बीच की मन:स्थितियों से टकराते हुए जीते हैं। यदि विस्थापित समुदाय आदिवासी हो तो नए परिवेश से लगाव स्थापित करने में समस्याएँ अधिक होती हैं।

नर्मदा परियोजना के विस्थापितों के संदर्भ में दिल्ली के 'मल्टीपल रिसर्च एक्शन ग्रुप' (मार्ग) का निष्कर्ष यह है कि विकास परियोजनाओं ने देशज लोगों को गहरी चोट पहुँचाई है। इससे व्यक्तियों और समूहों को गंभीर मनोवैज्ञानिक क्षति पहुँची है। यह असर बच्चों, बूढ़ों और महिलाओं को अधिक असहज करता है। 'मार्ग' की टीम ने सरदार सरोवर से प्रभावित होने वाले गाँवों की महिलाओं से मिलकर उनकी चिंताओं को समझने की कोशिश से यह जाना कि विस्थापन के मामले में वे सिर्फ भुक्तभोगी हैं, क्योंकि उनकी कोई भूमिका सलाह-मशविरे में नहीं होती, जबकि परिवार की व्यवस्था में सबसे अधिक परेशानियाँ उन्हें ही उठानी पड़ती हैं।

वस्तुतः पुनर्वास के औपनिवेशक अँधेरे गहरे हैं। ये अँधेरे तब और घने हो जाते हैं, जब अपने ही देश में अपने ही इलाके में व्यक्ति और समुदाय बेगाने हो जाते हैं। विकास

योजनाओं से जुड़ा प्रशासन तंत्र असंवेदनशील हो तो वह हठात् और बलात् विस्थापन का दर्द नहीं समझेगा। अधिकतर मामलों मे तथ्य यही है कि जो लोग विकास के नाम पर उजड़ते हैं, वे योजनाओ के लाभ नहीं उठा पाते, मगर तकलीफों का बोझ सबसे ज्यादा उन पर ही लदा रहता है। आठवीं पंचवर्षीय योजना के तहत कराए गए एक सर्वेक्षण के मुताबिक 110 परियोजनाओ के लिए सत्रह लाख विस्थापितों मे आधे आदिवासी थे।

विकास के दुष्चक्र की यह कहानी कमोबेश पूरे देश में फैली है, लेकिन इसका मुख्य अंश आदिवासी इलाकों में ही लिखा गया है। मौजूदा छह राज्यों मे विभाजित, ब्रिटिश सल्तनत का दक्षिण-पश्चिम फ्रंटियर एजेंसी का पहाड़ी इलाका, इस विकास-कथा का क्लाइमेक्स है। यही वह क्षेत्र है, जहाँ देश की अधिकांश खनन परियोजनाएँ चल रही हैं। झारखंड के पड़ोसी जिले, जो मध्य प्रदेश, छत्तीसगढ़ और उड़ीसा राज्यो में स्थित हैं, विद्युत् और सिंचाई परियोजनाओं के नक्शे पर अतुलनीय हैं। ताप और जल विद्युत् दोनों के संसाधन स्रोत यहाँ सुलभ हैं। इसी संपन्नता के कारण यह औपनिवेशिक विकास का नमूना बन गया। एक कृषक समाज अपना सर्वस्व लुटकार भूमिहीन मजदूर बना है और सर्वहारा वर्ग की सदस्यता ग्रहण करने को लाचार हो गया। उसके पुनर्वास और नियोजन यानी रोजगार की घोषणाएँ छलावा साबित हुई हैं। इसी कटु अनुभवो का विस्फोट अब नर्मदा बाँध से लेकर कोयलकारों तक और नेतरहाट फायरिंग रेंज से लेकर सिंगूर तक सामने आया है।

यह स्थिति एकपक्षीय विकास नीति के कारण उत्पन्न हुई है। पुनर्वास के नाम पर जो एकमात्र नियम-समाधान उल्लेख्य है, वह है, जमीन के बदले जमीन, किंतु उसका भी संजीदगी से अनुपालन नहीं हो सका। उच्चतम न्यायालय के दिशा-निर्देशों पर अमल हो सके, यह भी प्रतीक्षित है। अगले दौर में नीति निर्माताओं को भरसक बड़ी परियोजनाओं से तौबा कर लेना ही जनहित मे होगा, चाहे ऐसी परियोजनाएँ औद्योगिक हों, या खनिज संपदा के दोहन की या फिर जल विद्युत् और सिंचाई की ही क्यो न हों! विस्थापन से मुक्त योजनाएँ ही स्वीकार्य हो सकती हैं और विकास कार्यक्रमों का विकेंद्रीकरण एक परिणामदायी समाधान है।

वाद-विवाद-संवाद

कभी-कभी उन चीजों को परिभाषित करना भी मुश्किल होता है, जिन चीज़ों से हम अपने दैनंदिन जीवन में लगातार घिरे होते हैं। झारखंड का मामला भी कुछ ऐसा ही है, जिसके उलझे-अनसुलझे इतने छोर हैं कि किसी एक सूत्र के सहारे उसके सारे अर्थों-

अभिप्रायों को समेट लेना आसान नहीं है। झारखंड की संस्कृति, विकास, शोषण और आर्थिक पिछड़ेपन के बारे में कम नहीं लिखा गया है, मगर जितना भी लिखा गया है, वह आदिवासी हितों के एकमात्र विचारणीय विषय-केंद्र मानकर लिखा गया है। सच भी यही है कि परंपरागत रूप से बाहरी दुनिया के सामने यही उसकी पहचान रही है, लेकिन इसी सच का दूसरा सिरा अब तक उपेक्षित अँधेरे में छिपा रहा है। झारखंड के सदान न केवल अपनी आबादी के लिहाज से, बल्कि संस्कृति और जीवन-शैली के लिहाज से भी, आदिवासी समाज के समानांतर रहे हैं और दोनों ने समान ऐतिहासिक विरासत को जीते हुए एक साझा संस्कृति विकसित की है। इसके बावजूद, सुविधा, सरंक्षण और अवसर के मामले में सदानी जातियाँ हाशिए पर भी नहीं हैं। संविधान, शासन, प्रशासन और मीडिया—वे सबकी उपेक्षा से संतप्त हैं। उपनिवेशकाल में आदिवासी और सदान समुदायों के बीच विभाजक रेखाएँ खींचकर बड़ी की गई थीं और इससे झारखंड आंदोलन और हितों को भारी नुकसान पहुँचा था।

संभवत: इतिहासविद् दार्शनिक स्पेंगलर ने भारतीय समाज को जब इतिहासमुक्त प्रकृति का समाज कहा था तो उसके सामने इस देश के विस्मयजनक वैविध्य के बावजूद उसकी संश्लिष्ट सांस्कृतिक संबद्धता का परिदृश्य रहा होगा। वस्तुत: सामाजिक संरचना के विभेदकारी विश्लेषण से उस सांस्कृतिक अंत:क्रिया का सामंजस्य नहीं बैठता, जिसकी मिसाल यह देश रहा है। झारखंड के संदर्भ में अगर ऐसे बौद्धिक प्रत्ययों को देखना हो तो उसकी एक समृद्ध बानगी दो महत्त्वपूर्ण समाजशास्त्रियों की दो बहुचर्चित पुस्तकों में मिल सकती है। एच.एच. रिज्ले की पुस्तक 'कास्ट्स एंड ट्राइब्स ऑफ बेंगाल' और एस.सी. राय की महत्त्वपूर्ण कृति 'मुंडाज एंड देयर कंट्री' अपने विषयों की आधारभूत सामग्री सुलभ कराती हैं, किंतु उनकी कुछ स्थापनाओं से असहमति की तर्कपूर्ण गुंजाइश भी बनती है। सन् 1912 में प्रकाशित इस संदर्भ पुस्तक में श्री राय ने सदानों को जिस अंदाज में दिकू यानी नवागंतुक और शोषक समूह बताया था, वह इतिहास सम्मत तो नहीं ही है, उसने ब्रिटिश शासकों को इस क्षेत्र में 'फूट डालकर राज करो' की रणनीति के लिए एक बौद्धिक हथियार सुलभ कर दिया था। डॉ. बी.पी. केशरी ने अपनी पुस्तक 'झारखंड के सदान' में इस असंगत निष्कर्ष का ऐतिहासिक विश्लेषण और खंडन प्रस्तुत किया है।

अगर झारखंड के वर्तमान में लौटकर स्थिति का सामयिक विश्लेषण अभीष्ट हो तो झारखंड विषयक समिति की रिपोर्ट एक ऐतिहासिक दस्तावेज की तरह सहायक हो सकती है। स्मरणीय है कि अगस्त 1989 में गृह मंत्रालय ने आदेश जारी कर इस समिति

के गठन की विधिवत् घोषणा की थी और उसमें केंद्र और तत्कालीन बिहार सरकार तथा झारखंड आंदोलन के प्रतिनिधियों के अलावा उस समस्या से सुपरिचित कई विशेषज्ञ भी शामिल थे। यह रिपोर्ट मई '90 में गृह मंत्रालय को सौंपी गई थी और मार्च '92 में उसे लोकसभा के पटल पर रखा गया था।

विकास की नीतियों और कार्यक्रमों को ऐतिहासिक मोड़ देने वाले ये मुद्दे झारखंड के लिए सर्वोच्च प्राथमिकता के मुद्दे हैं। इसे वर्गीय जीत-हार के चश्मे से देखने की मानसिकता अंतहीन भटकाव और टकराव ही दे सकती है। प्रकाश करंत ने 'क्षेत्रीय स्वायत्ता की अवधारणा' शीर्षक लेख में (द मार्कसिस्ट, जून, 93) इस बारूदी समस्या के अनेक पहलुओं की चर्चा के बाद एक विवेकसम्मत विराम दिया था कि भारत में जातीय अस्मिता के प्रश्न को लोकतांत्रिक समाधान की प्रतीक्षा है। झारखंड में भी सामाजिक घटकों की अंत:क्रिया का यह दौर जितना कम समय ले, उतना ही बेहतर होगा।

□

छठा अध्याय

निपट वर्तमान और संभावित भविष्य

व्यक्ति, समाज, संगठन और सत्ता सबके साथ समस्याओं का बेड़ा चलता है। सफर में कुछ पुरानी चीजें छूट जाती हैं, कुछेक पीछा नहीं छोड़तीं और कई नए हमसफर मिल जाते हैं। झारखंड राज्य को कई समस्याएँ विरासत में मिली हैं और कई अपनी अर्जित समस्याएँ हैं। एक समस्या यह भी है कि जिस बिहार राज्य से अलग होकर वह वजूद में आया, उसकी कार्यसंस्कृति से अलग होने की घोषणाएँ यहाँ लगातार होती रहीं, लेकिन उससे पिंड छुड़ाना आज तक संभव नहीं हुआ। न राजनीति की दिशा बदली, न प्रशासन का वर्ग चरित्र। विधानसभा हो या सचिवालय, दफ्तर हो या सार्वजनिक स्थान, वही अंदाज, वही गैरजिम्मेदारी हर जगह दिखती है, जिसके लिए बिहार अरसे से बदनाम था। प्रखंड और अंचल कार्यालय हो, थाना या बाजार हो, नगर प्रशासन हो या पुलिस प्रशासन, नेता हों या कार्यकर्ता, व्यापारी हों या अपराधी, इन सबके आचरण और कार्य-शैली के आधार पर बिहार और झारखंड में फर्क बता पाना आसान नहीं है। वैसे यह एक अलग वास्तविकता है कि पिछले दशक में बिहार ने अपनी पुरानी छवि को विसर्जित कर दिया है और वहाँ चहुँमुखी परिवर्तन की बयार तेज बह रही है।

बदलते झारखंड में भ्रष्टाचार का दीमक

पिछले दिनों सार्वजनिक चर्चाओं में जो मुद्दा यहाँ सबसे ऊपर रहा, वह है इस नवगठित राज्य में भ्रष्टाचार का प्रतिशत। सरकार के समर्थक और विरोधी दोनों तरह के लोग यही कहते-मानते हैं कि भ्रष्टाचार का कीर्तिमान बनाने में झारखंड ने अपने प्रतियोगियों को पीछे छोड़ दिया है। कभी इंदिराजी ने माना था कि भ्रष्टाचार एक

विश्वव्यापी ट्रेंड बन गया है। कई समाजशास्त्री बताते हैं कि उसे आर्थिक विकास का बायप्रोडक्ट मान लेना चाहिए। लेकिन इस विमर्श से अलग हटकर अगर भ्रष्टाचार की प्रकृति और बुनावट को झारखंड के संदर्भ में समझना हो तो उसके लिए ठोस सूचनाओं के निकट जाना होगा।

इस विवेचन को थोड़ा और पीछे की ओर ले जाएँ तो कहना होगा कि झारखंड के लोग अब तक न चारा घोटाले को भूले हैं, न मुक्ति मोर्चा के सांसद रिश्वत कांड को, क्योंकि इत्तेफाक से दोनों ऑपरेशन इसी इलाके से संबंधित रहे हैं। राज्य गठन के बाद हर बार सरकार बनाने के समय सत्ता की दावेदारी में जुटे दोनों गठबंधनों में शामिल दलों और नेताओं ने एक-दूजे के खिलाफ जितने आरोप लगाए और मीडिया उनकी हरकतों की जैसी क्लोज सर्किट रिव्यू दिखाता रहा, वह शर्मसार होने के लिए काफी है। अब तो क्षेत्रीय अखबारों में ट्रांसफर-पोस्टिंग की बोली और मनचाही जगह के लिए तय रेट का चार्ट तक बाकायदा छपता है। बीच-बीच में उनकी फीस वृद्धि की टैरिफ भी पढ़ने को मिल जाती है। झारखंड उच्च न्यायालय समय-समय पर जो टिप्पणियाँ देता रहा है, उनसे स्थिति की भयावहता सत्यापित होती है। यह तो हुई यहाँ की सरकारी मशीनरी के आंतरिक कार्यकलाप यानी सिस्टम की बात। व्यापार, अपराध जगत् और सी.बी.आई. की गतिविधियाँ भी कम चौंकाने वाली नहीं हैं। लेकिन ऐसे उदाहरणों की तालिका प्रस्तुत करने भर से यह समीक्षा पूरी नहीं हो जाती।

भ्रष्टाचार की राष्ट्रीय गंगोत्री शुरू होती है सत्ता के शीर्ष से और वहाँ से निकलकर उसकी अंतर्धाराएँ देश के दूरदराज इलाकों तक पसर जाती हैं। दुनिया के नक्शे पर इसे देखें तो यह न केवल लोकतांत्रिक और पूँजीवादी देशों का रिवाज है, बल्कि नियंत्रित अर्थव्यवस्था वाले समाजवादी देशों में भी हरकत में है। अर्थशास्त्री गुन्नार मिर्डल ने अपनी बहुचर्चित पुस्तक 'एशियन ड्रामा : ऐन इन्क्वायरी इंटू द पोवर्टी ऑफ नेशंस' में कभी कहा था कि तमाम दक्षिण एशियाई देशों में भ्रष्टाचार सार्वजनिक बहस का मुद्दा है। अपने देश में भी घोटालों का इतिहास पुराना है। नेहरू के जमाने में पंजाब के मुख्यमंत्री प्रताप सिंह कैरों से लेकर रक्षा मंत्री वी.के. कृष्णमेनन तक याद किए जा सकते हैं। प्रख्यात समाजवादी सांसद मधु लिमये ने सन् 1988 में कहा था कि मुल्क के शक्तिशाली लोग देश बेचकर खा रहे हैं। राजीव गांधी ने अपने कार्यकाल के पहले दौर में माना था कि बिचैलिए इतने मजबूत हो गए हैं कि राजधानी से चला रुपया पंचायत तक आते-आते एक चौथाई रह जाता है। उसके बाद ऊपर से लेकर नीचे तक व्याप्त भ्रष्टाचार और घोटालों की संचिका साल-दर-साल मोटी होती गई है। इसलिए यहाँ

आँकड़ों का संग्रहालय सजाने से ज्यादा जरूरी है, उनके रुझानों और खास पहलुओं पर नजर रखना।

अगर भ्रष्टाचार से सिर्फ निजी तृष्णाएँ पूरी होती हों और सार्वजनिक जीवन पर उसकी आँच नहीं आती तो यह कम चिंता की बात होती। लेकिन आज की स्थिति ठीक उलटी है। इसकी लपेट में हमारी सुरक्षा व्यवस्था, रक्षा उपकरण, वित्तीय स्थिरता, शेयर बाजार, कृषि उपज, अन्न भंडार, खनिज निक्षेप, जैव विविधता, जीवनरक्षक दवाएँ, सार्वजनिक वितरण प्रणाली—ये सब चली आती हैं। यानी हमारी धरती, आसमान, हवा, पानी, रोशनी, भूख, और सेहत—सब उनके रहमोकरम पर निर्भर हैं। इसी का चमत्कार है कि विकास योजनाओं में लगने वाला निवेश और राहत की राशि जरूरतमंद लोगों तक पहुँचने से पहले ही रास्ते में लुट जाती है। इस तरह और इसी कारण भ्रष्टाचार व्यापक स्तर पर हमारे नागरिक अधिकारों पर हमला है। झारखंड में भ्रष्टाचार के ये तमाम पहलू दिलचस्प नमूनों के साथ सामने आ चुके हैं। राजनीतिक भ्रष्टाचार के प्रमाण के रूप में मुख्यमंत्री, उनकी मंत्रिपरिषद् के सदस्यों और विधानसभा के अध्यक्ष की आत्मस्वीकृतियों को अलम मान लेना चाहिए। कोड़ा यमेत उनके मंत्रिमंडल के कई सदस्य निगरानी जाँच में दोषी पाए गए हैं और एक अरसे से जेलों में वक्त काट रहे हैं। अब तो ईडी ने उनकी अवैध कमाई से अर्जित चल-अचल संपत्ति जब्त करने की कारवाई शुरू कर दी है। ऐसे छोटे-बड़े प्रसंगों के विवरण मीडिया में आते रहे हैं और ऐसे संस्मरणों से भरा-पड़ा है यह सफर। यहाँ तक कि राजभवन भी इन छींटों से नहीं बच सका।

प्रशासनिक भ्रष्टाचार के मामले भी बड़ी संख्या में उजागर हुए हैं। अबतक मुख्य सचिव स्तर के दो अधिकारी इसी कारण बदले जा चुके हैं। राज्य बिजली बोर्ड में भ्रष्टाचार के आरोपी सेवानिवृत्त इंजीनियरों की नियुक्ति के मामले में उच्च न्यायालय में आला अधिकारियों की कई बार किरकिरी हो चुकी है। लगभग हर सरकारी विभाग के कामकाज के बारे में झारखंड उच्च न्यायालय की प्रतिकूल टिप्पणियाँ समय-समय पर आती रही हैं। ऐसी अधिकांश टिप्पणियों का कारण बनते हैं—अफसरों के निरंकुश आचरण, नियमविरुद्ध कार्य, अकर्मण्यता, पक्षपात, भेदभाव, गैरजिम्मेदारी और पतनशीलता के दृष्टांत। ऐसे अफसर नागरिक प्रशासन के भी होते हैं और इंजीनियरी सेवा के भी तथा सरकार द्वारा गठित स्वायत्त संगठनों के भी। हाउसिंग बोर्ड, बिजली बोर्ड और राज्य लोक सेवा आयोग के भ्रष्ट कारनामों की लिस्ट इतनी लंबी है कि झारखंड को पाखंडी पहवान मिल रही है।

पिछले कई चुनावों में खंडित जनादेश मिलने के कारण इस राज्य में साझा सरकारों का गठन होता रहा है। बहुमत के लिए जरूरी कथित जादुई आँकड़ा जुटा लेने का काम सर्कसी कौशल से कम नहीं दिखता। ऐसे सियासी माहौल में निर्दलीय विधायकों ने दल-बदल अधिनियम से बाहर आजाद होने का सौ फीसदी फायदा उठाया। मधु कोड़ा ने निर्दलीय मुख्यमंत्री के रूप में 300 दिनों का कार्यकाल पूरा करने का रिकॉर्ड गिनीज बुक में दर्ज कराया। जहाँ एक या दो विधायक के पाला बदलने से सरकार का गिरना-उठना तय होता हो, वहाँ पांचेक निर्दलीय विधायक प्रमुख मंत्रालयों को अपने लिए आरक्षित करा लेने के बाद जितनी मनमानी करते रहे, यह हाल का गुजरा दौर है, लेकिन लंबे समय तक झारखंड में संसदीय लोकतंत्र उनके पहरे में रहा।

मधु कोड़ा के मुख्यमंत्रित्वकाल में जिस बड़े पैमाने पर सार्वजनिक धन का अपव्यय, विचलन, निजी पूँजी की तरह इस्तेमाल, घोटाले के धन का देश-विदेश में हवाला कारोबारियों के जरिए आपराधिक निवेश, खदानों के आबंटन में उगाही का बेरोक-टोक चलन, खनिजों की तस्करी, बड़े ठेकों और सप्लाई में कमीशन कल्चर की दादागीरी चलती रही, उसने पिछली तमाम नजीरों को बौना साबित कर दिया। झारखंड को लूटखंड का जामा पहनाने वाले मधु कोड़ा समेत कई मंत्री-अधिकारी पिछले साल से जेलों बंद हैं और उन पर तमाम बड़ी जाँच एजेंसियों की खोजी नजर गड़ी हुई है। उनके अब तक बाहर रह गए संगी-साथी भी निगरानी के घेरे में आ चुके हैं और उनके बेदाग बच निकलने के रास्ते सील हो चुके लगते हैं।

झारखंड जैसे नए राज्य में भ्रष्टाचार पर अविलंब अंकुश ज्यादा जरूरी इसलिए है कि लंबे संघर्ष और प्रतीक्षा के बाद मिले अलग राज्य से अवाम के हर तबके की अपेक्षाएँ बढ़ी हैं और अब वे अनिश्चित समय तक इंतजार के लिए तैयार नहीं दिखते। अपने-अपने इलाकों के चहुँमुखी विकास और निजी तौर पर सरकारी सहायता का लाभ पाने के लिए उनकी बेताबी कभी-कभी अराजकता की ओर मुड़ पड़ती है। गाँवों की ओर देखें तो प्रखंड में लूट-खसोट, अंचल की धाँधली और स्वास्थ्य केंद्र की बदइंतजामी के विरोध में धरना-प्रदर्शन, घेराव, सड़क जाम की खबरें अब आम हो चली हैं। कभी-कभी अधिकारियों की पिटाई, घटिया निर्माण कार्य पर रोक, इंजीनियर और ठीकेदार से दुर्व्यवहार, सरकारी कार्यालयों में तोड़-फोड़ के समाचार भी आते हैं। ऐसे समाचार झारखंड में विकास कार्यों की दुर्गति और दुर्दशा का बयान करते हैं। सभी जानते हैं कि विकास कार्यों के लिए जितना फंड जारी होता है, उसका बड़ा हिस्सा कमीशन और रिश्वत में चला जाता है। इसलिए इलाके के रंगदार भी इजी मनी की वसूली के लिए

उत्पात मचाते हैं। दूसरी तरफ निर्धारित अवधि में प्रोजेक्ट पूरा नहीं होने से उसके लागत व्यय में वृद्धि होती जाती है।

संकट और चुनौतियाँ

स्थिति की माँग है कि शांति व्यवस्था और समृद्धि के लिए झारखंड को सामाजिक इंजीनियरिंग का फार्मूला आजमाना चाहिए। इस अंचल में निवास करने वाले समुदायों के बीच जातीय हितों की हठी पक्षधरता के कारण जब-तब जो तनाव बन जाता है, वह सदियों से अर्जित और संचित झारखंडी समाज की सहज साझेदारी को अब तोड़-मरोड़ रहा है। इस टूट और बिखराव को रोकने की जरूरत है। यह समस्या हाल के वर्षों में जनमी है और समय रहते चेत जाना दूरदर्शी कदम माना जाएगा।

नक्सली गतिविधियाँ अविभाजित बिहार के भोजपुर अंचल में सातवें दशक से अपनी उपस्थिति के निशान छोड़ रही थीं। 'इंडियन पीपुल्स फ्रंट' की अगुआई में सामंती उत्पीड़न के खिलाफ दलितों का हिंसक प्रतिकार पहली बार सामने आया। सन् 1988 में जब फ्रंट ने संसदीय राजनीति की ओर रुख किया और सी.पी.आई. माले का जन्म हुआ तो उस खाली जगह को भरने के लिए एम.सी.सी. आगे आई। फिर आंध्र का 'पीपुल्स वार ग्रुप' भी सक्रिय हुआ। काफी समय तक ये दोनों हिंसापथी संगठन क्षेत्रीय वर्चस्व की खातिर एक-दूसरे के प्रति आक्रामक बने रहे। अंतत: इनके एकीकरण का रास्ता बना और आज वे संगठन के स्तर पर सिर्फ एक हैं। हाल के दिनों में उनके कुछ हल्कों में टूट और विभाजन की खबरें आ रही हैं, लेकिन इससे उनकी पकड़ पर खास कुछ फर्क पड़ता नहीं दिख रहा।

इस चर्चा का मकसद नक्सलवादी संगठनों और ग्रुपों के प्रभाव और विस्तार का इतिहास और अध्ययन प्रस्तुत करना नहीं है। यहाँ सिर्फ यह याद रखने की जरूरत है कि उग्रवादी हिंसा को अप्रासंगिक बनाने की चुनौती और नक्सली समस्या इस राज्य को विरासत में मिली है। तो भी अलग राज्य बनने के बाद कई जिलों में नक्सली प्रभाव और आधार को समांतर व्यवस्था जैसी हैसियत मिल गई बताई जाती है। निस्संदेह राज्य गठन के बाद नक्सली गतिविधियाँ तेज हुई हैं और उनकी दखलंदाजी से सरकारी कामकाज पर असर पड़ा है। इस कारण अनेक ग्रामीण अंचल आज अशांत हैं। फिलहाल यह अवसर उग्रवाद और लोकतंत्र के बीच के सैद्धांतिक टकराव के पक्ष-विपक्ष में विमर्श का नहीं, यह विचारने का है कि नक्सली ग्रुपों के हस्तक्षेप से हमारी संसदीय व्यवस्था किस रूप में बाधित हो रही है।

बेशक आज की तारीख में राजनीतिक-प्रशासनिक भ्रष्टाचार और उग्रवादी गतिविधियाँ आर्थिक विकास के रास्ते में सबसे बड़ा अवरोध बन गई हैं। इस सिलसिले में एक गंभीर आरोप यह है कि कई मंत्रियों-विधायकों के उनसे कारोबारी रिश्ते हैं और कई अफसर, इंजीनियर और ठेकेदार नक्सली ग्रुपों को पैसे पहुँचाते हैं। ये आरोप तब पुष्ट होते लगते हैं, जब कोई गिरफ्तार उग्रवादी पुलिस के समक्ष अपने संपर्कों का खुलासा करता है या अपने संरक्षकों की बाबत मुँह खोलता है। प्रेस की मार्फत जब ऐसी खबरें समाज के सामने आती हैं तो संबंधित नेता और अधिकारी ऐसी 'लीकेज' को अपनी छवि खराब करने की साजिश बताते हैं। ऐसे में सच या झूठ का फैसला कभी नहीं हो पाता और लोकतंत्रीय व्यवस्था की साख धब्बेदार होती है।

झारखंड में उग्रवाद की जड़ें क्यों गहरी हो रही हैं और उनके कमांड क्षेत्र का विस्तार कैसे होता जा रहा है, इस मुद्दे पर यहाँ के राजनीतिक दलों, नेताओं, कार्यकर्ताओं और नागरिकों की कोई एक राय नहीं है। तो भी आम राय यह है कि उग्रवाद सिर्फ कानून और व्यवस्था का मामला नहीं है और उसे अपराध की श्रेणी में भी नहीं रखा जा सकता। इस चुनौती का मुकाबला सिर्फ पुलिस और अर्द्धसैनिक बलों के बूते नहीं किया जा सकता। अगर उपद्रपियों पर दबाव की रणनीति कारगर हो और प्रभावित क्षेत्रों में विकास की गति तेज होने लगे तो बेरोजगार लोगों के सामने भाड़े का सिपाही बनने की मजबूरी नहीं रहेगी।

झारखंड बनने के बाद से उग्रवादी गुटों को राज्य के कद्दावर नेताओं की ओर से राजनीति की मुख्य धारा में शामिल होने के न्योते बयानों के जरिए बँटते रहे और अपीलें जारी होती रही हैं। मरांडी के मुख्यमंत्रित्वकाल में गिरिडीह जिले में दर्जनों उग्रवादियों के आत्मसमर्पण का कार्यक्रम भी आयोजित हुआ था, जिसे प्रेक्षकों ने प्रचार नाटक से अधिक महत्त्व नहीं दिया। दूसरी तरफ उस आयोजन के बावजूद उस जिले में उग्रवादी हलचलों में कमी होने के संकेत नहीं मिले, बल्कि मरांडी के पुत्र और महेंद्र सिंह की हत्या हुई। उग्रवादी हमलों में मारे जाने वाले लोगों में अधिक संख्या स्थनीय ग्रामीणों की रहती है और दूसरी बड़ी संख्या पुलिस व सुरक्षा बलों के अफसरों-जवानों की होती है। वैसे छोटे-बड़े कई नेताओं को भी बारूदी हमलों का शिकार होंना पड़ा है।

समग्रता में आँकें तो उग्रवाद की रोकथाम के लिए एक कारगर कदम उनकी धन उगाही के रास्तों को बंद किया जाना हो सकता है। पुलों, सड़कों और इमारतों के निर्माण से वे 'लेवी' वसूलते हैं, तेंदूपत्ते के ठेकेदार और खदानों-कारखानों के

संचालक उनके लिए आमदनी के वाहक बनते हैं। पिछड़े इलाके के अफसर और इंजीनियर विकास योजनाओं के बजट से 'कट मनी' पहुँचाते हैं। इस तरह जमा हुई बड़ी राशि से वे महँगे और अधुनातन हथियार खरीदते हैं, अपने कैडर-सेवकों के लिए वेतन और गुजारा भत्ता जुटाते हैं और दूर-दराज के दुर्गम इलाकों में अपना राज चलाते हैं। जब तक यह रसद मार्ग ध्वस्त नहीं होता, तब तक उन पर भारी पड़ने के मंसूबे यूटोपियाई बने रहेंगे।

ग्राम स्वराज्य को स्वायत्त सत्ता का हस्तांतरण

पूरे बत्तीस वर्षों के बाद और राज्य गठन के बाद पहली बार सन् 2010 में पंचायत चुनावों का शांतिपूर्वक संपन्न हो जाना निस्संदेह एक बड़ी परिघटना है। संविधान संशोधन के जरिए जो रास्ते सुझाए गए थे, उसके महत्त्व से प्रदेश के नागरिकों के सभी वर्ग सहमत थे, लेकिन उससे मिलने वाले अधिकार, लाभ और शक्ति के संचालन के बारे में अलग-अलग सामाजिक घटकों की अलग-अलग राय थी। यह मतभेद बंद कमरों से सार्वजनिक चौराहों तक और इसी तरह उच्च न्यायालय से उच्चतम न्यायालय तक भटकता रहा। इस मतभेद से राज्य की सामाजिक समरसता पर आँच आने लगी थी और ग्रामीण क्षेत्रों में भारी अशांति की आशंका बन गई थी। इसलिए नक्सली विरोध और धमकियों के बावजूद वह कार्यों से ठीक से निबट गया, ये कोई छोटी सी उपलब्धि नहीं है। लगभग 58 प्रतिशत स्थान महिलाओं के लिए आरक्षित रहे तो इस कसौटी पर झारखंड देश का पहला राज्य बन गया।

त्रिस्तरीय पंचायत व्यवस्था को कार्यस्तर पर प्रभावी और क्रियाशील होने में थोड़ी देर हो रही है और कुछ समय और लग सकता है, लेकिन इससे सत्ता के विकेंद्रीकरण की राह रुकनेवाली नहीं है। इस बड़े बदलाव के लिए परंपरागत शासन को कई पुरानी संरचनाओं में परिवर्तन लाना पड़ सकता है और सरकार को अपने कार्य-दायित्व-अधिकार में कटौती करनी हो सकती है। इसी तरह की देर वनाधिकार के लिए बने केंद्रीय कानून के यथोचित अनुपालन में भी देखने को मिल रही है।

पिछले दिनों झारखंड हाईकोर्ट के चार शहरों में अतिक्रमण संबंधी आदेश को क्रियान्वित करने के सिलसिले में शासन-प्रशासन की ज्यादतियों की पुरजोर मुखालफत हुई। राँची और धनबाद में प्रदर्शनकारी भीड़ पर गोलियाँ बरसाई गईं, जिसके चलते दोनों शहरों में हुई कई मौतों की अनुगूँज दिल्ली तक सुनाई दी। राज्य में समूचे विपक्ष ने पूरे तालमेल और एकजुटता के साथ विरोध प्रदर्शन, आंदोलन और अनशन का लंबा

कार्यक्रम बड़े पैमाने पर चलाया। सत्तारूढ़ जमातों में से भी अनेक जनप्रतिनिधियों ने जन आक्रोश का समर्थन देते हुए विस्थापितों के पुनर्वास और अनियमित निर्माणों के नियमितीकरण के लिए सरकार से संतुलनकारी उपाय करने का दबाव बनाया।

सरकार ने पुनर्वास के लिए एक प्रस्ताव न्यायालय को दिया और उसकी स्वीकृति पा ली, फिर उसको अव्यावहारिक पाकर उजाड़े गए लोगों को जमीन के बदले फ्लैट देने की सशोधित योजना को मंजूरी दिलाई। उल्लेख्य है कि राजधानी राँची में मास्टरप्लान और भूमि नियमों की अनदेखी करते हुए बड़े पैमाने पर निर्माण होता रहा है। कहा जाता है कि क्षेत्रीय विकास प्राधिकार ने अब तक सिर्फ 15 हजार नक्शों को मंजूरी दी है, जबकि नगर निगम क्षेत्र में मकानों की संख्या डेढ़ लाख से ऊपर बताई जाती है। इस प्रकार लगभग तीन दशकों से राजधानी क्षेत्र का अनियमित–अनियोजित विस्तार होता रहा और समूची कार्यपालिका मौन साक्षी बनी रही। क्षेत्रीय विकास प्राधिकार ने सन् 1983 में तत्कानीन बिहार सरकार द्वारा स्वीकृत मास्टरप्लान को नियमानुसार लागू करने की पहल भी नहीं की और ऐक्ट में दिए दिशा–निर्देश के अनुसार हर पाँच वर्ष पर मास्टरप्लॉन को नई जरूरतों के मुताबिक संशोधित करने का कोई उपाय तक नहीं किया। लिहाजा ऐसे मास्टरप्लान को अनुपयुक्त मानते हुए उसे खारिज कर नई महायोजना की माँग होती रही है। हाईकोर्ट के अतिक्रमण विरोधी आदेश और निर्धारित समय–सीमा के अंदर उसके अनुपालन पर बढ़ते दबाव से शासन–प्रशासन की मानो नींद खुली और फिर शुरू हुआ बुलडोजर और पुलिसिया रौब का कहर! राँची और धनबाद में जब स्थिति हिंसक और विस्फोटक बन गई तो सरकारी सोच की करवट बदली और कहा जाने लगा कि यह सब माननीय उच्च न्यायालय के आदेश पर किया जा रहा है। बढ़ते जन आक्रोश और राजनीतिक दबाव के बीच देर से राज्य सरकार ने अध्यादेश लाने का फैसला लिया, लेकिन जो अध्यादेश राज्यपाल से अनुमादित होकर आया, उससे इस बहुस्तरीय समस्या का समाधान नहीं हो सकता। यह बात भी साफ हुई कि इसके नीतिनियामक सूत्र पुराने मास्टरप्लान पर आधारित हैं और बिल्डिंग बाइलॉज की जो रियायतें मिल सकती हैं, वे सिर्फ बिल्डरों और बड़े भूस्वामियों के लिए लाभकारी हैं। उल्लेख्य है कि नगर निगम की स्टैंडिंग कमेटी की ताजा बैठक में मेयर–डिपुटी मेयर समेत तमाम पार्षदों ने एकराय से इस अध्यादेश को अनुपयुक्त माना है और उसे खारिज कर नए मास्टरप्लान की जरूरत बताई है। उनका सर्वसम्मत निर्णय यह है कि निगम क्षेत्र में इस अध्यादेश को लागू होने नहीं दिया जाएगा।

आशा है कि राज्य सरकार इस अध्यादेश को व्यापक जनहित में संशोधित कर इस विकट संकट के समाधान के उपाय जरूर करेंगी।

जून 2023 को एक पड़ाव मानते हुए अगर पीछे मुड़कर अलग झारखंड राज्य के गठन के बाद के परिदृश्य को समग्रता में देखें तो कई प्रिय-अप्रिय स्थितियों से साक्षात्कार हो सकता है। पिछले अध्याय में इस संदर्भ की समुचित चर्चा हो चुकी है। अभी अद्यतन गति-प्रगति की आशंसा के लिए वस्तु-विवेचन की विश्लेषणात्मक पद्धति की बजाय संश्लेषणात्मक पद्धति का उपयोग किया जा रहा है, जो यथास्थिति में बदलाव की दशा-दिशा के निर्धारण के लिए प्रासंगिक है। चूँकि लोकतंत्रीय व्यवस्था में बहुमुखी परिवर्तन के सबसे समर्थ सूत्र सत्ता राजनीति के इर्दगिर्द निरंतर क्रियाशील रहते हैं, इसलिए विधानसभा में पक्ष-प्रतिपक्ष की रस्साकशी भी सूमचे राज्य में अनुगूँज पैदा करती है। इसी तरह सियासी हलचलों के समांतर क्षेत्र की सामाजिक, सांस्कृतिक और आर्थिक गतिविधियाँ भी प्रभावी हुआ करती हैं। इसलिए इंटरैक्शन के दबावों का आकलन भी अनिवार्य है।

पहला दशक झारखंड की सर्कसी सियासत के नाम दर्ज किया जा सकता है। इस अवधि में बनती-बिगड़ती सरकारों और सत्ता के राजनीति में विचारविहीन गठजोड़ों के कारण क्षेत्रीय राजनीति दिशाहीन बनी रही। शुरुआती साल में झारखंड आंदोलन के शीर्षस्थ सूत्रधार शिबू सोरेन की परस्परविरोधी खेमों से कूटनीतिक मैत्री अवसरों के अनुरूप चेहरा-मोहरा बदलती दिखी। इसी दशक में राजनीतिक मैत्री के बेमेल जोड़े भी बने, लिहाजा उनका टूटना पहले दिन से ही तय था। मध्यमार्गी दलों के नेता-कार्यकर्ता बारबार पाला बदलते रहे। इस संक्रमण काल में आजसू ने दो नावों पर सवारी में लाभप्रद संतुलन साधने का कौशल दिखाया। छोटे दलों के अकेले विधायकों ने विधानसभा में अपने निरंकुश आचरण से सरकारी पहिए को कई बार आगे-पीछे घुमाया, नतीजतन पहले दशक में कोई मुख्यमंत्री अपना कार्यकाल पूरा नहीं कर सका। बाबूलाल मरांडी, अर्जुन मुंडा और हेमंत सोरेन बीच रास्ते के डाइवर्सन में फँस गए, जबकि निर्दलीय मधुकोड़ा ने मुख्यमंत्री के रूप में 400 दिनों का चमत्कारी रिकॉर्ड बनाया।

इस धुआँते माहौल में रघुवर दास पहले मुख्यमंत्री हुए, जिसने पाँच वर्षों का कार्यकाल पूरा किया। विपक्षियों के पास उनके खिलाफ आरोपपत्र की फाइल साल-दर-साल मोटी होती गई, लेकिन अपने दलगत संकल्पों को जमीन पर उतारने में उनसे कोताही नहीं हुई। इस राज्य में आबादी के मुख्य घटकों के बीच आरक्षण का प्रतिशत और स्थानीयता का सवाल हमेशा विवादों के बीच रहे हैं। रघुवर दास ने अपने ढंग से उसे परिभाषित करते हुए एक वैधानिक रूप दिया। उनके लिए सुयोग था कि केंद्र में

उनके दल के नेतृत्व में बनी हुई सरकार थी। कथित डबल इंजन की बैसाखी से रघुवर दास को मजबूत टेक मिलती रही और राजभवन से भी मीठा रिश्ता निभा। इस दौरान भ्रष्टाचार के पुराने और नए मामले अखबारी सुर्खियों में बने रहे और आरोप–प्रत्यारोप का सिलसिला जारी रहा। विभिन्न श्रेणियों में नियुक्ति के लिए झारखंड लोक सेवा आयोग की कार्य–संस्कृति जब विवादास्पद और दागदार हुई तो उसकी सफाई के लिए सीबीआई की जाँच जरूरी मानी गई।

आज के हालात बता रहे हैं कि झा.मु.मो., कांग्रेस और राजद की गठबंधन सरकार पाँच वर्षों का अपना कार्यकाल पूरा कर लेगी। इस सरकार के पहले ढाई साल तो रुटीनी कामकाज में निकल गए। इधर अपने घोषणा–पत्र की प्रतिबद्धता को अमली जामा पहनाने की ओर मुख्यमंत्री हेमंत सोरेन का जोर अप्रत्याशित रूप में बढ़ गया है। चाहे जिस दबाव में हो, मुख्यमंत्री हेमंत सोरेन ने बहुसंख्यक आदिवासी–सदान आबादी की हित–चिंता में कई मजबूत निर्णय लिये हैं। 1932 का खतियान स्थानीयता की पहचान का आधार वर्ष बन सकता है। अब तक राज्य की विकास योजनाओं में शहरी आबादी को बड़ा हिस्सा मिलता रहा, लेकिन अब ग्रामीण झारखंड की बढ़त साफ दिखाई पड़ रही है। भाजपा–आजसू के साझा चरित्रहनन अभियान 'लाभ के पद' वाले मुद्दे पर चुनाव आयोग की कथित गोपनीय रिपोर्ट, राजभवन की तिलस्मी बेरुखी और गृह मंत्रालय के अधीन काम करने वाली ईडी के चैतरफा दबावों से मौजूदा सरकार कभी संकटग्रस्त होती हुई मालूम पड़ती है, लेकिन विरोधी हवाओं की चुनौती के बीच मुख्यमंत्री हेमंत सोरेन के कदम अविराम आगे बढ़ रहे हैं।

अब एक नजर लीक से हटकर। स्मृतिशेष माले विधायक महेंद्र सिंह इस प्रदेश में एक संघर्षशील जननेता रहे, लेकिन उनकी लाल–हरे रंग की सियासी पतंग उड़ने से पहले धराशायी हो गई। बहुमुखी संस्कृतिकर्मी और शिखर बौद्धिक डॉ. रामदयाल मुंडा जब तक निर्दलीय होकर चुनाव लड़ते रहे, बाजी हारते रहे। फिर जब एक दल से गले मिले तो सियासी दलदल से बाहर निकलने में पस्त हुए। झारखंड मुक्ति मोर्चा की अध्यक्षता हेमंत सोरेन को विरासत में मिली, लेकिन पार्टी के वरिष्ठ नेताओं के बीच उन्होंने अपनी साख खुद बनाई। बाबूलाल मरांडी टीम के कप्तान बने रहे, लेकिन एक बड़े जहाज में आवाजाही करते हुए दिखे। अर्जुन मुंडा की शुरुआत जमशेदपुर में झा.मु.मो. के बैनर तले हुई, लेकिन भारतीय जनता पार्टी में आकर उन्होंने अपना कद ऊँचा और मजबूत किया। उनकी पार्टी को गठबंधन की सरकार चलाने के लिए सबसे ज्यादा समय मिला, लोकसभा और विधानसभा के चुनावों में सफलता भी मिलती रही और आदिवासी

मतदाताओं में पैठ भी बनी। इसके बावजूद वे अब तक कोई बड़ी छाप नहीं छोड़ सके। वामपंथी दलों की एकता की चर्चा-परिचर्चा लगातार चलती रही, लेकिन कभी कोई ठोस पहल होती हुई नहीं दिखी। सरयू राय जैसे अपवादों को छोड़ दें तो अधिकतर निर्दलीय विधायकों का रोल धीरे-धीरे हाशिए में सिमटता गया। पहले दशक में दलबदल के अनुशासन से मुक्त विधायकों की मनमर्जी आवाजाही से विधायिका की स्थिति बारबार अराजक होती रही। इस स्थिति का कारगर विकल्प है कि नए परिसीमन के लागू होते समय विधानसभा की सीटें बढ़ाई जाएँ।

इस राज्य में भ्रष्टाचार के मामले वित्तीय गड़बड़ियों की पुरानी सरहद से बाहर पहुँच चुके हैं। आदिवासी प्रकृति के भूखंडों का अवैध अंतरण, सरकारी भूसंपत्ति की बंदोबस्ती, पत्थर खदानों के चलते पहाड़ों का समूल नाश, वन भूमि का कारोबारी दुरुपयोग जैसे मामले हमेशा चर्चा में रहे, लेकिन अवैध खनन और पर्यावरण संकट को गहराने वाले अतिक्रमण के मामले पहली बार इतने बड़े पैमाने पर पकड़ में आए। समय-समय पर जारी उच्च न्यायालय के निर्देश और अब ईडी के आरोप-पत्र निस्संदेह चैंकान वाले हैं। 2023 में ईडी की छानबीन और छापों से मिली सूचनाओं से विकृति के नए मानक सामने आए। जल के उद्गम स्रोतों तक भूमि अतिक्रमण के मामले पहुँच गए बताए जाते हैं। विकास की दिशाहीन प्रगति के कारण झारखंड में नदी, पहाड़, झील-तालाब, मैदान, खेत-खलिहान सबके वजूद बंधक हैं।

पिछले दो दशकों में कला-संस्कृति, शिक्षा-साहित्य, समाज-मीडिया के क्षेत्र से जुड़े कई गौरवशाली समाचार मिले। इस अवधि में पद्मश्री पुरस्कारों का आगमन झारखंड में भी हुआ। रामदयाल मुंडा, बलबीर दत्त, मधु मंसूरी हँसमुख, मुकुंद नायक, अशोक भगत, गिरिधारी राम गौंझू को 'पद्मश्री' सम्मान मिला। सृजनात्मक लेखन के लिए कथाकार रणेंद्र और जयनंदन श्रीलाल शुक्ल 'इफको' सम्मान से विभूषित हुए। यह सम्मान हिंदी पट्टी में अत्यंत सुप्रतिष्ठित माना जाता है। सुविख्यात उपन्यासकार महुआ माँझी राज्यसभा में पहुँच गईं। केंद्रीय साहित्य अकादमी की कार्यकारिणी की सदस्यता कालक्रम से झारखंड के तीन कलमकारों को मिली। पहले ऋता शुक्ल, फिर शंभु बादल और अब महादेव टोप्पो इस दायित्व से जुड़े हैं। इन दिनों राज्य में साहित्य अकादमी की स्थापना की माँग आंदोलन के रास्ते पर मुड़ गई है। दूसरी तरफ नागपुरी, कुड़ुख, मुंडारी, खोरठा व अन्य क्षेत्रीय भाषाओं में लेखन और प्रकाशन की अटूट श्रृंखला सृजन के नए आयाम विकसित कर रही है। राज्य की दूसरी राजभाषा का सवाल अभी तक हाशिए पर पड़ा हुआ है।

चिंता की बात है कि राज्य के विश्वविद्यालय उच्चतर शिक्षा और शोध के मानक केंद्र नहीं माने जा रहे। कथित तौर पर उनकी कार्यकारी भूमिका सिर्फ परीक्षा लेने और प्रमाण-पत्र बाँटने वाले संस्थान की तरह क्रियाशील हैं। राज्य के कोचिंग संस्थान प्रतियोगी परीक्षाओं के लिए प्रशिक्षण एजेंसी के बतौर मुनाफा कमाने वाली व्यापारिक इकाइयाँ बन गई हैं। जनसेवा के नाम पर स्वयंसेवी संगठनों के केंद्र-उपकेंद्रों की संख्या दिनोदिन बढ़ती जा रही है। एक बड़ी सूचना यह है कि पिछले साल राँची विश्वविद्यालय का जनजातीय और क्षेत्रीय भाषा विभाग लगभग चार दशक तक देशज विमर्श के शिखर केंद्र के रूप में ऐतिहासिक भूमिका निभाने के बाद नौ स्वतंत्र भाषा विभागों में रूपांतरित हो गया है।

दुनिया को क्या दे सकता है झारखंड ?

मेरी तरह अनगिनत लोग यह सोचते रहे होंगे, खोजते रहे होंगे और जानते रहे होंगे कि दुनिया को क्या दे सकता है झारखंड ? जिन कुछ लोगों को मैंने देखा-सुना-जाना-पढ़ा-समझा, उन सबसे मौन अंत:क्रिया करते हुए अनुभव और दृष्टि के कई पड़ावों से गुजरता रहा हूँ। जाने क्यों किसी नतीजे तक पहुँचने से पहले मेरा संशयशील संधानी मन एक हाथी और छह अंधों की कहानी की याद मुझे अकसर दिला देता है !

मुझे लगता रहा है कि झारखंड के पास देने के लिए अपनी धरती की भौतिक संपदा के अलावा भी बहुत कुछ है। हजारों वर्षों के सफर में इस दुर्गम अंचल के पुरखों ने प्रकृति से दोस्ती-दुश्मनी निभाते हुए जो समृद्ध संस्कृति रची और सुगठित समाज गढ़ा, उसमें कई नायाब साँचे मौजूद हैं। बेशक ऐतिहासिक दबावों और बाहरी हस्तक्षेप से परिस्थितियाँ बदलती गई हैं और यह अंचल किसी जड़ता की बेड़ी में कैद नहीं रहकर हमेशा गतिशील रहा है, तो भी झारखंडी समाज की समता की नींव पर टिकी संरचना, सर्वानुमति पर आधारित लोकतंत्र, सामूहिक उत्सवधर्मिता, सहयोग भाव की मानवीयता, स्त्री की अनूठी आजादी और आनंद और सुख की तत्त्वदर्शी अवधारणा जैसी विरासत को आज हम सब कैसे भूल सकते हैं !

यह अजब इत्तफाक रहा कि मैंने अपनी समझ को ज्यादा जरखेज बनाने के इरादे से 'समकालीन जनमत' (सितंबर 2003) में छपे एक छोटे से आलेख को तीसरी बार पढ़ा। और मेरी कलम ठिठककर कई सवाल मुझसे पूछने लगी। वैचारिक आलोड़न पैदा करने वाला यह आलेख रणेंद्र ने रामदयाल मुंडा से हुई एक संक्षिप्त बातचीत को आधार बनाते हुए लिखा है। आलेख के उपशीर्षक हैं—स्वास्थ्य संबंधी मिथ, वर्गविहीन

समाज का मिथ, स्त्री समानता का मिथ और हिंदुत्व का मिथ। मुंडाजी के निष्कर्षमूलक विश्लेषण से असंतोष, असहमति या विरोध हो सकता है, चूँकि उन्होंने गौरवशाली अतीत में नहीं झाँका है, बल्कि उनकी दृष्टि में वर्तमान का सामाजिक-सांस्कृतिक परिदृश्य और उसका इंपैक्ट है, जो आस्तिक धारणाओं को पुनर्विचार का आमंत्रण देता है। बेशक आदिवासी जन मिथकीय आवरण से बाहर आए हैं और यथार्थ को अपने अनुकूल साँचे में ढालना चाहते हैं, पर यह एक शुभ शुरुआत है।

होड़ोपैथी

'होड़ोपैथी' झारखंड के मुंडा समुदाय की परंपरागत चिकित्सा पद्धति है। होड़ों का अर्थ है—मनुष्य और पैथी का अर्थ—अहसास। इस तरह 'होड़ोपैथी' मानवीय अहसास का समानार्थी है। मुंडा समाज में हजारों वर्षों से अनेक व्याधियों का इलाज जंगल में मिलने वाली जड़ी-बूटियों से होता आया है। इस कारण इस चिकित्सा पद्धति को 'होड़ोपैथी' नाम से जाना गया। विश्व स्वास्थ्य विज्ञान में आदिवासियों की जड़ी-बूटी चिकित्सा पद्धति को 'लोक औषधि' के नाम से मान्यता मिली है।

झारखंड के ग्रामीण अंचलों में टीबी, मलेरिया, कालाजार, खून की कमी, डायरिया, प्रसव पीड़ा, सर्प दंश, हड्डी जोड़ जैसी तकलीफों और बीमारियों से कम खर्च में निबटने में 'होड़ोपैथी' की मदद ली जाती है। गर्भवती महिलाओं के लिए सस्ते पोषाहार के रूप में चकोड़ साग, सरला साग, पेचकी साग, इमली पलवा का उपयोग लाभप्रद माना जाता है। इसी तरह लौहयुक्त रक्तवर्द्धक चीजें हैं—गोलगोला साग, लाल साग और खपरा साग। कैल्शियम की कमी दूर करने के काम आती हैं चिंगड़ी मछली, घोघी, सितवा, केकड़ा, अंडा आदि। शरीर के जोड़-जोड़ में होने वाले दर्द के लिए अकवन पेड़ की छाल, रेंगनी के फूल, धतूरे के बीज और अलगजरिया और मेथी के मिश्रण को सरसों तेल में पकाने से तैयार दर्दनिवारक तेल बेहद कारगर माना जाता है।

'होड़ोपैथी' का पहला प्रशिक्षण संस्थान सन् 1988 में संताल परगना के पाकुड़ जिले के सटिया गाँव में पहाड़िया सेवा समिति ने शुरू किया। यह केंद्र नियमित रूप से झारखंड, बंगाल, उड़ीसा और मध्य प्रदेश के इच्छुक आदिवासियों को प्रशिक्षित करने में जुटा है। उसकी प्रभावी सफलता से प्रेरित होकर सन् 1993 में कैथोलिक हॉस्पीटल एसोसियेसन ऑफ इंडिया ने इस वैकल्पिक चिकित्सा प्रणाली को मंजूरी दी। आंध्र प्रदेश के सिकंदराबाद में इस संस्था की ओर से प्रतिवर्ष एक माह के प्रशिक्षण की व्यवस्था जारी है।

अब इस प्रणाली की ओर चिकित्सा जगत् का ध्यान गया है। अब तक इस चिकित्सा विधि का व्यापारीकरण नहीं हुआ है और उससे जुड़े ग्रामीण वैद्य सेवा भाव से पीड़ित लोगों की मदद करते हैं। घरेलू जैसी सेवा भावना और उपचार शैली के विकास में झारखंडी महिलाओं का योगदान महत्त्वपूर्ण माना जाता है। फादर जे. बेसर्स एसजे ने अपनी पुस्तक 'बोटेनी ऑफ राँची डिस्ट्रिक्ट' की प्रस्तावना में लिखा है कि आजीविका के क्रम में जंगल जानेवाली महिलाओं ने पेड़-पौधों और साग-पातों का नामकरण किया है।

जैव विविधता की धरोहर जड़ी-बूटियाँ

यह पठारी राज्य अपनी धरती पर अनेक दुर्लभ जड़ी-बूटियाँ संजोए है। उनसे कई दुर्लभ औषधियाँ बनती हैं, जिनमें असाध्य रोगों के निवारण की क्षमता होती है। सदियों से यहाँ के मूलवासी इन्हीं दवाओं के भरोसे शरीर को निरोग रखने के उपाय करते आए हैं। पर इन जड़ी-बूटियों को पहचानने और उनके गुणों के जानकार लोग कम रह गए हैं। गाँवों में एक पेशेवर के रूप में वैद्यों की अलग पहचान नहीं है। संभवत: सेवा या मदद की भावना इसे बचाए है। इस विशेष क्षेत्र में शिष्य परंपरा या गुरुकुल शिक्षा की प्रथा नहीं बनी। इस कारण आज जितनी भी जानकारी बची रह गई है, वह अनौपचारिक ढंग से पारिवारिक संपदा की तरह पीढ़ी-दर-पीढ़ी यहाँ तक पहुँची है। चिंता की बात यह है कि झारखंड सरकार अब भी सफेद मूसली जैसे लाभकारी पौधों की खेती को प्रोत्साहन देने की बात करती है, लेकिन दुर्लभ होती जा रही जड़ी-बूटियों की पौधशाला विकसित कर उनके संरक्षण के उपाय नहीं कर रही।

इन अंचलों में औषणीय पौधों के बारे में विरासती ज्ञान के संचय और समृद्धि के लिए समाज या राज्य की ओर से समुचित व्यवस्था विकसित नहीं हो पाई है। जैव विविधता की यह पुरखों की धरोहर इस उपेक्षा से छीज रही है। कई जटिल और असाध्य रोगों के निवारण की क्षमता से युक्त औषधीय पौधों के भंडार का तस्करों द्वारा अनधिकृत दोहन झारखंड में शुरू हो गया है। औषधीय पौधों और वृक्षों की विधिवत् विस्तृत जानकारी का दस्तावेजी संग्रह और उनकी सुरक्षा अब आवश्यक हो गई है। झारखंड के जंगलों में संरक्षित वनस्पतियों की कई प्रजातियाँ खतरे में बताई जाती हैं। जैसे सर्पगंधा, कुसुम रत्ति, हर्रे, आँवला, बहेड़ा, छुईमुई इत्यादि। दुर्लभ पेड़-पौधों के फल, जड़ और छाल की जंगलों से चोरी हो रही है। अगर समय रहते उनके अपहरण पर रोक नहीं लगती, तो ये वनस्पतियाँ अदृश्य हो जा सकती हैं। जैसे—पलामू के जंगलों में सोना छाल नाम का वृक्ष पाया जाता है। इसकी चोरी करने वाले लोग इतने गलत तरीके से पेड़ की

छाल को उतार लेते हैं कि कुछ दिनों बाद वह वृक्ष सूखने लगता है।

उत्तराखंड और छत्तीसगढ़ ने अपने को 'हर्बल राज्य' के बतौर घोषित कर रखा है, इसके बावजूद जैव विविधता की विरासत कितनी संकटग्रस्त हो चुकी है, यह समझने के लिए दो-एक उदाहरण सटीक हैं। उत्तराखंड का 80 प्रतिशत जड़ी-बूटी परिक्षेत्र उजड़कर सिर्फ 20 प्रतिशत बचा रह गया बताया जाता है। वहाँ से अनेक दुर्लभ प्रजाति के पौधे गायब हो चुके हैं। वत्सनाभ और पाषाण भेद नामक औषधियाँ उदाहरण हैं। सुख्यात च्यवनप्राश अवलेह में उपयोग होने वाली 'अष्टवर्ग' नाम की आठों जड़ी-बूटियाँ—जीवक, श्रषभक, मेदा, महामेदा, काकोली, क्षीर काकोली, श्रद्धि, वृद्धि—विलुप्त हो चुकी बताई जाती हैं। अश्वगंधा जैसे कई अप्राप्त फल-पौधों के नाम पर नकली जड़ी-बूटियाँ भी बाजार में पहुँच गई हैं। हृदय गति और पोषण के नियंत्रण के लिए गुणकारी भारतीय वृक्ष अर्जुन विनाश की ओर बढ़ रहा है। उसकी छाल की माँग होने से बेढंगे तरीके से उसकी छाल उतारी जाती है तो वह पेड़ सूखने लगता है। विदेशी बाजार में माँग होने के कारण पिछले कुछ समय से गुग्गल नाम को वृक्षों का अनियंत्रित ढंग से काटा जा रहा है। बीस साल पहले तक राजस्थान के कई इलाकों में यह वृक्ष खूब पाया जाता था, लेकिन वहाँ अब यह नाम भर के लिए कहीं-कही दिख जाता है, लेकिन अरावली पर्वतीय क्षेत्र में उपलब्ध गुग्गल वन अब उजड़ चुका है। अरुणाचल प्रदेश में मिलने वाले टैक्सस- बेकोटा के साथ भी कुछ ऐसा ही गुजर रहा है।

देश के कई राज्यों में जैव विविधता के अन्यत्र दुर्लभ इस भंडार की दुर्दशा का संदर्भसहित उल्लेख करने के पीछे झारखंड के सामने आ पहुँची इस गंभीर चुनौती को रेखांकित करने का प्रयोजन है। झारखंड की खनिज संपदा के अनियोजित दोहन के बाद उसकी जैव विविधता से भरे-पूरे वन क्षेत्र और उसकी जुड़ी-बूटियों के प्राकृतिक संग्रहालय पर अमीरों और तस्करों की निगाह लगी हुई है। हर्बल सौंदर्य प्रसाधन के निरंतर बढ़ते बाजार के कारण भी यह दबाव बढ़ रहा है।

वाद- विवाद-संवाद

कभी-कभी उन चीजों को परिभाषित कर लेना भी मुश्किल होता है, जिन चीजों से हम अपने दैनंदिन जीवन में लगातार घिरे होते हैं। झारखंड का मामला भी कुछ ऐसा ही है, जिसके उलझे-अनसुलझे इतने छोर हैं कि किसी एक सूत्र के सहारे उसके सारे अर्थों-अभिप्रायों को समेट लेना आसान नहीं है। झारखंड की समाज-संरचना, संस्कृति, विकास, शोषण और दमन के बारे में कम नहीं लिखा गया है, मगर जितना भी लिखा

गया है, वह आदिवासी हितों को एकमात्र विचारणीय विषय-केंद्र मानकर लिखा गया है। सच भी यही है कि परंपरागत रूप से बाहरी दुनिया के सामने यही उसकी मुख्य पहचान रही है, लेकिन इसी सच का दूसरा सिरा अब तक उपेक्षित अँधेरे में छिपा रहा है। झारखंड के सदान न केवल अपनी रिहाइश के लिहाज से, बल्कि अपनी जीवन-शैली के लिहाज से भी आदिवासी समाज के समांतर सहजीवी रहे हैं। दोनों समुदायों ने समान ऐतिहासिक विरासत को जीते हुए एक साझा संस्कृति विकसित की है। इसके बावजूद सुविधा, संरक्षण और अवसर के मामले में सदानी जातियाँ अब तक किसी हाशिए पर भी नहीं हैं। संविधान, शासन, प्रशासन और मीडिया—वे सबकी ओर से उपेक्षित और संतप्त हैं। ब्रिटिश उपनिवेशकाल में आदिवासी और सदान समुदायों के बीच विभाजक रेखाएँ खींचकर उन्हें एक-दूजे का अतिरंजित प्रतियोगी बनाने के प्रयत्न कम नहीं हुए हैं। इससे अलग राज्य के आंदोलन के शुरुआती दौर में क्षेत्रीय जनहित को भारी नुकसान पहुँचा था।

इतिहासविद् दार्शनिक स्पेंगलर ने भारतीय समाज को जब इतिहासमुक्त प्रकृति का समाज कहा था तो संभवत: उसके सामने इस देश के विस्मयकारी वैविध्य के बावजूद उसकी संश्लिष्ट सांस्कृतिक संबद्धता का परिदृश्य रहा होगा। वस्तुत: सामाजिक संरचना के विभेदकारी विश्लेषण से उस सांस्कृतिक अंत:क्रिया का सामंजस्य नहीं बैठता, जिसकी मिसाल यह देश रहा है। झारखंड के संदर्भ में अगर ऐसे बौद्धिक प्रत्ययों को देखा जाए तो उसकी एक समृद्ध बानगी दो महत्त्वपूर्ण समाजशास्त्रियों की दो बहुचर्चित पुस्तकों में मिल सकती हैं। एच.एच. रिज्ले की पुस्तक 'कास्ट्स एंड ट्राइब्स ऑफ बंगाल' और एस.सी. राय की विशिष्ट कृति 'मुंडाज ऐंड देयर कंट्री' अपने विषयों की आधारभूत सामग्री सुलभ कराती हैं, किंतु उनकी कुछेक स्थापनाओं से असहमति की तर्कपूर्ण गुंजाइश भी बनती है। सन् 1912 में प्रकाशित इस संदर्भ पुस्तक में श्री राय ने सदानों को जिस अंदाज में 'दिकू' यानी नवागंतुक और शोषक समूह बताया था, वह इतिहास सम्मत तो नहीं ही है, उसने ब्रिटिश शासकों को इस क्षेत्र में 'फूट डालकर राज करो' की रणनीति के लिए एक बौद्धिक हथियार भी सुलभ कर दिया था। डॉ. बी.पी. केशरी ने अपनी पुस्तक 'झारखंड के सदान' में इस असंगत स्थापना का ऐतिहासिक विश्लेषण करते हुए प्रामाणिक खंडन प्रस्तुत किया है।

अगर झारखंड के वर्तमान में लौटकर उस भ्रामक निष्कर्ष का सामयिक विवेचन किया जाए तो झारखंड विषयक समिति की रिपोर्ट एक ऐतिहासिक दस्तावेज की तरह संदर्भित की जो सकती है। स्मरणीय है कि अगस्त 1989 में गृह मंत्रालय ने आदेश जारी

कर इस समिति के गठन की विधिवत् घोषणा की थी और तदनुसार उसमें केंद्र और तत्कालीन बिहार सरकार तथा झारखंड आंदोलन के प्रतिनिधियों के अलावा इस समस्या से सुपरिचित कई अधिकृत विशेषज्ञ भी शामिल थे। यह रिपोर्ट मई 1990 में गृह मंत्रालय को सौंपी गई थी और मार्च 1992 में उसे लोकसभा के पटल पर रखा गया था।

विकास की नीतियों और कार्यक्रमों को ऐतिहासिक मोड़ देने वाले ये मुद्दे झारखंड के लिए सर्वोच्च प्राथमिकता के मुद्दे हैं। इसे वर्गीय जीत-हार के नजरिए से देखने की मानसिकता अंतहीन भटकाव और टकराव ही दे सकती है। प्रकाश कारंत ने 'क्षेत्रीय स्वायत्तता की अवधारणा' शीर्षक लेख में (द मार्कसिस्ट, जून 1993) इस बारूदी समस्या के अनेक पहलुओं की चर्चा के बाद एक विवेकसम्मत विराम दिया था कि भारत में जातीय अस्मिता के प्रश्न को लोकतांत्रिक समाधान की प्रतीक्षा है। झारखंड में भी सामाजिक घटकों की अंत:क्रिया का यह दौर जितना कम समय ले, उतना ही बेहतर होगा।

□

संदर्भ ग्रंथ-सूची

1. आदिवासी : प्रकाशन विभाग, सूचना और प्रसारण मंत्रालय, भारत सरकार, दिल्ली–8 (1959)
2. (डॉ.) कुमार सुरेश सिंह : बिरसा मुंडा और उनका आंदोलन : क्लासिकल पब्लिकेशंस, नई दिल्ली, 1979/एकता प्रकाशन, गुटुसाई, चाईबासा।
3. (डॉ.) दिनेश्वर प्रसाद : लोक साहित्य और संस्कृति, जयभारती प्रकाशन, इलाहाबाद, द्वितीय संस्करण, 1989
4. पीटर शांति नवरंगी : नागपुरिया सदानी बोली का व्याकरण, सेंट अल्बर्ट कॉलेज, पो.बॉ. नं. 5, राँची।
5. (डॉ.) ब्रह्मदेव शर्मा : आदिवासी विकास : एक सैद्धांतिक विवेचन, मध्य प्रदेश हिंदी ग्रंथ अकादमी, भोपाल, 1986
6. (डॉ.) बी.पी. केशरी : नेरुआ लोटा और सांस्कृतिक अवधारणा, छोटानागपुर प्रकाशन केंद्र, श्रद्धानंद रोड, राँची, 1989
7. (डॉ.) बी.पी. केशरी : छोटानागपुर का इतिहासः कुछ सूत्र, कुछ संदर्भ, विलियम केरी स्टडी एंड रिसर्च सेंटर, सिरामपुर, कलकत्ता, 1979
8. (डॉ.) बी.पी. केशरी : झारखंड के सदानः छोटानागपुर सांस्कृतिक केंद्र, जगन्नाथ नगर, राँची, 1992
9. (डॉ.) ब्रह्मदेव शर्मा : आदिवासी स्वशासन, प्रकाशन संस्थान, नई दिल्ली–2 (1997)
10. रामशरण जोशी : आदिवासी समाज और शिक्षा (अनु. अरुण प्रकाश), ग्रंथ शिल्पी, नई दिल्ली, 1996
11. महाश्वेता देवी : निर्मल घोष : भारत में बंधुआ मजदूर, राधाकृष्ण प्रकाशन, दरियागंज, नई दिल्ली, 1991
12. (डॉ.) रामखेलावन पांडेय : मध्यकालीन संत साहित्य, अनुपम प्रकाशन, पटना–6, 1969
13. शंकर दयाल सिंह (संपादित): बिहार : एक सांस्कृतिक वैभव, पारिजात प्रकाशन, पटना–1, 1986
14. (डॉ.) श्रवण कुमार गोस्वामी : नागपुरी भाषा, बिहार राष्ट्रभाषा परिषद्, पटना–4, 1976
15. उर्मिलेश : झारखंड : जादुई जमीन का अँधेरा, प्रकाशन संस्थान, नई दिल्ली–2 (1999)

16. अरुंधती राय : बहुजन हिताय, राजकमल प्रकाशन, नई दिल्ली-2 (1999)
17. (डॉ.) रामदयाल मुंडा : झारखंड में भूरिया कमेटी की रिपोर्ट का कार्यान्वयन।
18. (डॉ.) दिनेश्वर प्रसाद-(डॉ.) श्रवण कुमार गोस्वामी (संपादित) : डॉ. बुल्के स्मृति ग्रंथ, डॉ. बुल्के स्मृति ग्रंथ समिति, राँची, 1987
19. उमाशंकर : संताल संस्कार की रुपरेखा, निर्माण प्रकाशन, कदम कुआँ, पटना-3, 1966
20. कामता प्रसाद सिंह 'काम' : मैं छोटानागपुर में हूँ, पारिजात प्रकाशन, डाक बँगला रोड, पटना-1, 1984
21. (डॉ.) विसेश्वर प्रसाद केशरी : मैं झारखंड में हूँ : छोटानागपुर प्रकाशन, केंद्र श्रद्धानंद रोड, राँची, 1993
22. त्रिभुवननाथ मिश्र : पलामू के खनिज एवं खनिज उद्योग : असु प्रकाशन, डालटनगंज, 1978
23. (डॉ.) डी.एन. तिवारी : वन, आदिवासी एवं पर्यावरण : शांति प्रकाशन, पुराना बैरहना, इलाहाबाद, 1989
24. बद्री नारायण : लोक संस्कृति और इतिहास, कथ्यरूप प्रकाशन, तुलाराम बाग, इलाहाबाद।
25. (डॉ.) भुवनेश्वर अनुज : नागपुरी लोक साहित्य, जयभारती प्रकाशन इलाहाबाद, 1992
26. महाश्वेता देवी : बिरसा मुंडा (अनु. रामदयाल मुंडा), चेतना प्रकाशन, राँची, 1994
27. वासुदेव उपाध्याय : हमारी संस्कृति की कहानी, ग्रंथमाला कार्यालय, पटना, 1950
28. हीरालाल शुक्ल : आदिवासी सामंतवाद, ज्ञान पब्लिकेशन हाउस, शक्ति नगर, दिल्ली, 1997
29. रॉबर्ट एल. हेलब्रोनरः आर्थिक विकास, इतिहास और संभावनाएँ (अनु. ओम प्रकाश दीपक), गर्ग ब्रदर्स, प्रयाग।
30. आर्थिक विकास के रूप : जेम्स डी. काल्डरवुड तथा हेराल्ड जे. बाइन वेन्यु (अनु. भगवान् सिंह), यूनाइटेड पब्लिशर्स, प्रयाग।
31. ई.एफ.ई. टेलरः रिविजनल सर्वे एंड सेटलमेंट, राँची (1927-35), रिपोर्ट (पटना, 1940)
32. झारखंड विषयक समिति की रिपोर्ट, (1989), गृह मंत्रालय, भारत सरकार।
33. आदिवासी अस्मिता और झारखंड अस्मिता के सवाल : डॉ. रामदयाल मुंडा, प्रकाशन संस्थान, नई दिल्ली-3, 2002
34. झारखंड : समाज, संस्कृति और विकास, डॉ. विद्याभूषण, प्रकाशक वही

संदर्भित अंग्रेजी पुस्तकें/रिपोर्ट

1. A.B. Sharan : Tribal Studies : Ranchi offset Printers, Ranchi, First Edition 1978.
2. A.K.K Sawaiyan : KOLHAN The land of Hos : eta Prakashan, Gutusai, Chaibasa.
3. K.A. Amar Kumar Singh : Committee on Jharkhand matters : Jharkhand Coordination Committee, Ranchi 1990.
4. Bernard, K. S.K Cohn : An Anthropologist among the Historians and other essays : Delhi Oxford University Press, 1990.
5. Jagdish Chandra Jha : The Tribal Revolt of Chotanagpur : Kashi Prasad Jayaswal Research Institute, Patna, 1987.
6. Ram Dayal Munda : The Jharkhand Movement : Retrospect & Prospect :

Jharkhand Coordination Committee, Ranchi, 1990.
7. Report of the Commissioner for Scheduled Castes and Scheduled Tribes-Twenty ninth Report– 1987-89 : Printed by Govt. of India Press, Faridabad, 1990.
8. Surendra Prasad Sinha : Life and Time of Birsa Bhagwan : Bihar Tribal Research Institute, Ranchi, 1963.
9. Sachchidanand : The Tribal Voter in Bihar : National Publishing House, 23, Darya Ganj, New Delhi, 1976.
10. Tribal India, 1989.
11. Occasional Papers on Tribal Development.
12. D.N. Majumdar : The Affair of Dynamics.
13. Sarat Chandra Roy : The Mundas and Their Country : Asia Publishing House, Bombay, Second Edition, 1970.
14. H.H. Risley : The Tribes & Castes of Bengal; Firma Mukhopadhyay Calcutta, Second Edition, 1981.
15. Encyclopedia of Social Sciences, 1991.

संदर्भित पत्र-पत्रिकाओं की सूची

1. चौमासा, नवंबर 1990-फरवरी 1991
2. झारखंड वार्त्ता, प्रथम अंक और अंक-2, 1978
3. धर्मयुग, आदिवासी असंतोष विशेषांक, 1981
4. रविवार, मई 1985
5. कतार, जून 1989
6. विकास पंचायत, अंक-2, जनवरी 1991
7. संगम पत्रिका, आदिवासी विशेषांक, 1993-संस्कृति विशेषांक, 93
8. सापेक्ष, अगस्त-दिसंबर 1986
9. शाल पत्र, अंक-1, 1977-अंक-5, 1978
10. आदिवासी, स्वाधीनता विशेषांक, 1990
11. झारखंड दर्शन, जून 1988-जनवरी 1989
12. झारखंड खबर : प्रवेशांक, अगस्त 1988
13. साप्ताहिक हिंदुस्तान, दिसंबर 1988
14. द मार्क्सिस्ट, अप्रैल-जून 1993
15. सोशल चेंज, मार्च-जून 1994
16. नवभारत टाइम्स, मार्च 1989
17. प्रभात खबर, 1992/1995/1996/1998/2001-10
18. राँची एक्सप्रेस, 1987/1991/1992/1993/1997
19. जनसत्ता, 1997
20. हिंदुस्तान, 1993
21. टाइम्स ऑफ इंडिया, 1997

□□□